AF292139

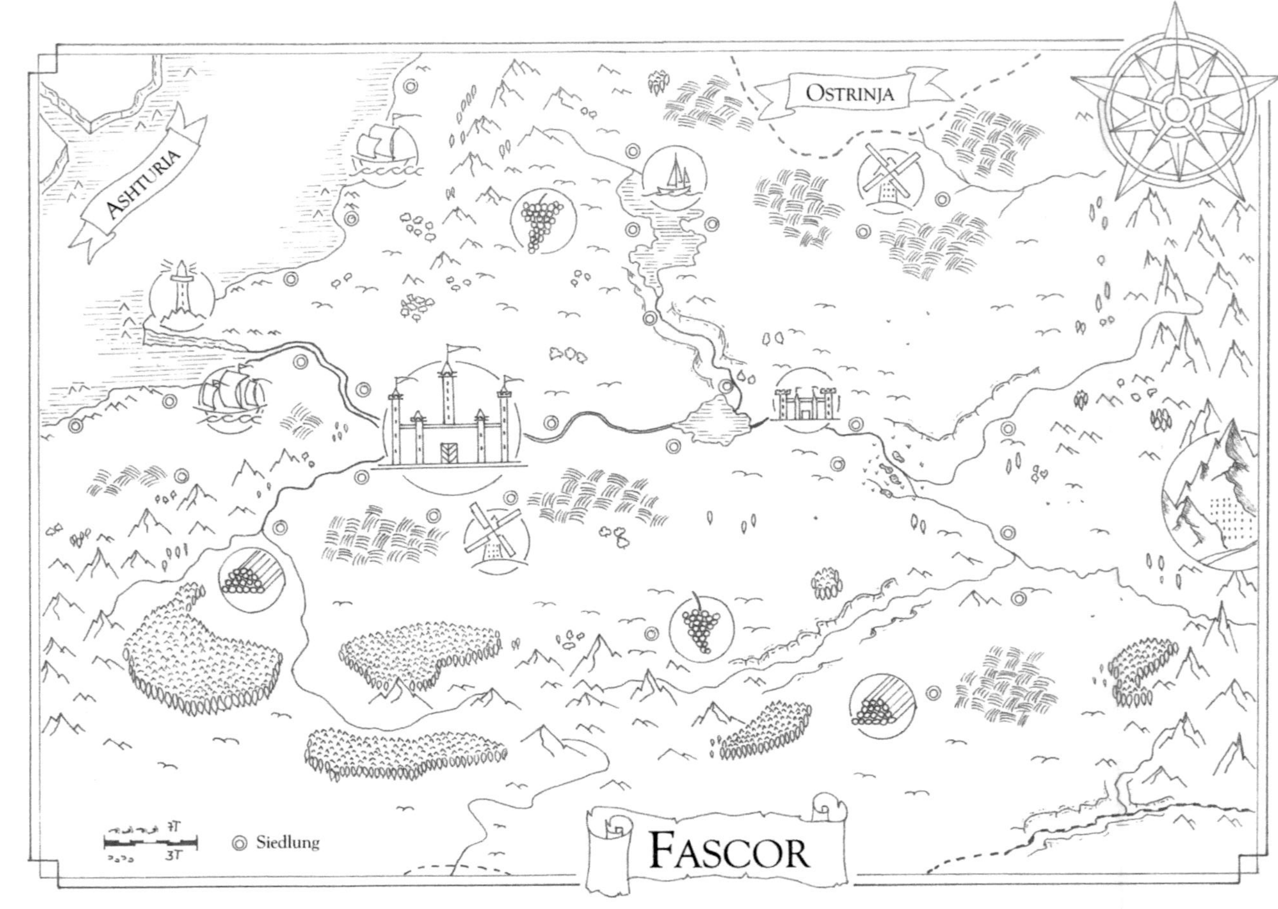

ASHTURIA
OSTRINJA
FASCOR
Siedlung

NAOMI HUBER

ASHTURIA

Der Prinz und die Tarenqua

© 2021 Naomi Huber, www.naomihuber.com

Lektorat: Elja Janus, www.elja-janus.de
Coverdesign: Katharina Hoppe, www.limes-design.com
Herstellung & Verlag: BoD - Books on Demand, Norderstedt

Erstauflage 2021
ISBN: 978-3-7543346-5-2

Sämtliche Rechte liegen allein bei der Autorin, eine Wiedergabe –
auch in Teilen – ist nur mit Genehmigung erlaubt.

Dieser Roman thematisiert unter anderen folgende sensible Inhalte:
Liebe, Krieg, Folter und Verlust.

Gewidmet all jenen,
die den Mut haben, an ihre Träume zu glauben.

1

»Vergesst nicht, Haltung zu bewahren, mein Prinz«, zischte der Diplomat neben ihm. Liam rollte mit den Augen.

»Wie sollte ich es vergessen? Du erinnerst mich ja schon zum hundertsten Mal daran«, antwortete er genervt und wischte seine Hände an der Hose trocken. Er war nervös.

Die gigantische Reliefschnitzerei zweier furchteinflößender Drachenwesen, die die große Tür zur Audienzhalle bewachten, verstärkte das Gefühl nur noch. Finster starrten sie auf ihn herab. Er senkte den Blick.

»Es ist wichtig, dass Ihr einen guten Eindruck bei der Königin hinterlasst. Der Erfolg unseres Anliegens hängt bei diesen Wilden wohl auch von der Sympathie ab, die Euch entgegengebracht wird.«

»Auch das sagst du mir jetzt zum hundertsten Mal, Gershaw.«

Angespannt schob Liam den Degen an seiner Seite zurecht. Sein Vater setzte große Erwartungen in ihn. Und Liam hatte sich fest vorgenommen, dieses Mal keine Enttäuschung zu sein.

»Seid Ihr so weit?«, fragte die Wache auf Ashtur.

Die Sprache klang fremd in Liams Ohren. Er straffte sich und zog das reich bestickte Wams über den Hosenbund.

Die Türflügel öffneten sich nach außen, die Wache deutete mit einer steifen Geste hindurch. Gershaw ging voran, Liam folgte ihm mit drei Schritten Abstand.

»Eure Majestät, wir grüßen Euch und bedanken uns für Eure Gnade, uns zu empfangen!« Laut hallte die Stimme des Diplomaten.

Liam sah sich um, obwohl er wusste, dass es sich nicht gehörte. Offenbar war niemand anwesend. Der Raum war weiß gestrichen, aber viel kleiner als der Audienzsaal seines Vaters. Gershaws und seine eigenen Schritte machten tapsende Geräusche auf dem steinernen Boden. Die Fenster ließen nur spärliches Licht herein und seine Augen brauchten einen Moment, um sich daran zu gewöhnen. An den Wänden hingen große Wandteppiche und einige Schilde, doch er konnte nicht erkennen, welche Wappen sie trugen.

Stoff raschelte. Sofort sah Liam nach vorn. Dort, in den Schatten, fing eine Bewegung seine Aufmerksamkeit ein. Er besann sich seiner Manieren und verbeugte sich tief.

»Königin Trina, ich überbringe Euch die freundlichsten Grüße meines Vaters.«

Gershaw verbeugte sich ebenfalls.

»Eure Majestät, wir bringen Euch Nachricht von König Sverre und Königin Elsý. Darf ich sie Eurem ...« Gershaw sah sich nach dem Hofmeister um, doch außer der Königin schien niemand hier zu sein.

Als Liam bemerkte, dass eine Hand sich aus dem Schatten löste und sich ihnen erwartungsvoll entgegenstreckte, räusperte er sich. Gershaw nickte beflissen und blickte zu Boden, während er ein paar Schritte vortrat und die Depesche so weit vorstreckte, dass die Königin sie ergreifen konnte.

Nach und nach sah Liam im Dämmerlicht ein wenig mehr. Im Schatten stand ein schlichter Thron, zwei Stufen führten zu der Königin hinauf. Hirschfelle wärmten ihre nackten Füße, ihr Gewand war schlicht. Der naturfarbene Stoff war am Saum bestickt. Mehr sah er von der Frau nicht, sie hatte die Depesche ganz ausgerollt und las sie aufmerksam.

Wenigstens versteht sie unsere Sprache, ging es ihm durch den Kopf.

Liam schluckte nervös, als die blonde Königin einen Moment überrascht an dem Papier vorbeischaute. Doch sie widmete sich sofort wieder dem Schriftstück.

Eigentlich sollte ich mehr Selbstvertrauen haben. Immerhin bin ich genauso alt wie sie. Zumindest höchstwahrscheinlich.

Liam zog die Stirn in Falten. Er ärgerte sich sehr darüber, wie Ware verschachert zu werden. Andererseits hatte sein Vater ihm jahrelang die Zügel sehr locker gelassen. *Ich konnte in Ruhe lesen und meinen Studien nachgehen, musste nur selten meine Pflichten als Thronfolger erfüllen. Bei den meisten Staatsbanketten habe ich mich mit irgendeiner Ausrede verdrückt und nie wurde Rechenschaft von mir gefordert,* musste er sich eingestehen. Doch jetzt war sein Vater unnachgiebig gewesen und Liam war überfordert. Die Königin ließ die Depesche sinken.

»Geh«, sagte sie leise an Gershaw gewandt.

»Ähem«, machte dieser und sah irritiert zu Liam.

»Fürchtest du um Prinz Liams Sicherheit?«, fragte Königin Trina mit Spott in der Stimme. »Hat er nicht einen Degen, um sich zu verteidigen?«

Wenn sie wüsste, dass ich mit diesem Ding nicht einmal einer Übungspuppe einen Treffer beibringen könnte ...

Gershaw neigte den Kopf und verbeugte sich, zuerst in Richtung Thron, dann vor Liam. Rückwärts verließ er den Raum.

Die Stille behagte Liam gar nicht. Er hatte den Kopf zwar erhoben, doch den Blick zu Boden gerichtet, so wie es sich in Anwesenheit einer Königin gehörte.

Sie mustert mich zweifellos.

»König Sverre und Königin Elsý sind der Meinung, eine Verbindung unserer Länder wäre eine gute Möglichkeit, um für Stabilität im Staatsgefüge zu sorgen?« Sie sprach sehr leise, doch in flüssigem Fascor.

»Ja, Eure Majestät«, antwortete Liam.

Es entstand eine lange Pause. Fieberhaft überlegte er, ob er etwas sagen sollte. Und was.

Dann hörte er, wie sie sich erhob. Es kostete Liam Mühe, den Blick weiterhin gesenkt zu halten, obwohl die Neugier in ihm brannte. Kaum jemand hatte Königin Trina gesehen, es gab nur sehr wenige Berichte über sie.

Ihre nackten Füße machten kein Geräusch auf dem Steinboden, sie trat vollkommen unvermittelt in sein Sichtfeld. Er sah weiterhin stur zu Boden, auf ihre Zehen hinab. Die Hände auf seinem Rücken waren unangenehm schwitzig, doch er konnte sie nicht mehr trocknen. Nicht jetzt, wo sie vor ihm stand.

Sie räusperte sich.

»Eure Majestät?« Liam deutete eine Verbeugung an.

»Prinz Liam.«

Wieder eine quälend lange Pause. Ihr musste kalt sein. Die milchweiße Haut ihrer Knöchel stand in deutlichem Kontrast zu den roten Zehen.

Liam versuchte, sein klopfendes Herz zu beruhigen. Er war nervös, und so aufgewühlt vor ihr zu stehen war äußerst unerfreulich. Unachtsam, wie er war, hob er den Blick.

Die Königin betrachtete ihn ernst. Sie sah jünger aus als siebzehn. Das blonde Haar trug sie offen, nur die vordersten Strähnen waren seitlich aus dem Gesicht geflochten.

Nun, da er schon einmal so unhöflich war, wollte er die Gelegenheit nutzen und den Blickkontakt nicht abreißen lassen. Königin Trina war einen Kopf kleiner als er, also beugte er das Knie, wie es sich gehörte, damit sie nicht zu ihm aufsehen musste.

Sie zog fragend eine Braue hoch, der interessierte Blick aus den wachen, grünen Augen veränderte sich dabei kaum.

»Ihr haltet an der Etikette fest, Prinz Liam.«

Ihr Gesicht wirkte plötzlich angespannt.

»Verzeiht, falls ich Euch erzürnt habe, Eure Majestät«, entschuldigte er sich, ohne zu wissen, wofür, und schlug den Blick nieder.

»Ach, verdammt«, murmelte sie und drehte sich weg.

»Bitte?« Fragend sah Liam auf.

Die Königin hockte wieder auf ihrem Thron, hatte die Füße untergeschlagen und knetete die Zehen mit einer Hand.

Liam hatte sich schon aufgerichtet, ehe sein Verstand reagieren konnte. Im Stillen verfluchte er sein impulsives Handeln, doch er war bereits in Bewegung.

»Eure Majestät, Ihr friert. Bitte erlaubt mir ...« Er öffnete die Schließe seines Mantels, nahm ihn von den Schultern und bot ihn der Königin an.

»Oh«, sagte sie überrascht. »Wie freundlich von Euch.«

Sie nahm den mit Goldfäden bestickten Kurzmantel und versuchte, ihn sich um die Schultern zu legen. Doch da sie saß, konnte es so nicht gelingen.

»Wartet, ich helfe Euch!«

Schon war Liam bei ihr und zog den Stoff um ihre Schultern. Dabei fiel ihm auf, dass neben ihr ein Dolch in einer hübsch bestickten Scheide lag.

Das erinnerte ihn daran, dass ein Fremder in Fascor große Probleme bekäme, wenn er es wagte, sich der Königin ungefragt zu nähern. Liam hoffte inständig, dass in Ashturia Fehltritte gegen die höfischen Sitten nicht so streng geahndet wurden. Eilig trat er die Stufen vom Thron weg.

»Das war unangemessen, ich bitte um Eure Nachsicht!«

»Ihr entschuldigt Euch sehr oft.« Wieder machte sie eine lange Pause, wirkte aber eher interessiert denn verärgert.

Die Verlegenheit brannte heiß auf seinen Wangen.

»Ich bedauere, die Etikette so oft zu verletzen, Eure Majestät.« Liams Kehle war trocken.

»Nun«, sagte sie langsam, »ich fände es angenehmer, wenn ich mit Euch eine Unterhaltung führen könnte, ohne mich allzu fest daran klammern zu müssen.« Sie hielt ihre Stimme flach und Liam konnte nicht sagen, ob sie ihn auf die Probe stellen wollte oder es ernst meinte. Also nahm er seinen Mut zusammen und sah die junge Frau auf dem Thron an. Sie hatte die Hände um die nackten Füße gelegt, ihre Finger zitterten. Scheu lächelte sie, nur einen winzigen Augenblick.

»Wenn Ihr es wünscht, Eure Majestät.« Liam neigte den Kopf.

Sie seufzte hörbar.

»Setz dich«, forderte sie ihn auf und deutete auf die Felle.

»Eure Majestät, es ist wohl kaum angebracht«, wandte er ein.

Königin Trina rieb sich die Stirn.

»Wenn ich die Depesche richtig verstehe, schicken der König und die Königin von Fascor ihren einzigen Sohn nach Ashturia, damit er die junge Königin dort ehelicht. *Das* finde *ich* unangebracht. Zumal ich diesen Prinzen noch nicht einmal kenne. Wenn das Unterfangen nicht im Keim ersticken soll, dann setz dich verdammt noch mal hin, damit wir wie zwei normale Menschen miteinander reden können.« Ernst und nachdrücklich war der Blick aus ihren grünen Augen.

Das klang vernünftig. Liam gehorchte und setzte sich auf den steinernen Boden. Sofort kroch die Kälte durch seinen Hosenboden.

»Ihr Leute vom Festland setzt euch auf den Fußboden?«, fragte sie, ein Lächeln umspielte dabei ihre Lippen. »Und ich dachte, wir wären die Wilden«, murmelte sie und schob mit dem Fuß eines der flauschigen Felle in seine Richtung. Es blieb aber oben neben dem Thron liegen. Mit einem Blick forderte sie ihn auf, sich dort hinzusetzen.

Liam bemühte sich, so stattlich wie möglich aufzustehen und auf dem Fell Platz zu nehmen, immerhin sollte er dieses Mädchen heiraten.

»Frage gegen Frage?«, schlug sie vor. Er nickte. »Du darfst beginnen«, sagte Königin Trina freundlich.

Anfangs war sie ihm unnahbar erschienen, doch von Wort zu Wort wurde sie ihm sympathischer mit ihrer unkonventionellen Art.

»Warum tragt Ihr keine Schuhe?«, wollte er wissen.

Sie lächelte verlegen, eine leichte Röte legte sich auf ihre Wangen. Dabei fielen ihm die Sommersprossen auf.

»Ihr wart schneller hier, als ich erwartet hatte. So hatte ich zu wenig Zeit, meine Stiefel zu säubern.« Königin Trina zögerte kaum mit ihrer Gegenfrage. »Was denkst du über den Plan deiner Eltern?«

Sie kommt ohne Umschweife auf den Punkt! Das war ungewohnt. Am Hofe seines Vaters war es üblich, seine Absichten hinter tausenden von Finten und unwichtigem Geplänkel zu verstecken. Fieberhaft überlegte Liam, was er antworten sollte. Sie war die Königin. Und wenn alles nach den Wünschen seines Vaters lief, war sie bald *seine* Königin.

Trina beobachtete ihn aufmerksam. »Antworte bitte ehrlich.«

Liam räusperte sich, um Zeit zu gewinnen.

»Ich muss zugeben, dass ich in die politischen Entwicklungen zu wenig Einsicht habe. König Sverre wird sicherlich jeden Gesichtspunkt seiner Bitte bedacht haben. Er ist ein kluger Stratege und ein vorausschauender Herrscher.«

»Das ist deine Antwort? Er will dich an irgendeine Fremde verheiraten und alles, was du darüber denkst, ist, dass er ein kluger Stratege ist?«

Trina verschränkte ihre Hände entrüstet vor der Brust. Liam sah sofort beiseite. Sie war dünn, kein Wunder, dass sie so flachbrüstig war. Er lenkte von dem unangenehmen Thema ab: »Eure Hän ... Eure Hände sind kräftig. Wie kommt das?«

Trina sah einen Moment auf ihre Finger, dann lachte sie glockenhell.

»Ich bin froh, dass ich sie sauber bekommen habe!« Sie machte eine Faust, öffnete sie wieder und hielt ihm dann ihre Handfläche entgegen. Die Finger waren muskulös und wesentlich dicker als seine eigenen. Auf den Handflächen war Hornhaut zu erkennen. »Ich arbeite viel mit meinen Händen«, murmelte sie. »Deine sind sehr zart.«

»Mhm«, machte Liam. Er wusste nicht, was er sagen sollte, ohne die Königin zu beleidigen. »Ich lese sehr viel.«

»Wirklich?« Überrascht klang sie nicht.

Eine Pause dehnte sich aus, wieder hatte er das Gefühl, sie füllen zu müssen.

»Verzeiht die direkte Frage, aber Ihr batet um Ehrlichkeit.« Er wusste, dass er sich um Kopf und Kragen redete, doch das brannte ihm auf der Zunge. »Wie wurdet Ihr Königin? Ihr wirkt auf mich nicht wie die Prinzessinnen und Königinnen, die uns bei Hofe besuchen. Ihr unterscheidet Euch sehr von ihnen.«

Königin Trina blinzelte und senkte den Kopf.

»Ich weiß, dass Ashturia von Außenstehenden als rückständig bezeichnet wird und wir als Wilde gelten. Wir halten nicht um jeden Preis an Traditionen fest, auch wenn es in Einzelfällen tatsächlich so ist. Aber die Ashturier laufen auch nicht jeder Veränderung kopflos nach. Wir besinnen uns auf das, was wichtig ist.«

Sie legte den Kopf schief und kratzte mit dem kurzen Fingernagel an der Stickerei des Kleidersaumes herum. Diese winzige, versonnene Geste machte Königin Trina menschlich.

»Und wir verstecken uns nicht hinter leeren Floskeln. Eine Ashturia sagt geradeheraus, was sie denkt. Deswegen sind mir Begegnungen mit Fremden auch so unangenehm.« Trina holte hörbar Luft. »Ich möchte nicht den Eindruck erwecken, als würde ich diese Vermählung in Betracht ziehen.« Sie sah auf ihre Hände hinunter. »Jetzt nicht. Erst seit einem Jahr bin ich Königin. Außerdem habe ich nicht vor, mich jetzt schon zu binden.«

»Ich verstehe.« Schleppend kamen die Worte aus seinem Mund, doch innerlich war Liam erleichtert. Ihm war nicht wohl beim Gedanken an eine Heirat in ein anderes Königreich, um dort Prinzgemahl zu sein. Andererseits war er auch nicht scharf auf den Thron seines Vaters.

Was war dem König bloß eingefallen, ihn so holterdiepolter auf diese Mission zu schicken? Er hatte nur Gershaw und eine Handvoll Wachen mitgeschickt bekommen, nicht einmal die eigentlich erforderlichen Brautgeschenke. Liam hatte einen Auftrag bekommen, den er kaum erfüllen konnte.

»Dachtest du, ich würde einwilligen?«, fragte Trina verwundert.

»Nein, nicht doch«, erwiderte er hastig. »Um ehrlich zu sein, hatte ich kaum Zeit, mir darüber Gedanken zu machen. Mein Vater rief mich vor drei Tagen zu sich, gab mir seine Pläne bekannt und schob mich an Bord des Segelschiffes. Er war sehr in Eile und beharrte darauf, dass wir umgehend ablegten.«

»Ihr seid über die Meeresenge gesegelt und einen ganzen Tag lang den Fluss hochgerudert. Du hattest keine Zeit, nachzudenken?« Das klang spöttisch.

Liam wurde rot, er spürte es. »Ich werde seekrank«, flüsterte er.

»Ach so«, erwiderte Trina. »Das macht doch nichts. Ich habe Höhenangst.«

»Wirklich? Ich auch.«

Peinliche Stille, schon wieder. Liam fröstelte.

»Warum ist es hier drinnen so kalt?«, fragte er.

»Ach, ich dachte, nur mir sei so kalt, weil ich barfuß bin.« Sie verzog den Mund zu einem verschwörerischen Grinsen. »Willst du ein bisschen Aufregung haben?«

Die Art, wie sie die Worte langsam aussprach und jedem einzelnen Gewicht verlieh ... Liam hatte kaum Erfahrung mit Mädchen, mit jungen Frauen schon gar nicht.

Wie meint sie das? Seine Gedanken überschlugen sich hektisch. Doch plötzlich verstummten sie einen Moment lang: Der Schatten unter dem Gebälk kroch die Wand herunter.

Das bilde ich mir ein! Das kann nicht sein! Liam blinzelte nervös. Königin Trina sah ihn aufmerksam an, ihr Blick huschte über sein Gesicht.

Der Schatten löste sich aus der Dunkelheit unter dem Dachstuhl und glitt zu Boden. Liam hörte ein leises Tapsen, also überwand er sich, den Schatten genauer anzuschauen.

»Das ... das ist unmöglich«, keuchte er heiser, rappelte sich auf und wich zurück.

Seine Füße verhedderten sich in dem Fell, er stolperte rückwärts. Liam verlor das Gleichgewicht und stürzte. Sein Kopf schlug dumpf auf dem steinernen Boden auf. Verschwommen sah er das schwarze Ungetüm auf sich zukommen, doch dann verlor er die Besinnung.

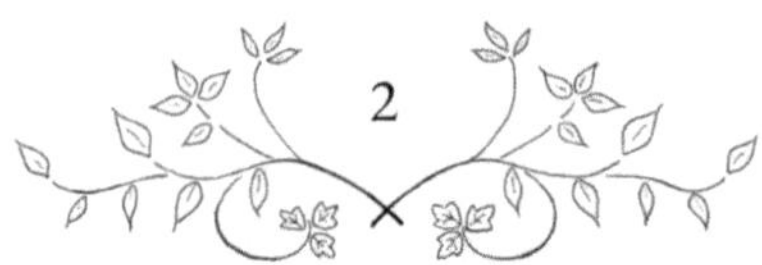

2

»Ich sagte doch, dass es zu früh ist«, zischte eine Stimme.

»Er sagte, er liest sehr viel, deswegen dachte ich, er hätte die Fantasie, es zu verstehen!«, drang Trinas Stimme zu Liam durch.

Er begann, seine Sinne zu sortieren. Sein Kopf hämmerte mörderisch.

»Wo bin ich?«, fragte er und öffnete die Augen zaghaft. Unscharf sah er die Königin über sich knien.

»Du brauchst keine Angst zu haben, wirklich nicht«, beteuerte sie.

Was? Warum sollte ich Angst haben? Ächzend hob Liam die Hand und rieb über die Beule am Hinterkopf, während er sich aufsetzte. Als er den Blick hob, erstarrte er.

In seinem linken Blickfeld war es schwarz, doch zwei große, grüne Augen starrten ihn daraus an.

Noch bevor er Luft holen konnte, um zu schreien, machte die Königin einen Satz nach vorn.

»Sch, sch!« Sie drückte ihm die Hand auf den Mund und erstickte den Schrei damit. »Alles ist gut, dir passiert nichts«, beschwichtigte sie ihn.

Liam griff nach ihrer Hand, versuchte, sie mit aller Kraft wegzuschieben, doch Trina presste sie unerbittlich auf seinen Mund.

Wieso ist sie so verdammt stark? Sie ist doch ein Mädchen!

»Du brauchst nicht nach Hilfe zu rufen, ich erkläre es dir.«

Liam hatte Angst, ganz egal, was sie sagte. Doch er bemerkte, dass die Neugier in ihm wuchs. Er warf einen Blick nach links und versuchte, das Schwarz anzusehen.

Bei allen Göttern, was ist das?

»Mein Name ist Fecyre«, sagte eine weibliche Stimme in seinem Kopf. *»Ich bin ein Drache.«*

Er schreckte zurück. Seine Gedanken stoben wirr auseinander und setzten sich erst langsam wieder zusammen. Fassungslos starrte er das große Tier an. Es hatte den Kopf schief gelegt und beobachtete ihn.

Liam dachte an all die Geschichten, die er zum Zeitvertreib gelesen hatte. Auch um der Welt zu entfliehen, die ihm das Gefühl gab, unverstanden zu sein, verloren und fehl am Platz. In einigen kamen Drachen vor, doch stets als feuerspeiende, zerstörerische Monster. Niemals hatte er davon gelesen, dass die Schuppen mattglänzend ineinandergriffen, egal wie winzig sie waren.

So wie es aussah, war die Oberfläche ölig oder zumindest nass. Er betrachtete die Falten am Hals des Drachen. Die Hand auf seinem Mund hatte er schon vergessen. Erst als die Königin ihren kraftvollen Griff lockerte, bemerkte er sie wieder. Liam setzte sich aufrecht hin und holte tief Luft.

»Ich ... ich finde gerade nicht die richtigen Worte.«

»Dann lass die Königin erklären, mein Junge«, sagte das schwarze Wesen versöhnlich und lachte rollend.

Liam konnte sich den strafenden Blick nicht verkneifen.

»Verzeiht, Prinz Liam!« Der Drache verzog sein Maul, weiße Zähne blitzten inmitten der Schwärze.

»Also gut«, begann Königin Trina und zog Liams Kurzmantel zurecht. Schmerz spiegelte sich auf ihrem Gesicht, als sie sich auf eines der Felle niederließ. »Mein Vater, Ashturias König, wurde ermordet.« Sie seufzte schwer. »Meine Mutter wurde von Vaters Berater erstochen. Vater kam dazu. Als ich von den Schreien alarmiert in den Garten gelaufen kam, waren sie alle tot.« Trina presste die Lippen so fest zusammen, dass der schmale Strich blutleer wurde. Sie schluckte und kämpfte tapfer gegen die Tränen.

»Das tut mir sehr leid«, murmelte Liam mitfühlend.

Trinas Stimme war flach, als sie fortfuhr: »In den fünf darauffolgenden Jahren wurde ich ausgebildet, um die Prüfung zu bestehen. Als Tochter des Königs hatte ich als einzige Frau die Chance auf den Thron – so wie jeder Mann, der einen guten Grund für sein Begehr nach der Königswürde vorbringen konnte.«

»Ihr musstet eine Prüfung bestehen?«, fragte Liam ungläubig.

»Müsstest du das etwa nicht, um den Thron zu besteigen?«

Liam schüttelte den Kopf. *War das als Spott gemeint oder weiß sie nichts von der Erbfolge?*

»Ich bestand die Prüfung, denn ich konnte ein wildes Tier als Trophäe vorweisen.« Mit einem grimmigen Lächeln sah Trina zu dem großen, schwarzen Drachen. »Die Trophäe war noch klein, weil sie gerade erst geschlüpft war.« Die Schatten hingen düster an den Kanten des so jungen Gesichts. Sie schien nicht mehr weitersprechen zu wollen. Stumm starrte sie zu Boden.

»Seit beinahe einem Jahr ist sie nun Herrscherin der Ashturier.« Der Drache klang stolz. »Es ist eine friedvolle Zeit.«

»Ich jage für meinen Clan, ich trage meinen Teil bei. Ich versuche, mein Bestes zu geben und mich als würdig zu erweisen.« Trina hatte noch immer Tränen in den Augenwinkeln und starrte auf den Saum ihrer Kleidung.

Sie sah verloren aus.

Dieses Gefühl kenne ich auch. Liam streckte seine Hand nach Trinas aus. Eiskalt lagen ihre Finger auf der steinernen Stufe.

»Ich bin sicher, Eure Eltern wären stolz auf Euch. Alle beide!« Behutsam drückte er ihre Hand.

»Woher willst du wissen, dass ...« Trina begann die Frage tonlos und leise, ihre Worte erstarben mitten im Satz.

Liam lächelte.

»Glaubt Ihr, *ich* wäre auf die Idee gekommen, mir eine Königin zur Frau zu nehmen?«

In seinem Magen ätzte die Verzweiflung darüber, seinem Vater nie gut genug zu sein. Stets nur den leeren Blick in seinen Augen zu sehen. Dort die Enttäuschung zu sehen, dass sein älterer Bruder bei diesem schicksalhaften Unfall gestorben war – und nicht er. Nicht er, der nichtsnutzige Bücherwurm. Für seinen Mut hatte Liam Eric immer bewundert. Für seine unbeschwerte, offene und selbstverständlich wirkende Art, auf die Menschen zuzugehen und ihre Herzen im Sturm zu erobern. In all diesen Herzen hinterließ Eric eine klaffende Lücke, auch in Liams. Er vermisste seinen großen Bruder schmerzlich.

»Ich habe so große Fußstapfen, in die ich treten muss, dass ich sie niemals im Leben ausfüllen kann.« Liam sah zu Trina. »Ihr gebt Euer Bestes, wie könnte es Euren Eltern zu wenig sein?«

∞

Liam hielt ihre Finger zwischen seinen Händen und wärmte sie. Wie konnte dieser fremde Junge bloß so viel wissen? Wie konnte sie das so berühren?

»Trina, Wulff nähert sich«, hörte sie Fecyres Stimme in ihrem Kopf. Trina nickte und machte Anstalten aufzustehen. Sofort war Liam auf den Beinen.

Auf sehr dürren Beinen, dachte Trina. *Aber so passen sie wenigstens zu seinen Ärmchen.*

Er wollte ihr wohl irgendwie beim Aufstehen behilflich sein, ungeschickt tanzte er um sie herum. Erschrocken fuhr er zusammen, als Wulff mit seinem Speer gegen die Tür klopfte.

»Komm herein!«, rief Trina so laut, dass das Echo ihrer Stimme die Halle erfüllte. Wulff trat nur einen Schritt durch die halb offene Tür.

»Königin, ein Späher«, sagte er knapp, neigte den Kopf und machte Platz für den Angekündigten.

Nach ein paar raschen Schritten war der kleine, drahtige Mann mit wildem Haar und nackten Füßen bei ihr. Er roch nach Wald und Erde und völlig anders als Prinz Liam von Fascor.

»Königin.« Zur Begrüßung verneigte er sich, Trina erwiderte seine Geste mit einem Nicken. »Ein Schiff. Dem sehr ähnlich, das gestern den Strom hochgerudert ist. Nur schneller. Und die Besatzung sieht nicht aus, als käme sie, um sich mit einem Humpen Met ans Feuer zu setzen.«

Das war seltsam. Gleich zwei Schiffe in so kurzer Zeit.

Aufmerksam betrachtete sie Prinz Liam. In seinem Gesicht konnte sie keine Gefühlsregung erkennen, er musterte den Späher unverhohlen.

»Wie viel Mann hast du gezählt?«, fragte sie den Späher.

Der kratzte sich hinterm Ohr und tippte mit den nackten Zehen auf den Steinboden.

»Schwer zu sagen, sie tragen alle Rüstungen aus Metall und sehen ziemlich gleich aus.« Jetzt huschte Überraschung über Liams Gesicht. »Wie viele sich unter Deck aufhalten, kann ich nur erahnen. Doch die Ruder arbeiten so kräftig, dass an jedem mindestens zwei Männer gleichzeitig pullen. Mit Sicherheit sind es über sechzig Mann.«

Trina nickte nachdenklich. Sie wurde das Gefühl nicht los, dass das nichts Gutes bedeutete.

»Wie lange sind sie noch unterwegs?«

Wieder tippte der Späher mit seinen Zehen.

»Keinen halben Tag mehr.« Er zog entschuldigend die Schultern hoch, aber Trina war mit der Schätzung schon zufrieden.

»Dein Posten ist besetzt?«, fragte sie und bemühte sich, die Anspannung aus ihrer Stimme zu halten.

Der Späher nickte.

»Selbstverständlich, Königin!«

»Nichts anderes hatte ich erwartet, du bist stets überaus gewissenhaft.« Bewusst lächelte sie den Mann an und legte ihre Hand auf seinen Arm. »Ich danke dir.« Trina deutete auf die Tür.

»Ich gehe davon aus, dass du in der Küche etwas zur Stärkung findest. Dein Pferd wird bereits versorgt?«

Der Späher nickte im Hinausgehen und wandte sich noch für eine tiefe Verbeugung zu Trina um. Als er die Tür aufzog, stieß er mit dem Diplomaten aus Fascor zusammen.

Beide murmelten etwas, dann machte der Diplomat einen beherzten, eiligen Schritt in die Halle, schloss die Tür und lehnte sich dagegen.

»Gershaw, was gibt es?«, fragte der schlaksige Prinz, auch er schien irritiert.

»Mein Prinz.« Gershaw hielt den Blick zu Boden gerichtet, immer noch lehnte er mit dem Rücken an der Tür. »Königin Trina.« Zitterte seine Stimme? »Ich bitte um Asyl für Prinz Liam, seine Männer und mich selbst«, wisperte der Diplomat so leise, dass sie ihn kaum verstand.

»Was?«, fragte sie, doch Liam übertönte sie, als er das gleiche Wort geradezu brüllte. Nun zitterte Gershaw am ganzen Leib.

»Er fürchtet sich nicht vor mir, *Trina. Mich hat er noch nicht einmal gesehen. Was auch immer es ist, es ängstigt ihn zu Tode«*, sagte Fecyre in ihren Gedanken.

»Ich weiß«, antwortete sie und gebrauchte dabei ihre Stimme. »Fecyre, sie sollen jeden zusammentrommeln, der innerhalb der nächsten Stunden hier sein kann. Egal, welcher Clan. Wir brauchen jedes Paar Stiefel hier!«

Mit einem Satz war der Drache durch das Seitentor hinaus, das Poltern der Torflügel riss die Gäste aus Fascor aus ihrer Starre. Liam eilte zu dem alten Diplomaten und fragte ihn etwas. Trina verfluchte, dass sie die Sprache ihrer Nachbarländer nicht besser konnte. Der Prinz sprach leise und so schnell, dass sie die einzelnen Wörter auf Fascor nicht zu unterscheiden vermochte. Der Alte schob Liam sanft zur Seite, kam auf Trina zu und sank vor ihr auf die Knie.

»Ich lege unser Leben in Eure Hände, Eure Majestät«, sagte er leise und hielt ihr eine weitere Nachricht entgegen.

Trina nahm die Depesche wortlos aus seinen Händen und entrollte sie.

Die Handschrift war dieselbe, doch die Worte waren fahriger geschrieben.

Hochgeschätzte Königin Trina,
Eure königliche Hoheit,

ich entschuldige mich demütigst für die durchschaubare Finte des Heiratsgesuchs, mit dem unser Gesandter Euch behelligt hat. Königin Elsý und meine Person appellieren an Eure Güte. Untertänigst bitten wir um Gnade und Obdach für unseren Sohn und die Männer, die ihn begleiten. Unser geliebtes Fascor fiel niederem Verrat und einem Putsch zum Opfer. Die Verschwörung hat den Sturz der Krone zum Ziel. Ich fürchte um das Leben meiner Familie. Nicht noch einen geliebten Sohn kann ich an die Götter verlieren. Wir sehen dem Tod gefasst ins Auge. Doch bis zum letzten Atemzug werden wir verschleiern, dass der Thronfolger außer Landes gebracht worden ist. Inständig bitte ich Euch darum, die Identität meines Sohnes zu verheimlichen. Denn solang Liam am Leben ist, wird er in Gefahr schweben.

Unser Vertrauter Gershaw wird Euch zum Dank den wenigen Schmuck aushändigen, den die Königin ihm unauffällig mitgeben konnte.

Mögen sich Eure Götter meines Sohnes annehmen, Königin Trina, denn unsere haben sich von uns abgewandt.

Auf ewig in Eurer Schuld,
König Sverre von Fascor

Trina schluckte schwer. Ashturia hatte sich nie in solche diplomatischen Belange hineinziehen lassen.

»So wie es aussieht, blieb der Plan des Königs nicht lange geheim«, sagte sie.

»Welcher Plan?«, fragte Prinz Liam verwirrt und blickte zwischen Trina und Gershaw hin und her.

»Er weiß es nicht?« Überrascht sah sie den Diplomaten an.

Der alte Mann schüttelte den Kopf und sank noch mehr in sich zusammen.

»Nein. Die Königin befürchtete, er würde sonst nicht abreisen.«

»Was weiß ich nicht?«, rief Liam mit hochrotem Kopf.

Trina streckte ihm die Nachricht seines Vaters entgegen. Der junge Mann riss ihr das Pergament aus der Hand und überflog die Zeilen.

Nach einem Moment der Fassungslosigkeit schrie er den Diplomaten an: »Du wusstest es?« Liam rang sichtlich um Beherrschung. »Du wusstest, dass die Krone verraten wird, und hast nichts gesagt? Du hast mich drei Tage lang im Glauben gelassen, ich solle eine Vermählung anbahnen, obwohl ich an der Seite meiner Eltern kämpfen müsste?«

Zornig riss Liam an dem Degen an seiner Seite. Als er die dünne Klinge nach einer gefühlten Ewigkeit endlich aus der Scheide befreit hatte, konnte er die Spitze aber nicht gegen den alten Mann richten. Klappernd fiel der Degen auf den Steinboden. Trina hob irritiert die Augenbraue.

»Sind sie überhaupt noch am Leben?«, fragte Liam matt.

Gershaw zuckte mit den Schultern. »Ich bete zu den Göttern, mein Prinz«, sagte der Alte mit brüchiger Stimme.

Trina spürte Eile, sie musste die Ashturier warnen.

»Wulff?«, rief sie.

Ihre rechte Hand stand einen Wimpernschlag später in der offenen Tür. Sie nickte ihm zu, der Hüne kam herein und schloss die Tür hinter sich. Trina trat dicht an ihre Leibwache heran.

»Wulff, wir haben ein Problem. Das Schiff aus Fascor hatte einen sehr wichtigen Gast an Bord. In wenigen Stunden legt ein weiteres Schiff aus Fascor an. Höchstwahrscheinlich wollen sie die Besatzung töten, nachdem am Festland ein Putsch stattfand. Ich beabsichtige nicht, diese Männer auszuliefern. Aber ich will nicht, dass Ashturia in einen Krieg hineingezogen wird. Fecyre sieht gerade zu, dass wir so viele Krieger wie nur möglich hier haben, wenn die Soldaten an Land gehen.« Nervös legte Trina die

Fingerspitzen aneinander. »Ich will, dass vorerst niemand erfährt, wer unsere Besucher sind. Und ich will, dass ihre Begleiter ins Landesinnere gebracht werden. Zu Leuten, die keine Fragen stellen. Vielleicht ist bei den Connens in der weiten Senke Platz? Der halbe Clan fiel dem Fieber zum Opfer, der Hof ist groß genug.«

Sie drehte sich um, durchmaß die Halle mit großen Schritten und stieß die Tür zu dem winzigen Nebenraum auf. Mit krakeliger Schrift schmierte sie ein paar Zeilen auf ein Pergament und tropfte etwas Wachs darunter. Sie drückte ihr Siegel, den kleinen Drachen an ihrer Halskette, ins stockende Wachs und pustete ungeduldig darüber.

»Wähle jemanden aus der Wache und lass die Männer zu den Connens bringen. Sie sollen Vorräte mitnehmen, so sind sie willkommener.«

Wulff machte auf dem Absatz kehrt.

»Ach, schickst du bitte den Langen Sam zu mir?«, rief sie ihm nach. Ihr Leibwächter nickte und stürmte aus der Halle.

Prinz Liam und Gershaw sahen sie verwirrt an.

»Eure Hoheit, wir danken für Eure Gnade!« Der alte Diplomat warf sich vor ihr nieder.

»Steh auf«, bat sie und zog ihn wieder auf die Füße. »Ich habe keine Ahnung, warum in eurem Land so ein Chaos angezettelt wurde. Das brauche ich aber auch nicht zu wissen, um zu entscheiden, ob ich Menschen in ihren sicheren Tod schicke.« Sie trat durch das offenstehende Seitentor hinaus. »Kommt mit, wir werden euer Schiff zerstören.«

»Was? Nein«, rief Liam und rannte ihr nach. »Ich will, so schnell es geht, nach Fascor zurück! Wenn meine Eltern noch leben, muss ich ihnen helfen!«

»Ich verstehe dich, Liam.« Trina warf ihm einen schnellen Blick zu, bevor sie die Stallungen betrat. »Aber zuerst müssen wir die Soldaten, die deiner Fährte folgen, davon überzeugen, dass du tot bist.«

Liam machte einen Schritt vor sie, damit sie stehen blieb. »Wie ist der Plan?«, fragte er.

»Ihr seid gar nicht an Land gekommen«, gab sie zurück.

»Das werden sie niemals glauben«, keuchte Gershaw hinter ihr, als er sie eingeholt hatte.

»Wer sollte mir etwas nicht glauben?« Fragend hob Trina eine Augenbraue und rief nach dem Stallburschen.

3

Mit klopfendem Herzen duckte Liam sich hinter dem Drachen, dessen Körper so groß wie der eines Pferdes war. Sich hinter Fecyre zu verstecken, war die Bedingung gewesen, wenn er anwesend sein wollte. In einer der hinteren Ecken der spärlich von Kerzen erhellten Halle hatte sich das große Tier zusammengerollt. Als er von Jemmy, dem Stallburschen, hereingebracht worden war, hatte er Fecyre zuerst nicht gesehen. In allen Ecken waren Schatten gewesen.

Trina hatte rote Flecken auf ihrem Hals und war ganz zappelig. Eine ältere Zofe flocht ihre Haare und schimpfte leise mit der Königin, weil sie nicht stillsitzen wollte.

»Sonst bekommst du die Haarnadel noch ins Hirn«, murrte die Zofe und drückte mit beiden Händen einen letzten Kamm fest in die aufwändige Frisur.

»Au!«, murrte Trina. »Du reißt mir noch die Haare vom Kopf!«

Ohne ein weiteres Wort eilte die ältere Frau aus der Halle. Nervös strich Trina über ihr Kleid. Liam hatte gesehen, wie viele Waffen sie unter dem prachtvoll bestickten Übergewand versteckt hatte, und wunderte sich, dass die junge Königin sich bewegen konnte, ohne dass es schepperte.

Nachdem er in schlichte, aber saubere Kleidung gesteckt worden war, hatte Jemmy ihn über den Hof gebracht und sie hatten sich regelrecht durch die wartenden Ashturier zwängen müssen. Unzählige waren der Bitte der Königin gefolgt und drängten sich, bis an die Zähne bewaffnet, im Innenhof zusammen.

Die Anwesenheit dieser vielen Menschen tröstete Liam. Trina hatte versprochen, dass Gershaw und ihm nichts zustoßen würde.

Liam beherrschte die Sprache der Ashturier ebenso wie die eines jeden anderen Nachbarlandes Fascors. Doch den Dialekt, den einige sprachen, konnte er kaum verstehen.

Während er gemeinsam mit der Königin dem Langen Sam geholfen hatte, das kleine Schiff zu zerstören, das ihn hierhergebracht hatte, musste er den Fischer oft darum bitten zu wiederholen, was er gesagt hatte. Der dicke, kleine Mann – nicht gerade das, was Liam sich unter dem *Langen Sam* vorgestellt hatte – hatte dann geduldig ein klitzekleines bisschen deutlicher Anweisungen gegeben. Sie hatten die Planken mit einer großen Ramme so lange bearbeitet, bis tatsächlich ein Loch im Rumpf war. Liam hatte das Herz geblutet, als sie hektisch Wasser durch das Loch gekippt hatten, bis das Schiff tief im Wasser lag. Die Segel hingen zerrissen vom geknickten Mast, die meisten Ruder waren geborsten. Trina hatte einen Augenblick zufrieden auf dem Steg gestanden, doch Liam war der Mut gesunken.

»Mach dir keine Sorgen«, wisperte Fecyre jetzt unvermittelt und riss Liam damit aus der Erinnerung. »Trina wird dich nach Fascor schaffen, du brauchst im Moment keinen Gedanken daran verschwenden.«

Liam nickte und richtete sich noch einmal ein Stück auf, um über Fecyre hinwegzusehen.

Ein Bote hatte bereits berichtet, dass über achtzig Soldaten von Bord des Schiffes gegangen seien, nun waren sie zu Fuß unterwegs die Straße herauf. Als das vereinbarte Klopfzeichen am großen Tor donnerte, musste Liam die Angst niederringen.

Sie sind da. Sie kommen, um mich zu holen. Und diese Menschen bringen sich in Gefahr, um mich zu schützen.

»Beruhige dich«, wisperte Fecyre, aber Liam entging nicht, dass der Drache seine Schwingen auffällig oft immer wieder anders an seinem Körper ordnete.

Trina fuhr herum. »Psssst! Wenn du unbedingt hierbleiben willst, dann sei gefälligst still!«

Woher weiß Fecyre, was ich denke?, fragte er sich erneut.

In diesem Moment klopfte es an die Tür.

Trina machte einen Satz auf den Thron und nahm die Stickerei ihrer Zofe in die Hand.

»Herein!«, rief sie und die Tür öffnete sich.

»Königin Trina, ein gewisser Hauptmann Gaahr wünscht, zu Euch vorgelassen zu werden«, meldete Wulff.

Liam kannte keinen Hauptmann, der sich Gaahr nannte. Er kannte überhaupt niemanden mit diesem Namen.

»Lasst ihn zu mir herein«, sagte Trina und richtete nervös die Röcke. Es gelang ihr ohne Frage, sich mit ihrer verstellt dünnen Stimme so mädchenhaft zu geben, wie sie geplant hatte, sich den Eindringlingen zu präsentieren.

Einen kurzen Moment hörte man durch den Spalt zwischen den Türflügeln nur Stimmengewirr, bis Wulff brüllte: »Ihr legt eure Waffen ab! Sofort!«

Die Stimmen erstarben. Metall knirschte und schabte über den steinernen Boden. Dann traten drei Männer in Plattenrüstungen ein, der fünfzackige Stern Fascors war darauf eingraviert. Alle drei verbeugten sich tief.

»Eure Majestät«, sagte der Soldat, der als Letzter durch die Tür gekommen war und nun vor die anderen beiden trat. »Vielen Dank, dass Ihr uns empfangt!« Erneut verbeugte er sich.

»Selbstverständlich empfange ich eine Delegation unserer geschätzten Nachbarn. Wenngleich ihr unangekündigt seid.« Mit einer theatralischen Geste legte Trina die Stickerei in ihren Schoß. »Was führt dich her, Hauptmann Gaahr?«, fragte sie mit einem Lächeln.

»Entschuldigt unser plötzliches Auftauchen. Aber wir sind auf einer dringlichen Mission. Wir sind auf der Suche nach Prinz Liam.«

»Und ihr sucht ihn in Ashturia?«, erkundigte sie sich verwundert.

»Ja, Eure Majestät. Wir hatten die Vermutung, er sei in Richtung Eurer Insel aufgebrochen. Seit wir das zerstörte Schiff in Eurem Hafen sahen, hoffen wir, den Jungen hier zu finden.« Der

Hauptmann schaffte es, in seiner Stimme etwas Sorge mitschwingen zu lassen.

Liam wäre am liebsten aufgesprungen und hätte diesen Lügner eigenhändig erdolcht, aber er zitterte so sehr, dass er seine Beine anzog und die Arme darumlegte.

Du bist ein Feigling!, schalt Liam sich und legte die Stirn auf die Knie.

»Ah, das Schiff ist aus Fascor?« Trina klang überrascht. »Fischer fanden es in diesem Zustand vor der Küste dümpelnd, es gab einen schlimmen Sturm in der Nacht vor ...« Sie sah sich wohl im leeren Audienzsaal um. »Ach, jetzt ist schon wieder niemand da, den ich fragen kann. Vor ein paar Nächten. Die Fischer schleppten das Schiff hierher, aber es gab keine Überlebenden. Mein Schiffsbauer meinte, er könne den Rumpf vielleicht reparieren, doch er ist wohl noch nicht dazu gekommen. Wollt ihr es ins Schlepptau nehmen?«, fragte Trina.

»Es gab keine Überlebenden?« Ein anderer Mann mit tieferer Stimme sprach nun.

»Nein, bedauerlicherweise nicht. Ich habe nach Überlebenden suchen lassen.«

»Niemand?«, fragte die tiefe Stimme zweifelnd.

»Wenn ich mir eure Rüstungen anschaue, kann ich nur hoffen, dass die Besatzung nicht derart mit Metall behängt war.«

»Ihr seid sicher, dass niemand den Sturm überlebt hat?«, fragte Gaahr misstrauisch.

Liam hob den Kopf. Er kauerte sich hinter Fecyre zu Boden und schob sich ein Stückchen weiter vor, um am Ellbogen des Drachens vorbei einen Blick auf die Männer zu werfen. Die drei wirkten angespannt. Trina stand jetzt auf und trat die Stufen vom Podest hinunter. Bewusst ließ sie die Männer im Glauben, schwach und leichtsinnig zu sein. Sie lächelte zauberhaft und sprach mit dünner Stimme weiter: »Natürlich hoffe ich, dass jemand überlebt hat, vielleicht in einer kleinen Bucht an Land gespült wurde und bislang unentdeckt blieb.« Sie sah zu Hauptmann Gaahr auf. »Ich verstehe eure Sorge um den Prinzen sehr wohl. Doch leider haben wir bislang nur einen vom Wasser aufgedunsenen Leichnam gefunden.«

Der Hauptmann schien freudig überrascht.

»Ja? Darf ich ihn sehen?« Er machte eifrig einen Schritt weiter auf die Königin zu.

Trina schüttelte bedauernd den Kopf.

»Wie gesagt: Er war aufgedunsen, wurde mir berichtet. Ein alter Mann. Er wurde unseren Traditionen entsprechend verbrannt.«

»Gershaw«, zischte der Mann mit der tiefen Stimme. »Ich wusste, dass sie an Bord dieses Schiffes waren!«

»Oh, ihr kanntet den Verstorbenen persönlich?«, tat Trina überaus mitleidvoll.

»Eure Majestät, ich war nicht ganz ehrlich zu Euch. Wir suchen den Prinzen, da er entführt wurde.«

»Entführt?« Bestürzt legte Trina die Hand auf die nackte Haut über ihrem Ausschnitt.

»Ja, und dieser Gershaw hat es wohl auf Lösegeld abgesehen. Zumindest vermuten wir das. Der Prinz ist vertrauensselig und leicht zu beeinflussen. Wir *müssen* ihn finden.«

»Ich verstehe.« Sie nickte verständnisvoll. »Doch dieser Tote war der Einzige der Besatzung, der bislang gefunden wurde.«

»Ihr seid sicher?« Gaahr machte einen weiteren Schritt auf Trina zu, nur noch eine knappe Armlänge trennte die beiden.

Liam hörte seinen Puls in den Ohren rauschen, sein Mund wurde ganz trocken vor Aufregung.

»Zweifelst du daran, Hauptmann?«, fragte Königin Trina jetzt mit fester Stimme und sah dem wesentlich größeren Mann geradewegs in die Augen.

»Wer weiß, was diese Wilden mit Fremden machen«, flüsterte der dritte Mann.

Trina streckte den Rücken durch und reckte das Kinn.

»Ihr kommt in *mein* Land und wollt meine Hilfe. Und dann hast du den Nerv, mein Volk als *Wilde* zu bezeichnen?« Sie klang eisig.

Gaahr sah sich zu dem dritten Mann um, ließ dabei den Blick durch die leere Halle schweifen. Als er wieder bei der Königin angekommen war, grinste er.

»Zweifellos seid ihr Wilde. Wer sonst wohl würde eine Königin ohne Wachen zurücklassen?« Mit einer schnellen Bewegung packte er Trina am Hals. »Also, Mädchen, es hat niemand überlebt?«

Hektisch kam Liam auf die Füße.

Aber jetzt war es Trina, die lächelte. Voller Genugtuung griff sie nach ihren Waffen und zog sie lautlos aus ihrem Gewand hervor. Fecyre machte unhörbar zwei, drei Schritte vor, Liam erschrak. Trina setzte die Waffen seitlich an Gaahrs Brustpanzer an und drückte die Klingen ein bisschen in das weiche Fleisch darunter. Überrascht stieß der Hauptmann einen Fluch aus, die beiden Soldaten machten einen Satz auf die Königin zu.

»Wenn du denkst, ich wäre *vertrauensvoll und leicht zu beeinflussen*«, zischte sie, »dann muss ich dich enttäuschen. Das bin ich ebenso wenig, wie ich ungeschützt bin, bloß weil keine Wache hier steht, um auf mein Wohl zu achten.« Sie übte etwas mehr Druck auf die beiden Klingen aus, Gaahr stöhnte auf und ließ seine Hand von Trinas Kehle gleiten. Er deutete den beiden Fascor zurückzubleiben.

Der Drache knurrte und trat aus dem Schatten hervor.

Gaahr bewegte nur die Augen, in ihnen lag Panik. Die beiden Begleiter gafften unverhohlen den Drachen an. Der eine machte vorsichtig einen Schritt rückwärts, sichtlich bedacht, die Aufmerksamkeit des schwarzen Tieres nicht unnötig auf sich zu ziehen.

Wulff riss von außen das große Tor auf, dort standen die Ashturier. Dicht an dicht hinter schulterhohen Schilden, das spärliche Licht aus dem Audienzsaal schimmerte auf den unzähligen blank polierten Klingen. Am Rande bemerkte Liam, dass die Ashturier keine Metallrüstungen trugen, er konnte nur lederne Armschienen erkennen. Fecyre ließ ihr Knurren durch die

Kehle rollen, sie breitete die schwarzen Schwingen aus und gab Liam somit weiterhin Deckung.

Die drei Männer kreischten wie kleine Kinder. Beinahe hätte Liam gelacht.

»So, Hauptmann«, begann die Königin ganz nahe an Gaahrs Ohr und hielt ihn mit ihren Waffen eng bei sich. »Und jetzt will ich wissen, warum *diese Wilden* dich und deine achtzig Soldaten einfach so wieder von hier verschwinden lassen sollten.«

Gaahr atmete stoßweise, er überlegte sicher fieberhaft, was Königin Trina hören wollte.

»Bitte lasst uns gehen. Nie wieder wird jemand aus Fascor einen Fuß auf Eure Insel setzen. Eure Majestät. Gnädige Königin!«

»Schwöre es«, verlangte die blonde Frau kalt.

»Ich ... ich schwöre! Beim Leben meiner geliebten Frau zu Hause!« Gaahr atmete auf, als Trina die blutbeschmierten Spitzen der Messer aus seinen Seiten zog. Er fiel auf die Knie. »Königin, Eure Gnade ist unendlich. Wir werden Euch nie wieder belästigen!« Rückwärts kroch er auf allen vieren zur Tür, hielt den Blick stets gesenkt. Erst als Wulff ihm im Weg stand, kam der Hauptmann auf die Beine.

Trinas Stimme durchschnitt die Stille. »Wulff, könntest du bitte sicherstellen, dass sich von unseren Gästen niemand verläuft und alle wohlbehalten noch heute Nacht das offene Meer erreichen?«

Im Licht der Fackeln konnte Liam erkennen, wie Wulff nickte und die Ashturier eine Gasse bildeten. Durch den schmalen Durchgang verließen die Soldaten im Laufschritt das Dorf.

Ihre Rüstungen schepperten dabei ohrenbetäubend.

»Schließt die Türen«, bat Fecyre und schmiegte sich wie eine riesige Katze an die Königin.

Trina ließ klirrend die beiden Klingen fallen. All die Kraft, mit der sie sich gegen die Soldaten behauptet hatte, schien sie verlassen zu haben. Als beide Türen ins Schloss gefallen waren, trat Liam aus dem Schatten.

Wulff hatte die Halle nicht verlassen, besorgt kam er langsam näher. »Trina, geht es dir gut?«

»Es ist alles in Ordnung, danke, Wulff. Ich brauche dich nicht mehr.« Sie klang müde.

»Natürlich, meine Königin«, antwortete der muskelbepackte Mann. Trotzdem sah er die junge Frau fürsorglich an, bevor er die Halle verließ.

Liam wusste nicht, was er sagen sollte. Er war überwältigt von der Entschlossenheit dieser Menschen, ihn nicht auszuliefern. Sie alle waren das Risiko eines Kampfes eingegangen. Für seine Männer und ihn.

Als er vor Königin Trina stand, streckte er seine Hände nach den ihren aus und umfing ihre kalten Finger. Sie zitterte.

»Ich danke Euch, Eure Majestät.« Er sank auf sein Knie und sah zu ihr auf. »Ihr sagtet, Ashturier würden immer geradeheraus die Wahrheit sagen.«

Trina runzelte reuig die Stirn. Liam atmete tief ein. Sie hatte ihn vorher schon geduzt, er hatte das Gefühl, ihr das irgendwie zurückgeben zu müssen. »Ich danke dir von ganzem Herzen für deine Lügen.« Einem Impuls folgend hob er ihre Hand an seinen Mund, spürte die kalte Haut unter seinen Lippen. »Ich stehe tief in deiner Schuld.«

Liam erhob sich und Trina sah peinlich berührt auf ihre Hände hinab. Er wandte sich zur Tür und hielt inne.

»Es wäre weit weniger unangenehm, wenn ich jetzt einfach gehen könnte«, sagte er über die Schulter. Fecyre machte ein Geräusch, das vielleicht ein Lachen war. »Aber ich weiß nicht, wohin. An wen darf ich mich wenden wegen eines Schlafplatzes?«

4

Liam hatte mit Gershaw zusammen in der großen Clan-Halle gegessen. Die Königin war nicht zugegen gewesen, aber die anderen Ashturier waren ihren normalen Aufgaben nachgegangen. Gemeinschaftlich flickten sie Fischernetze, plauderten und erzählten sich Schauergeschichten über Gestaltwandler und Meeresungeheuer. Niemand nahm Notiz von ihnen, niemand erkannte sie. Also hatten die beiden Geflüchteten aus Fascor sich nahe der Wand an einen der langen Tische gesetzt. Gershaw war furchtbar blass, er redete kaum und aß noch weniger. Liams Fragen verschob er unbeantwortete auf den nächsten Tag, obwohl Liam seine Stellung ausspielen wollte.

»Ihr müsst jetzt sehr schnell erwachsen werden, mein Prinz«, brummte sein Lehrer. »Eure Fragen werden warten müssen, bis ich meine morschen Knochen ausgeruht habe.«

Trinas Zofe brachte die beiden in einem kleinen, sauberen Zimmer unter. Der alte Mann war beinahe augenblicklich eingeschlafen. Doch Liam lag wach, obwohl sein Körper ausgelaugt und erschöpft war. Durch das offene Fenster fiel helles Mondlicht herein. Es störte ihn nicht, er hatte zu Hause die Vorhänge nie zugezogen.

Zu Hause, dachte er und versuchte, das Gefühl zu löschen, das in seinem Inneren brannte. Seine Eltern waren vielleicht schon tot. Womöglich wäre es eine Gnade, wenn sie es wären? *Dieser Gaahr hat eine Königin in ihrem eigenen Thronsaal angegriffen!* Er konnte sich nicht vorstellen, wie seine Mutter mit solch einer Attacke umgehen würde. *Wer sind diese Leute? Wozu sind sie fähig? Warum haben sie etwas gegen die Monarchie?* Liam verwünschte, dass er sich so wenig für Politik interessiert hatte. *Vater hat es sicher nicht kommen sehen. Oder viel zu spät.* Immer wieder spukten Bilder vor seinem inneren Auge, wie man seine Eltern gefangen nahm, ihnen Gewalt antat und sie tötete. Der Druck auf seiner Brust schien Liams Lunge platzen zu lassen, er konnte nicht mehr liegen bleiben. Das Abendessen rebellierte in seinen Eingeweiden. Nach Luft ringend stand er auf und fühlte sich so alt wie Gershaw.

Der Diplomat war sein Lehrer gewesen, solang er zurückdenken konnte. Sein Schnarchen war Liam von den unzähligen Stunden in der Bibliothek, in denen der alte Mann während des Unterrichts eingeschlafen war, allzu vertraut.

Das Messer, das in seinen Eingeweiden zu stecken schien, drehte sich herum. Verzweiflung und Hilflosigkeit hielten ihn umklammert und auch die Tränen, die seine Wangen hinunterliefen, brachten keine Erleichterung.

Ich muss nach Fascor zurück! Der Gedanke gab ihm Halt, sein Atem beruhigte sich langsam.

Er trat ans Fenster heran und sah zum Mond hinauf. Eine sanfte Brise kühlte seine heißen Wangen und trocknete die nassen Spuren darauf. Liam atmete ein, die Luft roch nach dem Laubwald, der nur einen Steinwurf vor dem Fenster begann.

»Du kannst nicht schlafen?« Obwohl die Stimme ganz leise flüsterte, erschrak Liam sich fast zu Tode. Er konnte nichts erkennen, bis der Drache aus den Bäumen heraus auf ihn zukam.

»Ach, du bist es«, seufzte er erleichtert. Dann warf er gleich einen Blick über die Schulter, doch Gershaw schlief weiter.

»Du denkst so laut, ich habe dich über den großen Hof gehört«, wisperte das Tier.

»Wie kann es sein, dass ich dich in meinen Gedanken verstehe?«, fragte er.

Fecyre legte den Kopf schief, dann antwortete sie, ohne zu sprechen: *»Ich weiß nicht, woran es liegt.«* Sie blinzelte. *»Bis jetzt konnte ich nur Trina auf diese Weise hören und nur sie mich. Erstaunlicherweise hört ihr mich nur dann gleichzeitig, wenn ich mit euch beiden sprechen will.«*

Noch etwas, worüber ich mir den Kopf zerbrechen kann. So wie darüber, wie ich herausfinden soll, wo meine Eltern sind. Oder wie ich das alles wieder in Ordnung bringe. Ich muss so schnell, wie es nur irgendwie geht, zurück nach Hause.

»Hab Geduld«, sagte der Drache. »Trina hat ein paar Fischer losgeschickt. Sie werden herausfinden, was auf dem Festland los ist.«

»Sie hat *Spione* geschickt?« Ironischerweise war Liam entrüstet, obwohl es ihm in die Hände spielte.

Die weißen Zähne des Tieres blitzten, als es kurz grinste. »Nein«, antwortete es leise. »Sie hat vertrauenswürdige Leute losgeschickt, die mit Fischern in Fascor befreundet sind. Mit etwas Glück wissen wir in einigen Tagen mehr.«

»Das ist sehr freundlich von der Königin.« Grübelnd sah er zum Mond am Firmament auf. Mit einem Mal kroch die Müdigkeit in Liams Knochen, er gähnte erneut und verbarg es rasch hinter der Hand.

»*Siehst du, jetzt wirst du doch müde*«, hörte er Fecyre. Weit riss sie ihr Maul auf und gähnte selbst.

»Ja«, murmelte Liam, kaum fähig, geradeaus zu denken. Das Bett hinter ihm wurde immer verlockender, denn an Bord des Schiffes hatte er kaum geschlafen. Fröstelnd schob er seine kalten Finger in die Achselhöhlen und nickte dem Drachen zu. »Ich wünsche eine gute Nacht«, nuschelte er und kämpfte damit, die Augen offen zu halten. Irgendwo, ganz leise, wunderte sein Verstand sich, was ihn so lange wachgehalten hatte. Die beunruhigenden Sorgen schienen für einen Moment vergessen und durch zähflüssigen Leim ersetzt. Zitternd versuchte Liam, sich unter der Bettdecke zusammenzurollen.

»Warte«, hörte er Fecyre und gleich darauf ein Geräusch am Fenster.

Als er sich umdrehte, balancierte das große Tier mit allen vier Tatzen auf dem Fenstersims. Mit einer seidigen Bewegung sprang es ins Zimmer. Er war zu müde, um sich zu rühren. Fecyre quetschte sich neben ihn, das Bett knarrte gefährlich unter dem Gewicht des großen Tieres. Schon wieder musste Liam gähnen, was ihm einen erneuten Schauer über den Körper jagte. Er fror erbärmlich.

»Das ist nur die Müdigkeit«, erklärte der schwarze Drache leise, hob den ledrigen Flügel und zog ihn damit beherzt näher an sich heran.

Er erstarrte, doch so dicht an Fecyre war es wunderbar warm und sie legte ihre Schwinge schützend über ihn. Bevor er sich bedanken konnte, war Liam eingeschlafen.

ᛒᛟᚷ

Noch ehe die beiden Hähne sich darum zankten, wer lauter krähen konnte, war Trina auf den Beinen. Das Feuer in der Clan-Halle war rasch entfacht. Geduldig rührte sie im Kessel, der darüber hing, den Haferbrei und stellte ihn dann auf die steinerne Umrandung der riesigen Feuerstelle. Verschlafen und wortkarg grüßten die ersten Bewohner, füllten sich Haferbrei in ihre Schüsseln und nahmen sich vom Reaka. Trina setzte sich auf den hintersten Tisch, lehnte sich an den Wandteppich der Connens und ließ die Beine baumeln. Der heiße, frisch geröstete Reaka duftete himmlisch. Vorsichtig schlürfte sie an ihrem Becher und aß, ohne Appetit zu haben, denn sie wusste, der Tag würde anstrengend werden. Hinter den Fenstern wurde es heller und die Hühner scharrten schon im großen Hof. Von jemandem aufgeschreckt, flatterten die Gockel beiseite. Trina hing ihren Gedanken nach, kratzte ihre Schüssel aus und achtete nicht weiter auf die Menschen, die in der Halle ein und aus gingen.

Am Rand ihrer Wahrnehmung hörte sie Fecyres Stimme, doch nur ganz leise. Also hatte der Drache nicht die Absicht, mit ihr zu sprechen. Suchend sah Trina sich nach Sisuna um. Sie hatte ihr am Vortag die Haare so kunstvoll hochgesteckt, dass Trina sie nicht ohne Hilfe wieder lösen konnte. Gähnend stocherte sie mit dem Löffelstiel unter die aufgetürmte Frisur.

»Guten Morgen.«

Trina fuhr herum, da ihr die Stimme fremd war. Irritiert blinzelte sie. Vor ihr stand ein schlaksiger Junge mit zerwühlten kastanienbraunen Haaren.

»Ich hoffe, Ihr habt ... du hast gut geschlafen?«

Jetzt arbeitete Trinas Hirn wieder, sie grinste. »Guten Morgen, willst du Reaka?«, fragte sie, stand auf und trat an die Feuerstelle heran.

Liam eilte ihr nach. »Ja, gern!« Er nahm einen frischen Becher und hob ihn ihr entgegen, damit sie einschenken konnte.

Wortlos setzte Trina sich wieder auf ihren Frühstücksplatz. Liam stand unschlüssig vor ihr. Sie deutete neben sich auf den Tisch. Mit der freien Hand wühlte Liam sich durch die Haare und kraxelte etwas umständlich neben sie auf die lange Tischplatte. Er pustete über die dampfende Flüssigkeit in seinem Becher, suchte wohl nach den richtigen Worten.

»Fecyre sagte, du hast ein paar Leute nach Fascor geschickt?«, fragte er schließlich.

»Ja.« Trina nickte. »Mich interessiert, was dort los ist.« Sie trank den lauwarmen Rest ihres Reakas. »Nach dem Frühstück möchte ich gern mit dir zu meinem Clan, den Connens. Deine Leute sind dort untergebracht. Sie wissen bestimmt mehr, als sie dir gesagt haben.«

Liam nickte. »Ich möchte dir noch einmal meinen Dank aussprechen. Du hast den Männern meines Vaters und mir Schutz geboten.« Er atmete langsam aus. »Was du als Gegenleistung erwartest, sagst du mir sicherlich, bevor ich nach Fascor zurückkehre?«

Trina hob überrascht den Blick.

»Was meinst du?«

Liam wollte gerade antworten, als Sisuna in die Halle kam.

»Runter vom Tisch, Mädchen!«, rief sie wie jeden Morgen quer durch den großen Raum. Die Ashturier beachteten das schon gar nicht mehr.

»Ich bin die Königin, ich kann sitzen, wo ich will«, gab Trina lachend zurück.

»Wenn du nicht sofort von dem Tisch runterkommst, lege ich dich übers Knie. Dann kannst du dich mit wundem königlichem Po überall hinsetzen, wo du willst.« Sisuna war weiter in Richtung Feuerstelle gegangen, hatte ihr aber einen wirklich finsteren Blick zugeworfen.

»Mit Haue hat sie mir schon lange nicht mehr gedroht«, sagte Trina leise zu Liam, der sie verdutzt ansah. Sie rutschte vom Tisch und setzte sich so auf die Bank, dass sie sich mit dem Rücken gegen den Tisch lehnen konnte. »Also, was meintest du gerade?«, wollte Trina von Liam wissen.

Der Junge setzte sich neben sie, rutschte aber nicht zu dicht auf, das fand Trina durchaus angenehm.

»Ich muss zurück nach Fascor. So schnell es geht. Ich halte diese Bilder im Kopf nicht aus.« Er sprach sehr, sehr leise. »Nicht zu wissen, was mit meinen Eltern ist. Ob sie noch leben ... Ich muss ihnen helfen, wenn sie noch am Leben sind!«

Trina sah ihn an. In seinen Augenwinkeln glänzten Tränen.

»Hör zu, Liam. Ich kann dich verstehen, wirklich. Aber ich werde dich nicht abreisen lassen, solang wir nicht wissen, was genau in Fascor passiert.« Sie hielt den Blick in den Reaka-Becher gesenkt. »Ich habe gestern eine Entscheidung getroffen. Ich werde der Bitte deiner Eltern nachkommen und dich vor dem Tod bewahren. Wenn du jetzt aufs Festland übersetzen willst, wäre es besser, ich würde dir hier sofort das Messer ins Herz stoßen. So bliebe dir wenigstens die Seekrankheit erspart. Und wer weiß, was dieser Gaahr mit dir anstellt, wenn der dich in die Finger bekommt.«

Jetzt sah sie Liam an. Empörung spiegelte sich in seinen blauen Augen, aber auch das Aufblitzen der Vernunft.

»Ich werde dir helfen. *Wir* werden dir helfen. Aber lass uns nichts überstürzen, einverstanden?«

»Wann erwartest du deine Spione zurück?«, fragte er ernst.

»Spione? Das sind keine Spione, Liam. Das sind Fischer, die mit Festländern befreundet sind.« Nachdenklich hielt Trina ihren Becher in den Händen. »Wenn die Tiden uns in die Hände spielen, könnten sie in ein paar Tagen schon zurück sein.«

»Mhm«, machte Liam.

»Ich kann mir vorstellen, was du durchmachst. Vermutlich ist die Ungewissheit erdrückend. Aber ich habe mit eigenen Augen gesehen, dass meine Eltern tot sind.« Sie rieb sich über das Gesicht und wünschte, die Erinnerung an die blutbesudelten Leichen damit vertreiben zu können, ehe sie seufzend wieder aufsah. »Was hätte ich nur gegeben für einen Funken Hoffnung, dass sie noch leben.«

Liam stellte seinen Reaka ab. »Ich werde die Hoffnung nicht aufgeben. Aber ich mache mir schreckliche Sorgen!«

Mit einem Nicken stand Trina auf.

»Ich lasse die Pferde satteln. Iss bitte etwas, wir brechen bald auf.« Sie deutete auf den großen Kessel, aus dem sich immer wieder jemand Haferbrei nahm. »Wenn du Trockenfrüchte dazu willst, frag Sisuna danach.« Als Liam die Augenbrauen hochzog, musste Trina grinsen. »Keine Sorge, sie ist sehr freundlich, ganz ehrlich.«

Kaum trat sie über die Türschwelle, ritt Wulff auf den großen Hof. Er schnaufte angespannt und stieg vom Pferd.

»Natürlich patrouilliert das Schiff der Soldaten an der Küste«, sagte er. Trina seufzte, das war beinahe zu erwarten gewesen.

»Danke, Wulff.« Sie gab seinem Hengst einen Klaps auf die Kruppe und schickte ihn damit in Richtung Stall. »Ich werde mit Liam und dem alten Mann zu den Connens reiten. Wenn du gefrühstückt hast, möchte ich die Sicherung der Küste in deine Hände legen. Sollte einer von denen einen Fuß an Land setzen, wirst du ein Exempel an ihm statuieren. Mit voller Härte.«

Grimmig nickte der Mann und folgte ihr in die Clan-Halle.

»Einverstanden. Du nimmst Fecyre mit?«, erkundigte Wulff sich und durchbohrte Liams Rücken im Vorbeigehen mit forschenden Blicken. Der Prinz war auf dem Weg zu dem Zimmer, in dem er und der Diplomat geschlafen hatten. »Der Junge ist keine ernst zu nehmende Gefahr für dich, aber bei dem Alten ...«

Er goss sich gerade Reaka ein, als ein gellender Schrei die Luft zerriss. »Hilfe!«

Augenblicklich hastete Trina in die Richtung, aus der sie Liam hatte rufen hören.

∞

»Ich brauche hier ...« Er war so dankbar, als Trina mit ihrem Leibwächter in das Zimmer stürmte. Liam war hilflos. Gershaw lag wie tot auf dem Bett.

Sie schob sich an ihm vorbei und tastete an Gershaws Hals nach dem Puls. Liam presste sein Ohr auf die Brust des alten Mannes und lauschte verzweifelt mit zusammengekniffenen Augen nach einem Geräusch. Obwohl er nichts hörte, stieß er den Gedanken an seinen Tod mit aller Macht von sich.

Es kann einfach nicht sein.

»Hilf mir, wir müssen ihn auf den Boden legen«, bat Trina und sofort hob Wulff den Alten hoch.

Behutsam lagerte Liam den Kopf des Diplomaten, während Wulff ihn auf dem Teppich ablegte.

»Sein Rachen ist frei«, sagte Liam und holte tief Luft, bevor er sich über Gershaw beugte.

Er drückte seine Lippen auf die des Alten und beatmete ihn. Kaum dass er sich von ihm löste, begann Trina mit der Stimulation des Herzens. Liam redete unablässig auf Gershaw ein, er hatte solche Angst um seinen Lehrer. Trina machte eine Pause, damit Liam wieder Luft in die Lunge des Mannes pressen konnte.

Wulff kniete sich auf die andere Seite des Diplomaten und löste Trina ab. Er drückte den Brustkorb kräftig und tief zusammen, immer und immer wieder.

Als er seine großen Hände von Gershaws Oberkörper nahm, fühlte Liam sogleich nach dem Puls an der Halsschlagader. Nichts.

Verzweifelt beugte er sich über den kalten Körper und drückte sein Ohr auf die Brust. Seine Augen wurden wässrig, seine Hoffnungslosigkeit wuchs. Und wuchs. In der Brust des alten Mannes war es totenstill. Resigniert setzte er sich auf. Schmerz kämpfte sich durch ihn hindurch und raubte ihm fast den Atem.

»Mögen sich die Götter deiner Seele annehmen, alter Freund«, murmelte er auf Fascor und kämpfte mit den Tränen.

»Es tut mir so leid«, sagte Trina mit belegter Stimme.

»Er sieht friedlich aus, als würde er schlafen«, sagte Liam und ergriff die Hand des alten Mannes. »Aber Gershaw hat geschnarcht. Immer.« Immer. Jede Nacht und in jeder Minute, die er neben ihm in der Bibliothek eingenickt war.

Liam ließ sich mit dem Rücken gegen das Bett sinken und bemühte sich, nicht vor den Fremden zu weinen.

Zuerst der Verrat in Fascor und jetzt diese Tragödie. Seine Augen brannten, als er Trina ansah. »Er hat keine sichtbaren Verwundungen.«

Überrascht holte sie Luft, aber es war Wulff, der das Wort ergriff: »Willst du andeuten, er wäre getötet worden?«, fragte der Hüne ruhig.

Liam hielt seinem Blick stand.

»Liam, er war alt«, wandte Trina ein. Sie war wohl gekränkt, dass er vermutete, sie hätten etwas mit Gershaws Tod zu tun. Er rang nach Atem.

»Es wäre ein Leichtes gewesen, ein Kissen auf sein Gesicht zu drücken, als ich den Raum verlassen hatte.« Liams Stimme brach.

»Dein Verlust tut mir wirklich sehr leid, Junge.« Wulff sah den Prinzen ernst an. »Aber ich lege für jeden Einzelnen hier die Hand ins Feuer. Alle Ashturier, die sich hier aufhalten, sind entweder vom selben Clan wie die Königin oder ihre engen Vertrauten.«

»Niemand hätte Gershaw etwas antun wollen«, sagte Trina und wischte sich die Tränen von der Wange. Sie wirkten echt, doch hatte er ihre Schauspielkünste nicht am Vortag erst kennenlernen dürfen? »Ich bedaure seinen Tod und deinen Verlust aufrichtig, Liam.«

Er konnte sie nicht ansehen. Wenn sie wirklich damit in Verbindung stand ... »Ich kann nachvollziehen, dass du einen Grund suchst.« Liam wischte sich die Nase am Ärmel ab. »Du bist unter Fremden, von deinen Leuten getrennt. Es wird nach dir gesucht.« Trina ging vor ihm in die Hocke und suchte seinen Blick. »Aber wir haben mit dem Todesfall nichts zu tun.« Mitfühlend streckte sie die Hand nach Liam aus, zog sie aber wieder zurück. »Wäre es für Ashturia nicht einfacher gewesen, dich gestern diesem Gaahr mitzugeben? Warum sollte jemand den Diplomaten heute Morgen umbringen?«

Liam ballte die Fäuste und starrte auf die Leiche hinunter. »Vielleicht war es Gift?«, fragte er mit bissigem Trotz in der Stimme. »Und du weißt bloß nichts davon?«

»Wir essen alle das Gleiche«, murrte Wulff. »Hast du euch gestern nicht selbst aus dem Kessel geschöpft?«

»Liam, sieh mich bitte an«, sagte Trina sanft. Zögernd hob er den Blick, Tränen quollen aus seinen Augen. »Ich bin davon überzeugt, dass die Aufregung zu viel für Gershaw war. Niemand trägt Schuld an seinem Tod«, erklärte Trina einfühlsam. Sie stand auf und legte ihre Hand auf Liams Schulter. »Wir lassen dich allein, damit du Abschied nehmen kannst.«

Der muskelbepackte Kämpfer klopfte Liam kurz auf die Schulter und verließ den Raum. Die Stille war bleiern und nur das laute Pochen seines Herzschlages durchbrach sie. In der Leere seines Verstandes hallten seine Worte.

Ja, du hattest recht, Gershaw. Ich muss sehr schnell erwachsen werden. Jetzt kann ich mich nicht mehr vor der Verantwortung drücken. Ich muss mich zusammenreißen. Für meine Eltern und für Fascor.

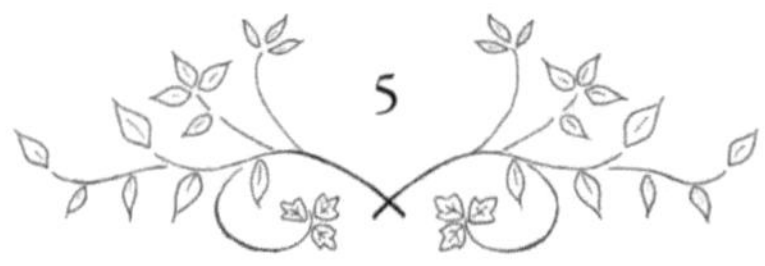

5

Liam fühlte sich miserabel. In seinem Kopf herrschte pures Chaos und sein Körper konnte die Schmerzen kaum noch ertragen.

Nur sein Stolz ließ nicht zu, dass er Trina um eine erneute Pause bat. Sie schien es ihm nicht krummzunehmen, dass er sie mehr oder weniger des Mordes beschuldigt hatte. Immer wieder drehte sie sich im Sattel zu ihm um und fragte, wie es ihm ginge.

»Wie soll es mir schon gehen?«, hätte er ihr am liebsten entgegengeschrien. Aber er beherrschte sich. Sie konnte nichts für seine Situation und sie bemühte sich sehr. Bei allem bemühte sie sich.

Trina war jedem gegenüber höflich und setzte auch hinter klare Befehle meist ein *Bitte* oder *Danke*. Sie besprach sich mit ihren Vertrauten, bevor sie einen weiteren Schritt machte. Auch ihn hatte sie um seine Meinung gebeten. Seiner Bitte hatte sie allerdings nicht nachgegeben.

Liam wollte mit seinen Männern zurück nach Fascor, so schnell es möglich war.

Schon wieder bekam er wässrige Augen. Tränen vor Angst und Sorge, aber auch geboren aus Wut und Frustration.

Hastig wischte Liam sich über das Gesicht, als Fecyre durchs Unterholz brach. Die beiden Pferde zuckten nicht einmal zusammen. Trina lehnte sich kaum merklich zu dem Drachen und nickte.

»Du hast sicher recht«, hörte er die Königin leise. Sie stieg ab. »Ich muss mir die Beine vertreten«, sagte sie bewusst lauter. Trina legte ihrem Pferd die Zügel über die Mähne und ließ es am Wegesrand grasen. Sein knochiger, alter Wallach streckte den Kopf, auch er wollte fressen. Liam ließ das weiche Zügelleder los und erlaubte es dem Tier.

Trina sah auffordernd zu ihm auf und versuchte dabei, mit dem Finger unter die straffe Steckfrisur zu gelangen.

»Steig doch auch ein bisschen ab, Hector freut sich sicher«, schlug sie vor. Als Liam den Mund missmutig verzog, lächelte sie. »Wir könnten ein Stück zu Fuß gehen.«

Sie war mit solcher Leichtigkeit von der Stute gesprungen, da war keine Spur von Ermüdung.

»Komm schon, Liam. Wir wissen alle drei, dass du dich nicht wohl fühlst im Sattel«, hörte er Fecyres Stimme.

»Ich befürchte, ich kann nicht mehr aufsitzen, wenn ich einmal abgestiegen bin«, murmelte er.

Trina grinste. »Wir bekommen dich schon wieder da hoch.«

»Ich hatte dich gewarnt, dass ich kein begnadeter Reiter bin.« Konzentriert hob er sein Bein über den Rücken des Wallachs und saß ab. Mit Müh und Not verkniff Liam sich das Aufstöhnen. Die Innenseite seiner Oberschenkel fühlte sich an wie flambierter Pudding – wabbelig und brennend. Das breitbeinige Sitzen auf einem Pferd war für ihn immer schon eine Tortur gewesen und heute war er länger im Sattel gewesen als im gesamten vergangenen Jahr zusammengenommen.

Trina schnalzte, damit das Pferd ihr folgte.

»Nun denn, Prinz Liam, worin bist du dann begnadet? Der Kampf mit dem Schwert ist es nicht, das Reiten ebenso wenig.« Sie hielt ihre Stimme tonlos und sah ihn nicht an.

Liam atmete tief durch. *Sie versucht nur, mich einzuschätzen.*

»Es sind wohl eher Tugenden des Schreibtisches, Königin Trina.«

Er warf ihr einen Seitenblick zu, sie sah weiterhin nicht zu ihm herüber. Verstohlen zog er am Schritt seiner Hose. Auch wenn die Sättel der Ashturier komfortabler waren als die, die er gewöhnt war, so war es dennoch kein schönes Erlebnis. »Ich lese sehr gern, auch die Kartografie liegt mir. Gershaw hat meine Begabung stets gefördert, er sagte immer, ich würde außergewöhnlich schnell lernen und Gelerntes gut behalten.« Der Gedanke an seinen Lehrmeister stach in seinem Herzen, Liam fühlte sich einsam. »Ich beherrsche einige Fremdsprachen, genau wie du, nebenbei bemerkt.« Mit der Stiefelspitze trat er einen kleinen Stein beiseite. »Du sprichst meine Sprache allerdings besser als ich die der Ashturier. Lass mich ein bisschen üben«, schlug er auf Ashtur vor.

Überrascht sah sie ihn an. »Nein, lieber nicht. Es wäre gut, wenn du mir die Gelegenheit gibst, mich zu verbessern.« Sie hielt nach diesem Satz inne, als gäbe es noch etwas, das sie nicht auszusprechen wagte.

»Weil?«, bohrte Liam nach. Trina ging weiter, als hätte sie ihn nicht gehört. »Trina?«

Die junge Frau schüttelte den Kopf. »Es ist noch nicht an der Zeit, um über ungelegte Eier zu sprechen.«

»Eine Erklärung war das jetzt aber wirklich nicht.« Liam bemühte sich, geduldiger zu klingen, als er war.

»Ich weiß, entschuldige bitte. Kartografie also?«, lenkte sie dann vom Thema ab. »Ist das nicht furchtbar langweilig? Oder sind eure Karten unterhaltsamer als unsere?«

Liam lächelte müde und antwortete: »Ich habe eure Karten natürlich noch nicht gesehen, aber mich fasziniert die Fertigkeit, mit der Gelände auf Papier gebannt wird. Wie mit wenigen Strichen ein Gebirge angedeutet wird und ich sofort weiß, wie viele Tage es in Wirklichkeit braucht, es zu umgehen. Zum Beispiel kann ich an der Art, wie eine Furt gezeichnet ist, sehen, ob der Kartograf selbst dort war.«

»Wofür spielt das eine Rolle?«, erkundigte sich Fecyre und sprang geschmeidig über einen umgestürzten Baumstamm hinweg.

»Für Reisen in unbekannte Gebiete«, erwiderte Liam dem Tier so selbstverständlich wie einem Menschen. »Nicht immer ist es möglich, einen ortskundigen Führer anzuheuern. Mit einer verlässlichen Karte kann man Gefahren so gering wie möglich halten, falls man gut plant.« Liam versuchte vergeblich, die geschundenen Muskeln in seinen Beinen zu lockern.

Trina schaute gedankenversunken zu Boden.

»Könntest du eine grobe Karte von Fascor zeichnen?«, fragte sie.

»Natürlich. Aber wozu?« Liam wurde nicht schlau aus der Königin. Sie grübelte zweifellos über *ungelegte Eier*, wie sie es nannte.

Statt seine Frage zu beantworten, sah Trina auf und sagte: »Sieh nur, wir sind beinahe da.« Mit dem ausgestreckten Arm zeigte sie durch die Lücke zwischen den Bäumen, die der Weg in den Wald schnitt. Weit entfernt konnte Liam einige Gebäude erkennen, es stieg eine dünne Rauchsäule empor. »Willst du weiterreiten oder lieber laufen?«, fragte sie.

Er zögerte einen Moment. Liam wusste, welchen Ruf er bei Hofe hatte. Er galt als zurückhaltend und kopflastig, als ein verweichlichter Einzelgänger, der sich um jede körperliche Auseinandersetzung drückte.

Tags zuvor hatte er den Männern befohlen, Trinas Vertrauten zu diesem Gehöft zu folgen. Er war selbst erstaunt darüber gewesen, wie selbstsicher er geklungen hatte. Und auch, dass sich die Männer seines Vaters gefügt hatten, nachdem er keinen Widerspruch geduldet hatte.

Die Männer meines Vaters, dachte er verbittert. *Es wird sich zeigen, ob ich sie für mich gewinnen kann. Ich brauche sie so dringend wie die Luft zum Atmen, wenn ich zurück nach Fascor will.*

»Wenn du mir in den Sattel helfen könntest, wäre ich dir sehr dankbar.«

Liam zog den Wallach zu einem Baumstumpf und mit Trinas Hilfe blieb das Pferd lange genug dicht daran stehen, dass er sich auf dessen Rücken ziehen konnte. Sie ritten weiter.

Die Stimme des Drachen in seinem Kopf war sanft, aber trotzdem sehr ungewohnt, und ein kleines bisschen erschreckte Liam sich jedes Mal: »*Verlagere das Gewicht mehr nach hinten. Das dürfte angenehmer sein.*« Er wusste nicht, was Fecyre meinte, sah sie fragend an. »Schau es dir bei Trina ab. Du klammerst dich mit den Knien an das Pferd. Wenn du die Beine streckst, wirst du lockerer. Sieh, Trina kann entspannt dem Rhythmus des Tieres folgen. Sie passt sich ihm an.«

Liam sah zu der mageren Frau hinüber. Mit der Reithose und breitbeinig zu Pferde sah sie aus wie ein Mann. Sie hielt die Zügel locker in einer Hand, die andere lag auf ihrem Oberschenkel.

»Was guckst du so?«, fragte sie, als habe sie seinen Blick gespürt.

»Ach, ich finde es nur ungewohnt, eine Frau in Hosen zu sehen. Und noch dazu ohne Damensattel.«

»Mhm«, gab sie zurück. »Diesen Festländerblödsinn haben sich ein paar *feine Damen* hier auch zugelegt. Wenn es ihnen Spaß macht, sich hilfloser zu geben, als sie sind ... bitte!« Sie zuckte mit den Schultern.

»Sollte die Königin nicht eine feine Dame sein?« Die Worte waren seinem Mund entkommen, bevor er nachdenken konnte.

Einen winzigen Moment war Trina perplex, dann lachte sie laut. Ebenso wie Fecyre. Das glockenhelle Gelächter der beiden hallte durch die Ausläufer des Waldes. Trina wischte sich die Tränen aus den Augenwinkeln und atmete mehrmals tief durch.

»Ich mag dich, du bist ein Spaßvogel«, murmelte sie. »Ja, ich bin die Königin«, sagte sie gerade laut genug, dass Liam sie verstehen konnte. »Ich habe mir den Respekt meines Volkes verdient. Durch harte Arbeit, Blut und Schweiß. Durch unzählige Nächte, in denen ich trainiert habe, um bei der Prüfung eine Chance zu haben. Durch einen unglaublichen Dickkopf und den Willen, dieses Land am Licht zu halten und es nicht in die dunklen Tiefen zurücksinken zu lassen, aus denen die Könige vor mir es herausgehievt haben.«

Trinas Stute fiel in Trab und ließ Liam und Fecyre hinter sich. Der Wallach ließ sich nicht anspornen, egal was Liam auch tat. Er trat mit den Fersen in den Bauch des Tieres, klatschte mit der flachen Hand auf die Kruppe. Er bat es sogar und versprach ihm Leckereien, wenn es doch endlich schneller lief. Doch alles, was das Pferd machte, war zu schnauben. Liam hatte so gehofft, einen guten Eindruck bei den Männern seines Vaters zu machen – und jetzt ritt ihm das Mädchen davon! Einen Moment überlegte er verzweifelt, ob er besser absteigen und den Gaul hinter sich her schleifen sollte. Doch angesichts der brennenden Beine verwarf er diese Idee resignierend. Mit zusammengepressten Lippen fluchte er innerlich.

»Warum ärgerst du dich?«, fragte der Drache neben ihm und musterte ihn aufmerksam.

Liam sah in die tellergroßen, grünen Augen und holte Luft, um zu antworten. Nur irgendetwas Unartikuliertes kam aus seinem Mund, er konnte das nicht in Worte fassen. Jede kleine Stichelei wegen seiner zarten Hände oder der fehlenden Kraft und Ausdauer, jede hinter seinem Rücken getuschelte abfällige Bemerkung, jeder zum Scheitern verurteilte Vergleich mit dem Bruder, den er so geliebt hatte, und jedes verdammte Mal, wenn er sich nicht gut genug gefühlt hatte, schoss in einem Augenblick durch ihn hindurch. Fecyre blieb stehen.

»Ich verstehe«, sagte sie. »Steig ab.«

»Was? Nein! Ich komme doch nie wieder in den Sattel!«

»Steig ab.« Die Schatten der Bäume tanzten auf dem Drachen. Liam konnte sich keinen Reim darauf machen, was Fecyre von ihm wollte. Der Wallach war stehen geblieben und kaute gelangweilt auf dem Gebiss.

»Ich werde dich kein drittes Mal auffordern, Prinz Liam.«

Der Ton war mehr als kühl, also rutschte Liam vom Pferderücken. Das schwarze Wesen vor ihm sah ihn ernst an.

»Dein Schicksal ist mit dem unseren verbunden.«

Das klingt irgendwie bedeutungsschwer.

»Das ist es auch«, gab der Drache zurück. »Klettere auf meinen Rücken.«

»Bitte was?«

»Mach schon, Trina ist bereits fast bei den Connens!«

»Was hast du vor? Was ist mit dem Pferd?«, fragte Liam, während Fecyre ihn unbeholfen mit den Vorderbeinen in ihren Nacken bugsierte.

»Festhalten!« Unvermittelt sprang sie los.

Liam hatte nichts, woran er sich wie befohlen festhalten konnte, also beugte er sich weit über den muskulösen Hals des Drachen, klammerte sich daran fest und kniff die Augen ängstlich zusammen. Fecyre machte große Sätze wie im Galopp, sodass Liam dachte, sie würde ihn anstelle des Pferdes tragen.

Doch dann spürte er unter der warmen Haut des Tieres andere Muskeln arbeiten und ein gemächlicherer Rhythmus ging durch den Drachen. Unsicher blinzelte er. Das, was er sah, ließ ihn erstarren. Weit unter ihm lag das weite Feld, ein geflügelter Schatten jagte darüber hinweg.

»*Atme ruhig*«, empfahl Fecyre ihm, während sie tiefer ging. »*Wenn ich lande, wirst du so tun, als wäre es das Normalste der Welt. Deine Knie werden weich sein. Du kannst einen Augenblick unauffällig neben mir stehen bleiben, bis du nicht mehr zitterst.*«

»*Warum tust du das?*«, fragte Liam. »*Warum tust du das für mich?*«

Die Gebäude kamen immer näher, Fecyre glitt in einem sanften Bogen darauf zu. Sie warf ihm einen Blick über ihre Schulter zu.

»*Du bist wichtig. Das spürte ich vom ersten Augenblick an. Genauso wie ich wusste, dass Trina wichtig ist, als ich schlüpfte. Und weil ich dir helfen will, Liam. Wir kommen in Sichtweite, setz dich so aufrecht wie möglich hin!*«

Langsam schlug der Drache mit den Flügeln, um den Flug zu bremsen. Trina saß gerade ab.

Fecyre setzte auf, trippelte ein paar Schritte, blieb dann stehen und duckte sich zu Boden, damit Liam absteigen konnte. Trina drehte sich zu dem Drachen um und erstarrte.

»*Schweig!*«, hörte er Fecyres Stimme noch, ehe sich eine Leere breitmachte, wo zuvor der Drache mit ihm gesprochen hatte.

Liam spürte, wie ihm das Blut in den Kopf schoss. Der überraschte Blick, den Trina ihm zuwarf, wurde zu einem enttäuschten Vorwurf, als sie Fecyre ansah. Die beiden sprachen kein Wort, aber sie unterhielten sich zweifellos.

So unauffällig wie möglich wischte er seine schweißnassen Hände an der Hose ab. Seine Knie waren weich wie Butter in der Sonne.

Bei den gnädigen Göttern, ich bin geflogen! Das Grinsen ließ ihn bestimmt dämlich aussehen. Aber jetzt, mit sicherem Boden unter den Füßen, fühlte er sich so mutig, stark und frei wie selten zuvor.

Trina starrte den Drachen immer noch an. Kinder rannten auf Fecyre zu und drängten Liam beiseite.

Er ging schüchtern auf Trina zu. Nur widerwillig ließ sie sich stören und zog noch einmal tadelnd die Augenbraue hoch, bevor sie ihren Blick von dem Drachen nahm.

»Darüber werden wir noch sprechen«, zischte sie Fecyre zu. »Liam, ich wusste gar nicht, dass man auf dem Drachen reiten kann«, sagte Trina mit einem aufgesetzten Lächeln. Doch sie wandte sich sogleich einer hageren älteren Frau zu, die über den staubigen Hof eilte.

»Königin Trina! Ich freue mich sehr, dich zu sehen, Mädchen!« Sie blieb vor der kleineren Trina stehen.

»Jägerin, ich freue mich ebenso!« Trina umarmte sie herzlich. »Danke, dass ihr die Männer aufgenommen habt.« Sie warf Liam einen Blick über die Schulter zu. »Du hast sicherlich einiges mit ihnen zu besprechen.« Sie deutete mit dem Kopf zur Schiffsbesatzung, die herantrat. »Alwa, wie geht es dir? Könnt ihr die Arbeit bewältigen?« Die beiden entfernten sich von den Männern.

Doàn, der Hauptmann der Leibwache, neigte den Kopf respektvoll und sah sich um. Doch nur die zwölf Männer aus Fascor standen beisammen. Liam hatte angenommen, es sei normal, dass die königliche Leibwache ihn bei der Anbahnung einer Heirat begleitete. Wie naiv er doch gewesen war!

»Mein Prinz, gibt es Neuigkeiten?«, platzte einer von ihnen voller Ungeduld heraus.

»Habt Ihr etwas vom Festland gehört?«

»Wo ist Gershaw?«

»Was waren das für Männer auf dem Schiff?«

»Wie sind die Wilden sie losgeworden?«

Fragen über Fragen prasselten auf Liam ein.

»Sie sind keine Wilden!«, hörte er seine eigene Stimme. »Die Ashturier unterscheiden sich von uns, aber sie sind *keine Wilden.*«

»Verzeiht, Herr, Ihr habt natürlich recht«, erwiderte der Mann sofort.

»Ihr wisst, was in Fascor passiert ist?«, fragte Liam eisig.

Die Leibwächter sahen beschämt zur Seite. Allein Doàn hielt seinem Blick stand.

»Ja, mein Prinz.«

»Und niemand dachte, es wäre erwähnenswert?«

Doàn verzog keine Miene, als er antwortete: »Was wir dachten, spielt keine Rolle. Wir hatten Befehle zu befolgen, mein Prinz. Erlaubt die Frage: Wo ist Gershaw? Es wäre seine Aufgabe, Euch über die Lage aufzuklären.«

Liams Kehle wurde eng, er bekam kaum Luft. Seine Hände zitterten plötzlich und seine Stimme brach, als er antwortete. »Gershaw ist heute Morgen verstorben.«

Überrascht zog Doàn die Augenbrauen hoch, Fragen spiegelten sich auf seinem Gesicht. Doch er legte mitfühlend seine Hand auf Liams Schulter, ein paar der anderen Männer wisperten Gebete.

»Das tut mir leid. Ich weiß, dass Gershaw sehr viel Zeit mit Euch verbrachte«, sagte der Hauptmann. »Vielleicht sollten wir über solche Dinge nicht auf dem staubigen Innenhof sprechen? Diese Leute sind freundlich, aber ... ich traue ihnen nicht.«

Doàn ging ein paar Schritte voraus, hielt auf den Feldweg zu. Über die Schulter sah Liam sich nach Trina um, doch sie hatte ihm den Rücken zugewandt und unterhielt sich mit einigen Leuten. Also folgte er Doàn, der ihn eindringlich ansah.

»Haben die Ashturier etwas damit zu tun? Gab es Anzeichen für einen gewaltsamen Tod?«

Liam blinzelte die Tränen weg und schüttelte den Kopf. »Ich habe seinen Körper abgesucht, konnte aber nirgends Wunden entdecken.« Die Erinnerung daran schmerzte und rebellierte in seinem Magen. »Man hätte ihn im Schlaf ersticken können, doch ich fand keine Hinweise darauf. Keine blauen Lippen, keine blutunterlaufenen Augen.«

»Gift vielleicht?«, fragte Doàn.

Auch wenn Liam anfangs vermutet hatte, es wäre kein natürlicher Tod gewesen, glaubte er inzwischen nicht mehr daran. Er hatte sich alles ins Gedächtnis gerufen, was er über Mord wusste, und schweren Herzens seinen väterlichen Lehrer nach Anzeichen dafür abgesucht.

»Nein, Gershaw und ich teilten sowohl unser Essen als auch das Wasser. Außerdem hat er kaum etwas zu sich genommen. Ich konnte keine Verfärbungen der Haut feststellten oder veränderte Gerüche.« Er atmete tief ein. »Gershaw war alt, auch wenn ich das häufig vergaß. Ich glaube, er ist einfach gestorben.« Dann wandte er sich einem anderen dringenden Thema zu. »Meine Eltern wollten mich in Sicherheit bringen. Wie ein kleines Kind.« Seine Schritte wurden kürzer, schließlich blieb Liam stehen. »Ich muss zurück. Meine Eltern retten. Und Fascor.«

Doàn sah ihn einen Augenblick ausdruckslos an. »Darf ich offen sprechen, mein Prinz?«, fragte er. Liam nickte. »Verzeiht, falls es Euch beleidigt, aber Ihr seid kein Krieger.«

Liam musste beinahe lachen.

»Das ist mir auch schon aufgefallen«, sagte er düster. »Was ist in Fascor passiert, dass es so weit kommen konnte? Gershaw hat mir nichts ... Ich habe nur die Depesche an die Königin gelesen. Bitte, klärt mich auf, Doàn.«

Der Hauptmann kickte einen Stein in das frisch gemähte Feld.

»Die Missernte des letzten Sommers lag am vielen Regen«, begann Doàn.

Liam wusste, dass die Ernte auf den Feldern verschimmelt war und Fascor nur mit dem Zukauf und der Rationierung von Lebensmitteln dem Hunger entkommen war.

»Doch diese Rebellen, *Befreiungsarmee* nennen sie sich übrigens, machten das Volk glauben, König Sverre sei schuld daran und hätte sich auf Kosten seiner Untertanen bereichert. Sie haben die

Leichtgläubigkeit der Bevölkerung ausgenutzt und sie immer mehr gegen die Monarchie aufgewiegelt und radikalisiert. Der Geheimdienst des Innenministers nahm das anfangs nicht ernst und gab erst Wochen, vielleicht Monate verspätet diese Information an den König weiter.«

Liam sah überrascht auf. Wie konnte das möglich sein? Doch Doàn fuhr fort.

»Die monatlichen Steuern waren schon vor dem Winter ausgesetzt worden. Teile der Besprechung dazu habt Ihr selbst belauscht, mein Prinz.« Der Hauptmann warf Liam einen verschwörerischen Blick zu. »Doch die Befreiungsarmee hatte die Steuereintreiber zu diesem Zeitpunkt schon längst unterwandert und trieb die Abgaben trotz der Erlässe ein. Nur dass nicht der Schatzmeister Eures Vaters sie bekam, sondern die Rebellen damit Waffen kauften. Der Missmut der Bevölkerung schlug in Wut um. Und als die Befreiungsarmee sich stark genug fühlte, begannen sie mit dem Sturm auf den Hof.«

Gedankenverloren starrte Liam auf das gesattelte Pferd, das über die Stoppelfelder in Richtung Gehöft trottete. Er hatte ab und zu Tumulte in der Stadt gehört, aber stets geglaubt, Streitereien auf dem nächstgelegenen Markt wären die Ursache gewesen. Dann fiel ihm etwas ein. Beim letzten Audienztag war ein Bauer mit einer versteckten Haue auf seinen Vater losgegangen, aber der Mann hatte wirres Zeug gebrüllt, bis er überwältigt worden war.

Vielleicht war er doch nicht so wirr im Kopf.

»Seit wann wusste mein Vater von diesen Rebellen?«, fragte er und wandte sich zum Clan-Gehöft der Connens um.

»Die Informationen haben uns erst vor ein paar Tagen erreicht. In Anbetracht dessen konnten wir kaum Vorbereitungen treffen. Der König wollte nicht fliehen. Euch in Sicherheit zu bringen war ihm wichtig, ich selbst wählte diese loyalen Männer aus. Verzeiht, dass wir Euch unter falschem Vorwand nach Ashturia gebracht haben. Gershaw hatte gehofft, wir könnten hier Unterschlupf finden.«

Königin Trina kam auf sie zu, sie hatte die letzten Worte aufgeschnappt.

»Du kannst mit deinen Männern hierbleiben, so lange du es für richtig hältst«, sagte sie zu Liam.

»Wir möchten uns für Eure Gastfreundschaft herzlichst bedanken, Eure Majestät, doch werden wir Euch nicht allzu lange zur Last fallen«, gab Doàn zurück und verneigte sich höflich.

Trina lächelte ihn kurz an, doch sie schüttelte den Kopf und wandte sich Liam zu.

»Du weißt, dass ich dich nicht nach Fascor zurückkehren lassen kann. König Sverre hat ausdrücklich gewünscht, dass du in Sicherheit bist, und er hat recht damit.«

Als Doàn Luft holte, um zu antworten, sah Trina mit hochgezogener Augenbraue zu ihm auf. Der Leibwächter hatte verstanden und zog sich zurück.

»Ich habe mit deinen Männern gesprochen. Sie haben nicht viel preisgegeben, doch sie sind alle fest entschlossen, dich zu verteidigen. Und sie wollen genauso schnell nach Fascor zurück wie du.«

»Trina, ich stehe tief in deiner Schuld. In deiner und in der Schuld der Ashturier. Aber das ist unser Kampf.«

Die Frau hatte in der Zwischenzeit die Haare gelöst, die sanfte Brise spielte mit den langen Strähnen. Sie seufzte.

»Das mag sein. Doch dieser Gaahr schleicht um meine Küste, er wartet nur auf dich. Ihr könnt hier noch nicht weg. Wir wissen nicht, was in Fascor auf uns wartet.« Damit drehte sie sich mit einem Ruck um und ließ Liam auf dem Hof stehen.

»Was in Fascor auf *uns* wartet?«, rief er ihr irritiert hinterher. Als die Königin nicht reagierte, wandte er sich an Fecyre. »Weißt du, was sie damit meinte?«

»Das weiß ich«, antwortete sie mit einem Grinsen. »Aber wenn Trina nicht mit dir darüber sprechen will, wird sie ihre Gründe haben.«

6

Die Tage zogen sich. Die Fischer waren noch nicht von Fascors Küste zurückgekehrt und Liam hatte sich mehr als einmal gefragt, ob sie überhaupt zurückkommen würden.

Doch allzu sehr kam er nicht ins Grübeln, da die Königin beschlossen hatte, ihm eine Ausbildung in Kampftechniken zukommen zu lassen.

Trina hatte ihn vor die Wahl gestellt: Er konnte sich von seinen eigenen Leibwächtern unterrichten lassen – in ihrem Vorschlag hatte mitgeklungen, dass sie sehr wohl die Möglichkeit der Blamage erkannt hatte – oder von Wulff unter die Fittiche genommen werden, sofern es die Aufgaben der rechten Hand der Königin zuließen. Andernfalls würde Trina sich selbst um ihn kümmern. Liam hatte wählen müssen, denn er sah die Notwendigkeit für die Ausbildung ein.

Jetzt, auf dem schattigen Sandplatz hinter der Clan-Halle, wünschte er sich sehnlich den großen, wortkargen Hünen zurück. Denn so sehr Trina sich bemühte, es fiel Liam schwer, sich in ihrer Nähe auf die Übungen zu konzentrieren.

»Nein«, sagte sie versöhnlich. »Du musst den Arm nach außen drehen, dann fängst du meinen Hieb wirksam ab.« Sie verbog Liams Arm, seine Muskeln protestierten heftig. Mit zusammengebissenen Zähnen ahmte er die Haltung nach, die die junge Königin ihm vorgab. »So. Wenn du den Arm hier hast, kann ich dich verletzen, selbst dann, wenn ich abrutsche.«

Sie stand so dicht vor ihm, dass er die Wärme spürte, die von ihrem Körper ausging.

»Mhm«, machte Liam und nickte, bevor er einen Schritt zurücktrat und erneut die Ausgangsposition einnahm. »Also noch mal«, murmelte er schicksalsergeben.

»Mir ist so heiß.« Gedankenverloren wischte Trina mit dem Saum ihrer Tunika über ihr Gesicht. »Ich habe eine Idee, komm.«

Sie drehte sich zu den Stallungen um und stieß einen hellen Pfiff aus. Jemmy, der Stallbursche, streckte seinen Kopf aus einem der Fenster, um zu sehen, wer gepfiffen hatte. Trina deutete auf Liam und sich und dann in den Wald hinein. Der Bursche nickte deutlich und ging wieder seiner Arbeit nach.

Als Trina sich mit dem langen Kampfstock unter dem Zaun durchbückte, fragte Liam neugierig: »Was machen wir jetzt?«

Doch Trina war schon zwischen den Büschen verschwunden und er musste sich beeilen, um nicht den Anschluss zu verlieren. In dem kleinen Wäldchen war es nur geringfügig kühler, doch das Rascheln im Blätterdach ließ zumindest eine Luftbewegung erahnen. Die Hitze stand über dem Land, aber das war Liam gewohnt. Die Palastanlagen waren weitgehend gepflastert und im Sommer flimmerte die Hitze auf den Steinen.

Die Königin, die vor ihm her schritt, war noch immer so rätselhaft wie am Tag seiner Ankunft.

Nein, auf eine andere Weise, dachte er und lachte mit sich selbst. Am Tag seiner Ankunft in Ashturia hatte die junge Frau ihn fasziniert. Sie hatte so direkt und offen gewirkt, so ganz anders als alle Damen bei Hofe, die er je gekannt hatte. Daran hatte er sich in den wenigen Tagen gewöhnt.

Das, was die blonde, dürre Frau jetzt geheimnisvoll machte, war ihre verschlossene Art, die sie an den Tag legte. Wulff hatte ironisch zu Liam gemeint, er hätte es wohl endlich geschafft, das Mädchen zum Schweigen zu bringen.

Liam nahm den langen Kampfstock in die andere Hand und machte große Schritte, um nicht zurückzufallen.

»Wo gehen wir hin?«, fragte er erneut. Sie drehte sich zu ihm, ihre Wangen hatten eine rosa Farbe angenommen.

»Kannst du schwimmen?« Unvermittelt blieb sie stehen, beinahe wäre er in sie hineingelaufen. Trina krempelte ihre weite Hose bis über die Knie hoch und zog die Stiefel aus.

»Wieso fragst du?« Liam sah Trina verwirrt dabei zu, wie sie an ihm vorbei ein paar Schritte zurückging.

Sie grinste, fasste den Stock fester und rannte geradewegs durch das Gebüsch. Ihr Lachen schlug in einen Schrei um und Liam hastete ihr erschrocken nach. Das Platschen hörte er, während er durch die Blätter brach, und es warnte ihn vor. Also fiel er nicht über die Felskante. Ein paar Meter unter ihm schwamm Trina durch den kleinen, tiefen Teich, den Kampfstock noch immer in der Hand. Sie winkte ihm zu, er sollte ihr folgen.

»Soso, du hast Höhenangst, aber springst hier einfach runter?«, rief er.

Er ließ den Kampfstab fallen, zog seine Stiefel aus und sein Hemd über den Kopf. Die Aussicht auf ein erfrischendes Bad ließ sein Herz höherschlagen, auch wenn er dazu springen musste. Der Teich lag malerisch inmitten der Bäume. Nur eine winzige Lücke im Blätterdach ließ die Sonne durch und ihr Licht auf dem grünen Wasser tanzen.

Trina ermutigte ihn: »Der See ist tief genug, erst hier hinten kann ich stehen. Nimm Anlauf!« Zum Beweis stand sie auf, das glitzernde Wasser reichte ihr nur bis zur Hüfte.

Liam zog scharf die Luft ein und war froh, dass sie es nicht hören konnte. Er hatte so sehr versucht, sich stets daran zu erinnern, dass Trina in erster Linie eine Königin war. Dass er ihr Respekt entgegenzubringen hatte. Dass das Glück von Fascor von ihr abhing, denn sie gewährte ihm, dem Prinzen, hier Unterschlupf. Am Hof von Fascor waren hübschere junge Frauen ein und aus gegangen, jede von ihnen weiblicher als der Wildfang, der auf Ashturias Thron saß.

Doch hatte Liam sich bereits ein paarmal dabei ertappt, dass er Trina sympathisch fand. Eigentlich sogar mehr als das. Und jetzt stand sie dort unten im Wasser und die klitschnasse Kleidung schmiegte sich an ihren Körper. Mochten diese Hofdamen noch so üppige Rundungen zur Schau gestellt haben, in diesem Moment nahm Trinas spröde Schönheit ihm beinahe den Atem.

»Was ist los? Komm schon! Wir müssen weiter trainieren!«, rief sie zu ihm herauf.

»Ich ... ich kann nicht.«

»Wegen der Höhenangst?«

Das war nicht gelogen. Aber er konnte nicht näher an sie heran. Schon aus der Entfernung sah sie zauberhaft aus. Liam befürchtete, sein Körper würde ihn verraten, wenn er sie deutlicher und näher vor sich hatte. Er schaute zu Boden, doch Trina deutete die Röte seiner Wangen falsch.

»Du musst dich nicht schämen deswegen.« Ihre sanfte Stimme hallte über den Teich. »Wenn es dir zu hoch ist, geh ein Stück weiter in die Richtung, dann kannst du am Fels entlang einem schmalen Pfad folgen.«

Liam sah zu Trina hinunter, sie schwamm jetzt wieder. Den Stock hatte sie im flachen Wasser kerzengerade in den Schlamm gerammt. Er setzte sich an die Felsenkante und ließ die Beine baumeln.

»Warum hast du den Kampfstab dabei?«, fragte er.

Die langen Haare hatten sich aus dem Zopf gelöst und trieben wie ein Schleier um sie herum. »Wir trainieren hier im flachen Wasser.«

O nein!

»Das geht nicht«, sagte er schlicht.

»Kannst du nicht schwimmen?«

»Doch«, erwiderte er zögernd.

»Bist du zu erschöpft?«

Dieses Mal schüttelte er nur noch den Kopf.

»Dann schwing deinen Arsch hier runter!« Trina lachte zwar, aber Liam merkte, dass es ihr ernst war. »Du musst lernen, dich zu verteidigen. Sonst kannst du deine Pläne alle über den Haufen werfen, Prinz Liam.«

Ihre Worte erinnerten ihn daran, was wichtig war: Seine Eltern. Fascor.

Mit einem Seufzen stand Liam auf.

Ich werde mich konzentrieren. Ganz einfach!

Er trat zwei Schritte zurück, hob seinen Stab auf, atmete tief ein und sprang. Der Fall dauerte länger als erwartet und der Aufprall auf das Wasser war härter als angenommen. Aber Liam war ein guter Schwimmer und kam mit ausholenden Armbewegungen an die Oberfläche. Sein Atem ging schnell, sein Herz klopfte wie wild. Trina jubelte und schwamm auf ihn zu.

»Du hast es geschafft«, rief sie und tauchte das letzte Stück zu ihm.

Er sah hinauf zu der großen Felsnase, die über dem Teich hing, und war überrascht, wie weit oben er abgesprungen war. Als Trina direkt neben ihm auftauchte, entließ sie die Luft mit einem Seufzen und grinste ihn an.

»Nur hier traue ich mich, runterzuspringen. Ich weiß selbst nicht ganz genau, wieso.«

»Es ist weit.«

»Ja.« Das Lachen auf ihrem Gesicht war so offen, sie sah bezaubernd aus.

Sie waren sich sehr nahe. Das wurde ihm bewusst, als sich ihre Hände unter der Wasseroberfläche streiften. Peinlich berührt gewannen sie beide sofort Abstand.

Trina sah zur Seite. War das ein Hauch von Röte auf ihren Wangen?

»Komm, lass uns weitermachen«, murmelte sie.

Sie schwamm in Richtung Ufer und Liam folgte ihr.

Er hatte befürchtet, ihre Silhouette würde ihn ablenken. Aber Trina ließ ihn so hart im rutschigen Schlamm des kniehohen Wassers arbeiten, dass er wirklich keine Zeit hatte, darauf zu achten. Kaum glitt er auf dem rutschigen Untergrund aus, stieß sie ihm den Stock in die Kniekehle oder in die Seite. Nicht übermäßig fest, aber genug, um ihn an sein Gleichgewicht zu erinnern.

Der Teich hatte sich in eine braune Brühe verwandelt, als er sich erschöpft auf den Waldboden sinken ließ. Seine Arme waren fast taub.

»Waschen müssen wir uns wohl woanders«, vermutete er.

Trina streckte ihre Beine aus und krempelte die nasse Hose wieder über die Waden hinunter. »Wir müssen nicht so lange warten. Das Wasser klart relativ rasch wieder auf.« Er sah sie fragend an. »Ich habe hier ein paarmal trainiert. Allerdings im tiefen Wasser.« Sie wollte wohl nicht mehr erzählen und wechselte das Thema. »Wie kommst du mit der Karte von Fascor voran?«

Liam seufzte und wünschte sich, er hätte sein Hemd nicht auf dem Felsvorsprung liegen lassen. Er kam sich halbnackt vor. War er ja auch.

»Schleppend.«

Sie warf ihm einen Seitenblick zu, vermied dabei aber, ihn lange anzusehen.

»Ich hole unsere Sachen. Der Teich sollte dann klar genug sein, damit wir uns den Schlamm abwaschen können.«

»Danke«, sagte er leise und lehnte sich gegen einen Baumstamm zurück.

Als sie auf den Sandplatz zurückkehrten, bat Trina ihn, die Karte sehen zu dürfen. Er ging voran zu der kleinen Kammer, die man ihm hergerichtet hatte. Liam öffnete die Tür, ohne zu zögern. Er wusste, dass er seine wenigen Habseligkeiten ordentlich aufgeräumt hatte.

»Da ist sie.«

Der große Tisch war von dem Papier bedeckt, Trina hatte um eine detailreiche Karte gebeten. Nun stand die Königin mit dem Rücken zu ihm davor, um sie zu betrachten.

Seine Kleidung war klamm und begann zu scheuern. Liam wechselte rasch sein Hemd. Auch wenn der feuchte Stoff der Hose sehr unangenehm bei jedem einzelnen Schritt war, so würde er warten, bis sie gegangen war. Er würde erst später trockene Unterwäsche anziehen können.

»Wieso sind nur die Umrisse ...«, begann sie und stockte.

Seine Haare tropften noch und seine Haut war klamm, er verhedderte sich im frischen Hemd und kämpfte seinen Kopf durch den Ausschnitt. Trina sah ihn an und wandte sich im nächsten Moment beinahe ertappt der Skizze zu.

»Zum einen dauert es lange, eine anständige Karte anzufertigen. Außerdem muss ich alles auswendig abrufen. Dazu muss ich mich erinnern, das braucht Zeit.« Er nahm seinen Mut zusammen, dies war die Gelegenheit, das endlich anzusprechen. »Und es gibt noch einen Grund.« Er setzte sich auf das Bett, da Trina vor dem Tisch stand und den Schemel darunter blockierte.

»Welchen?« Sie sah ihn fragend an, während sie ihre nassen Haare mit den Händen auswrang.

»Du hast mir immer noch nicht gesagt, wozu du sie brauchst. Karten erleichtern einen Krieg ungemein.« Er traute Trina keine derartige Heimtücke zu, doch er musste wirklich wissen, was sie damit anfangen wollte.

Die Königin wischte sich auffällig lange ihre Hände an der Tunika ab. Schuldbewusst sah sie zu Liam auf, für einen Moment sank ihm der Mut.

»An dem Tag, als ihr angelegt habt, hat sich viel verändert.« Sie sagte es leise und sah verlegen zu Boden. »Fecyre hat es als Erste gespürt. Als sie mir sagte, dass das Schicksal den Fluss heraufrudert, dachte ich, sie erlaubt sich einen Scherz mit mir. Dann kam der Bote und ich rannte vom Acker, was das Zeug hielt. Gershaw brachte die Bitte deiner Eltern. Vermählung und so.« Sie kicherte. »Oh, du hättest Fecyre hören sollen in meinem Geist. Sie hat kaum Luft gekriegt vor Lachen!«

Dann wich jede Fröhlichkeit aus Trinas Gesicht und sie sah ihn ganz ernst an.

»Auch wenn du nicht der Prinz dieses Landes jenseits der Meeresenge wärst, hätte ich den Entschluss gefasst.«

Tropf. Tropf. Tropf. Am Ende ihres Zopfes löste sich noch immer Wasser und klatschte auf den steinernen Boden. Laut zerrissen diese winzigen Perlen die Stille, als sie zersplitterten und einen nassen Fleck nach dem anderen hinterließen.

»Welchen Entschluss?« Seine Stimme war gefasst, aber innerlich bebte er. Aus Angst? Vor Zorn? Enttäuschung?

»Dir zu helfen. Ein Krieg in Fascor bedroht meine Grenzen«, sagte sie und zuckte mit den Schultern. »Deine Eltern wollten dich in Sicherheit bringen und würden eher sterben, als zu verraten, wo du bist.« Sie sah sich um und setzte sich kurzerhand neben ihn auf das Bett. »Ich würde wer weiß was dafür geben, hätte ich nur einen Funken Hoffnung, dass meine Eltern noch am Leben wären.«

Ihre Hand zitterte so, wie Liam sich fühlte. Sie wollte nicht in Fascor einfallen. Er war dumm gewesen, auch nur einen Gedanken daran zu verschwenden. Ihre Finger waren kalt, als er seine darum schloss, im Versuch, sie zu trösten.

»Fecyre sagte, du wärst mit ihr verbunden. Ähnlich, wie ich es bin«, murmelte sie.

Trina schaute aus dem Fenster und machte eine lange Pause. Liam war sich ihrer Hand in seiner überdeutlich bewusst.

Mit brüchiger Stimme fuhr sie fort: »Mein Vater sagte früher immer, dass ein König nichts von seinen Untertanen verlangen darf, das er selbst nicht bereit ist, zu tun.« Sie löste den gedankenverlorenen Blick von den Bäumen vor dem Fenster. »Deswegen bat ich dich, in deiner Sprache zu sprechen. Ich bitte dich um eine Karte. Ich werde nichts von den Meinen verlangen, das ich selbst tun kann.« Trina atmete hörbar ein. »Ich werde dich nach Fascor begleiten und dich bei der Suche nach deinen Eltern unterstützen.«

Liam war verdutzt. Er hatte eine Vermutung in diese Richtung gehabt, aber nie im Leben war er davon ausgegangen, dass sie das persönlich in die Hand nehmen wollte. Als er sich gesammelt hatte und zum Protest ansetzte, kam Trina ihm zuvor.

»Mut allein reicht nicht. Glaub mir, du kannst jede Hilfe brauchen.« Sie lächelte, ohne ihn anzusehen.

»Aber du bist die Königin.«

Sie nickte. »Ich weiß, das hat mir Wulff auch schon gesagt. Trotzdem spüre ich, dass unsere Schicksale miteinander verwoben sind. Dass ich das tun muss.«

»Müssen tust du gar nichts.« Er schüttelte den Kopf. »Du hast mir erzählt, du willst Ashturia nicht in der Dunkelheit versinken lassen. Weil die Könige vor dir so hart daran gearbeitet haben, es daraus hervorzuholen.« Sie nickte matt. »Und jetzt willst du dein Leben aufs Spiel setzen? Für meine Eltern? Für mich? Für Fascor?« Trina zuckte mit den Schultern. »Was, wenn dir etwas zustößt? Wenn du nicht mehr zurückkommst? Was wird dann mit deinem Königreich?«

Liam war hin und hergerissen. Einerseits war er froh um ihre Unterstützung. Er hatte kaum Fortschritte gemacht im Kampf mit Messer, Schwert oder Kampfstab. Nur mit dem Bogen war er nicht so schlecht, dass er sich schämen musste.

Trina war eine unglaublich gute Kämpferin. Doch sie war auch das Oberhaupt dieses Landes und hatte so viel geopfert, um den ihr zustehenden Thron zu besteigen. Sie konnte ja nicht umsonst so hervorragend mit jeder Waffe umgehen. Jahrelang hatte Trina hart an ihren Fähigkeiten gearbeitet, um die Nachfolge ihres Vaters antreten zu können.

»Ich kann nicht zulassen, dass du dich derart in Gefahr begibst.«

Jetzt sah Trina ihn perplex an. Sie blinzelte irritiert und wählte ihre Worte mit Bedacht.

»Wenn mir etwas zustoßen sollte, wird in fünf Jahren Wulff auf dem Thron sitzen. Meine rechte Hand ist ein guter Mann. Ein so guter, dass er damals nicht antrat, um mir keinesfalls im Weg zu stehen.« Sie zog die Augenbraue hoch. »Außerdem steht dir nicht zu, mir irgendetwas zu verbieten!« Sie grinste, als Liam tief Luft holte.

»Na hör mal! Du willst *mich* begleiten. Wer könnte dir das verbieten, wenn nicht ich?«

»Du bist Gast in meinem Land, in meinem Haus. Und du hast vergessen – ich bin die Königin. Du verbietest mir gar nichts, Prinz.«

Plötzlich musste Liam laut lachen. Sie war so erfrischend anders als jeder Mensch, den er kannte. Wirklich jeder! Sie behandelte ihn nicht mit der Sorte standesübergreifender Arroganz, die er von so vielen Leuten zu spüren bekam. Für sie war er nicht der dumme Junge, der einfach gar nichts zustande brachte.

Aber sieht sie, wer du bist?, fragte er sich und ließ den Blick durch das Zimmer schweifen. Das Lachen hing noch in seinem Gesicht.

»Nein, sie sieht in dir, wer du sein wirst.« Fecyres Stimme war unvermittelt in seinen Gedanken.

Er fuhr zusammen und konnte den erschrockenen Laut nicht unterdrücken.

»Was ist?« Trina war sofort alarmiert auf den Beinen.

»Alles gut«, beschwichtigte er sie. »Fecyre hat sich nur in meine Gedanken eingemischt.«

Zornig schnaubte er. Der Drache belauschte ihn immer wieder ungefragt, das war eine ausgesprochene Unart!

»Kannst du sie aussperren?«, fragte er Trina, die unschlüssig schien, ob sie sich wieder setzen sollte oder nicht.

»Hm?« Offensichtlich sprach sie gerade mit Fecyre.

»Ob du sie aussperren kannst, wollte ich gern wissen.«

Liam folgte ihrem Blick, auf der Bettdecke neben ihm war ein klammer Fleck von Trinas nasser Kleidung. Er wusste, dass auch seine Hose die Decke durchweicht hatte.

»Manchmal.« Sie schien eine Entscheidung getroffen zu haben und setzte sich auf den sowieso schon nassen Platz. »Aber ich muss mich dazu wirklich konzentrieren.« Trina sah auf ihre Hände hinunter. »Sie meint es nicht böse.« Das klang beinahe wie eine

Entschuldigung. »Weißt du, auch wenn sie mit altklugen und weisen Bemerkungen um sich schmeißt, so ist auch sie noch jung. Vermutlich muss auch Fecyre noch genauso viel lernen wie wir.« Sie seufzte. »Und womöglich habe ich ihr zu wenig deutlich gesagt, dass es unangenehm sein kann, wenn jemand deine Gedanken kennt.« Mit dem Daumen rieb sie über die Kruste einer verheilenden Verletzung auf dem Handrücken. »Ich habe in den letzten Jahren nicht oft über meine Gefühle gesprochen. Mit wem denn auch? Als Fecyre da war, musste ich das auch nicht mehr. Sie verstand mich einfach. Und es gab nur selten etwas, das ich nur für mich behalten wollte.«

Täuschte er sich oder schlich sich da eine rosa Verfärbung auf ihre sommersprossigen Wangen?

»Ja, hin und wieder sind private Gedanken besser ... privat.« Liam hoffte, das Grinsen war nicht zu offensichtlich.

»Oh, Prinz Liam«, tat Trina empört und haute ihm halbherzig auf den Oberarm. »Behalt deine dreckigen Männer-Gedanken bloß für dich!« Liam erstarrte. »Ich habe gesehen, wie du Sofie hinterherstarrst.«

Was? Wer ist Sofie? Er sah Trina verständnislos an, war aber unglaublich froh, dass sie auf einer falschen Fährte war.

»Ja, ich habe es gesehen.« Mit beiden Händen deutete Trina die körperlichen Merkmale an, die er scheinbar an dieser Sofie interessant zu finden hatte. Außerdem stülpte sie ihre Lippen nach außen und machte einen Kussmund in seine Richtung damit.

Mit einem halbherzigen Lachen fiel ihm ein, wen Trina meinte. Die junge Frau war freundlich und mit einem sehr hübschen Gesicht gesegnet und ihr Busen ... Ja, der war ihm tatsächlich aufgefallen. Aber sie war so hohl wie ein großes Weinfass. Er hatte seine Worte in der Leere ihres Kopfes verhallen hören.

»Ah, Sofie heißt sie also.« Er zuckte verlegen mit den Schultern. »Nein, ich habe sie nicht bewusst angesehen. Sie ist nett, aber anziehend finde ich andere Attribute bei einer Frau.«

Als diese Worte seinen Mund verlassen hatten, wünschte Liam sich, er hätte bloß ein kleines bisschen nachgedacht. Natürlich würde sie jetzt nachfragen. Am liebsten hätte er sich eine Ohrfeige gegeben. Aber Trina tat nichts dergleichen. Sie kicherte.

»Ja, genau! Du stehst auf Frauen mit viiiel Herz, nicht wahr?« Wieder deutete sie eine enorme Oberweite an. Amüsiert warf sie den Kopf in den Nacken, lachte und ließ sich hintenüber auf sein Bett fallen. »Ihr seid doch alle gleich«, sagte sie leise und außer Atem und starrte an die Decke.

Liam sah auf Trina hinunter, sie atmete noch heftig, ihr Hals war gerötet von dem Lachanfall. Vor seinem inneren Auge spulten sich die Bilder ab.

Er stützte sich auf den Ellbogen und strich mit der freien Hand die halb getrocknete Haarsträhne von ihrer Wange. Er konnte ihre zarte Haut beinahe unter seinen Fingerspitzen fühlen. Ihr Blick traf seinen und sie lächelte unsicher.

»Nein, wir sind nicht alle gleich«, sagte er und beugte sich zu ihr, schmeckte die Süße ihrer Lippen.

»Was?« Das Wort riss ihn aus der Träumerei. Trina sah ihn fragend an.

Ich muss besser aufpassen!, schalt er sich. Mit einer Hand rieb er über die Stirn, als könne er das Hirngespinst dadurch vertreiben. Er stand auf und streckte Trina die Hand hin.

»Wahrscheinlich hast du recht. Wir sind alle gleich«, murmelte er nur für sich. Sie ließ sich von ihm auf die Beine ziehen, ihr Gesicht verriet nicht, was sie dachte.

»Wirst du an der Karte weiterarbeiten?«, fragte sie.

Liam nickte. »Aber dennoch halte ich es für leichtsinnig, wenn du selbst mit mir nach Fascor kommen willst.« Er seufzte. »Aber darüber können wir ja noch reden.«

»Genau«, sagte sie und klopfte ihm kameradschaftlich auf die Schulter, ehe sie ein paar Schritte Richtung Tür machte. »Ich gehe mir etwas Trockenes anziehen. Ich sollte den Clan der Triis besuchen. Willst du mitkommen?«

Liam warf einen Blick über die Schulter. Die Karte würde noch einige Stunden Zeit fressen. »Wären wir denn lange weg?«

»Wenn du mitwillst, kann ich auch später aufbrechen.«

»Ich würde dich gern begleiten, ja.«

Trinas Gesicht hellte sich auf.

»Gut, dann versuche, dich ein wenig zu erholen.« Sie ging wieder von der Tür weg und kam auf ihn zu. »Vielleicht kannst du die Karte etwas vervollständigen.« Mit einem langen Schritt trat Trina an ihm vorbei und blieb am Fenster stehen. »Am späten Nachmittag, hm?«

Liam nickte und staunte nicht schlecht, als sie das Fenster aufstieß und durch den Rahmen hinauskletterte.

»Du hast also gelauscht?« Sie sprang aus dem Fenster und ging mit schnellen Schritten vom Haus weg. »Fecyre, schäm dich! Böser Drache! Böser, böser Drache!«

Das schwarze Ungetüm sprang mit aufgeweckten Schritten um die blonde Königin herum, während diese schimpfte.

7

Der Prinz kniete auf dem Tisch und zeichnete wie der Wind. Er schien jede der Linien genau zu kennen und führte den Stift mit einer bewundernswerten Leichtigkeit. Ab und zu griff er nach der winzigen Klinge und spitzte den Stift behutsam. Er war hochkonzentriert und nur manchmal verzog er das Gesicht abschätzend.

In der Ecke des Tisches hatte er eine wesentlich kleinere Karte ausgebreitet. Trina konnte Landmasse darauf erkennen und jede Menge Wasser. Das mussten die Diplomatendokumente sein, die Gershaw dabeigehabt hatte. An dem abgegriffenen Stück kontrollierte Liam jedenfalls hin und wieder den Maßstab, ausbessern musste er allerdings nie. In der rechten oberen Ecke seiner Karte war der Kompass eingezeichnet, doch er sah anders aus, als Trina es gewohnt war. Ein fünfzackiger Stern zeigte in Richtung Norden.

Vielleicht ist es wegen der Sterne in Fascors Wappen?, überlegte sie. *Ob er weiß, dass er die Zungenspitze in den Mundwinkel klemmt?*

Trina seufzte. Er hatte nicht gehört, als sie geklopft hatte. Auch, dass sie eingetreten war, hatte er nicht mitbekommen. Sie störte ihn nur ungern.

Als er den Stift absetzte und nach der Klinge tastete, räusperte sie sich. Liam erschrak so sehr, dass er fast vom Tisch gefallen wäre.

»Bei allen Göttern!«, stieß er hervor und presste die zitternde Hand auf den Brustkorb. Er überspielte den Schreck mit einem Lachen. »Kannst du nicht klopfen?«, fragte er und drehte sich zu der offenstehenden Tür um.

»Entschuldige bitte, ich wollte dich wirklich nicht erschrecken! Ich habe geklopft, aber du hast dich nicht gerührt. Also habe ich noch einmal geklopft und dann den Kopf durch die Tür gesteckt.«

Umständlich kletterte Liam von der Tischplatte, streckte die Knie und bog den Rücken durch.

»Ja, manchmal konzentriere ich mich.« Er rieb sich mit dem Handballen das Auge und sah danach aus, als hätte er sich geprügelt.

»Du hast da was.« Trina deutete auf sein Gesicht und bemühte sich, nicht zu lachen, als er sie fragend ansah. »Du bist Linkshänder?«

Liam sah seine linke Hand an, zwischen den Fingern hielt er den Stift.

»Nein, ich zeichne nur mit links. Ach.« Jetzt hatte er seinen schwarz schimmernden Handballen bemerkt und versuchte, mit dem Handrücken sein Auge abzuwischen. »Zu Hause habe ich ein feines Tuch, mit dem ich die Arbeit abdecke, dann passiert so was nicht. Wo ist der nächste Spiegel?« Er legte den Stift vorsichtig auf den Tisch und sah die Hand mit dem Kohlestaub vorwurfsvoll an.

Als wäre die Hand allein daran schuld, amüsierte Trina sich. Sie drehte sich um zu der kleinen Waschschüssel und tauchte die Ecke des Handtuchs in den Krug.

»Komm her«, sagte sie und machte Anstalten, ihm den Staub des Kohlestiftes abzuwischen. Liam bückte sich zu ihr herunter, doch er stand unruhig. »Halt still! Ich will dir nicht wehtun.«

Liam ruckte weg von ihr und sah sie überrascht an. »Höre ich da eine Drohung?«, fragte er belustigt.

»Setz dich.« Mit dem Fuß fischte sie nach dem Schemel und drückte Liam mit Nachdruck an den Schultern darauf. Gehorsam schloss der junge Mann die Augen und ließ sie den Kohlestaub wegwischen.

Trina ignorierte das nervöse Kitzeln in ihrem Bauch, das seine Nähe verursachte. Liam wich wieder vor dem nassen Handtuch zurück.

»Halt doch still«, seufzte sie und streckte unbedacht die freie Hand aus, um ihn festzuhalten.

Als ihre Finger durch sein Haar glitten, erkannte sie ihren Fehler. Das hätte sie nicht tun sollen, sie war ihm fast zu nahe. Trina zögerte einen Wimpernschlag lang und hielt in der Bewegung inne. Liam öffnete die Augen und sah zu ihr auf. Sie stand dicht über ihn gebeugt und wagte nicht zu atmen. Die Schmetterlinge in ihrem Bauch würden davon sicherlich aufgeschreckt. Er sagte nichts, doch er lächelte. Dann schloss er die Augen wieder und seufzte. Trina rieb behutsam den dunklen Fleck von seinem Gesicht. Sie ließ sich dabei ein wenig mehr Zeit, als notwendig gewesen wäre.

Tem hätte mich zweifellos, ohne zu zögern, geküsst!

Ja, Tem hatte schon des Öfteren versucht, sich einen Kuss zu stehlen. Er wollte einfach nicht begreifen, dass ausgerechnet sie kein Interesse an ihm hatte, dabei schmolz doch jedes Mädchen vor ihm dahin. Doch Trina hatte genügend Zeit am Feuer des Clans verbracht, um zu wissen, dass Männer wie Tem auf der Jagd waren. Oft genug hatte sie beobachtet, wie er die Frauen umwarb und sich wirklich bemühte, um ihnen zu gefallen. Und wenn sie dann schließlich mit ihm in den Schatten der Nacht verschwanden, konnte man sicher sein, dass er sie danach keines Blickes mehr würdigte.

Ob Liam auch so ist?, fragte sie sich. *Er ist der Prinz. Ob sich die Hofdamen ihm verwehren würden?*

Doch sie verscheuchte die Vorstellung, zumindest versuchte sie es. Zu nahe war sie an seinen Lippen und hatte noch immer die Finger in seine Haare gewühlt. *Schäm dich, solche Gelüste schicken sich nicht!* Doch sie musste grinsen. Was hatte Tem das letzte Mal gesagt, als er sie an die Wand gepresst hatte und nur ihr Dolch an seinen Rippen ihn von einer Dummheit abgehalten hatte? *Du magst nach außen hin kühl erscheinen, Trina. Doch in dir glüht eine Leidenschaft, die dich beinahe verbrennt. Ich erkenne es. Wehr dich nicht mehr, du bist auch nur eine Frau!*

Als sie sich an diese dicht an ihrem Ohr geflüsterten Worte erinnerte, rutschte ihr ein Kichern heraus.

Überrascht sah Liam zu ihr auf.

»Du lachst mich aus? Das ist gemein«, flüsterte er und seine Stimme ließ das Flattern in ihrem Inneren heftig an Fahrt gewinnen.

»Nein, keine Sorge«, erwiderte Trina und konnte den Blick in seinen blauen Augen nicht deuten.

Sie riss sich zusammen und löste sich von ihm. Ihre Hand glitt in seinen Nacken und nur zu gern hätte sie ihn an sich herangezogen. Sie machte einen Schritt zurück und lächelte.

»Du bist wieder sauber.« Das Kribbeln in ihrem Körper ließ nach, wie sie erleichtert feststellte.

Mit dem Ärmel rieb er sich über die nasse Wange. »Danke«, murmelte er dabei.

Trina straffte sich und warf das Handtuch in die Waschschüssel.

»Du warst sehr fleißig.« Die Karte war nicht länger nur ein vage angedeuteter Umriss, sie konnte darauf einen großen Knoten erkennen, an dem sich viele Linien kreuzten. Wälder waren gesprossen und Berge gewachsen.

»Ich habe mich bemüht.« Liam wusch sich die Hände und musterte sie dabei. »Du trägst Reitkleidung. Ist es schon so spät, dass du diesen Clan besuchst?«

Trina nickte.

»Möchtest du immer noch mitkommen?«, fragte sie mit Blick auf die aufkommende Dämmerung vor dem Fenster.

»Ja«, antwortete er.

»Es wird in zwei Stunden dunkel sein. Aber gerade die Triis möchte ich unbedingt daran erinnern, wem sie Treue schulden, bevor ich das Land verlasse.« Sie seufzte. Die Triis-Männer waren unzufrieden mit ihr als Königin, doch sie wussten sich zu benehmen. Noch. »Wir werden bei ihnen übernachten.«

»Aha. Einverstanden. Aber ... warum willst du mich mitnehmen?« Diese Frage hatte Fecyre ihr auch gestellt.

»Ich denke, ein wenig Übung bei der Hasenjagd schadet dir nicht.« Das war die Wahrheit. Trina wusste, wie zahlreich die kleinen Biester auf den langen Rücken der sanften Hänge waren, sie waren beinahe schon eine Plage. Und Liam war nicht so ungeschickt im Umgang mit Pfeil und Bogen wie mit den anderen Waffen. Ein Erfolgserlebnis schadete niemandem.

»Hast du die Handschuhe noch?«

Liam nickte. Seine Hände waren zart und schmal. Sie hatte ihre alten Reithandschuhe herausgesucht und erleichtert festgestellt, dass sie ihm passten.

»Die Pferde sind in der Zwischenzeit sicher schon gesattelt. Ich hole dir Pfeil und Bogen aus der Waffenkammer. Treffen wir uns bei den Ställen?«

Zähneknirschend willigte Liam ein.

Jemmy hatte nie darauf Rücksicht genommen, dass Trina eine Frau war. Die unflätigen Witze gehörten einfach zu ihm wie der strenge Geruch des Pferdestalles.

Er stand mit verschränkten Armen neben ihr und lachte über seine eigene blöde Bemerkung mehr als sie.

Fecyre trieb sich irgendwo herum. Nachdem Trina ihr erklärt hatte, dass sie bitte nie wieder ungefragt in jemandes Gedanken schnüffeln durfte, war der Drache ein bisschen eingeschnappt gewesen. Aber auch ein Drachenmädchen brauchte seinen Freiraum, deswegen versuchte Trina nicht, sie aufzustöbern.

»Ah, Liam.« Jemmy riss Trina aus ihren Überlegungen.

Sie drehte sich langsam um und wollte keinesfalls den Eindruck erwecken, sich unangemessen zu freuen.

»Dann reiten wir also los«, seufzte er und sah ganz und gar nicht glücklich aus. Die dunkelblaue Weste ließ seine Augen leuchten, schon wieder war da dieses Kribbeln in ihrem Bauch.

Jemmy lachte und schob Liam den breiten Gang zwischen den einzelnen Stellplätzen hinunter vor sich her.

»Du machst ein Gesicht wie drei Tage Regenwetter! Aber die Königin bat mich, einen Ersatz für Hector aufzutreiben. Ich habe nach Milla schicken lassen.«

Trina freute sich, als sie sein überraschtes Gesicht sah.

»Ich muss also nicht mehr auf dem faulen Hector sitzen?« Seine Laune besserte sich schlagartig.

»Milla ist die Tochter meiner Stute Silva. Und sie ist wirklich eine Brave.« Trina pfiff leise durch die Zähne, da streckte ein Pferd den Kopf aus der Flügeltür.

»Hallo, meine Kleine«, begrüßte sie das Pferd.

Milla wieherte und schüttelte die Mähne. Als Liam an sie herantrat, beschnupperte sie ihn neugierig.

Jemmy half Liam beim Aufsteigen, auch Trina schwang sich in den Sattel. Auf ihr Schnalzen hin setzten sich beide Stuten in Bewegung und liefen zügig nach Westen.

Solang es das spärliche Tageslicht noch zuließ, warf Trina dem Prinzen neben sich immer wieder mal einen Seitenblick zu. Er machte sich ganz gut, wie sie fand. Er bewegte sich sicherer auf dem Pferderücken und hielt auch die kurzen Galoppstrecken besser aus als auf Hector.

Ihren letzten Blick schien er gespürt zu haben, denn nun lächelte er sie an.

»Was guckst du so skeptisch?«

»Überhaupt nicht skeptisch«, beteuerte Trina. »Mir ist nur aufgefallen, wie sicher du auf dem Pferd sitzt.«

Silva und Milla waren gleich groß, deswegen musste Trina zu dem größeren Liam aufblicken, während die Stuten gleichmütig nebeneinander hertrotteten. Liam grinste, die Dämmerung warf Schatten auf sein Gesicht, doch seine Zähne strahlten regelrecht.

»Ja, ich bin selbst überrascht. Hector, der alte Schlingel, hat mich in keinem guten Licht dastehen lassen.« Er schmunzelte und wurde dann ernst. »Erzählst du mir, wie du Fecyre kennengelernt hast?«

Trina erinnerte sich an das zurückliegende Jahr. »Das war bei der Prüfung«, murmelte sie schließlich.

»Die Prüfung zur Königswürde?«, hakte er nach.

Sie nickte. »Fünf Jahre lang haben mich die Jägerinnen der Clans ausgebildet. Als Tochter des verstorbenen Königs durfte ich als einzige Frau zur Prüfung antreten. Jeder Mann, der glaubt, ein guter neuer König zu sein, darf antreten und so waren es noch acht weitere Ashturier.« Sie konnte sich noch sehr gut an die Männer erinnern. »Vierzehn Tage lang hat man Zeit, ein wildes Tier zu fangen oder zu erlegen und dem Beraterkreis vorzulegen. Es kommt nicht selten vor, dass die Anwärter sich gegenseitig töten. Deswegen rannte ich, so schnell ich konnte, und ließ das Clan-Gebiet hinter mir, wie die Jägerinnen es mir geraten hatten. In diesem Teil Ashturias war Wildnis. Am achten Tag stöberte ich endlich eine Hirschkuh auf. Doch die beiden Pfeile verletzten das Tier nur, also hetze ich ihm nach. Ausgehungert und am Ende meiner Kräfte stolperte ich in diesen Sumpf, immer auf der Fährte des verletzten Tieres. Ich wollte meine Stiefel nicht völlig ruinieren, deswegen zog ich sie aus und watete barfuß durch den Morast. Als ich von einem morschen Baumstumpf sprang, sank ich ein und fiel der Länge nach in den Matsch. Mit dem Gesicht voran.« Sie lachte. »Beim Versuch, mich aus dem torfigen Loch zu kämpfen, trat ich auf etwas, das mir den Fuß aufschlitzte. Ich hab geschrien, das kannst du dir nicht vorstellen.« Mit einem Seufzen sah sie zu Liam hinüber. Er hing gebannt an ihren Lippen. »Da saß ich also. Mitten im Nirgendwo in einem modrigen Sumpf, hungernd und nass, mit einer stark blutenden Wunde. Ich war verzweifelt. Die Hirschkuh war verwundet und mein Schrei hatte sie sicherlich noch weiter von mir fortgetrieben. Ich hoffte, dass die Wölfe, die sich in den Wäldern herumtrieben, zuerst das Wild fressen würden und danach erst mich. Meine Chancen, die Prüfung zu bestehen, hatten sich in Luft aufgelöst. Wichtig war mir nur noch, lebend zurückzukommen. Mein Fuß blutete fürchterlich, der Morast war tief in die Wunde gelangt. Ich wollte wissen, woran ich mich verletzt hatte, und griff hinunter in das Loch, aus dem ich mein Bein gezogen hatte. Etwas Rundes lag darin, und als ich es herausholte, hätte ich mich beinahe erneut geschnitten. Mit dem Mantel wischte ich den gröbsten Matsch ab, es war ungefähr so groß.« Sie deutete die Größe des Kopfes eines Neugeborenen an. »Es war schuppig wie ein Tannenzapfen, nur waren die Schuppen scharfkantig. Daran hatte ich mich geschnitten, es war über und über mit meinem Blut beschmiert.« Ein Schauer kribbelte über ihren Rücken. Hätte sie damals nicht so gehandelt, wäre alles anders gekommen. »Ich war hungrig und hatte die Hoffnung, dass es sich um ein Ei handeln könnte. Irgendwann einmal hatte ich gehört, dass es auf dem Festland riesige Vögel gibt.«

Liam konnte sein Schmunzeln nicht verbergen.

»Lach nicht! In dem Moment habe ich mir keine Gedanken gemacht, warum und wie ein Festlandvogel sein Ei ausgerechnet in diesem Sumpf legt.« Sie musste selbst auch grinsen. »Jedenfalls habe ich dieses Ei in mein Bündel gepackt und mich zum nächsten Baum geschleppt. Es hat ewig gedauert, bis ich ein Feuer entfacht hatte. Ich war immer noch hungrig und habe das runde Ding in die Glut gelegt, bevor ich vor Erschöpfung einschlief. Ein Geräusch schreckte mich auf, ich dachte, die Wölfe kommen mich holen. Es war stockfinster. Ein Tier strich hörbar um mein Lager und ich konnte nicht einmal ordentlich stehen. Ich habe gezittert wie Espenlaub, als die Bewegung im Marschgras näher und näher kam. Ich rechnete mit Wölfen oder einer Wildkatze. Und dann schob sich dieses winzige, schwarze Etwas aus dem Gras und sah mich mit grünen Augen an. *Was ist denn das?*, fragte ich mich. Und dann hörte ich eine Stimme in meinem Kopf: *Ja, was bin ich denn?*« Verlegen zuckte Trina mit den Schultern. »Du weißt ja, wie es ist, wenn plötzlich jemand in deinen Gedanken spricht.« Liam nickte. »Ich dachte, ich drehe durch. Dass sich meine Verletzung entzündet hätte und ich im Fieberwahn halluzinierte. Aber Fecyre hat sich vorgestellt und mir erklärt, ich hätte sie ausgebrütet. Durch mein Blut auf dem Ei sei ein ganz spezieller Bund zwischen uns entstanden.«

Liam starrte sie mit offenem Mund an. »Du erlaubst dir doch einen Scherz mit mir«, sagte er.

»Nein«, beteuerte Trina, »so war es! Sie hat meine Verletzung geheilt und ich schlief ein. Am nächsten Morgen war ich froh, noch zu leben, und war überzeugt, es sei ein Fiebertraum gewesen. Aber mein Fuß war verheilt. Und dann kam Fecyre aus dem Gras geschlichen. Seitdem ist sie meine Familie.«

Liam atmete hörbar ein und rutschte im Sattel hin und her. »Was war mit der Prüfung?«

»Fecyre wollte meine Trophäe sein. Ich bin den ganzen Weg zurück gerannt, mit dem kleinen Drachen in meinem Bündel. Es war schon Nacht, als ich im Lager eintraf. Die Wache stieß ins Horn und alle kamen aus ihren Zelten und sammelten sich am großen Feuer. Wulff war damals der Mund des Königs, also der Oberste der Berater. Er war erleichtert, als er mich sah, obwohl ich ein fürchterliches Bild abgegeben haben muss. *Trina, ich bin froh, dich zu sehen. Nur du und Perk seid zurückgekommen. Die Leichen der anderen fanden wir vor Tagen*, sagte er. Perk war der Bruder des Mannes, der meine Eltern ermordet hat«, krächzte sie. Die Erinnerung schnürte ihr beinahe die Luft ab. »Perk brüllte gleich herum, ich wäre zu spät, immerhin hatten sie alle seine Trophäe zu Mittag am Spieß gebraten. Ich war zu spät. All meine Bemühungen, die jahrelange harte Arbeit ... all das sollte umsonst gewesen sein. Ich würde die Jägerinnen enttäuschen.« Sie seufzte. »Fecyre erinnerte mich daran, wer ich bin – die Tochter meines Vaters. Ich war zu Recht dort! Bisher hatte noch niemand meine Trophäe eingefordert, die inzwischen schon so groß wie ein Jagdhund war. Fecyre trat in den Feuerschein und breitete die Flügel aus. Perk wusste, dass sein mickriges Wildschwein nicht bestehen konnte gegen einen *Drachen*. Er zog seinen Dolch und machte einen Satz auf mich zu. *Wir haben nicht die ganzen Morde auf uns genommen und sitzen dann nicht auf dem Thron!* Noch bevor Wulff ihn aufhalten konnte, stach er nach mir. Fecyre hat mir das Leben gerettet. Sie hat Perk aufgehalten.«

Trina schluckte den Hass auf diesen Mann hinunter. Er hatte mit seinem Bruder das Mordkomplott ausgeheckt und sie zur Waise gemacht.

»Was ist mit ihm passiert?«, fragte Liam behutsam.

»Er starb, während die Jägerin der Triis, seines Clans, ihn pflegte. Ich spüre kein Bedauern. Er hat vielleicht nicht die Klinge gehalten, die meiner Familie das Leben nahm, aber er hat sie ebenso geführt wie sein Bruder.« Sie hörte, wie bitter sie klang. »Wäre er nicht seinen Verletzungen erlegen, hätte ich ihn einkerkern lassen bis ans Ende seiner Tage.«

Trina lenkte ihr Pferd zu einer kleinen Gruppe niedriger Bäume und machte es dort fest. Sie wollten Hasen mitbringen. Auch Liam schlang den Führstrick um den Baumstamm und nickte, als Trina den Finger vor die Lippen hielt. Sie legten die Ausrüstung an und schlichen in Richtung Hügelkamm. Nur niedrige Büsche dienten als Deckung und Trina wusste, dass ihr Haar als heller Punkt in der Dämmerung weithin sichtbar war.

Es sind nur Hasen, die wir jagen, keine Wegelagerer, dachte sie, wühlte aber dennoch auf ihrem Rücken nach der Kapuze. Die steckte offensichtlich unter dem Gurt des Köchers oder unter dem Bogen fest. Genervt atmete sie aus. Liam schüttelte schmunzelnd den Kopf und trat ganz nahe an sie heran. Ihr Herz begann wie wild zu klopfen, als er sich zu ihr herunterbeugte. Trina atmete flach, trotzdem konnte sie den leichten Geruch frischen Schweißes erhaschen.

Liam streckte seine Hand aus, ihr Herz trommelte nun so ungestüm, dass sie befürchtete, jeden Hasen weit und breit zu verscheuchen. Doch er griff hinter Trina und befreite nur ihre Kapuze. Sie ertappte sich dabei, ein bisschen enttäuscht zu sein.

Ich sollte besser von ihm denken! Er ist kein Kerl wie die anderen, schalt sie sich und schenkte ihm ein Lächeln, als er die Kapuze über ihr Haar schob. Trina nahm den Bogen vom Rücken und zog einen Pfeil aus dem Köcher. Auch Liam bereitete seine Waffe vor.

»Sie sind da!«

Fecyres Stimme hallte einem Schrei gleich durch ihren Kopf. Sie zuckte zusammen und hätte beinahe vor Schreck den Pfeil losgelassen. Liam sah sie wie vom Donner gerührt an, er hatte den Drachen also auch gehört.

»Die Fischer sind da. Zumindest einer. Beeilt euch!«

Die Triis mussten warten, die Hasen waren vergessen. Sofort verstaute Trina den Pfeil im Köcher. Hastig liefen sie zu den Pferden. Liam bat um Hilfe beim Aufsteigen, da das Training im flachen Wasser seine Beine in Mitleidenschaft gezogen hatte. Anschließend schnürte er den Bogen mit den kleinen Schlaufen am Sattelzeug fest, während die Pferde über den unebenen Grasboden stolperten. Trina beschloss, ihm das Tempo zu überlassen.

Der Karrenweg zeichnete sich hell in dem Dunkel ab, das der schwindende Tag hinterließ.

»Ist es gefährlich, schneller zu reiten?«, fragte Liam angespannt.

»Der Weg ist eben und ohne Steine. Milla kann selbst entscheiden, ab wann sie zu wenig sieht, und wird dann langsamer werden. Falls sie stolpert, fall nicht runter.«

Kaum hatte Trina geantwortet, drückte er seiner Stute die Fersen unbeholfen in die Flanken. Milla trabte an und fiel in einen gemächlichen Galopp.

Die beiden Pferde liefen durch die Nacht und der kalte Wind zerrte an der Kleidung. Liams Atem ging stoßweise, aber noch war er kräftig genug, um sich im Sattel zu halten.

Als Silva langsamer wurde, passte Milla sich an. Trina war froh, es war nicht mehr weit. Fecyre hatte nicht geantwortet, als sie nach ihr gerufen hatte.

Ist sie immer noch sauer?

»Sprichst du gerade mit Fecyre?«, wollte sie von Liam wissen.

Doch er schüttelte nur den Kopf. »Sie antwortet nicht«, sagte er. »Aber ich bin mir nicht sicher, ob ich es richtig mache. Dieses In-Gedanken-reden-Ding.«

»Ich glaube, sie ist noch beleidigt. Mir antwortet sie auch nicht.«

»Nein. Sie ist nicht mehr beleidigt.« Fecyres plötzliches Auftauchen erschreckte die Pferde. Milla scheute vor der unerwarteten Bewegung und wohl auch vor der Stimme, die aus der Nacht ertönte.

»Ho! Hoooo ...« Liam klammerte sich am Pferd fest, um nicht abgeworfen zu werden. Trina sprang von Silvas Rücken, schnappte sich Millas Zügel und beruhigte die Tiere.

»Entschuldigt!« Fecyre war kleinlaut. »Ich wollte euch nicht erschrecken. Es ist wohl doch schon dunkler, als ich dachte.«

»Ist es wohl«, zischte Trina und gab Liam die Zügel zurück. Seine Finger waren eiskalt, doch die Handflächen waren verschwitzt.

»Ist es noch weit?«, fragte er, während sie sich wieder auf Silvas Rücken schwang.

»Nein. Zwei Biegungen noch, dann sind wir bei der Brücke hinter der großen Halle«, antwortete Trina.

Die Pferde setzten sich wieder in Bewegung.

»Es ist nur ein Fischer wieder da?« Liam hatte ihr die Worte von der Zunge genommen.

»Das Schiff aus Fascor treibt sich noch immer vor der Küste herum. Es kann schon sein, dass sie noch ein Boot abgefangen haben. Jedenfalls ist Sim in schlimmer Verfassung. Wulff hat ihn gleich ans Feuer gesetzt und nach der Jägerin geschickt.«

Trina atmete scharf ein. Von Liam konnte sie nur vage den Umriss ausmachen, aber er fragte ohnehin schon nach.

»Was bedeutet das?«

»Die Jägerinnen sind die weisen Frauen, die Heilerinnen der Clans. In meinem Clan ist es Alwa.«

»Also ist der Fischer verletzt.«

»Ich befürchte, ja.« Diese Unterhaltung im Dunkeln war Trina unangenehm, sie kannte Liam nicht gut genug, um zu beurteilen, was sein Ton über seine Stimmungslage verriet.

Endlich sahen sie die Fackeln, die angezündet worden waren, um ihnen den Weg zu leuchten.

Am Stall saß Trina eilig ab. Jemmy brachte Silva an ihren Platz und sattelte sie ab. Liam ließ die Schultern unglücklich hängen. Sie machte zwei, drei Schritte auf Milla zu und sah besorgt zu ihm auf.

»Ich habe kaum noch Gefühl in den Beinen.« Trina verstand ihn kaum, so leise sprach er.

»Das schaffen wir schon«, sagte sie und warf einen Blick über die Schulter.

Der Stallbursche war beschäftigt und wahrscheinlich war es Liam sowieso recht, wenn er sich vor so wenig Leuten wie möglich blamieren würde.

»Heb' dein Bein über die Mähne, wie am ersten Tag«, wies sie Liam an, aber er verzog gequält das Gesicht. »Die Kraft wird schnell wieder zurückkommen, es war heute einfach alles zu viel. So. Halt dich am Sattel fest und rutsch langsam runter.«

Trina machte sich gefasst, sein Gewicht abfangen zu müssen. Das Sattelleder knirschte und Liam glitt vom Pferd, Trina stemmte ihre Hände unter seine Achseln.

»Ich hab dich.«

Taumelnd fing er sich ab, doch er musste sich auf Trina stützen.

»Danke!«, flüsterte er mit hochrotem Kopf, als sie seinen Arm über ihre Schultern zog.

»Ich bin ja selbst schuld, immerhin habe ich dich zum Training ins Wasser gehetzt«, ächzte sie, während sie ihn zu einem Pfosten geleitete.

Fecyre saß wie ein Hund artig an der Tür. Mit schief gelegtem Kopf sah sie den beiden zu.

»Ich könnte vielleicht behilflich sein«, bot sie an.

Noch bevor Trina sich zusammenreißen konnte, drehte sie sich zu ihr um und sagte viel zu bissig: »Willst du ihn vielleicht wieder auf dir reiten lassen?«

Der Drache legte die Ohren an und ließ den Kopf hängen.

»*Entschuldige bitte*«, sagte Trina reumütig in ihren Gedanken. »*Wie willst du helfen?*«

»*Jemmy muss raus*«, antwortete Fecyre.

»In Ordnung. Jemmy?« Der Stalljunge hatte Milla schon an die Heuraufe gestellt und kam mit dem Sattel auf dem Arm auf den breiten Mittelgang. »Lässt du uns kurz allein?«

»Gern, aber die Pferde brauchen noch Wasser.« Er rannte zur Pumpe und befüllte zwei Eimer, die er Silva und Milla hinstellte. »Wenn du fertig bist, sag bitte Bescheid. Ich muss mich um die beiden kümmern«, sagte er im Vorbeigehen und zog die breiten Stalltüren hinter sich zu.

»Was hast du vor?«, fragte Liam. »Wir sollten so schnell wie möglich zu dem Fischer ...«

Fecyre schüttelte den Kopf.

»Alwa kümmert sich um ihn, wir wären jetzt nur im Weg.« Der Drache musterte den Prinzen. »Liam, gibt es irgendetwas, das dir *nicht* wehtut?«

Seine ohnehin schon roten Wangen begannen zu glühen.

»Nein.« Er zog unbeholfen und mit zitternden Händen die Handschuhe aus. Die Blasen auf der Handinnenseite und an seinen Daumen waren geplatzt, das Blut war inzwischen schon getrocknet.

Trina sah sich seine geschundenen Handflächen an. »Du hast in den letzten Tagen sehr hart gearbeitet, das ist dein Körper einfach nicht gewöhnt.«

»Weil ich meinen Kopf nur in Bücher stecke.« Er atmete resigniert aus. »Ich weiß doch, was alle von mir denken.«

»Das stimmt nicht!« Trina pustete sich eine Haarsträhne aus dem Gesicht. »Was die anderen denken, weiß ich nicht. Interessiert mich auch nur am Rande, wie du vielleicht schon bemerkt hast. *Ich* denke, dass du ein Ziel vor Augen hast und sehr hart dafür arbeitest, um es zu erreichen. Du willst deine Eltern wiedersehen. Dumm wäre es, nicht zu versuchen, ein Schwert zu halten.«

Liam wirkte sehr einsam. Gern hätte sie ihn umarmt, doch sie stand vorhin schon zu nahe vor ihm.

»Zieh dich aus«, sagte der Drache.

»Bitte, was?« Liam hatte es gleichzeitig mit Trina gesagt, beide starrten Fecyre entrüstet an.

»Trina, lass bitte den Wassertrog ein. Der Prinz wird danach baden müssen.«

»Kannst du mir erklären ...«, hob Liam an, doch da huschte schon ein Grinsen über das Drachenmaul.

»Liam, meine Spucke heilt Verletzungen.« Fecyre wollte erklären, doch der Prinz stieß sich an dem Pfosten ab, der ihn stützte.

»Was machst du dann noch hier? Hilf dem Fischer!«, polterte er. Trina lächelte unwillkürlich. *Was für ein angenehmer Wesenszug,* dachte sie.

»Ich habe den Fischer schon versorgt, keine Sorge. Alwa ist bei ihm. Es dauert, bis sich solche Wunden erholen. Geh und befülle den Wassertrog.« Fecyre nickte ihr zu.

»Du willst das ganz sicher machen?«, fragte Trina.

»Ob er tapfer ist oder nicht, spielt keine Rolle. Der Junge kann nicht einmal mehr allein stehen!«, antwortete der Drache.

Rasch ging Trina zu dem breiten Trog, an dem mehrere Tiere gleichzeitig getränkt werden konnten. Mit einem kleinen Reisigbesen begann sie, ihn zu säubern.

»Zieh dich aus. Ich werde dir helfen«, wandte sich Fecyre an Liam.

Er antwortete murmelnd und zu leise, als dass sie es verstehen konnte. Immer wieder lugte Trina zu ihnen hinüber. Fecyre sprach mit ihm und Liam nickte. Doch dann deutete er mit dem Arm zu Trina und sagte wieder etwas.

Der Drache lachte rau und fragte laut genug, dass Trina es hören konnte: »Glaubst du, die Königin hat noch nie einen nackten Männerarsch gesehen?«

Mit einem Ruck schoss Trina aus dem Wassertrog hoch.

»Na hör mal!«

»Das war doch nur ein Spaß.« Fecyre kicherte, aber auch Liam war so rot wie eine Kirsche geworden. »Trina geht natürlich in der Zwischenzeit hinaus.«

Nur sehr selten in seinem Leben war ihm irgendetwas so unangenehm gewesen wie in diesem Moment.

Sogar damals, als der Kleriker nach Erics Tod bezeugen musste, dass Liam zeugungsfähig war und somit als Thronfolger infrage kam, war es nur geringfügig beschämender gewesen.

Fecyre leckte an ihm wie ein Hund. Die Zunge des Drachen war weich und fühlte sich samtig an. Fecyre begann bei seinen Beinen und arbeitete sich nach oben vor. Seine Unterwäsche war sowieso kurz wegen der sommerlichen Temperaturen. Dennoch schaute sie ihn auffordernd an.

Liam schüttelte den Kopf. »Ganz sicher nicht!«

Der Drache legte die Flügel an den Körper, es sah wie ein Schulterzucken aus. »Dann wird dein Prinzenhintern eben noch wehtun«, sagte sie und schleckte weiter.

Die Drachenspucke klebte an seiner Haut und Liam begann zu frieren. Er bemühte sich wirklich, den Ekel zu verdrängen, aber dazu war das Geräusch einfach zu nahe an seinen Ohren. Wie Fecyre das Maul schloss, um dann ihren schleimigen Speichel ...

Der Brechreiz überraschte ihn, aber den Drachen wohl nicht.

Ruhig sah Fecyre ihm zu, wie er sich auf einen Haufen Pferdeäpfel übergab, und schien nicht im Geringsten beleidigt zu sein.

»Willst du eine Pause machen?«, fragte sie, als Liam klirrend kaltes Wasser aus der Pumpe trank, um den Geschmack aus seinem Mund zu vertreiben.

Dabei bemerkte er, dass seine Beine sich nicht mehr wie Brei anfühlten. »Es wird besser«, stellte er fest und rieb fest über seine Oberschenkel.

»Dachtest du, ich hätte gelogen?«

»Nein«, murmelte Liam. »Aber glauben konnte ich es trotzdem nicht.«

»Dann halt jetzt still, damit ich es zu Ende bringen kann! Und bilde dir bloß nicht ein, nur für dich wäre das widerlich.« Fecyre schmatzte. »Du bist verschwitzt. Und schmeckst wirklich ... nicht lecker.«

»Nicht lecker?«, wiederholte Liam, derweil der Drache verdächtig genüsslich über seine Schultern schlabberte und nur kurz innehielt, um zu kichern.

»Was frisst du eigentlich, Fecyre?«

Sie antwortete nicht, sondern schleckte weiter über seine Haut. Erst als sie fertig war, sagte sie: »Darüber spreche ich nicht.«

»Wahrscheinlich hast du dir die ganze Zeit vorgestellt, mich als Grillspieß abzunagen, hm?«

Der Drache lachte rauchig und sah ihn dann ernst an. »Du wärst viel zu knochig.« Damit sprang sie durch einen der Ställe ins Freie. »Zieh dich an. Trina wartet in der Clan-Halle«, warf sie über die Schulter zurück und verschwand in die Dunkelheit.

Na toll! Liam zitterte und sah zu dem Wassertrog hinüber. Der Drachenspeichel hing in schleimigen Batzen an ihm. Er überlegte nur einen Moment, zwar einen langen Moment, aber dann sprang er entschlossen mit beiden Beinen in das klare Wasser und tauchte unter.

Wie abertausende Nadelspitzen biss sich das eiskalte Wasser in seine Haut. Hektisch versuchte Liam, die Spucke von seinem Körper zu wischen. Dann kam er keuchend und schlotternd aus dem Wasser. Pitschnass bibberte er, aber nur noch die Kälte zwickte. Liam raffte seine Kleidung auf und hastete durch die Nebentür in das Gebäude, um sich etwas Frisches anzuziehen.

Nicht zum ersten Mal bewunderte Liam das rauchlos brennende Feuer. Die Luft in der großen Halle war stets frisch.

Es war viel ruhiger als gewöhnlich, kaum jemand hielt sich heute in dem großen Gemeinschaftsbereich des kleinen Dorfes auf. Nur ein paar Fackeln waren in die Halterungen an den Wänden gesteckt.

Als er näher an das Feuer herankam, konnte er die Umrisse den Menschen zuordnen. Er erkannte Wulff, der wie eine Statue mit verschränkten Armen dastand. Die hagere Frau, die sich über etwas beugte, war sicherlich Alwa. Doàn lehnte an einem Pfeiler, mit den hochgezogenen Schultern wirkte er angespannt. Trina bemerkte er erst, als sie von ihrem Platz auf dem Tisch heruntersprang und auf ihn zukam.

»Geht es dir gut?«, fragte sie und wuschelte durch seine nassen Haare.

Liam nickte und versuchte, sein Herzklopfen zu übergehen und sich zu konzentrieren.

»Noch habe ich nicht mit Sim gesprochen. Ich habe auf dich gewartet«, sagte sie leise, während sie sich der Feuerstelle näherten.

»Danke«, murmelte Liam. Dann fiel sein Blick auf den Fischer.

Wulff deutete sein entsetztes Gesicht richtig und berichtete: »Ein Späher hat beobachtet, wie das Schiff aus Fascor ihn abgefangen hat. Es folgte wohl ein Kampf, sie enterten sein Boot. Wir konnten Sim im letzten Moment noch aus den Flammen ziehen, ehe es sank.«

Nur ein Auge und der Mund waren nicht von Umschlägen und Bandagen bedeckt, der Fischer stöhnte verhalten.

Der Mann muss wahnsinnige Schmerzen haben, dachte Liam mitfühlend.

Alwa ergriff das Wort. »Die Verbrennungen klingen schon ab, dank Fecyre.«

Auf der Hinterseite der großen Feuerstelle brummte das Drachenmädchen und hob kurz schläfrig die Lider. Hätte Liam die großen grünen Augen nicht blitzen sehen, hätte er Fecyre nicht entdeckt.

»Die Soldaten haben ihn übel zugerichtet, aber die Knochen werden alle heilen. Ich konnte sie richten«, erklärte die Jägerin.

Trina kauerte sich neben den Verletzten und lächelte ihm aufmunternd zu. »Sim, ich bin so froh, dass du zurückgefunden hast«, sagte sie.

Sein Mund verzog sich, an dem Auge bildeten sich Falten.

»Ach, meine Kleine. Wie könnte ich dich enttäuschen, hm?«

Er sprach langsam und verwaschen. Das Gesicht der jungen Königin leuchtete regelrecht von innen heraus.

»Du alter Schwerenöter!«, murmelte sie grinsend. Doch dann wurde sie sofort ernst. »Konntest du bei deinen Freunden am Festland erledigen, worum ich dich gebeten hatte?«

»Ich sagte doch, ich enttäusche dich nicht.«

Der Fischer leckte über die Lippen, sofort hielt Liam ihm einen Becher Wasser hin. Dankbar trank der Mann. Als der Blick aus dem einen Auge Liam traf, leuchtete Verständnis darin auf.

»Ich danke dir, Prinz«, sagte er und fixierte dann wieder Trina. »Der Junge wird in ganz Fascor gesucht.« Ein winziger Seitenblick zu Liam. »Sie filzen jedes einzelne Haus systematisch.«

»Was hast du sonst noch erfahren?«, fragte Liam begierig.

»Oh«, machte der Fischer. »Meine Freunde sagten, die letzten Volkszählungslisten wären für die *Befreiungsarmee* sehr nützlich gewesen. So nennen sich diese Leute übrigens. Sie sind mit den Meldezetteln von Haus zu Haus gezogen. Es haben sich schnell Gerüchte verbreitet, dass sie sich alles andere als ehrenhaft verhalten. Wenn jemand versucht, sich ihnen in den Weg zu stellen.« Sim seufzte. »Ach, so ein Bürgerkrieg ist immer schlimm.«

»Bürgerkrieg?«, wisperte Liam entsetzt.

Der Fischer versuchte, sich aufzusetzen, doch Alwa sah ihn warnend an. Folgsam lehnte er sich zurück auf sein Lager.

»Ist es wirklich so schlimm? Nach nur so kurzer Zeit?«, fragte Doàn.

Sims Auge schloss sich müde. »Ja, ich fürchte schon. Diese Befreiungsarmee hat geduldig auf ihre Chance gewartet. Meine Freunde haben schon seit einiger Zeit beobachtet, wie sie sich auch in den kleinen Dörfern umhören, die Unzufriedenen ansprechen und so. Wenn jemand sich jetzt wehrt, gehen sie mit aller Gewalt gegen diese Leute vor. Es herrscht so viel Angst in Fascor!«

Liam hörte die Worte wie durch Watte. Mit zitternder Stimme wagte er, seine Frage zu stellen. »Was hast du über meine Eltern erfahren?«

Das Auge öffnete sich und sah ihn an.

»Sie wurden weggesperrt, aber sie leben. Das ist, was man hört. Auch wenn viel Gerede im Umlauf ist, so hat man nichts Gegenteiliges gehört. Mit dem Regierungsstab haben sie allerdings nicht lange gefackelt.« Mit der verbundenen Hand machte Sim eine Geste quer über seinen Hals.

Liam spürte, wie die Kraft aus ihm wich. Gerade noch hatte er heiße Ohren gehabt, weil ihm das alles so unwirklich vorgekommen war und er trotzdem voller Ungeduld an den Lippen dieses Fremden gehangen hatte. Und jetzt wurde sein Mund trocken, in seinen Ohren rauschte es und seine Waden kribbelten.

Diese ganzen Toten. Unschuldige Menschen, die ermordet werden, weil sie meinem Vater gehorsam waren. Hilflosigkeit und Grauen ließen ihn würgen. *Weggesperrt.* Das Wort hallte durch seinen Kopf. Auf die Stimmen um ihn herum und Doàns Fragen konnte er sich nicht mehr konzentrieren. *Sie sind weggesperrt.* Vorsichtig tastete Liam hinter sich und fand irgendetwas, woran er sich festhalten konnte, während er langsam zu Boden glitt. *Sie sind nur weggesperrt.* Er atmete ein und die Luft war frisch und süß in seiner Lunge. *Sie leben!*

Doch kaum war diese unglaubliche Last von ihm gefallen, drückten ihn neue Sorgen zu Boden: *Sind sie verletzt? Tut man ihnen weh? Wie geht es Mutter? Wo hat man sie hingebracht?* Zumindest auf diese letzte Frage dämmerte ihm eine Antwort. *Der Fels!* Der Kerker, aus dem noch nie jemand lebend zurückgekehrt war.

Liam bemerkte erst jetzt, dass er vor sich hingestarrt hatte. Trina hörte den leisen Worten des Fischers zu, doch Alwa sah Liam unverwandt an.

Die ältere Frau forderte Liam mit einem Nicken auf, ihr zu folgen. Schwerfällig kam er auf die Füße und ging ihr nach. Nach einigen Schritten blieb sie mit dem Rücken zum Feuer in der Tür der Clan-Halle stehen. Liam sah sich um, Doàn beobachtete sie aufmerksam aus einiger Entfernung.

»In den Jahren ihrer Ausbildung war sie auch bei den anderen Jägerinnen. Aber für mich ist Trina wie eine Tochter. Sie ist stur, weißt du?« Alwa sah geradewegs hinaus in die Nacht. »Sie hat mir gesagt, dass sie mit dir nach Fascor gehen wird.«

Liam holte Atem, um zu erklären, dass er das wirklich nicht wollte. Doch die drahtige Frau hob die Hand, sie würde sich nicht unterbrechen lassen.

»Sie wird darüber nachgedacht haben, dumm ist sie nicht. Aber sie hat noch viel zu lernen.« Ein Lächeln huschte über das wettergegerbte Gesicht. »Und ich hätte gern, dass sie ein langes und möglichst friedliches Leben hat.« Jetzt sah sie Liam direkt an. »Eure Reise wird sehr gefährlich. *Sehr* gefährlich. Wenn du ihr wehtust, dann mögen die Götter dir gewogen sein, Junge!« Ihr Blick war hart. »Denn dann werde ich dich finden.«

Liam spürte, dass er rot wurde.

»Nein ... Ich werde nicht ... Nie ... Warum sollte ich?«

»Du weißt genau, was ich meine.« Sie tippte auf die linke Seite seiner Brust, drehte sich um und ging wieder zum Feuer.

8

An Schlaf war nicht zu denken. Immer und immer wieder hatte Liam die Erinnerungen an die viele Monate zurückliegende Besichtigung des Kerkers vor Augen. Eine Zeit lang wälzte er sich im Bett umher. Schließlich setzte er sich auf, schlüpfte in seine Hose und tastete nach der Kerze. Im Dunkeln tapste er aus seinem Zimmer. Doàn lehnte neben dem Türstock und grüßte wortlos mit einem Nicken. Liam entzündete die Kerze an einem Leuchter im Flur und kehrte in seine Kammer zurück. Im Stillen dankte er Fecyre für das eklige Geschlabber. Zumindest sein Körper schmerzte nicht mehr. Behutsam hob er die kleinen Laternen von der Karte und stellte sie beiseite. Dann drehte er die große Karte um, sicherte die Ecken erneut mit den Lampen, entzündete sie und begann zu zeichnen.

Ein zaghaftes Klopfen an der Tür, diesmal überhörte er es nicht. Überrascht schaute Liam auf, es war noch dunkel draußen.

»Ja, herein?«, sagte er, doch niemand rührte sich.

Als er die Tür öffnete, stand Trina davor und sah ein wenig verloren aus. Den Leibwächter neben dem Türstock ignorierte sie stoisch.

»Du solltest schlafen«, sagte sie ganz leise, nachdem sie auf den Tisch hinter Liam gesehen hatte.

»Du auch«, erwiderte er. »Was machst du hier, mitten in der Nacht?« Liam fiel auf, dass er sein Hemd nicht angezogen hatte.

Trina sah sich schuldbewusst um.

»Darf ich reinkommen?«, fragte sie.

Mitten in der Nacht? Wenn jemand das mitbekommt, wird ihr Ruf leiden. Überrumpelt nickte Liam und ließ die Königin herein.

Doch als sie an ihm vorbeitrat und der Duft ihres Haares sein Herz schneller schlagen ließ, musste er sich zusammenreißen, um nicht übertrieben tief einzuatmen.

»Ich sollte dich nicht stören.« Nervös knüllte sie den Saum ihrer Tunika zusammen. »Aber ich kann auch nicht schlafen.« Sie sah neugierig auf den Tisch, rührte sich aber nicht. »Darf ich sehen, wie du vorankommst?«

Liam nickte und sogleich trat Trina an den Tisch.

»Was ...?«

»Das ist eine Skizze des Kerkers, vom *Fels*.« Seine Kehle war trocken. »Ich vermute, meine Eltern werden dort festgehalten. Ein grauenvoller Ort!«

Aufmerksam betrachtete Trina die Zeichnungen. Er hatte die Außenseite des Kerkers gezeichnet, auch einen Blick auf den ganzen Berg, in den das Gefängnis gehauen worden war. Mehrere Skizzen der innenliegenden Räume, einen Lageplan der Stockwerke. Soweit er sich eben daran erinnern konnte.

»Du warst schon einmal dort?« Erstaunt sah sie ihn an.

Liam nickte.

»Mit Gershaw.« Sein Name schmerzte noch immer. »Er war der Meinung, ich müsse sehen, wozu die Rechtsprechung des Königs die Menschen verdammt.«

Mit dem Finger tippte Trina auf das Bild des Felsmassivs. »Einladend sieht das nicht gerade aus.«

»Ist es auch nicht. Niemand, der im *Fels* inhaftiert wird, kommt da wieder raus.«

»Flucht?«

»Unmöglich.«

Trina starrte auf die Skizzen. Ihre Lippen waren wieder so schmal, dass er sie kaum erkennen konnte. »Du willst sie von dort befreien.«

Das war keine Frage. Er wagte nicht, laut zu antworten, die Endgültigkeit jagte ihm Angst ein. Stattdessen nickte er.

Trina kaute auf ihrer Unterlippe und sah ihn mit festem Blick an. »Ist die Karte auf der Rückseite?«

Schon hatte sie die kleinen Laternen beiseitegeräumt und wartete ungeduldig, dass er die sperrige Karte umdrehte.

»Wo ist dieser Kerker?«, fragte sie entschlossen.

Als die beiden Hähne krähten, kamen die Königin und der Prinz aus seinem Zimmer, um zu frühstücken.

Alwa hatte bei Sim gewacht und beobachtete argwöhnisch, wie die beiden ihre Köpfe zusammensteckten. Liam fühlte ihren Blick regelrecht auf sich brennen. Er nickte ihr freundlich zu und nahm sich einen Becher aromatisch duftenden Reaka. Trina schlürfte das heiße Gebräu vorsichtig und setzte sich neben Sim.

»Geht es dir etwas besser?«

Der Fischer sah mit seinem Auge zu ihr auf und grinste.

»Na hör mal. Glaubst du, ich lasse mich von solchen Idioten aufhalten?«

Mit einem verständnisvollen Augenzwinkern sah Trina zu Alwa. »Wie geht es ihm, Jägerin?«

Die Hagere tätschelte dem Verletzen die Hand.

»Besser. Als ich nachts die Bandagen gewechselt habe, hat sich Fecyre auch noch einmal um ihn gekümmert.« Warm lächelte sie Sim an. »Er ist bald wieder auf dem Damm.«

Sie ergriff Liams Reaka-Becher, bevor er einen Schluck davon genommen hatte, und trank daraus. Liam war irritiert, aber holte sich wortlos einen neuen Becher.

»Was hat Fecyre draußen auf dem Meer gemacht?«, verlangte die Jägerin gerade zu wissen, als er wieder an die Feuerstelle trat. Alwas Frage und ihr skeptischer Seitenblick ließen Trina erstarren. Wohl um Zeit zu gewinnen, pustete die Königin den Dampf von ihrem heißen Reaka.

»Sie hat Gaahrs Schiff nicht mehr in unseren Gewässern gefunden«, murmelte sie schließlich.

»Was?«, platze Liam heraus.

»Sie waren schon aus unserem Territorium verschwunden«, murrte Trina.

»Was hätte Fecyre denn mit dem Schiff gemacht?« Alwas Ton war eisig. »Vergeltung?« Das Wort hatte einen bitteren Nachgeschmack, das hörte Liam deutlich. »Ganz mies. Das holt einen immer ein. Immer, Mädchen.«

»Ja, Jägerin, du hast recht.« Für einen kurzen Moment war die starke und selbstbewusste junge Frau nur noch ein kleines, unsicheres Mädchen.

»Du hast schon einen Plan?«, fragte die Jägerin streng.

Trina machte ein unschlüssiges Geräusch und dann zuckte sie mit den Schultern.

»Glaubst du, ich wäre noch hier, wenn ich einen ordentlichen Plan hätte?«, antwortete sie nach einigem Zögern verschmitzt.

Sim prustete vor Lachen, dann japste er schmerzgepeinigt nach Luft. Sogar Alwa schmunzelte.

»Ich bin mit der Karte noch nicht fertig«, sagte Liam.

Alwa schien überrascht. »*Du* bist Kartograf?«

Liam ignorierte die kleine Spitze, das war er schließlich gewohnt.

»Ich habe keine Lehre absolviert, aber die Materie hat mein Interesse schon vor einigen Jahren geweckt. Ich bin ein kundiger Kartograf.« Es kostete ihn Kraft, nicht gekränkt zu klingen. »Solang wir keine ordentliche Karte haben, taugt kein Plan etwas.«

»Ach nein?«, fragte Alwa. »Was glaubst du, tun *wir*, wenn wir in Ashturia herumlungern wie die Wilden?« Ihr Ton schnitt die Luft um Liam herum in dünne Scheiben.

»Jägerin, ich verbitte mir ...«, begann Trina entrüstet, aber er unterbrach sie.

»Nein, nein, schon gut. Ich erkläre es gern«, sagte er versöhnlich. »Auch wenn ich niemals die Meinung vertreten habe, die Ashturier wären Wilde, so könnte die ehrenwerte Jägerin des Clans eventuell durch Bemerkungen meiner Männer den Eindruck gewonnen haben, ich würde dieses Gerede dulden und im schlimmsten Fall sogar gutheißen. Dem ist nicht so und ich möchte mich ausdrücklich dafür entschuldigen.« Liam wurde unabsichtlich leiser, doch sein Ton war höflich-distanziert und seine Worte waren deutlich. »Wenn ihr in eurem Land reist – aus welchen Gründen auch immer –, so habt ihr eine genaue Vorstellung davon, wie die Landschaft aussieht, wie lange die Reise dauert und wo ihr Proviant bekommt. Habe ich recht?«

»Meistens«, sagte Alwa schnippisch.

Noch bevor sie weitersprechen konnte, fuhr Liam fort. »Weißt du, wohin uns der Weg führt? Wie weit unser Ziel entfernt ist? Wie wir dort hinkommen? Ungesehen versteht sich!«

Die Jägerin seufzte. »Wie hilft eine Karte dabei? Du wirst doch wohl dein Land kennen, Prinz.«

»Ja, ich kenne Fascor. Aber ich habe nur wenig davon bereist, was ich rückblickend sehr bedauere. Aber ich kann eine Karte des Landes aus dem Kopf zeichnen, mit den größeren Ortschaften, jeder Stadt, jedem Wald und jedem Fluss von der Küste bis ins Hinterland. Ich kann die Entfernungen dadurch einschätzen und ich kann einen hoffentlich sicheren Weg durch ein aufgewühltes Land bis hin zu dem Kerker finden, in dem der König und die Königin festgehalten werden. Glaubt mir, ich habe mein halbes Leben damit verbracht, Karten zu studieren, sie zu kopieren oder zu ergänzen.« Er stand auf und knackste mit den Fingerknöcheln. »Ich habe nicht vor, die Königin von Ashturia als Dank für ihre Gastfreundschaft und Freundlichkeit in noch größere Gefahr zu bringen, als es unbedingt notwendig ist.«

Er sah der Jägerin geradewegs in die Augen. Alwa musterte ihn eine gefühlte Ewigkeit und sagte kein Wort.

»Ich gehe wieder an die Arbeit«, sagte er schließlich und nickte Trina zu, ehe er sich noch einmal Sim zuwandte. »Es freut mich, dich in besserer Verfassung zu sehen, Sim!« Der Fischer hob die verbundene Hand, Liam drehte sich um und nahm den Reaka mit.

»Was sollte das?« Trina hatte nichts dagegen, dazuzulernen. Nicht einmal, wenn die Jägerin sie vor Außenstehenden belehrte. Sie hatte nie behauptet, alles zu wissen oder zu können, und sie wusste, wie wichtig es war, alles aufzusaugen, was ihr irgendwann einmal nützlich sein könnte. Aber sie ärgerte sich, dass Alwa versucht hatte, Liam bloßzustellen.

Ein grimmiges Lächeln huschte über das Gesicht der Frau, der sie so viel schuldete.

»Es hat mich interessiert, was ihn antreibt, was er taugt.« Alwa zupfte an ihrem Gürtel herum. »Ich fühle mich wirklich nicht wohl dabei, dich allein in ein Kriegsgebiet zu schicken.« Sie stand auf und ging ein paar Schritte. Trina folgte ihr.

»Ich bin nicht allein«, sagte Trina, doch Alwa fiel ihr ins Wort.

»Mit *seiner* Unterstützung kannst du nicht rechnen, auf ihn musst du ja noch zusätzlich aufpassen wie auf ein Kind.« Mürrisch nickte sie vage in die Richtung, in der der Prinz verschwunden war.

»Was ich eigentlich sagen wollte, war, dass ich nicht allein bin, weil ich dich und jede andere Jägerin in meinem Herzen trage. Ihr habt mich so viel gelehrt! Und so lang ich meinen Kopf noch auf den Schultern trage, um mich daran zu erinnern, seid ihr an meiner Seite.«

»Ach, meine Kleine«, seufzte Alwa und drückte Trina unverhofft. »Ich wünschte, ich könnte dich begleiten.«

»Das haben wir doch schon besprochen«, nuschelte Trina an Alwas Hals.

Die Jägerin seufzte. »Und dennoch sähe ich es lieber, wenn ich neben dir kämpfen könnte, statt mich darauf zu verlassen, dass Fecyre eine zufriedenstellende Lösung für dieses Problem findet.«

Jetzt nickte Trina nachdenklich.

»Je mehr Leute wir sind, desto eher fallen wir auf«, sagte sie abwesend. Fecyre war in der Nacht verschwunden und hatte versprochen, sich etwas einfallen zu lassen.

Aber was, wenn ihr nichts einfällt? Ich kann den Drachen nicht mitnehmen, Fecyre ist zu auffällig. Und was dann? Nur mit dem Prinzen, der kein Messer halten kann, durch Fascor reisen und das Königspaar aus dem Kerker befreien?

Ihr Magen verknotete sich wieder. Nicht um sich machte sie sich Sorgen – ihrer eigenen Haut konnte sie sich erwehren. Aber er ... er war in vielerlei Hinsicht wirklich mehr hinderlich denn hilfreich.

»Trina?« Alwa sah sie auffordernd an.

»Hm? Was? Verzeih, ich war in Gedanken.«

»Wann willst du aufbrechen?«, fragte Alwa.

»Sobald es geht. Wenn die Karte fertig ist und Fecyre wieder auftaucht.« Mit der Antwort war die Jägerin zwar nicht zufrieden, sie gab aber Ruhe. Trina gähnte und rieb sich die Augen. »Bin ich müde!«

Mit einem frischen Reaka ging sie hinaus in den Stall. Jemmy sollte Silva und Mijee satteln. Wulff würde sie begleiten, um die Triis daran zu erinnern, dass Trina unrechtmäßige Kritik nicht duldete.

ॐ

Liam streckte sich. Jeder Muskel in seinem Rücken ächzte gequält und sein Nacken war so verhärtet, dass er die Schultern ganz vorsichtig kreisen lassen musste. Nach und nach lockerten sich die Verspannungen. Zufrieden trat er einen Schritt zurück. Die Karte war so weit fertig. Überrascht bemerkte er einen Teller mit Räucherwurst und Brot neben sich auf dem Tisch.

Also habe ich mich doch nicht getäuscht.

Irgendwann war ihm der Geruch des Geräucherten in die Nase gekrochen. Aber Liam hatte vermutet, sein Geruchssinn würde ihm einen Streich spielen, und hatte sich nicht ablenken lassen. Jetzt knurrte sein Magen unüberhörbar, also aß er gierig. Dabei betrachtete er die Karte noch einmal von oben, während er auf dem Stuhl stand.

Es klopfte an der Tür. Liam drehte sich um, und noch bevor er das Brot hinunterwürgen konnte, ging die Tür auf.

Sofie blickte ihn überrascht an. Er konnte regelrecht beobachten, wie ihr einige Fragen in den Sinn kamen, als sie ihn dort auf dem Stuhl stehen sah.

»Die Königin lässt nach dir schicken, sie ist von den Triis zurück.« Sie bedachte ihn mit einem abschätzenden Blick. »Brauchst du noch lange?«

»Nein«, nuschelte Liam, schluckte endlich und sprang vom Stuhl. Sofie ging voraus und er beeilte sich, ihr zu folgen.

Es dämmerte bereits. Er hatte so konzentriert an der Fertigstellung der Karte gearbeitet, dass er nicht gemerkt hatte, wie der Tag verstrichen war.

Sofie führte ihn aus einer Seitentür über einen kleinen Innenhof. Sie öffnete eine knarrende Tür zu einem ihm unbekannten Gebäude und ergriff seine Hand, als er in der dahinter liegenden Dunkelheit stolperte. Das Mädchen zog an seinem Arm und drückte nach einigen Schritten die nächste Tür auf. Er hörte Wasser plätschern und im Licht der Dämmerung konnte er nach der Dunkelheit des Ganges verhältnismäßig gut sehen.

Ohne ein weiteres Wort ließ Sofie ihn dort im düsteren Garten stehen und schloss die Tür hinter sich. Ein Springbrunnen aus hellem Stein hob sich deutlich von der Umgebung ab. Er war nicht sehr hoch und das Becken war nicht annähernd so groß, wie er es von zu Hause gewohnt war, aber das Plätschern beruhigte ihn trotzdem. Zwischen kunstvoll beschnittenen Büschen erkannte Liam die Umrisse von Statuen. Der süße Geruch von Rosen hing schwer in der Luft und er hatte eine sehr dornige, hellrosa blühende Sorte vor seinem inneren Auge.

Der kleine Garten war ringsum von Mauern umgeben, hinter einer von ihnen konnte er die dunkle Masse von Bäumen ausmachen.

Liam fiel ein, dass er sich noch nicht gewaschen hatte. Sein Handballen war schwarz, ganz wie erwartet. Er trat an das flache Becken und wusch sich in dem eisigkalten Wasser die Hände. Er hörte nicht, wie jemand von hinten an ihn herantrat, und erschrak zu Tode, als er den kalten Stahl an seinem Hals spürte.

»Was hast du hier zu suchen?«, zischte eine wohlbekannte Stimme an seinem Ohr.

»Ich bin's, Liam.« Sein rasender Puls war noch in seiner Stimme zu hören.

»Oh!«, machte Trina und ließ ihn sofort los. Mit einem erleichterten Seufzen wandte er sich zu ihr um. »Trotzdem. Was machst du hier?«

»Sofie hat mich hergebracht«, erwiderte er irritiert. »Die Karte ist fertig.«

»Das ist gut, aber warum hat Sofie ...«

»*Ich bat Sofie, Liam herzubringen.*« Fecyres Stimme war in seinem Kopf und auch Trina sah sich überrascht um.

»Wo bist du?« Sie drehte sich im Kreis, aber die Schatten der Dunkelheit lagen auf dem weichen Gras, der Drache konnte sich überall verstecken.

»Fecyre, komm raus, wir müssen reden! Liam ist mit der Karte fertig.« Trina wandte ihm das Gesicht zu, er nickte bestätigend.

»Es ist an der Zeit, aufzubrechen«, sagte Liam mit einem Kloß in der Kehle.

Er wusste, dass die Reise nach Fascor einem Selbstmordkommando gleichkam, besonders für ihn. Deswegen klammerte er sich daran, was er beeinflussen konnte: eine geeignete Reiseroute.

»*Es freut mich, dass du die Karte fertig hast, Prinz Liam*«, erklang die Drachenstimme wieder in seinen Gedanken. »*Und vielleicht freut es euch auch, dass ich eine Lösung für unser Problem gefunden habe.*«

»Wirklich? Das ist ja wunderbar!«, rief Trina erleichtert aus. »Ich habe mir das Hirn zermartert, wie wir dich mitnehmen können.«

»*Ja. Das ist wunderbar.*« Doch Fecyre klang müde und niedergeschlagen. Immer noch versuchte Liam, sie im Garten zu entdecken. »*Es ist eine Lösung. Ob sie euch gefällt, weiß ich nicht. Ich weiß selbst noch nicht, was ich davon halten soll.*«

»Was meinst du?«, fragte Trina und setzte ungeduldig nach: »Jetzt hör endlich auf mit dem Versteckspiel!«

Nur die Bewegung in den langen Schatten konnte er erkennen. Etwas Schwarzes, das auf sie zukam. Doch es war nicht der große, geflügelte Drache. Das hier war wesentlich kleiner.

Lautlos kam ein Wolfshund heran, die Ohren angelegt und die Rute eingeklemmt.

»Geh weg«, sagte Trina zu dem Hund und ging suchend um den Brunnen herum. »Fecyre? Komm jetzt raus!«, rief Trina und murmelte noch ein paar verärgerte Worte.

Der Hund kroch ganz nahe am Boden zu ihr hinüber und jaulte dabei leise. Da fügten sich die Dinge in Liams Kopf zusammen.

»Sie sagte, sie weiß selbst noch nicht, was sie davon halten soll«, sagte er mehr zu sich und bückte sich zu dem winselnden Hund. »Fecyre?«

Der Hund hob den Kopf, die Augen waren die des Drachen.

»Was?« Verdattert trat Trina einen Schritt zurück und sah bestürzt den pechschwarzen Hund an, der schuldbewusst mit dem Schwanz wedelte. »Wie ... Was ...« Die Königin war bleich geworden, das konnte Liam trotz Dämmerung sehen.

»*Ich weiß doch selbst nicht, wie oder was*«, sagte Fecyre.

Liam strich ihr über den Kopf und die Hündin warf sich auf die Seite. Trina starrte immer noch ungläubig und tastete hinter sich. Zuerst klammerte sie sich an den Brunnen, doch dann rutschte sie an dessen steinerner Umrandung langsam ins Gras.

»Wie ...«, flüsterte sie mit aufgerissenen Augen. »Wie ist das möglich?«

»*Verzeih!*« Der Hund sprang auf, war mit einem Satz auf Trinas Schoß und schleckte ihr durchs Gesicht.

Die Königin wurde von dem schwanzwedelnden Tier zu Boden gedrückt. Fecyre hechelte, die lange Zunge hing ihr aus dem Maul.

»Jetzt aber ganz ehrlich«, sagte Trina schließlich ernst. »Wie hast du das gemacht?«

Sofort legte der Hund die Ohren an.

»*Ich weiß es nicht.*« Die Stimme in seinem Kopf klang beinahe weinerlich. »*Ich habe keine Ahnung! Ich habe nachgedacht und wollte unbedingt eine Lösung finden. Ich kann dich doch nicht schutzlos nach Fascor lassen!*« Der Hund steckte seine Schnauze in Liams Hand. »*Das ist nicht böse gemeint, Liam, aber du kannst Trina nicht beschützen.*«

»Da mache ich mir keine Illusionen«, murmelte er.

»*Ich habe so lange nachgedacht, dass ich Kopfschmerzen bekommen habe. Deswegen habe ich die kleine Erdspalte aufgeheizt und mich zum Schlafen dort hineingekuschelt.*«

»Du sollst doch keine Steine schmelzen«, sagte Trina streng, doch Fecyre legte nur den Kopf schief.

»*Du hast gesagt, in der Erdspalte darf ich. Und ich schlafe dort immer so tief und fest.*« Der Hund schnaufte. »*Jedenfalls war alles, woran ich denken konnte, in deiner Nähe bleiben zu können, als ich einschlief. Und als ich aufwachte ... da war plötzlich alles anders.*«

Die Königin umarmte den großen Hund und schwieg.

»Den Drachen hätten wir nicht mit nach Fascor nehmen können. Aber so kannst du uns begleiten, ohne Angst haben zu müssen, dass man dich vom Himmel holt«, sagte Liam und tätschelte dem Hund den Kopf.

Auch wenn er sich nicht ausmalen konnte, wie der große, geflügelte Drache jetzt plötzlich ein normaler schwarzer Wolfshund sein konnte, so war das nahezu perfekt. Erleichtert lächelte Liam.

»Und als Hund kannst du trotzdem auf Trina aufpassen! Du bist immer noch gefährlich und kannst jedem den Kopf abbeißen, der ihr zu nahe kommt.«

Trina lachte. »Zwar nicht mit einem Happen, aber Liam hat recht. Wir können so tagsüber reisen, ohne uns zusätzlich um deine Sicherheit sorgen zu müssen. Auch wenn du nicht fliegen kannst, das ist schade. Aber du hast das wirklich gut gemacht, Fecyre!« Trina kraulte dem Hund den Bauch.

Liams Beine schliefen ein, deswegen stand er auf.

Die Nacht hatte sich ausgebreitet und nur die Grillen waren zu hören.

»Dies ist ein so friedlicher Ort«, sagte er leise und atmete den süßen Rosenduft ein.

»Ja, so scheint es.« Trina kam auf die Füße und zog an seinem Ellbogen. »Lass uns gehen.«

»Was ist das für ein Ort?«, wollte Liam wissen.

»Das ist mein Garten.«

Liam wollte nachfragen, doch der Hund rempelte ihn an.

»*Bedräng sie nicht. Hier wurden ihre Eltern ermordet*«, erklärte Fecyre in seinen Gedanken.

Er strich über die lange Schnauze und klopfte der Hündin den Rücken. Trina rieb über ihre Arme, sie fröstelte.

»Warte«, sagte Liam und öffnete sein Wams. Ihm würde sein Hemd genügen. »Hier, du frierst.«

Trina sträubte sich und murrte, doch als Liam das Wams über ihren Arm fädelte und über ihre Schultern zog, ließ sie es dankbar geschehen.

»Danke, es ist noch warm«, sagte sie mit einem Seufzen und Liam war zufrieden.

Wortlos folgte er Trina dichtauf, damit er nicht irgendwo anstieß. Sie schritt zielsicher in der Dunkelheit voran, wählte den Weg um die Sträucher herum und griff schließlich nach der Türklinke. Doch Trina verharrte einen Moment und Liam rempelte gegen sie. Der dumpfe Laut, als sie gegen das Holz der Tür stieß, ließ sie beide verlegen lächeln.

»Bitte entschuldige«, murmelte Liam und trat einen Schritt zurück.

»Wehe, das hast du extra gemacht«, erwiderte sie lachend.

»Als würde ich mich mit einer bewaffneten Frau anlegen!«

Sein Herzschlag pochte in seinen Ohren, Trina stand mit dem Rücken zur Tür und sah zu ihm auf. In seinem Bauch kribbelte Aufregung. Liam fiel das Atmen schwer, er ertrank geradezu in ihren Augen. Wie in Trance hob er seine Hand und strich ihr eine Haarsträhne aus dem Gesicht. Sanft schob er sie hinter ihr Ohr und beugte sich nervös zu Trina hinunter.

»Ich zerstöre wirklich nur ungern das Knistern zwischen euch.« Fecyre bellte. Liam erschrak und wich zurück, auch Trina zuckte ertappt zusammen. *»Aber ihr macht das ganze Unterfangen nur unnötig kompliziert.«*

Trina sah verlegen zur Seite und drehte sich hastig um.

»Ich ... ich wollte nicht ...«, sagte Liam.

In Wahrheit hätte ich sie so unglaublich gern geküsst, dachte er verbittert.

Trina riss die Tür auf und flüchtete in die tintenschwarze Dunkelheit des Ganges.

»Verzeih!«, rief er ihr nach. Nur am Verstummen ihrer Schritte bemerkte Liam, dass sie stehen geblieben war. »Es tut mir leid, Trina. Das war ... Ich hätte dich nicht bedrängen dürfen.«

Ihre Stimme war tonlos, als sie leise antwortete: »Vergiss es. Da ist nichts zu verzeihen. Wir werden unsere Reise nicht komplizierter machen, als sie ohnehin schon ist, Prinz Liam.«

Sie stieß die Tür zum Innenhof auf und eilte im trüben Licht der Fackeln davon.

Liam ärgerte sich über sich selbst. Sie so gehen zu lassen war falsch. Er hätte Fecyre ignorieren und Trina küssen sollen. Auch wenn er kein Herzensbrecher war, so wusste er, dass das der richtige Moment gewesen wäre.

Während der Vorbereitungen schenkte Trina ihm kaum Aufmerksamkeit. Sie steckte mit Wulff und Sim die Köpfe zusammen sowie mit Leuten, die ihm nicht vorgestellt worden waren. Liam kam sich überflüssig vor, verloren.

Wäre Fecyre nicht gewesen, die nicht von seiner Seite wich, hätte sich Einsamkeit in seinem gesamten Herzen ausgebreitet. Nun beanspruchte sie nur ein paar Winkel für sich, die Trina wohl hätte füllen können.

So aber saß er mit dem Hund zu seinen Füßen am Feuer und unterhielt sich mit dem seltsamen Wesen.

Fecyre war keineswegs zufrieden mit der Verwandlung und haderte unbeschreiblich damit. Hauptsächlich, weil sie nicht wusste, was passiert war.

Liam unterhielt sich mit ihr in Gedanken.

»Schläfst als feuerspeiender Drache ein und erwachst als Hund. Das muss verstörend sein.«

»Das ist es tatsächlich«, seufzte Fecyre und legte den Kopf auf ihre Pfoten. *»Ich kann nicht mehr fliegen, ich kann nicht mehr Feuer speien und ich kann nicht einmal mehr reden!«* Wie zum Beweis maulte die Hündin. Sie jaulte nicht, sie maulte.

Liam schmunzelte und musste gähnen. In diesem Moment hob Trina den Kopf und sah zu ihm herüber.

»Du solltest schlafen gehen.« Sie sprach leise und ihr Ton strahlte so viel Wärme aus.

Liams Herz wusste nicht, was es damit anfangen sollte. Sie war abweisend und im nächsten Moment fürsorglich.

Verwechsle ich Fürsorge mit Zuneigung?, fragte er sich. Und dann fiel ihm siedend heiß ein, dass der Drache in seinen Gedanken steckte.

»Ich bin kein Drache mehr.« Fecyre klang niedergeschlagen. *»Außerdem weiß ich schon längst, dass du ein Auge auf Trina geworfen hast. Vielleicht wusste ich es sogar schon vor dir. Und nur weil du dich so unbeholfen anstellst, lasse ich dich gewähren.«* Sie legte sich auf die Seite und sah ihm in die Augen. *»Wärst du ein Schürzenjäger, hättest du andere Sachen im Sinn und wärst zielstrebiger.«*

Verlegen grinste Liam und sagte: »Nein, Schürzenjäger bin ich keiner.«

»Das sieht man dir an, Junge.« Liam fuhr zusammen. Auf der anderen Seite der Feuerstelle hob ihm ein junger Mann seinen Metkrug entgegen. »Aber sie hat ohnehin kein Interesse an Männern, die das Leben genießen.«

Liam musste sehr verständnislos aussehen, denn der Bursche kam um das Feuer herum und setzte sich neben ihn. Fecyre zog die Lefzen hoch und knurrte lautlos. Sie mochte diesen Kerl offensichtlich nicht, behielt ihre Gedanken über ihn allerdings für sich.

»Unsere Königin!« Der Mann prostete in Trinas Richtung. Dann setzte er an und leerte den Humpen beinahe. »Ah!«, machte er und wischte sich mit dem Handrücken über den Mund. »Unsere Königliche Hoheit dort drüben. Wenn du bei ihr weiterkommen willst, dann ist es vielleicht gar nicht verkehrt, wenn du kein Weiberheld bist.«

»Bitte was?« Wer war dieser Kerl und was, bei den Göttern, meinte er damit?

»Sofie!«, rief der Mann und hob den Krug hoch. Dabei hielt er Liam seinen muskulösen Arm direkt vor die Nase. Das Mädchen eilte herbei und füllte den Humpen mit schaumigem Met auf. »Bring unserem schüchternen Freund auch etwas!«

Mit flinken Schritten tänzelte Sofie davon und brachte Liam einen Krug. Als sie ging, klatschte der Mann Sofie so fest auf den Hintern, dass sie empört aufschrie und sich entrüstet umdrehte.

»Du benimmst dich unmöglich, wenn du betrunken bist, Tem!«, zischte sie und stolzierte davon.

Der Mann, der offensichtlich Tem hieß, lehnte sich zu Liam. Er war nur ein paar Jahre älter und sein Atem roch streng nach Alkohol.

»Dabei mag sie das, wenn du weißt, was ich meine«, sagte er und rammte Liam den Ellbogen in die Rippen. Noch bevor Liam antworten konnte, stieß Tem seinen Krug gegen Liams. »Trink, mein Freund! So jung sehen wir uns nicht wieder.«

Die Worte des Betrunkenen zogen den trüben Schleier wieder über Liams Gemüt. Wer wusste schon, ober er jemals hierher zurückkehren würde? Ob er Trina nicht geradewegs ins Verderben führte und sie beide einen schrecklichen Tod erleiden würden? Liam kostete von dem Met. Er schmeckte besser als der Met in

Fascor. Viel süßer, fruchtiger und weniger bitter. Er trank noch einen Schluck und dann noch einen weiteren.

Tem grinste und murmelte: »Dann haben wir also zwei Dinge gemeinsam, mein Freund.«

»Ach ja?« Liam sah Tem an.

Was sollte er schon mit diesem stattlichen Burschen gemeinsam haben? Die markanten Gesichtszüge konnten es genauso wenig sein wie die Muskeln, die die Hemdsärmel fast zum Platzen brachten.

Verschwörerisch legte Tem seinen Arm um Liams Schulter.

»Ja, aber sicher! Met und Trina.«

Der Prinz erstarrte. War es wirklich so offensichtlich? Konnte jeder Dahergelaufene seine Gefühle für sie erkennen?

»Du kennst die Königin also?«, fragte er und sah zu ihr hinüber. »Du kennst sie *näher*?«

Tem lachte laut, warf dabei den Kopf in den Nacken und klopfte sich auf die Oberschenkel. Trotzdem schien niemand vom ihm Notiz zu nehmen.

»O ja«, sagte er wesentlich leiser, als er aufgehört hatte zu lachen. »Ich kenne meine Königin gut, besser als viele andere.«

Liam spürte, wie jede Hoffnung auf etwas Nähe zu Trina ihm entglitt. Wenn sie dieses großmäulige Gehabe anziehend fand, hatte er sich gründlich in ihr getäuscht.

Tem sprach mit schwerer Zunge weiter. »Aber nicht so gut, wie ich gern möchte.«

Liam horchte auf.

»Jede kann ich haben. Jedes Mädchen, das ich wollte, war so«, er schnipste, »in meinem Bett. Alle. Nur sie nicht.« Seufzend ließ Tem den Kopf hängen und starrte in seinen Met. »Sie ist etwas Besonderes. Schon als wir Kinder waren, war sie anders als die anderen. Niemand hat mich so verprügelt wie Trina. Sie ist nicht die Hübscheste und hat auch keinen großartigen Busen, aber sie ist ein wundervoller Mensch.« Tem machte eine Pause und Liam wunderte sich über diese tiefgründigen Einblicke, die ihm ein fremder Mann in seine Gefühle bot. Doch dann schlug Tem ihm freundschaftlich auf die Schulter und sagte verschwörerisch: »Deswegen drücke ich dir die Daumen! Wenn du sie flachgelegt hast, habe *ich* danach sicher beste Chancen!«

Liam verschluckte sich an seinem Met und hustete hektisch. Als er endlich wieder halbwegs normal atmen konnte, war Tem verschwunden. Fecyre sah Liam an und kratzte sich ausgiebig hinter dem Ohr.

»Das war ein interessantes Gespräch«, bemerkte sie in seinen Gedanken.

»So ein Weiberheld«, murmelte er, stellte den Metkrug weg und stand auf.

Sein Kopf fühlte sich ein bisschen schwummrig an, der Alkohol machte sich bemerkbar. Er war weit weg vom Betrunkensein, aber dennoch spürte er die berauschende Wirkung. Der Hund stupste ihn mit der Schnauze an, Liam bemerkte, dass seine Bewegungen etwas übertrieben waren, als er Fecyre streichelte.

»Ich gehe besser schlafen«, murmelte er, seine Augenlider wurden schwer und seine Zunge war müde.

»Schlaf dich aus«, sagte Trina neben ihm, er hatte sie nicht gehört. »Morgen treffen wir die letzten Vorbereitungen und stechen am Abend in See. Sim wird uns übersetzen.«

»Mhm«, machte Liam. Er wollte nicht, dass sie merkte, dass er angeheitert war.

»Was hat Tem zu dir gesagt?« Trina knabberte an ihrer Unterlippe. Sie war also neugierig.

Liam riss sich zusammen und antwortete langsam, damit er die Worte nicht verwaschen aussprach: »Ach, er hat erzählt, dass du ihn verprügelst wie niemand sonst. Und er sagt, er drückt mir die Daumen.« Das war nicht gelogen. »Aber Tem war schon betrunken. Man kann ihn vielleicht nicht ganz ernst nehmen.«

»Der Kerl lügt, wenn er nüchtern ist. Kaum hat er getrunken, erzählt er die Wahrheit.« Trina verzog den Mund zu einem schiefen

Grinsen. »Ja, er hat wohl recht. Aber es ist schon eine ganze Weile her, dass ich ihn verdroschen habe.«

Liam musste lachen. Trina hatte ihn unerbittlich hart trainieren lassen, aber verhauen hatte sie ihn nicht. Seine Gedanken schweiften ab zu dem Nachmittag am kleinen Teich, die nasse Kleidung ... Er riss sich zusammen und sah ihr in die Augen. Eigentlich wollte er gehen, doch das Feuer hinter ihm ließ das Grün in ihrer Iris schimmern und zum Leben erwachen.

»Geh schlafen, Liam, morgen wird ein harter Tag.« Sie schob ihn sanft auf den Gang zu, der zu seiner Kammer führte. »Gute Nacht!«

9

Gleich nach dem Aufstehen hatte Liam seine Habseligkeiten zusammengepackt und die Karte sorgsam eingeschlagen und verstaut. Es war ruhig in der großen Gemeinschaftshalle und er trank den Reaka in einer dunklen Ecke hinter einem der Stützbalken. Fecyre fand ihn dort und begrüßte ihn schwanzwedelnd. Er kraulte der großen Hündin das zottelige Fell am Hals und folgte Jemmy, als sie gerufen wurden.

In einer Art Waffenkammer wurde er von Wulff und auch Doàn ausstaffiert. Die Unterredung mit dem Hauptmann der königlichen Leibwache war kurz geblieben, als Liam Doàn vor vollendete Tatsachen stellen musste: Trina würde Liam nicht von hier fortlassen, es sei denn, sie begleitete ihn – und nur sie allein. Die Königin vertrat die Meinung, sie würden mehr Aufmerksamkeit auf sich ziehen, je mehr Leute sie waren.

Also tat Doàn sein Bestes, den Prinzen von Fascor auszurüsten. Bis in den späten Nachmittag hinein musste Liam Kleidung, Waffen und Rüstungsteile anprobieren.

Die beiden Männer beratschlagten, welche Kleidung Sinn ergeben würde, es sollte so wenig Gepäck wie möglich zusammenkommen. Bei den Waffen wurde Zweck gegen Gewicht abgewogen, da Liam ja nur wenig Übung damit hatte. Was den Schutz durch Rüstungen nur dringlicher machte.

Schlussendlich trug Liam bequeme, warme Kleidung. Er wollte so unauffällig wie möglich bleiben und war gekleidet wie die meisten Fascor.

Der kurze Bogen würde zum Jagen genügen, der schmale Köcher behinderte ihn nicht beim Kämpfen. Ein Dolch war an seinem breiten Gürtel befestigt, ebenso ein kurzes, sehr leichtes Schwert.

Außerdem hatte Trina ihm ein exquisit gearbeitetes dünnes Kettenhemd geschickt.

Er steckte gerade seinen Kopf durch das dunkle Oberhemd, als Trina nach einem Klopfen eintrat.

»Du bist also fertig?«, fragte sie mit einem Blick auf den schwarzen Umhang und die Tasche. Doàn und Wulff entschuldigten sich und ließen die beiden allein.

»Ich möchte dir für das Kettenhemd danken. Es ist so leicht, dass ich es kaum spüre.« Er zog das Hemd über den Hosenbund hinunter.

»Das ist auch gut so, du wirst es niemals ablegen.«

Sie klang düster und hatte die Hände in den Taschen vergraben. Jetzt erst sah Liam die Aufmachung der Königin.

Sie trug Kleidung, die der seinen sehr ähnlich war, aber außerdem noch eine Kappe, unter der ihre Haare verschwanden. Das Hemd hing lose an ihrem Oberkörper, da war keine Spur von Weiblichkeit mehr an ihr.

»Jetzt guck nicht so! Als Junge ist es sicherer«, sagte sie und rückte die Mütze zurecht.

»Ähm ...«, begann er, aber Liam musste sich eigenstehen, dass sie recht hatte. Auch wenn ihm das nicht gefallen wollte.

»Spar dir das *Ähm* und komm essen. Nimm deine Sachen mit, wir gehen anschließend gleich zum Boot.«

O nein! Das Boot! Liam wurde schon beim Gedanken an die Überfahrt schlecht, wie sollte er da etwas essen?

Doch wenig später hatte er seine Bedenken verworfen.

ᚼᚷᚷ

Die Ashturier, die Trina Familie nannte, saßen in der Clan-Halle um ein Spanferkel herum und hatten schon das zweite Fass Met angeschlagen. Trina hatte bemerkt, wie wenig Liam vertragen hatte, also waren sie sich alle schnell einig gewesen: Sie würden Liam abfüllen und ihn dann an Bord bringen. Bis er verkatert aufwachen würde, hätten sie hoffentlich bereits ein gutes Stück hinter sich gebracht. Sich übergeben würde er sowieso. Aber so würde ihn die Seekrankheit später ereilen.

Alwa blieb in ihrer Nähe, das machte Trina unruhiger, als sie es ohnehin schon war. Der Abschied fiel ihr schwer. Diese Leute waren wirklich ihre engsten Vertrauten, ihre Familie. Daran, dass sie sie vielleicht nicht wiedersehen würde, mochte Trina jetzt nicht denken. Es durfte kein Scheitern geben. Sie waren vorbereitet. Sie würden erfolgreich sein.

Also setz dich hin und genieße das Zusammensein mit deiner Familie! Du wirst sie eine lange Zeit nicht mehr sehen.

Liam hatte berechnet, wie lange sie von der Küste bis zum Kerker brauchen würden. Allein, dorthin zu gelangen, würde sie gut acht Wochen kosten. Falls sie Pferde auftreiben konnten, würden sie schneller sein. Doch bei einfachem Volk waren Pferde auffällig. Seufzend stieß Trina mit Wulff an. Der große Krieger betrachtete sie besorgt, doch er musste wissen, dass er sie nicht umstimmen konnte. Auch Alwa auf ihrer anderen Seite hatte diesen Blick. Die Jägerin hatte ihr mit der Verkleidung geholfen und ihr gezeigt, wie die Verbände, mit denen sie ihre Brüste plattdrückte, nicht verrutschten.

Bevor Trina trank, prostete sie jedem in der Runde zu.

Liam hatte schon rote Wangen, er lächelte sie offen an und stand dann auf.

»Ashturier«, begann er mit schwerer Zunge. »Freunde. Ihr seid tatsächlich Freunde für mich geworden. Nicht nur, weil ihr meine Leute und mich hier aufgenommen habt.« Er hielt seinem Leibgardisten den Humpen hin und Doàn stieß mit ihm an. »Nicht nur deswegen. Aber ich möchte euch ausdrücklich dafür danken!« Liam drehte sich schwungvoll, sein Met schwappte über den Rand, doch er bemerkte es nicht. »Ich werde für immer in eurer Schuld stehen!« Der Prinz verbeugte sich, die Ashturier lachten und klatschten. Als Liam wieder gerade stand, hatte er den Faden verloren. Er trank noch einen Schluck Met und sah irritiert in den

Humpen, der sich überraschend schnell geleert hatte. Trina verbiss sich das Grinsen und deutete Sofie rasch, ihm nachzuschenken.

Dankend nickte er Sofie zu, der Schaum quoll über den Rand des Humpens. »Auf die wunderschöne Königin Trina und ihr wundervolles Volk der Ashturier, das geradeheraus die Wahrheit sagt!«

Überrascht von diesem Kompliment flatterte ihr Herz zwischen zwei Schlägen und Trina hoffte inständig, sie könne ihr Erröten hinter dem Metkrug verbergen.

Liam hob den Humpen und nahm einen großen Schluck, Trinas Familie und Freunde applaudierten und johlten. Es wurde noch ein Fass angeschlagen, und als Alwa die Laute hervorholte, zückte auch Wulff seine Flöte. Die Leute sprangen auf und begannen zu tanzen. Trina ließ sich überreden und wurde sogleich in den Reigen hineingezogen. Sie kannte die Schritte und tänzelte herum wie die anderen Frauen und Mädchen.

Vor, zurück, seitwärts, vor, zurück, Knicks, sagte sie sich im Geiste vor, griff nach den Händen ihres Tanzpartners, *drehen, drehen, drehen,* und ließ ihn wieder los. Die Männer im inneren Kreis machten die Schritte in die andere Richtung, also vollführte sie die Drehungen immer mit einem anderen Partner. Irgendjemand trommelte den Rhythmus, doch er wurde schneller. Alwa und Wulff passten sich dem gesteigerten Tempo an, die Tanzenden lachten ausgelassen und wirbelten einander schwungvoll herum.

Trina stieß mit Sofie zusammen – hatte sie sich in der Richtung geirrt? Kichernd versuchte Trina, wieder in die Schrittfolge hineinzufinden, und achtete auf die Füße der anderen Frauen, als zwei Hände die ihren umschlossen.

Überrascht sah sie auf, Liam stand ihr gegenüber. Er war verschwitzt vom Tanz und seine Wangen waren noch geröteter. Die Musik um sie herum schien leiser zu werden, Trina spürte nur noch seine warmen Hände. Er stand da und sah sie an, er tanzte nicht. Liam war außer Atem, auch sie atmete schwer. Er sagte nichts, sah ihr nur in die Augen und lächelte.

»Platz da!« Jemmy schubste Liam weiter, so wie Sofie es mit Trina tat, nur eben in die entgegengesetzte Richtung. Sofie maulte irgendetwas, Trina verstand sie nicht. Sie versuchte, Liams Blick festzuhalten, doch der Strudel des Tanzes trennte und verschlang sie.

Die Musik endete, die Tanzfläche leerte sich und Trina ließ sich auf ihren Platz fallen. Alwa schlug sanftere Töne an, zupfte nun behutsam an den Saiten der Laute. Sim sang mit seiner wohlklingenden Stimme dazu. Eine traurige Weise darüber, wie die Götter die Menschheit gehen ließen, um sie ihre Erfahrungen selbst machen zu lassen.

Die Verletzungen des Fischers waren beinahe verheilt, auch er würde sie am nächsten Tag bis zum Festland begleiten.

Trina trank das Wasser in ihrem Methumpen und lugte dabei heimlich über den Rand hinweg zu Liam. Sisuna lachte an seiner Seite und füllte ihm nach. Mittlerweile war die Wirkung des Alkohols auf ihn nicht mehr zu leugnen. Doch auch nach seinem fünften Met sah er immer wieder zu ihr herüber, ganz verstohlen. Trina lächelte in ihren Humpen.

Fecyre hat recht. Ich will es nicht komplizierter machen, als es sowieso schon ist, oder? Doch die Stimme ihrer Vernunft klang nicht mehr so streng, wie sie es hätte tun sollen.

Jemmy zog sich Liams Arm über den Nacken und half ihm beim Aufstehen. Doch er deutete ihr, dass es noch nicht so weit zu sein schien. Er geleitete den Prinzen hinaus und wenig später kamen die beiden wieder herein. Jemmy brachte Liam auf seinen Platz und kam zu ihr herüber.

»Er verträgt mehr, als ich dachte«, sagte er leise zu Trina.

»Scheint so«, erwiderte sie lachend.

Das Spanferkel schmeckte vorzüglich und Trina beobachtete Alwa, wie sie einige Scheiben davon als Proviant zusammenpackte. Obwohl um sie herum ausgelassen gefeiert wurde, war Trina still. Die bevorstehende Reise lastete schwer auf ihr, mehr, als sie sich eingestehen wollte.

Die Haarnadeln drückten, Trina betastete den Sitz und die Position. Sie versuchte, sich einzuprägen, wie ihre Haare erfolgreich an ihrem Kopf hielten. Noch nie hatte sie ein Händchen dafür gehabt, aber jetzt war es wichtig, ihre Haare so zu verstauen, dass sie so gut wie unsichtbar waren. Sie abzuschneiden kam nicht in Frage. Gedankenverloren strich sie über Fecyres Fell.

»Worum sorgst du dich?«, fragte ihre beste Freundin in ihren Gedanken.

Trina lachte kurz auf. *»Worum nicht, wäre einfacher zu erklären«*, antwortete sie. *»Aber ich habe an so viele Dinge gedacht, die hoffentlich nicht eintreten. Wir sind gut vorbereitet. So gut es eben geht. Wir haben Geld mit, ich bin mit den Waffen ausgerüstet, die ich mir wünsche. Liam hat eine Reiseroute gewählt, die uns zwar Zeit kostet, aber von offenen Feldern, Ortschaften und hoffentlich auch von Gefechten fernhält. Bis zu diesem Kerker kommen wir. Und ab da müssen wir einfach improvisieren.«*

Fecyre rieb ihre Schnauze an Trinas Seite. *»Improvisieren. Du!«* Dabei kicherte sie.

»Du kennst mich doch. Bis wir dort sind, habe ich mir schon längst einen Plan zurechtgelegt!«

Doàn räusperte sich, sofort sah Trina auf.

»Eure Majestät, mein Prinz schläft beinahe«, sagte er, ein Seitenblick bestätigte das.

Doch Doàn blieb stehen, also nickte sie.

»Ist mir erlaubt, frei zu sprechen?«, fragte er leise.

Trina deutete auf den Platz neben sich und antwortete: »So frei, wie du denkst, dass es sein muss.«

Der Leibwächter bat heute bereits zum zweiten Mal um diese Erlaubnis. Und am Vormittag hatte er sehr deutliche Worte gefunden. Doàn nahm Platz, er wirkte verlegen.

»Ich habe zuvor meine Position vergessen, ich bitte um Entschuldigung.«

»Da gibt es nichts zu entschuldigen. Du bist für die Sicherheit deines Prinzen zuständig und hattest Bedenken. Ich danke dir, dass du mir klar dargelegt hast, was du von meinem Plan hältst. Und auch, dass du damit leben wirst, kein Teil davon zu sein.« Sie lächelte ihn offen an.

»Es ist nicht leicht.« Der Leibwächter umklammerte seinen Humpen. Dann atmete er tief ein. »Ich bat Alwa darum, mit meinen Männern beim Clan der Connens bleiben zu dürfen. Die Arbeit auf den Feldern ist eine sinnvolle Aufgabe und lenkt uns ab. Außerdem können wir uns so erkenntlich zeigen für die Güte, mit der sie uns aufgenommen haben.«

»Und?«, fragte sie, als er nicht weitersprach.

»Die Jägerin erlaubt es.« Er drehte den Humpen. »Aber wir werden nicht für immer hierbleiben. Wulff wird uns in sechs oder sieben Wochen nach Fascor zurückkehren lassen.«

Trina nickte, das hatte Wulff ihr bereits erzählt.

»Du weißt, dass wir dann im Hinterland sein werden, um euren König zu befreien?«

Doàn nickte. »Deswegen möchte ich an der Küste etwas Radau schlagen. Für ein wenig Ablenkung sorgen, die Truppen dorthin locken.«

Unwillkürlich musste Trina grinsen. »Das ist ein guter Plan, Doàn.«

»Ich weiß«, erwiderte er lachend und sah sie dann ernst an. »Passt auf ihn auf! Und auf Euch, sonst ist er verloren.«

»Das werde ich. Versprochen!«

»Hey, Schätzchen! Jetzt ist er reisefertig!«, rief Tem über das Feuer hinweg.

Doàn war sogleich auf den Beinen, Trina seufzte und zog die Mütze über ihre Haare. Sie umarmte Alwa und Wulff wortlos, es war alles gesagt, was es zu sagen gab.

Sie schulterte ihre Tasche und umrundete die Feuerstelle. Dort hob sie Liams Sachen auf und schob ihren Mantel zurecht. Trina kontrollierte den Sitz ihrer Waffen und vergewisserte sich mit einem Blick, dass auch Liam seinen Dolch und das kurze Schwert dabeihatte.

Schlafend hing er zwischen Tem und Jemmy, die Haare fielen ihm ins Gesicht. Doàn nahm Jemmys Platz ein, seine Miene war angespannt. Trina drehte sich zu ihren Leuten um.

»Wir haben schon alles besprochen.« Sie seufzte. »Passt gut auf Ashturia auf, ich will nicht erst die Unordnung aufräumen müssen, wenn ich nach Hause komme!«

Verhaltenes Lachen, zu Scherzen schien niemand so recht aufgelegt zu sein.

Trina gab sich einen Ruck und sagte leise: »Ich habe euch lieb!« Dann drehte sie sich um und ging an Doàn, Liam und Tem vorbei. »Alle außer dir, Tem! Dir sollte ich die Nase brechen. *Schätzchen —* du spinnst doch!«

Als Trina den Fuß über die Schwelle der Halle setzte, hörte sie hinter sich das Lachen ihrer Familie und Fecyre verschmolz vor ihr mit der Dunkelheit.

Ich lasse meine Heimat hinter mir und vor mir ist nur das Ungewisse. Sie fühlte sich merkwürdig leer.

Die Schritte der Männer hallten auf dem Steg. Der breite Fluss lag still unter dem sternenübersäten Himmel.

Gemeinsam hievten sie Liam in das Fischerboot.

Sim und Tem legten sich schon in die Ruder, während Trina noch ihre Sachen am Heck des Bootes verstaute. Vorsichtig kletterte sie zwischen den beiden hindurch und kauerte sich neben Fecyre in den hochgezogenen Bug. Der Hund leckte ihr das Gesicht und beobachtete aufmerksam, wie Trina Liams Kopf auf ihren Schoß bettete.

Der Prinz öffnete die Augen und verdrehte sie gleich wieder. Sie strich ihm über die Stirn. Liam lächelte versonnen. Unverhofft griff er nach ihrer Hand und küsste sie. Überrascht verharrte sie. Er hielt ihre Hand fest, war aber entweder eingeschlafen oder weggetreten.

Trina seufzte und sah die dunkle Landmasse von Ashturia an sich vorbeiziehen, ehe sie am Horizont kleiner wurde. Tem und Sim wechselten kein Wort. Der rhythmische Ruderschlag ermüdete auch Trina und schließlich schlief sie ein.

10

Die Überfahrt war eine einzige Tortur für Liam. Übelkeit, Schwindel, endloses Erbrechen und das hämische Gelächter von Tem vermischten sich mit dem Gestank des Meerwassers auf seiner Haut zu einem zähen Sumpf, dem er nicht entkommen konnte.

Doch es gab kleine Momente, in denen sein Magen nicht rebellierte und seine Sinne ihn ruhen ließen. Dann lag er stöhnend auf dem Rücken und war damit beschäftigt, zu atmen.

Fecyre kuschelte sich an ihn und ab und zu strich Trina ihm über das Gesicht, wenn sie das Tuch mit frischem Salzwasser getränkt hatte und es auf seine Stirn legte.

Es dauerte Ewigkeiten, bis sie der schaukelnden Hölle entkommen waren. Fast einen Tag ruderten die beiden Männer unermüdlich, bis die Nussschale, die sich Boot schimpfte, von Strömung und Wind erfasst wurde, die sie für die nächsten eineinhalb Tage in Richtung Fascor trieb.

Als der Kiel des kleinen Segelbootes sich knirschend in den steinigen Sand schob, war Liam der Erste, der aus dem Boot kletterte. Fecyre war schon vorher aus dem Boot gesprungen und das letzte Stück gepaddelt. Jetzt sprang sie wild hechelnd und pitschnass um Liam herum, dabei hatte er mit wackligen Beinen zu kämpfen. Er war zu schwach, um zu stehen, und sein Körper gaukelte ihm noch immer den Wellengang des Meeres vor.

Trina lud ihre Habseligkeiten aus dem Fischerboot und brachte sie in einigen Schritten Entfernung vor den Wellen in Sicherheit.

Schnüffelnd stromerte Fecyre umher und rannte den ganzen Strand der kleinen geschützt liegenden Bucht ab.

Liam zwang sich, ruhig und tief zu atmen, und konzentrierte sich auf die warmen Felsen unter seinen Handflächen.

Die Abendsonne tauchte das Meer in ein sattes Orange und verschwand dann hinter den Wolkenbergen. Trübe Dämmerung legte sich über den Strand.

Umständlich kam Liam auf die Füße und strich sich seine Kleidung glatt. Seine Schritte setzte er bedächtig, er traute seinen Beinen noch nicht.

Trina redete mit Sim, der deutete den Strand hinunter, sie nickte seiner Geste folgend.

»Hey«, sagte Tem und warf ein Stück Treibholz für Fecyre ins Wasser. Sogleich sprang der Hund hinterher. Liam nickte als Gruß. »Ich hab schon viel gesehen, aber so wie du hat noch keiner gereihert!«

»Ich wünschte, es wäre nicht so schlimm gewesen. Schade um den guten Met«, murmelte Liam und brachte Tem damit zum Lachen.

Trina und Sim wandten sich zu ihnen um und kamen zu Liam. Sim streckte die Hand aus, die Liam ergriff.

»Ich danke dir!«, sagte er aufrichtig zu dem Fischer. »Es ist eine mutige Tat, uns hierherzubringen, ganz besonders, wo deine Verletzungen noch nicht ganz verheilt waren.«

»Ach«, sagte der Fischer mit einer wegwerfenden Geste, »die Brüche sind wieder verheilt und so konnte Fecyre sich um die letzten Kleinigkeiten kümmern.«

Zum Beweis krempelte er seinen Ärmel hoch, dort waren die Verbrennungen am schlimmsten gewesen. Tatsächlich war die blasige und verkohlte Haut verschwunden und glänzte jetzt rosig.

»Und ihr wollt wirklich gleich umkehren?«, erkundigte sich Trina mit Blick in den Abendhimmel.

Sim nickte. »So können wir uns in der Nacht auf der Strömung treiben lassen und bei Tagesanbruch mit dem Wind nach Hause rudern.«

»Wenigstens noch etwas essen?«, fragte Trina.

Doch Tem schüttelte den Kopf und antwortete mit einem Seitenblick zu Liam: »Nein, danke. Nach *der* Herfahrt habe ich lieber einen leeren Bauch.«

Sim umarmte die Königin herzlich und schüttelte Liam erneut die Hand.

»Pass auf unser Mädchen gut auf. Sonst kommen wir und verhauen dich!« Der Fischer zwinkerte mit dem guten Auge.

»Keine Sorge, ich bringe sie euch heil zurück«, erwiderte Liam und sagte dann ernst: »Ich schwöre es, die Götter sind meine Zeugen!«

»Schon gut, mein Junge, die Götter musst du deswegen nicht behelligen.« Sim klopfte ihm auf die Schulter und sprang ins Boot.

Liam drehte sich um und erstarrte.

Tem umarmte Trina, die mit dem Rücken zu Liam stand. Tems Hand ruhte auf ihrer Pobacke, er grinste Liam triumphierend an. Doch bevor der Ashturier reagieren konnte, machte Trina eine schnelle, ruckartige Bewegung und löste sich von dem muskulösen Mann. Tem knickte vornüber, die Hände vor dem Schritt. Die Königin hatte ihm das Knie in seine Weichteile gerammt.

Mit zusammengebissenen Zähnen ging Tem zum Boot und sah Liam schmerzgepeinigt an.

»Ich drücke dir wirklich die Daumen, Liam«, presste er hervor, ehe er in das Boot kletterte.

Trina verschränkte die Arme vor der Brust und sah mit Liam dem Boot zu, wie es aus der Bucht hinaussteuerte.

»Jetzt sind wir also in Fascor«, sagte sie nachdenklich.

»Ja, im nördlichen Abschnitt des Leuchtturms, wenn ich mir die Berge da hinten ansehe.« Liam deutete auf weit entfernte Gipfel.

Trina räusperte sich. »Und wie nenne ich dich, damit dich niemand erkennt?«

Fecyre schüttelte sich direkt neben ihnen und setzte sich dann schwanzwedelnd zwischen sie. *»Darüber habe ich mir Gedanken gemacht! Ich finde, wir sollten Tem und Sofie zu euch sagen.«* So wie der

Hund zu ihm aufsah, hechelnd und selbstzufrieden, hätte Liam schwören können, dass Fecyre grinste.

»Du vergisst, dass ich ein Junge bin«, sagte Trina trocken, sie verzog keine Miene.

»*Dann eben Tem und Jemmy.*« Fecyre grinste noch immer.

Liam wollte eigentlich gar keinen fremden Namen haben. Doch ab jetzt musste er vernünftiger sein als je zuvor. Also nickte er. Trina kniff die Augen zusammen und musterte ihn.

»Dann bist du Jemmy. Ich müsste zu oft dem Drang widerstehen, dir eine reinzuhauen, wenn du Tem heißen würdest.« Sie wartete nicht ab, was Liam zu sagen hatte, sondern ging zu ihrem Gepäck. »Sim sagte, es ist noch ein guter Marsch bis zu dem Haus seiner Freunde.« Trina schulterte ihren Beutel. »Willst du hier die Nacht verbringen oder gehen wir, bis es dunkel wird?«

Nachdem sie ihre Sachen schon in den Händen hat, bleibt mir keine große Wahl, dachte er spöttisch. Aber er hätte sich ohnehin dafür entschieden, so schnell wie möglich voranzukommen.

»Lass uns gehen«, sagte er, hob sein Bündel auf und schritt voran.

Es wurde zunehmend schwieriger, in der felsigen Küstengegend etwas zu sehen. Die Nacht schlich heran und verschlang Wurzeln, Steine, Unebenheiten und Löcher im Boden. Immer öfter stolperten sie.

»Lass uns am Strand weiterlaufen, Jemmy«, sagte Trina leise und zog Liam am Ärmel.

Die Wellen schlugen sanft an Land, die Brise, die seine Haare zauste, war lau und die Grillen in den Dünen zirpten friedlich. Beinahe hätte er vergessen, in welcher Gefahr sie eigentlich waren.

Fecyre rannte umher und schleppte allerhand Stöcke und Treibholz an, als wäre sie ein ganz normaler Hund.

»Wir müssen ihr ein Halsband besorgen«, sagte er bei einer Rast und trank einen Schluck Wasser. Sein Magen gurgelte hohl, aber die Flüssigkeit blieb wenigstens drinnen.

»Wieso?«, fragte Trina und nahm die Wasserflasche, wischte über den Rand und trank daraus.

»Hunde ohne Halsband gehören dem Gesetz nach niemandem und dürfen getötet werden.«

Sie verschluckte sich beinahe.

Liam erklärte: »Damit keine streunenden Hunde das Vieh reißen. Wölfe haben wir ausgerottet, aber immer wieder wird Wild gerissen oder Schafe.« Er versuchte, den schwarzen Hund in der Dunkelheit auszumachen. »Wir müssen ihr dann auch etwas umhängen, das metallisch klimpert, wie eine Hundemarke.«

»Eine was?«, fragte Fecyre.

»Eine Hundemarke. Jeder Hundebesitzer zahlt Hundesteuern und bekommt als Beweis eine kleine Plakette.«

Trina lachte hell auf. »Auf was für Ideen ihr Festländer kommt!«

Liam konnte zwar nichts sehen, aber er wusste, dass sie den Kopf schüttelte. Er verstaute die Wasserflasche und richtete den Blick wieder zu Boden. Immer wieder tapsten sie aus Versehen ins Wasser, es war fast völlig dunkel.

»Unmöglich«, sagte Trina und dann fluchte sie laut.

»Was ist?« Besorgt tastete er nach ihr.

»Ich habe mir ... Verdammt, tut das weh!« Sie hüpfte auf einem Bein, deswegen trat Liam an sie heran und stützte sie.

»Ich habe mir den Fuß gestoßen. Ich kann rein gar nichts mehr sehen«, sagte sie verärgert. »So ist es unmöglich, weiterzugehen.«

Vorsichtig trat sie auf und murmelte fluchend vor sich hin. Zumindest vermutete Liam es, denn sie benutzte Worte auf Ashtur, die er nicht kannte.

»Fecyre, hast du einen Unterschlupf gefunden?«, fragte er in das Dunkel hinein.

»Ich habe nicht danach gesucht, aber da hinten ist eine Sanddüne, auf deren Hinterseite solltet ihr windgeschützt lagern können.«

»Führst du uns hin?«, bat Trina und humpelte dem Hund hinterher.

Auf der windgeschützten Seite hatten sich alte und stinkende Algenblätter gesammelt. Als Liam sie weggeräumt hatte, wühlte der

Wolfshund von oberhalb trockenen Sand zum Fuß der Düne. Trina breitete die Decke und ihren Mantel darüber aus.

»Wenn wir zusammenrücken, haben wir beide einen trockenen Platz.« Sie klang unschlüssig, ihr Gesicht erkannte er schon seit einiger Zeit nicht mehr.

Sie wird die Nähe scheuen. Im selben Moment musste er grinsen. *Als würde ich es nicht tun!*

Das war einer der Momente, in denen er seine Schüchternheit verfluchte. Aber es war besser, auf Abstand zu bleiben. So konnten sie zusammenarbeiten.

»Wenn wir uns mit dem Rücken aneinanderlehnen, kann einer von uns schlafen«, schlug er vor.

»Glaubst du, wir brauchen eine Wache?«, fragte sie und gähnte.

Liam zuckte mit den Schultern, dann erst fiel ihm ein, dass sie es nicht sah. »Keine Ahnung. Bis jetzt haben wir niemanden getroffen.«

»Ich werde euch wecken, wenn ich etwas höre«, sagte Fecyre in seinen Gedanken. *»Ihr braucht beide etwas Schlaf.«*

»Hier, mein Mantel«, sagte Liam, zog das Kleidungsstück aus und versuchte, es über sie beide zu ziehen, als er an ihrem Rücken saß. So war zumindest eine Körperhälfte warm.

Fecyre rollte sich an der anderen Seite dicht an ihnen zusammen. Liam kaute auf einer getrockneten Wurzel, sein Magen knurrte trotzdem lauter als Trinas. Er war schrecklich müde und erschöpft. Im Wind hörte er die Sandkörner rieseln und hinter der Düne das Rauschen der Wellen. Das regelmäßige Atmen an seinem Rücken ließ ihn vermuten, dass Trina eingeschlafen war.

»Können wir uns vielleicht hinlegen?«, fragte sie plötzlich. »Mir ist so kalt, ich finde keinen Schlaf.«

»Natürlich«, erwiderte Liam und stand auf.

Trina rutschte auf ihrem Mantel herum und achtete gewissenhaft darauf, dass auch Liam genügend Platz hatte. Sie rollte sich zusammen. Er wusste nicht, wie er sich so an ihren Rücken legen sollte. Dann bemerkte Liam, wie sehr Trina zitterte.

»Frierst du so schlimm?«, fragte er besorgt.

»Meine Hose ist ganz nass«, antwortete sie bibbernd. »Und ich bin übermüdet.«

»*Fecyre?*«, fragte er in seinen Gedanken. »*Bist du trocken?*«

»*Ich glaube schon.*«

»*Legst du dich bitte an Trinas Bauch?*«

Er hörte, wie der Hund sich an die Königin kuschelte, Trina murmelte dankbar. Liam nahm seinen Mut zusammen.

»Erschrick nicht, ich will dich nur wärmen.«

Liam breitete seinen Mantel über sie beide, drehte sich zu ihr und schob seine Knie in ihre Kniekehlen. Dann zog er sein Bündel unter den Kopf und legte seinen Arm um sie.

Er spürte, dass sie erstarrt war.

»Ich vermute, du hast deinen Dolch umklammert?«, flüsterte er.

Trina nickte, er hatte sein Gesicht ganz nahe an ihrem Nacken.

»Ich will dich nur wärmen. Ehrlich.« Seine linke Hand erreichte Fecyre, er kraulte die Hündin.

Trina sagte kein Wort, aber er konnte fühlen, wie ihr Körper rasch wärmer wurde. Und als sie kurz darauf einschlief, löste sich die Anspannung und sie lehnte sich gegen ihn. Obwohl Liam entkräftet war, konnte er selbst nicht so schnell einschlafen. Dazu duftete die warme Luft unter dem Mantel zu sehr nach ihr.

⁘⁙

Eine Hand griff nach ihrer Schulter. Trina riss den Dolch aus der Scheide, noch bevor sie die Augen geöffnet hatte. Liam war über sie gebeugt und sah sie überrascht an. Dann schob der große, schwarze Hund sich in ihr Blickfeld und schlabberte ihr durchs Gesicht. Mit dem Ellbogen schob sie Fecyre beiseite.

»Guten Morgen«, sagte Liam leise und hielt ihr einen Becher Reaka vor die Nase.

Trina verzog das Gesicht trotzdem und kniff die Augen noch einmal zu. Sie war noch immer müde und fühlte sich wie gerädert.

»Der Tag bricht an.«

Der schokoladige Reaka-Duft kroch in ihre Nase, also entschloss Trina sich, nachzusehen, wo er ihn abgestellt hatte. Blinzelnd schaute sie sich um.

Der Himmel färbte sich blass, die ersten Möwen schrien heiser. Liam saß vor einem wirklich sehr kleinen Feuerchen, nur ein paar Stöcke, die brannten. Aber es hatte wohl gereicht, um Reaka zu kochen.

»Keine Sorge, es hat kaum geraucht, nachdem Fecyre mir erklärt hat, wie ich es machen soll.« Er grinste und der Hund steckte seinen Kopf unter Liams Arm hindurch. »Da drüben hat sich Süßwasser gesammelt.« Er deutete durch die Dünen. »Ich habe davon Reaka gekocht und unsere Flaschen aufgefüllt. Dann habe ich das Salzwasser von der Haut gewaschen, es hat sich alles klebrig angefühlt.« Er lächelte ihr über die Schulter zu. »Seitdem fühle ich mich ein bisschen mehr wie ein Mensch.«

Trina schlürfte vorsichtig einen Schluck kochend heißen Reaka und legte Liam seinen Mantel über die Schultern.

»Danke. Zeigst du mir, wo das Wasser ist?«, fragte sie den Hund.

Fecyre sprang eifrig auf und sauste voran. Trina folgte ihr und ließ sie auf der Düne Wache stehen, während sie ihr Hemd auszog. Dann fummelte sie an dem Verband, wickelte die breiten Bandagen umständlich von ihrem Körper und rollte sie gewissenhaft wieder auf. Anschließend holte sie tief Luft und zog sich aus. So schnell sie konnte, wusch Trina sich mit dem Frischwasser und fluchte dabei innerlich so sehr, dass Fecyre sie ermahnen musste. Die Brise, die vom Meer herüberstrich, trocknete sie nicht schnell genug, mit ihrer Gänsehaut hätte man Käse reiben können. Trina schlüpfte in ihre Unterwäsche, die Hose und die Stiefel, bevor sie sich mit dem Verband abmühte. Zum Glück war es möglich, ihren Busen zu verstecken – einfach war es dennoch nicht. Aber als der breite Verband endlich richtig saß, war Trina nicht mehr kalt.

Als sie zu ihrem Schlafplatz zurückkehrte, hatte Liam das Feuer gelöscht und die Überreste im Sand vergraben. Beide Bündel waren schon zusammengepackt und er stand eilig auf, als sie näher kam. Er hielt ihr den Becher hin.

»Jetzt ist er nicht mehr so heiß.«

»Danke«, sagte sie. »Danke, dass du ...« Sie machte eine Geste mit der Hand, die das Lager umschloss.

»Kein Problem. Ich habe nicht so gut geschlafen, und damit wir Sims Freunde erwischen, müssen wir früh dran sein.«

Trina nickte.

»Ich hätte nicht gedacht, dass ich so lange schlafe.« Sie zog die Mütze auf ihrem Kopf zurecht. »Hoffentlich treffen wir den Fischer noch an!«

Eilig stapften sie zum Strand hinunter, dabei trank sie dankbar den warmen Reaka. Auf dem festen, nassen Sand liefen sie der Sonne entgegen.

Als sie endlich in der Ferne ein kleines Häuschen ausmachen konnten, hörten sie schon das alarmierte Geschnatter und Gezeter von Gänsen.

Ungesehen kommen wir also nicht an, dachte sie und kontrollierte ihre Verkleidung erneut.

Eine Frau trat vor das Haus, der lange Rock wehte im Wind. Sie sah sich um und bemerkte Trina, Liam und Fecyre. Sie ging wieder in die Hütte. Trina bat Fecyre, dicht bei ihnen zu bleiben. Noch einmal kam die Frau vor das Haus, in der Hand hielt sie nun einen langen Stab. Als sie in Hörweite waren, rief sie: »Bleibt bloß weg! Mein Mann ist schon auf dem Weg vom Steg hierher, ihr werdet hier kein Glück haben!«

Liam hob die Hand zum Gruß und lief auf die Frau zu.

»Sind wir hier richtig? Seid ihr die Aryanis?«

Er ging mit sicheren Schritten durch den lockeren Sand auf das höher gelegene Häuschen zu.

»Wer will das wissen?«, fragte die Frau angriffslustig und umklammerte den Stab in ihren Händen.

Sie weiß damit umzugehen, stellte Trina anhand des Griffs fest. Liam ging näher zum Haus, die Frau machte trotzig einige Schritte nach vorn. »Ihr bleibt sofort stehen!«

»*Fecyre, bleib hier*«, sagte Trina in ihrem Geist und die Hündin setzte sich hin, wo sie gerade stand. »*Danke.*«

Liam verbeugte sich leicht und erklärte der Frau dann: »Das ist Tem, ich heiße Jemmy. Wir sind Freunde von Sim. Er sagte uns, wir müssten unbedingt bei euch Halt machen, damit wir über alte Zeiten plaudern können.« Er lächelte freundlich. »Ihr seid doch Familie Aryani?«

Die Frau betrachtete Liam skeptisch und warf dann einen Blick über die Schulter. Die Haustür öffnete sich einen Spalt. Jemand spähte heraus, doch Trina konnte nicht erkennen, wer es war.

»Wir kennen keinen Sim. Wer soll das sein?«, fragte die Frau.

»Wie ich sehe, hatten Sie bereits Besuch. Das bedauere ich sehr«, sagte Liam aufrichtig. Er konnte also mehr sehen als sie.

Trina wollte die Stufe hinaufsteigen, die sich in dem Dünengras gebildet hatte, damit sie wusste, was er sah. Doch die Frau hielt ihr abwehrend das Ende des Kampfstabes entgegen, ihr Blick zuckte zwischen Trinas Waffen und Liams Schwertgurt hin und her. Trina machte überdeutlich zwei Schritte zurück.

»Wir sind Freunde von Sim. Dass sein letzter Aufenthalt sich auf Sie so ausgewirkt hat, tut mir wirklich sehr leid«, sagte Liam betrübt.

»Das war nicht wegen Sim«, hörte Trina plötzlich eine Männerstimme. Die Haustür ging etwas weiter auf, der Mann humpelte auf eine Krücke gestützt in Trinas Blickfeld.

»Sie waren wegen Euch hier, mein Prinz.«

Liam erstarrte. Trina bewunderte, dass er nicht überrascht aussah, ihr wäre die Kinnlade fast runtergeklappt.

»Bitte die Leute herein, Ester«, murmelte der Mann und verschwand im Haus.

11

»**S**ie suchen nach Euch, durchkämmen regelmäßig die Häuser.«
Ester war ängstlich und verdrehte den Spüllappen nervös in
den knotigen Händen. Das wettergegerbte Gesicht erinnerte
Trina an Alwa, doch Ester war klapperdürr und nicht drahtig-
muskulös wie die Jägerin.

»Ich kann euch nicht viel erzählen«, seufzte Aryani von seinem
Bett aus. Das Haus der Fischer war ein einziger Raum, unter dem
schilfgedeckten Dach hingen Fische zum Trocknen zwischen
Netzen, die geflickt werden mussten. »Mit dem gebrochenen Bein
komme ich nicht viel raus und Ester kann nicht allein ...« Er atmete
schmerzgepeinigt ein, als er die Hand nach seiner Frau ausstreckte.
»Jetzt nicht mehr. Die Zeiten sind zu unsicher für so hübsche
Dinger wie sie.« Liebevoll küsste er Esters Handrücken.

Trina wollte nicht sprechen, ihre Stimme war zu hell für einen
Tem, das wusste sie. Also bat sie Fecyre, Liam fragen zu lassen.
Verwirrt drehte er sich um, doch dann verstand er und fragte wie
gebeten: »Tem würde sich gern nützlich machen. Er darf doch das
Netz flicken, solang wir eure Gäste sind?«

Ester war mehr als erstaunt, doch sie nickte und wedelte mit der
Hand.

Trina nickte. Sie stand auf, holte das Netz und legte es sich auf
den Schoß. Sie hatte das kleine Schiffchen schon gesehen und
fädelte es gekonnt durch die Maschen. Das Flicken der Netze war
eine Tätigkeit, die von den am Meer lebenden Ashturiern oft
abends in der Halle gemeinschaftlich erledigt wurde.

Geschickt verknotete Trina die Schnur, breitete ihre Arbeit auf
dem Tisch aus und überprüfte das Netz auf weitere Löcher. Als sie
Fecyre in ihren Gedanken kichern hörte, sah sie auf. Die drei

Menschen starrten sie an, Trina lächelte und zuckte mit den Schultern.

»Es sind gefährliche Zeiten«, fuhr der Fischer fort und warf Trina einen weiteren irritierten Blick zu. »Nur Dummköpfe und Mitläufer haben diese Leute von der Befreiungsarmee um sich geschart. Und die hauen nur zu gern alles kurz und klein. Man muss aufpassen, zu wem man was sagt. Es wird getuschelt und weitererzählt. Und dann stehen drei Kerle in deinem Haus, brechen dir das Bein, bedrängen deine Frau und drohen, dir beim nächsten Besuch das Dach über dem Kopf anzuzünden, während du schläfst.«

»*Trina, das sind Freunde von Sim*«, sagte Fecyre in ihrem Kopf. »*Ich könnte Aryanis Bein heilen, falls der Bruch nicht verrutscht ist.*«

»*Wenn es nach mir geht, ja. Alwa hat mir gezeigt, wie ich das ertasten kann*«, erwiderte Trina. »*Aber du musst Liam fragen.*« Die Hündin saß schwanzwedelnd vor Liam und sah zu ihm auf. Der Prinz schaute Fecyre an und warf Trina dann einen Seitenblick zu. Dann nickte er, doch er deutete Fecyre, zu warten. Ungeduldig legte der schwarze Hund sich hin.

Trina faltete das Netz ordentlich zusammen und trat vor das Bett, auf dem der Fischer lag. Ester saß auf der Bettkante und wusste ganz offensichtlich nicht, was sie von diesem Tem halten sollte.

»Habt ihr einen Heiler aufgesucht?«, fragte Trina und bemühte sich nicht, ihre Stimme zu verstellen. Ester riss erstaunt die Augen auf und schüttelte den Kopf. »Wir könnten vielleicht helfen.« Der Fischer zog skeptisch die Brauen hoch. »Allerdings ist unsere ... Herangehensweise ein bisschen ungewöhnlich.«

Die Fischer tuschelten miteinander, Ester schien nicht angetan von der Idee.

»Wir haben kein Geld«, sagte sie rundweg und sah Trina selbstbewusst an.

»Ich würde keine Bezahlung annehmen«, erwiderte sie entschieden und kraulte Fecyres Kopf. Sie verkniff sich das Grinsen.

Mit den Fischern ist es also auch auf dem Festland das Gleiche. Der Mut, mit dem sie der See ihr täglich Brot abringen, macht sie zu Recht stolz.

Sie seufzte und verschränkte die Arme. »Seid ihr der Meinung, meine Dienste wären nichts wert, nur weil ich mich nicht bezahlen lasse?«

Ester dachte nach, das konnte man erkennen. Sie sah ihren Mann liebevoll an und legte ihre Hände im Schoß zusammen.

»Wenn du unbedingt meinst ...« Umständlich rutschte sie von Aryani weg und deutete dann auf ihn, als wenn sie Trina einen Gefallen erweisen würde. »Was brauchst du? Ich habe ein paar Kräuter hier.« Sie streckte sich nach den getrockneten Büscheln, die von den Dachbalken hingen.

»Wasser. Nur ein bisschen warmes Wasser.«

Ester griff nach dem Kessel, doch er war so gut wie leer.

»Ich gehe welches holen«, sagte sie und trat mit unsicheren Schritten auf die Haustür zu.

Sie hat so stark und mutig ausgesehen, als wir an das Haus herangekommen sind, überlegte Trina. *Sie durfte sich ihre Angst nicht ansehen lassen und auch nicht, wie gebrechlich sie schon ist.*

»Ich begleite dich, wenn es recht ist«, bot sie an.

Die Fischersfrau nahm ihren Kampfstock und wirkte gleich gefestigter. »Dann nimm den hier gleich mit.« Sie deutete auf einen riesigen Wasserschlauch aus einer Schwimmblase. »Dann kannst du das Wasser schleppen.«

⁎⁎⁎

Die Königin warf ihm einen Blick über die Schulter zu. Fecyre japste und rannte hinaus in die Dünen. Die beiden Frauen unterhielten sich, der Fischer lauschte ebenso wie er, bis ihre Stimmen leiser geworden waren und sie sich vom Haus entfernt hatten.

»Wie schlimm ist es in Wirklichkeit?«, fragte Liam geradeheraus.

Aryani drehte sich und lugte durch die fast blinden Fenster nach draußen. Seine Frau war nicht in der Nähe.

»Setzt Euch.« Er wartete, bis Liam sich den Hocker herangezogen hatte, dann holte er tief Luft. »Es ist schrecklich. Ich will Ester nicht verängstigen, aber sie hat selbst schon bemerkt, dass diese Leute vor nichts zurückscheuen. Bevor sie mir das Bein gebrochen haben, war ich draußen beim Fischen und ruderte in Ufernähe heimwärts. Ich habe gesehen, wie sie die Tochter meines Nachbarn an den Haaren aus der Hütte gezerrt haben ... Das arme Mädchen. Sie ist erst zwölf.« Tränen füllten die Augen des Mannes. »Dann sah ich meinen Freund im Sand liegen. In einer Lache schwarzen Blutes. Die Schreie des Mädchens ... Ich konnte nichts tun.« Er schluckte schwer und räusperte sich. »Wie konnte es so weit kommen?«

Liam erschauderte. Er fühlte sich schuldig, verantwortlich. Doch dann dachte er sich: *Nein! Nicht ich bin schuld an diesen Gräueltaten! Jeder Mensch entscheidet selbst.*

»Ich weiß es nicht«, sagte er. »Aber ich werde dem Einhalt gebieten.«

Der Fischer sah ihn an und Liam konnte in seinem Gesicht lesen, was er dachte: *Du?! Was willst du schon unternehmen? Der Prinz, der die Sonne scheut und kein Schwert halten kann? Deinen Bruder bräuchten wir, mein Junge, du bist doch noch grün hinter den Ohren!*

Doch nichts dergleichen sagte der Fischer. Er kaute auf seinem Fingernagel und schaute gehetzt umher. Die Stimmen der beiden Frauen wurden vom Wind herangeweht. Fahrig griff Aryani in seine Jacke. Er zog etwas heraus und streckte die Hand nach Liam aus.

»Es gibt einen Widerstand. Die Königsgarde ist zersprengt, doch sie bekämpft die Befreiungsarmee«, flüsterte er und legte etwas Kleines in Liams Hand. »Aber bringt Euch nicht unnötig in Gefahr, mein Prinz!« Der Fischer drückte mit seinen großen, schwieligen Händen Liams weiche, zarte und feingliedrige Finger. »Nur wenige Fascor haben sich vom Königshaus abgewandt. Aber wir haben

Angst und die anderen sind lauter.« Trina und Ester waren schon ganz nahe. »Haltet danach Ausschau, Ihr werden den Stern des Widerstands finden.«

Die Tür schwang knarrend auf, die beiden Frauen kamen herein. Aryani lächelte ertappt, während Liam Sand aus Fecyres Fell strubbelte.

»Ich verstehe trotzdem nicht, wie du das nur mit Wasser hinbekommen willst«, murrte Ester.

Verstohlen lugte Liam in seine Handfläche. Ein kleiner, geschnitzter Stern lag darin. Fünfzackig, wie der Stern in Fascors Wappen. Er versteckte die Knochenschnitzerei in der Brusttasche seines Hemdes und sah den Fischer dankbar an.

Das machte ihm Hoffnung. Wenn sich auch nur eine Handvoll Leute zu einem Widerstand formieren konnten, dann kämpfte er nicht auf verlorenem Posten um dieses Land.

»*Hat Trina gesagt, wie sie sich das jetzt vorstellt?*«, fragte er Fecyre.

Die Hündin legte den Kopf in den Nacken, die Zunge hing aus dem Maul heraus.

»*Nein, ich bin selbst schon gespannt!*«

Mit dem Rücken zu ihnen standen beide Frauen am Herd, Trina steckte ein Stück knorriges Holz in den gemauerten Ofen. Sie redeten leise miteinander.

»Euer Freund«, murmelte Aryani und warf Trina einen Seitenblick zu, »sollte möglichst wenig sprechen. Und sich vielleicht einen Bart wachsen lassen.«

Gedankenverloren kratzte Liam über seine eigenen Bartstoppeln und nickte.

»Du könntest recht haben«, erwiderte er und beobachtete Trina, die ihre Ärmel hochkrempelte.

Diese Fischer konnten sie nicht hinters Licht führen, aber das waren Freunde von Sim. Und Sim hatte sich deutlich nach der Königsfamilie erkundigt. Also hatte Aryani Liam erkannt, als er zwei und zwei zusammengezählt hatte. Wenn sie völlig Fremde trafen, würde es ihnen gelingen, unerkannt zu bleiben?

Trina riss ihn aus den Grübeleien: »Hilf mir bitte!«

Gemeinsam setzten sie Aryani auf und zogen das Hosenbein ganz behutsam so weit wie möglich hoch. Der darunter zum Vorschein kommende Verband war von innen her rot gefärbt.

»Kusch, weg!«, machte Ester und wollte Fecyre verscheuchen, die mit den Vorderpfoten auf das Bett gesprungen war.

»Lass sie. Sie muss mir helfen.« Trina sagte es nebenbei und wickelte den Verband vorsichtig ab. Zischend pfiff sie durch die Zähne, als der Unterschenkel unter dem Verband sichtbar wurde. »*Damit* seid ihr nicht zu einem Heiler?«, fragte sie ungläubig und begutachtete die offene Bruchstelle.

Liams Magen rebellierte, beinahe war er froh, nur Reaka getrunken zu haben. In der Mitte des Schienbeines war die Haut durchstoßen, die Wundränder färbten sich schon in einem ungesunden Gemisch aus knalligem Rot und fahl wirkendem Blau.

»Zumindest wissen wir, dass sich der Bruch verschoben hat«, murmelte Trina dicht über die Verletzung gebeugt. »Ich bin keine Heilerin, aber wenn wir den Bruch richten können, sind deine Sorgen in zwei oder drei Tagen vorbei.«

»Weil ich dann tot bin?«, fragte der Fischer trocken.

Trina sah überrascht auf. »So ein Quatsch, gestorben wird wegen so etwas doch nicht!« Sie kletterte vom Bett und steckte den Finger unter ihre Kappe, um sich dort zu kratzen. »Ester, er braucht etwas, auf das er beißen kann. Sonst hört man ihn die ganze Küste entlang schreien.«

Aryani rutschte unruhig hin und her.

»Als Sim heimkehrte, hat man ihn abgefangen und zusammengeschlagen, bevor man ihn auf sein Boot warf und es anzündete«, erklärte Liam in gedämpfter Lautstärke. »Und trotzdem hat er selbst uns nach Fascor übergesetzt. Vertrau auf das Können meiner beiden Begleiterinnen.«

Ester hatte tellergroße Augen, Liam konnte sich nicht vorstellen, was im Kopf der Frau vor sich ging. Doch sie strich über ihre Schürze und sagte gefasst zu ihrem Mann: »So wie es jetzt ist, kannst du nichts mit dir anfangen. Es ist nur eine Frage der Zeit, bis wir beide daran zugrunde gehen.« Sie griff nach einem Kochlöffel und reichte ihn Aryani. »Wenn der Prinz sagt, dass sie dich gesundmachen kann, dann glaube ich ihm.« Sie deutete einen Knicks an.

»Deine Verletzung wird schneller geheilt sein, als du es dir vorstellen kannst«, sagte Liam aufmunternd zu dem Fischer.

Trina nickte, die Stirn in Falten gezogen. »Ihr müsst mir beide helfen. Du hältst ihn fest, ich muss am Bein ziehen. Und du, Ester, du musst die Knochen vorsichtig wieder zusammenschieben. Die beiden Enden sollten fast wie von selbst zueinanderfinden. Zumindest hat es so ausgesehen«, murmelte Trina und klopfte auf die Matratze.

Mit einem Satz war der große, schwarze Hund auf dem Bett und hechelte erwartungsvoll.

»Fecyre wird die Verletzung dann benetzen.«

»Fecyre?« Ester wurde bleich und schlug die Hände vor den Mund. Sie machte einen Schritt zurück und schien Trina in ganz neuem Licht zu betrachten. »Eure Hoheit«, wisperte sie und ging vor Trina zu Boden.

Sim hatte seinen Freunden also viel mehr erzählt, als Liam vermutet hatte. *Ist es ihr unangenehm oder ist sie genervt?*, fragte er sich, als er Trina betrachtete.

Ashturias Königin sah Ester an und wedelte ungeduldig mit der Hand. »Wir sollten uns beeilen. Jeder Moment, den ihr uns im Haus habt, ist für euch eine Gefahr.«

Eilig kam Ester auf die Füße und kauerte sich neben Aryanis Bein auf die harte Matratze.

»Ich ziehe und du tastest. Wenn die Knochen gut zusammenpassen, hältst du fest, bis ich dir sage, dass du loslassen kannst.«

Ester nickte und murmelte dann mehr zu sich: »Und ich hab sie Wasser schleppen lassen!«

Der Fischer nahm seinen Mut zusammen und den Kochlöffel zwischen die Zähne. Liam lehnte sich auf das Becken des Mannes, wie Trina es ihm deutete. Und obwohl Aryani sich bemühte, nicht zu schreien, dröhnten Liam die Ohren.

12

Der kalte Wind zerzauste seine Haare. Mürrisch schlug Liam seinen Mantelkragen hoch und verfluchte das schlechte Wetter. Die Stiefel waren in den letzten fünf Tagen niemals getrocknet, und um ehrlich zu sein, wunderte Liam sich, dass sie noch nicht in ihre Einzelteile zerfallen waren.

Er stieß die Tür der Schenke mit der Schulter auf, der Wirt nickte ihm nur kurz zu, als Liam direkt auf die Treppe zueilte.

»Hey, du da!«, rief einer der Gäste, doch Liam wandte sich nicht um. »Du, langer Lulatsch!«

Die Geräusche in der niedrigen Schankstube erstarben und Liam seufzte, während er sich umdrehte.

»Willst du was von *mir*?«, fragte er und schob den Mantel von seinem Schwertgriff. Er hätte nicht sagen können, welcher der Männer nach ihm gerufen hatte, allesamt sahen wie Banditen aus. Die dralle Bedienung aber neigte den Kopf leicht zu einem besonders wilden Schurken.

»Setz dich, wir sollten reden.« Der Mann strich sich über den dichten Schnurrbart und die restlichen Gäste wandten sich wieder ihren eigenen Belangen zu.

Liam sah die Treppe hinauf. Trina wartete dort oben in dem kleinen Zimmer auf ihn. Andererseits hatten in den vergangenen Tagen viele sehr aufschlussreiche Gespräche genau so begonnen. Er nahm den Mantel von den Schultern und versteckte die Sachen für Trina darunter.

Neben dem Schnauzer stand ein Saufkumpan auf und machte für Liam Platz. Unauffällig musterte er die Männer um ihn herum. Die wenigsten trugen sichtbare Waffen.

Aber das heißt ja nichts, dachte er, während er mit langsamen Schritten auf den abseitsstehenden Tisch zuging.

»Fecyre?«, rief er in seinen Gedanken.

»Ja? Ich höre dich«, antwortete sie.

»Könntest du Trina bitte ausrichten, dass ich in der Schankstube aufgehalten werde? Ihr braucht euch aber keine Sorgen zu machen. Ich glaube, es ist jemand vom Stern.«

»Die Neuigkeiten eilen uns schon wieder voraus, hm? Natürlich werde ich es Trina ausrichten«, sagte Fecyre.

Dass sich jemand in Fascor herumtrieb, der für den Widerstand sehr wichtig war, schien sich wie ein Lauffeuer verbreitet zu haben. Das versetzte sowohl die Befreiungsarmee als auch den Stern in Alarmbereitschaft. Fremde wurden argwöhnisch betrachtet und mehr als einmal waren Liam und Trina von kleinen Kommandos der Befreiungsarmee aufgegriffen worden. Doch bis jetzt hatte jeder Liams Geschichte gefressen: Jemmy brachte seinen stummen Bruder Tem zu Verwandten nahe der Hauptstadt. Sie sollten dort in den Schmieden der Armee arbeiten und Waffenleder gerben.

Mit der rechten Hand tastete Liam nach dem Dolch. Er war lieber vorsichtig, als mit einem Messer im Rücken in der Gosse zu landen.

»Setz dich, mein Freund.«

»Wir kennen uns?«, fragte er.

»Vielleicht besser, als du denkst«, antwortete der Schnauzbart, aber das ließ Liam mittlerweile kalt.

Wie er bemerkt hatte, dachte wohl jeder, der ein Geheimnis verbarg, sein Gegenüber mit diesen oder ähnlichen Worten aus der Fassung zu bringen. Anfangs hatte Liam sich ertappt gefühlt, doch nach den drei Wochen in Fascor sah er einem Landstreicher so ähnlich, dass nicht einmal seine Mutter ihn erkannt hätte. Mit einer lässigen Handbewegung legte er seinen Dolch auf den Tisch, den Mantel mit dem darin eingewickelten Päckchen für Trina behielt er auf dem Schoß.

Die Männer rund um den Tisch hatten herumgelümmelt, jetzt richteten sich alle auf.

»Was willst du, *Freund?*«, fragte Liam.

Der Kerl mit dem buschigen Oberlippenbart trank bedächtig aus einem Humpen und wischte sich den Schaum ganz langsam aus dem Gesicht. Er betrachtete den Dolch und sagte kein Wort.

»Also wenn es dir die Sprache verschlagen hat, gehe ich. Ich bin müde«, sagte Liam und machte Anstalten, aufzustehen.

Der Mann griff nach seinem Handgelenk.

»Nein. Bleib. Setz dich!« Er sprach so leise, dass Liam ihn kaum verstand.

Auf ein Nicken ihres Anführers hin begannen die Männer am Tisch, sich zu unterhalten, und kurz darauf lärmten sie, als wären sie betrunken.

Der Schnauzer lehnte sich mit den Ellbogen auf den Tisch, Liam tat es ihm gleich. So steckten sie die Köpfe zusammen und konnten sich unterhalten, ohne dass jemand zuhörte, der es nicht sollte.

»Dann bist du Jemmy.« Das war keine Frage, fiel Liam auf. »Ich weiß es von Mart. Du hast ihm mit diesem Dolch fast die Kehle aufgeschlitzt.«

Liam erinnerte sich. Mart war vom Stern und er hatte Trina bedrängt, als Liam nicht gleich mit der Sprache herausgerückt war. Mit einem schiefen Grinsen dachte Liam daran, wie er vom Zorn gepackt worden war und zur Waffe gegriffen hatte, obwohl die Königin sich noch nicht einmal bedroht gefühlt hatte.

»Soso, dann hat Mart sich meinen Dolch also gemerkt.«

Er sah hinunter auf das auffällige Muster, das die Ashturier der Klinge verpasst hatten. Die Linien, die sich mit vielen Ecken zu einem Tier verbanden, stellten einen Drachen dar.

»Mart hat sich einiges gemerkt von eurer Begegnung.« Mit einer fließenden Bewegung ließ der Mann mit dem Schnauzbart eine Münze über seine Fingerrücken tanzen. Liam sah genauer hin und erkannte einen Stern auf dem runden Metall.

»Wie heißt du?«, fragte Liam.

»Messer«, antwortete der Mann.

»Messer?« Ungläubig zog Liam die Augenbrauen hoch.

»Ja, weil du mein Messer in den Rippen hast, noch bevor du meinen Namen aussprechen kannst.« Zum Beweis hielt er ihm die Klinge an die Ecke des Kiefergelenks, direkt am Ohr.

Jetzt erstarrte Liam, blieb aber ruhig.

»Dann ist dein Name ja gut gewählt. Deine Mutter hatte ein glückliches Händchen«, sagte Liam und bewegte den Kiefer dabei so wenig wie möglich.

Messer lachte laut und steckte die Waffe weg. Das Eis war gebrochen. »Mart erzählte, dass ihr ins Landesinnere wollt.«

Liam nickte. Sie hatten niemandem ihr eigentliches Reiseziel verraten, zu sehr fürchteten sie sich vor Verrat.

»Morgen früh fahre ich los. Muss ein paar Fässer Wein in die Silberhügel bringen. Ich nehme das Floß auf dem Ambertrudh.«

Liam horchte auf. Zu den Silberhügeln war es noch ein sehr weiter Weg, tatsächlich könnten sie die Dauer ihrer Reise um über eine Woche abkürzen.

»Vielleicht ist eines der Fässer leer und du und dein Bruder spart euch einen weiten Fußmarsch.«

»Was willst du als Bezahlung?«, fragte er, nachdem die Bedienung die Metkrüge abgestellt hatte und verschwunden war.

Messer lehnte sich zurück und strich nachdenklich über seinen Bart. »Ich bin ein Geschäftsmann, Jemmy.« Liam wusste, dass das schlecht für ihre Finanzen war, also sah er Messer weiterhin fragend an. »Aber mein Land liegt mir sehr am Herzen. Wenn du den Wein ersetzt, der in dem Fass gewesen wäre, nehme ich euch mit.«

»Wie viel?«

»Zweihundertachtzig.«

Liam nickte bewusst zögernd, denn wenn er Messer wissen ließ, dass er bereit wäre, mehr zu zahlen, würde er auch mehr zahlen müssen.

»Gut«, sagte er. »Die Hälfte morgen früh, die andere Hälfte, wenn wir in den Silberhügeln angekommen sind.«

Messer nickte.

»Beim ersten Hahnenschrei. Der Brunnen an der Straße nach Osten.« Messer streckte Liam die Hand entgegen.

Er ergriff sie und besiegelte das Geschäft somit. Dann nahm er seinen Dolch und den zusammengeknüllten Mantel und ging ohne ein weiteres Wort.

An der Tür klopfte er mit dem verabredeten Zeichen, Fecyre knurrte trotzdem. Es dauerte, bis der Schlüssel auf der anderen Seite umgedreht wurde.

Er wartete noch drei Atemzüge lang, damit Trina sich wieder im Bett verkriechen konnte, und öffnete dann erst die Tür.

Die Königin hatte sich unter den Bettdecken zusammengerollt und ihm das Gesicht zugewandt.

»Hey«, sagte er sanft.

»Hast du es bekommen?«, fragte sie und seufzte erleichtert, als Liam nickte.

»Der Krämer hat mir alles zusammengepackt, was auf deiner Liste stand.« Er schob ihr das Päckchen zu.

»Danke.«

»*Wie peinlich ihr das ist, kannst du dir vorstellen?*«, fragte Fecyre und vergriff sich eindeutig im Ton dabei.

»Und du kannst dir vorstellen, wie peinlich es für mich war, das ganze Zeug zu besorgen? Der Krämer wollte wissen, warum ich das kaufen muss und die Betroffene nicht selbst kommt«, schnauzte er die Hündin an.

Fecyre legte die Ohren an und sagte keinen Mucks mehr. Trina nickte matt.

»Es tut mir wirklich leid. Und mir ist es peinlicher als euch beiden zusammen.«

Sie öffnete das kleine Päckchen und setzte sich ächzend auf. Obwohl sie so blass war, dass er sich richtig Sorgen um Trina machte, waren ihre Wangen jetzt knallrot.

»Der Krämer sagte, der Tee hilft nicht so schnell gegen die Schmerzen. Ich habe ihn trotzdem mitgebracht. Aber auch das hier.« Liam deutete auf drei kirschkerngroße Zuckerkugeln, die in einem Papierbriefchen eingeschlagen waren. »Die Arznei wirkt angeblich so gut wie unverzüglich. Du sollst eine jetzt gleich nehmen, eine morgen früh und die Dritte ist für den Notfall.«

Die Lampen im Zimmer warfen ein warmes Licht auf Trinas Gesicht. Ihre Augen wurden wässrig. »Das ist so lieb von dir«, sagte sie mit tränenerstickter Stimme.

»Ach, nicht der Rede wert.« In Wirklichkeit hatte er den Besitzer des Krämerladens angefleht, ihm Schmerzmittel mitzugeben. Es riss ihm das Herz heraus, Trina so leiden zu sehen. Warum Fecyre ihr ausgerechnet *dabei* nicht helfen konnte, überstieg seine Kenntnis des weiblichen Körpers.

Erst als die Krämpfe sie außer Gefecht gesetzt hatten, hatte sie ihm gebeichtet, dass sie ihre Periode bekommen würde. Natürlich wusste er in der Theorie über die Abläufe Bescheid, aber er hatte ja nicht die geringste Ahnung ...

Liam hatte Trina streckenweise tragen müssen, weil sie vor Schmerzen nicht mehr gehen konnte. Als sie endlich am späten Nachmittag das Dorf erreicht hatten, war er völlig entkräftet gewesen. Alles, was Trina in ihrem Gepäck hatte, war vom Regen durchweicht und unbrauchbar. Außerdem war sie nach fünf Tagen im Regenwetter völlig durchgefroren, aber zu stolz, es zuzugeben.

»Ich lasse uns ein Badezimmer herrichten«, sagte Liam und stand auf. »Ich klopfe.«

Am Ende des Flures war ein einfaches, aber zweckmäßiges Badezimmer. Die Frau des Wirtes hatte den Zuber befüllt und nebenbei fallen lassen, dass sie die einzigen Gäste heute Nacht waren und der Hund ruhig die Essensreste aus der Schankstube haben könnte.

Also hatte Liam zuerst das warme Abendessen für Trina in das Badezimmer gebracht, sie auf dem Weg dorthin begleitet und kurz von den Plänen für den kommenden Tag und der Begegnung mit

Messer erzählt. Anschließend war er mit Fecyre nach unten gegangen.

Jetzt saß er in der Küche auf einem Schemel neben dem großen Herd und schaufelte Eintopf in sich hinein. Die Wirtin war eine gutherzige Frau, die vor sich hin trällernd die Küche beherrschte.

Fecyre lag beim Abgang zum Weinkeller und kaute genüsslich die Fleischreste vom Knochen einer Schweinshaxe.

Gerade als Liam die Suppenschüssel am Spülbecken auswusch, wurde die Tür zum Hinterhof aufgerissen.

Die Wirtin stieß einen spitzen Schrei aus, auch aus der Schankstube war Tumult zu hören.

»Ach, ihr verfluchten Idioten!«, sagte die Wirtin zu dem Soldaten der Befreiungsarmee, der ihr den Säbel entgegenreckte. »Wie oft wollt ihr unser Gasthaus denn noch durchsuchen? Ich werde mich beschweren! Das ist geschäftsschädigend!«

Liam stand mit den Händen im Spülbecken und rührte sich nicht.

Bei den Göttern! Wenn sie Trina im Badezimmer finden! Unsere ganzen Sachen sind in dem Zimmer. Sie werden die Tür sicher aufbrechen. Wir sind geliefert!

Fecyre knurrte aus tiefer Kehle und fletschte die Zähne.

»Geh bloß weg von dem Hund«, sagte die Wirtin. »Wenn er dich beißt, bist du selbst schuld. Verschwinde von seinem Futter!«

Fecyre stand vor dem dunklen Kellerabgang und starrte den Soldaten mit gesträubtem Nackenfell an. Vermutlich sah der Kerl nur ihre grünen Augen und die weißen Zähne blitzen, denn er stolperte hastig in die Schankstube davon.

Die Wirtin drehte sich zu Liam und deutete ihm, er solle bloß still sein, als der Kerl mit Verstärkung zurückkam. Drei Bewaffnete drängten sich in die Küche.

»Du weißt, wie das läuft«, sagte einer von ihnen müde. »Und glaub mir, uns macht das doch auch keinen Spaß.«

»Dann lasst uns doch einfach in Ruhe!«, gab die Wirtin zurück. »Mir läuft ständig das Personal davon. Jetzt muss ich sogar einen Mann in der Küche haben!«

Liam hütete sich, einen Ton zu sagen.

»Also? Wer sind die Gäste?«, fragte der gelangweilte Soldat und schnupperte an den Töpfen.

»Gäste? Wie soll denn bei uns jemand absteigen, wenn ihr hier am liebsten dreimal am Tag die Zimmer durchsucht!« Liam wurde heißkalt und er spürte, wie seine Hände zitterten.

»Warum brennt dann in einem der Zimmer Licht?«, wollte der Mann wissen.

»Irgendwo muss die Küchenhilfe ja schlafen. Im Dienstbotenzimmer regnet es rein, deswegen ist mir das Mädchen letztens abgehauen.« Mürrisch stemmte die Wirtin die Hand in die Taille. »Willst du jetzt die leeren Zimmer durchsuchen gehen, oder nimmst du dir gleich was zu essen?«

Der Soldat grinste. »Dein Braten ist der beste der ganzen Stadt.«

»Wie willst du das beurteilen, du isst ja nie bei deiner Frau.« Die Wirtin lachte und fischte schon ein paar Kartoffeln aus dem Topf. An Liam gerichtet sagte sie: »Hol mir drei Krüge Met aus dem Keller, aus dem Fass ganz hinten.« Mit dem Kinn deutete sie auf die Krüge, die zum Trocknen umgedreht an Haken über der Spüle hingen. »Nimm die Laterne mit«, sagte sie und schnitt den Braten in Scheiben.

Liam hielt die Laterne vor sich und ging in den Keller hinunter.

»Weißt du, was sie meinte? Will die Wirtin irgendetwas sagen? Eine geheime Botschaft?«, fragte er Fecyre, die neben ihm die Treppe hinuntertapste.

»Ich glaube, sie will einfach nur drei Krüge Met für die Befreiungsarmee«, antwortete sie, als das Licht den kleinen Keller ausleuchtete. Hier war keine Geheimtür, wie Liam gehofft hatte, kein Fluchtweg oder Versteck. Nur Fässer voller Met und Wein.

Liam stellte sich ungeschickt an beim Zapfen und auch das Tragen der vollen Krüge und der Laterne war schwieriger, als er es sich vorgestellt hatte. Als er in die Küche zurückkam, saßen die Soldaten mit ihren Tellern auf den Knien am Herd. Die Säbel hatten sie an die Wand gelehnt und die Helme daneben zu Boden geworfen. Liam hatte nasse Hände und der Met lief ihm unter dem Hemd die Arme entlang bis zum Ellbogen.

Theatralisch rollte die Wirtin mit den Augen. »Einen Mann als Küchenhilfe! Was hat mein Alter sich dabei bloß gedacht?«

Die Soldaten lachten hämisch, nahmen den Met aber gern von Liam entgegen.

»Geh nach oben und wasch dich. Ich glaube, wir sind fertig. So hat das keinen Sinn. Morgen früh wirst du deine Sachen packen und verschwinden.«

Liam sah die Wirtin mit großen Augen an. Sie machte eine Geste mit der Hand, er solle abhauen. Die Männer grinsten gemein und beobachteten ihn. Deswegen ließ Liam den Kopf hängen und murmelte dann: »Danke, dass ich noch hier schlafen darf, Herrin.«

Er machte auf dem Absatz kehrt und hörte noch, wie die Wirtin zu dem Soldaten sagte, wie schwer es sei, geeignetes Personal zu bekommen. In der Schankstube hatten sich die Gäste zerstreut, nur zwei Soldaten saßen auf den Hockern am Tresen und stießen mit Met an. Sie beachteten den Mann mit dem Hund gar nicht.

»*Trina ist noch im Badezimmer*«, sagte Fecyre in seinen Gedanken, während sie mit großen Sätzen die Treppenstufen hochsprang.

»*Sie soll uns aufmachen*«, bat Liam und tatsächlich öffnete sich am Ende des Ganges die Tür einen Spalt.

Fecyre steckte die Schnauze hindurch und blieb stecken, Trina stand hinter der Tür. Liam hörte das leise Jaulen und wisperte auf Ashtur: »Wir sind allein.«

Das Türblatt schwang auf. Trina hatte ihre Hose bereits angezogen, doch für die Oberbekleidung keine Zeit mehr gehabt. Das Handtuch, das sie um sich geschlungen hatte, krallte sie mit der Linken fest und umklammerte mit der rechten Hand den Dolch.

Liam trat ein, versperrte die Tür, drehte sich zur Königin um und hielt den Finger auf die Lippen. Trina legte ihre Waffe auf die Kommode neben den Teller vom Abendessen.

»Soldaten. Sie sind in der Küche unter uns«, sagte er leise.

Trina nickte. »Ich konnte kein Wort verstehen, habe aber den Aufruhr gehört. Was ist los da unten? Warum sind sie noch nicht hochgekommen? Wie konntest du entkommen?« Aber bevor Liam Luft holen konnte, um zu antworten, sagte sie: »Dreh dich um, ich muss mich anziehen.«

Liam tat wie geheißen und erzählte mit gedämpfter Stimme, wie er als Küchenhilfe entlassen wurde. Währenddessen hörte er das genervte und nur mühsam unterdrückte Fluchen, Trina kämpfte also wieder mit den Bandagen.

Das Klopfen an der Tür erschreckte sie alle drei.

Mit einem Griff hatte Trina ihren Dolch in der Hand, auch Liam hatte seinen gezogen, Fecyre knurrte. Kampflos würden sie sich nicht ergeben.

»Hey, seid ihr beiden Jungs da drinnen?«, fragte die Wirtin.

Liam war ein bisschen erleichtert, doch noch immer waren seine Nerven zum Zerreißen gespannt. Trina drückte sich hinter der Tür an die Wand, nur die Bandagen verhüllten ihren Oberkörper. Sie gab ihm das Zeichen zum Öffnen der Tür. Liam spähte durch den Spalt hinaus.

Die Wirtin war gelöster, sie hielt zwei kleine, randvoll gefüllte Krüge mit einer dunklen Flüssigkeit in den Händen.

»Hier habt ihr beiden etwas zur Beruhigung. Die Armleuchter von der Armee sind schon verschwunden. Ich glaube, sie hatten nur Hunger.« Sie verdrehte die Augen. »So sind sie zwar lästig, glauben mir aber wenigstens, wenn ich ihnen erzähle, dass der Freund von Messer als Küchenhilfe schuften muss.« Sie streckte Liam die Krüge entgegen. »Hier, das wärmt euch auf. Ihr seid heute Nacht sicher, sie werden nicht wiederkommen. Das sind sie noch nie.« Liam steckte seinen Dolch umständlich in die Scheide zurück. Die Wirtin missverstand das Zögern und lächelte verständnisvoll.

»Keine Sorge, es ist nur Gewürzwein«, sagte sie und trank von jedem Krug einen Schluck. Wohl um zu beweisen, dass der Wein nicht vergiftet war.

»Danke«, sagte Liam und streckte die Hände aus.

»Du redest nicht viel, was?«, fragte die Wirtin mit einem Augenzwinkern. »Das ist gut so. Je weniger gewusst wird, desto weniger wird verraten.« Sie trat noch einen Schritt an die Tür heran, die Liam nur einen Fußbreit offen hielt. Die Wirtin klopfte an die Tür und sagte: »Gute Nacht, mein Junge!« Trina zuckte hinter der Tür mit den Schultern und klopfte zurück. Zufrieden nickte die Frau. »Ich stelle Proviant auf die Theke. Wenn ihr aufbrecht, sind wir noch im Bett. Schlaft gut!«

Liam schob die Tür mit dem Knie zu und lehnte sich zitternd dagegen.

13

Bei den Göttern!«, flüsterte er. »Bin ich erleichtert!«
Trina legte ihren Dolch auf die Kommode.
»Mir fällt ein Stein vom Herzen«, sagte sie bemüht leise. »Stell dir vor, sie hätten uns hier so gefunden!«

Beschämt blickte sie an sich hinab, ihr Hemd hatte sie noch nicht übergezogen. Die rosa Färbung auf ihren Wangen ließ sie zauberhaft verlegen aussehen, während sie sich wegdrehte und das Kleidungsstück überstreifte.

»Du bist den Schmutz also wirklich losgeworden?«, fragte er, um die peinliche Stille zu durchbrechen, und stellte die beiden Krüge ab. »Ich glaube, ich werde der Versuchung von warmem Wasser und Seife nicht widerstehen können.« Er steckte die Hand in den Zuber, um das Wasser auszulassen, und sah Trina überrascht an. »Meine Güte, ist das heiß! Wolltest du dir die Haut von den Knochen kochen?«

Sie grinste nur. »Ich finde es unglaublich, dass ihr in Fascor das Wasser bis in die oberen Stockwerke pumpen könnt. Kein Wunder, dass ihr denkt, Ashturia wäre von Wilden bevölkert. Aber wir haben auch fließendes Wasser, zumindest im Untergeschoss.« Ihr Lächeln wurde von Heimweh überschattet, wie so oft in den vergangenen Tagen. »Das da drüben schäumt und duftet himmlisch.«

Sie deutete auf kleine, bunte Seifenstücke in Form von Sternen. Das Wasser gluckerte im Abfluss, Liam öffnete die Regler, um frisches Wasser aus den Leitungen strömen zu lassen. Als er sich abwartend an den Rand der hölzernen Wanne lehnte, bedachte Trina ihn mit einem nachdenklichen Blick. Dann schien die Entscheidung gefallen zu sein.

»Dreh dich noch mal um«, bat sie.

Liam tat es, hörte Stoff rascheln und war mehr als neugierig. Aber er sah dem Wasser beim Einlaufen zu, bis Trina sagte: »Danke, ich bin fertig.« Als er sich ihr zuwandte, knüllte Trina gerade die langen Stoffbahnen zusammen. »Wir schlafen heute in einem richtigen Bett. In sicherer Umgebung. Ich kann mein Glück kaum fassen. In unserem Zimmer steht ein winziger Ofen. Hast du Holz dafür gesehen?«

»Warum fragst du?« Liam ließ einen Sprudelstern in das Wasser fallen.

»Dann können wir unsere Kleidung waschen«, antwortete Trina und warf die Bandagen in die weite Waschschüssel.

Liam wusste, warum er dieses Mädchen so lieb gewonnen hatte. Sie war so ... wunderbar praktisch veranlagt und lösungsorientiert, so bodenständig und strahlte eine natürliche Grazie aus. Liam drehte das Wasser ab.

»Ich gehe schnell nachsehen.«

Der Ofen war tatsächlich winzig, Liam hatte ihn deswegen in der Ecke neben dem wuchtigen Schrank glatt übersehen. Er hatte schnell ein Feuerchen entzündet und kehrte mit der zweiten Garnitur seiner Bekleidung in das Badezimmer zurück. Trina hatte in der Zwischenzeit ihre Bandagen gewaschen und wrang ihre Ersatzhose aus. Voller Vorfreude auf das Bad atmete Liam die warmen, duftend-feuchten Dampfschwaden ein, die sich in dem kleinen Raum stauten.

»Gib her, ich bin ja gerade dabei«, sagte die Königin und schon hatte sie seine Kleidung in die Waschschüssel getaucht.

Höflich bedankte er sich und nahm Trinas bereits gewaschene Sachen mit in ihr Zimmer, um sie über dem heiß brennenden Ofen aufzuhängen.

Barfuß trippelte kurz darauf auch Trina ins Zimmer, ihre langen, noch immer nicht ganz trockenen Haare hingen über ihren Rücken.

»Ich kümmere mich um die Wäsche. Geh baden, es ist herrlich!«, flüsterte sie ihm ins Ohr.

Sie schien das Heimweh vergessen und ihre gute Laune wiedergefunden zu haben, glücklicherweise. Auch ihm ging der ewige Nieselregen auf die Nerven und die Aussicht auf ein heißes Bad ließ sein Herz fast ebenso hoch schlagen wie die Verlockung eines trockenen, verhältnismäßig weichen Bettes.

Als Liam später mit schrumpeligen Fingern an der Zimmertür klopfte, brauchte Trina wieder lange, um zu öffnen. Sie kochte vor Wut und so, wie sie aussah, hätte sie am liebsten geschrien. Ihre Haare hatten sich in der Bürste verknotet.

»Oje.« Liam warf sein gewaschenes, noch klammes Hemd über die Stuhllehne. »Ich helfe dir, warte.«

Dann bekam er wieder eine Nachhilfestunde in Ashtur, denn die Königin fluchte leise vor sich hin, während er verbissen die Knoten in dem langen Haar löste.

Trina duftete so vertraut und Liam war sich bewusst, dass die junge Frau vor ihm unter dem Hemd nackt war. Er hingegen hatte sein Zweithemd ebenfalls gewaschen und trug nicht einmal eines. Liam konzentrierte sich auf das Kämmen und hoffte, Fecyre wirklich aus seinen Gedanken ausgesperrt zu haben.

Sanft strich er über Trinas Rücken, als endlich alle Haare einem ordentlichen Wasserfall gleich über ihre Schultern fielen.

»Ich danke dir vielmals«, sagte Trina erleichtert. »Ich war kurz davor, sie mit dem Messer abzusäbeln.« Sie flocht ihre Haare zu einem einfachen Zopf und ließ ihn über den Rücken baumeln. In der Zwischenzeit wendete er die Kleidung, das eine Hemd war schon fast trocken. Vorsichtig bugsierte er den letzten knorrigen Ast in den Ofen.

Trina stand an der Tür und presste das Ohr dagegen.

»Was machst du?«

»Ich muss ins Badezimmer«, flüsterte sie und warf einen Blick auf den Flur.

»Warte«, sagte Liam und gab ihr sein beinahe trockenes Hemd mit. »Wasch deines. Du kannst das hier haben zum Schlafen. Dann hast du auch saubere Kleidung.« Dankbar lächelte sie ihn an und huschte hinaus.

Liam öffnete das Fenster. Die Nachtluft war kalt und klar und verdrängte die stickige Hitze in dem Zimmer. Aber er schloss das Fenster gleich wieder und zog die Vorhänge sorgsam zu, nachdem er gelüftet hatte.

»Ist das kalt hier!«, beschwerte Trina sich, als sie zurückkehrte, und drehte den Schlüssel im Schloss um.

Liam gähnte, er war hundemüde. Und wenn er Fecyre so ansah, wie sie auf Trinas Seite des Bettes ausgestreckt dalag und schlief, passte der Vergleich ausgesprochen gut.

Er legte den Dolch unter das Kissen, auch die Königin hatte ihre Waffe griffbereit. Sie zündete eine einzelne Kerze an und löschte das Licht der Laternen. Gähnend und erschöpft krochen sie ins Bett. Fecyre brummte, als Trina ihre Decke unter der Hündin hervorzog.

Es war ungewohnt, ohne Hemd zu schlafen. In den letzten drei Wochen hatte Liam nachts nicht einmal seine Stiefel ausgezogen und erst am vierten Tag in Fascor bemerkt, dass in deren Schaft eine schmale, dünne Klinge verborgen war.

Im flackernden Kerzenschein warf die trocknende Kleidung Schatten an die Wand. Er beobachtete sie über seine Zehenspitzen hinweg und dachte an die Etappe, die vor ihnen lag. Reisezeit einzusparen war dringend notwendig. Seine Eltern waren eingekerkert und jeder Tag in diesen bürgerkriegsähnlichen Zuständen war einer zu viel, das rieb Fascor auf. Er musste das beenden. So schnell wie möglich.

»Mir ist kalt«, sagte Trina leise.

»Soll ich dich wärmen?«, fragte Liam und bemerkte erleichtert, dass sie nickte.

Wie er es in jeder Nacht seit ihrer Ankunft getan hatte, legte er sich an ihren Rücken und hob seinen Arm über Trina. Er kraulte Fecyre und schmiegte sich an die Königin. Als seine Hand müde würde, klopfte er dem Hund das Fell und zog seinen Arm unter die Decke zurück. Trina hatte so still dagelegen, dass Liam gedacht hatte, sie sei schon eingeschlafen.

Doch jetzt schob sie ihre Hand ganz langsam in seine.

»Endlich ein Bett«, seufzte er leise und hoffte, die Aufregung aus seiner Stimme zu halten.

»Hm«, machte Trina müde, schmunzelte bei ihren nächsten Worten jedoch hörbar. »Aber das Abflussrohr letztens war doch auch ganz kuschelig.«

Noch bevor er denken konnte, schlüpfte ihm von den Lippen: »Mit dir ist es überall kuschelig.« Schon waren die Worte ausgesprochen.

Trina atmete tief ein, es klang, als hätte sie eine Entscheidung getroffen.

»Weißt du, ich hab dich eigentlich echt richtig gern«, sagte sie unsicher und drehte sich halb zu Liam.

Sein Herz klopfte laut in seiner Brust. Er wusste, was jetzt kommen würde, aber er wusste nicht, wie er damit fertig werden würde. Trina sah ihm in die Augen, ihre Brauen hatte sie bedauernd zusammengezogen.

Ja, es tut ihr leid, aber sie wird es trotzdem sagen. So wie jede Frau, für die ich bisher etwas empfunden habe. Lass uns Freunde bleiben, sagen sie immer.

Doch Trina sagte nichts, sondern sah ihn nur mit großen Augen an.

»Das klingt nach einem *aber*«, murmelte er mit rauer Stimme.

Sie fuhr sich mit der Zungenspitze über die Lippen und schluckte, bevor sie noch einmal so endgültig seufzte. »Eigentlich nicht«, wisperte sie kaum hörbar.

Sein Herzschlag stolperte und er atmete überrascht ein.

»Jetzt küss sie doch endlich!«, maulte Fecyre in seinen Gedanken, aber Liam hatte dem Impuls schon nachgegeben.

Er beugte sich zu ihr, langsam, um ihr Zeit zu lassen und die Gelegenheit, ihn wegzustoßen. Aber er sah Trina nur lächeln, bis zu dem Moment, in dem er die Augen schloss, weil seine Lippen die ihren berührten.

14

Seine Lippen waren warm und weich, Trina kostete jeden Moment des Kusses aus. Liam war sehr behutsam. Als er den Kopf hob, wurde er rot.

»Entschuldige«, wisperte er schüchtern.

»Was denn?«, fragte sie belustigt.

Er zuckte verlegen mit den Schultern. Trina nahm seine Hand und legte sich wieder auf die Seite, zog seinen Arm dabei über sich und genoss seine Nähe und Wärme.

»Es gibt nichts zu entschuldigen«, sagte sie und grinste. »Außer vielleicht, dass du dir so lange Zeit gelassen hast.«

Liam war in vielen Dingen unsicher, auch wenn er wesentlich selbstbewusster geworden war, seit sie in Fascor angekommen waren. Jede Patrouille, die sie aufgegriffen hatte, ließ Liam gefestigter zurück. Aber für diesen Kuss hatte er seinen Mut offenbar lange zusammensammeln müssen. Allerdings hatte Trina so Zeit gehabt, um sich über ihre Gefühle für ihn klarer zu werden.

Als er sie in der ersten Nacht am Festland gewärmt hatte, musste sie sich mehrmals daran erinnern, dass er nicht wie Tem war. Dass er sie nicht bedrängte, machte ihn noch liebenswerter, als sie ihn ohnehin fand. Liam gab ihr das Gefühl, sie um ihrer selbst willen zu mögen. Nicht weil sie wie eine Trophäe bestiegen werden sollte oder das Ansehen des Clans durch eine Heirat gesteigert würde. Sondern weil er sie so mochte und respektierte, wie sie war.

»Wir sollten schlafen«, murmelte Liam müde. »Noch vor dem ersten Hahnenschrei müssen wir am Brunnen sein.«

»Du hast recht. Lass mich noch einmal aufstehen«, flüsterte sie und ging ins Badezimmer, um sich um ihre Monatsblutung zu kümmern.

Als sie zurückkam, schlief der Prinz schon. Erschöpft lag er auf dem Kissen, die Bettdecke bis zur Hüfte hochgezogen. Trina betrachtete seinen nackten Oberkörper einen Augenblick lang im warmen Licht der Kerze. Sie hatte nur wenige Männer gesehen, die so dünn und knochig und trotzdem gesund waren. Doch in Liams Brust schlug ein mutiges Herz, das hatte er in den letzten Wochen unter Beweis gestellt.

Sie kroch zwischen Fecyre und Liam und seufzte zufrieden.

Wundervoll warm und weich, dachte sie und schloss die Augen. Aber mit einem Lächeln stemmte sie sich noch einmal auf die Ellbogen und sah den Prinzen an. Seine Lippen waren so verlockend ... Trina lehnte sich vor und küsste ihn leicht wie Schmetterlingsflügel.

Liam zog sie an seine Brust, anscheinend schlief er doch noch nicht ganz so fest, wie sie gedacht hatte.

»Ich dachte, du schläfst. Wollte dich nicht wecken«, nuschelte Trina, bevor ihre Lippen die seinen wiederfanden.

Liam brummte und vergrub seine Hand in ihren Haaren. Die nackte Haut unter ihren Fingern war warm, Trina konnte seinen aufgewühlten Herzschlag spüren. Liam küsste sie leidenschaftlicher als zuvor, aber er drängte nicht. Sanft strich er ihr die losen Haare aus dem Gesicht und lächelte sie glücklich, aber müde an.

»Du bist wunderschön«, sagte er leise und ließ sie damit erröten. »Aber jetzt müssen wir schlafen, auch wenn ich dich lieber die ganze Nacht küssen würde.«

Trina gähnte wie aufs Stichwort. Mit dem Kopf auf seiner Brust schlief sie ein.

∞∞

Die Bündel waren schwer, die Wirtin hatte ihnen reichlich Proviant bereitgestellt. Auch wenn er unvorstellbar müde war und erbärmlich fror, fühlte Liam sich grandios.

Wenn sie dich nur halb so gern mag wie du sie ...

Unwillkürlich musste er grinsen. Trina hatte an ihn gekuschelt geschlafen und beim Aufstehen war sie zwar knurrig wie gewöhnlich gewesen, doch hatte sie ihre Meinung nicht geändert. Das hatte sie mit einem kleinen Kuss bewiesen, nachdem sie aus dem Badezimmer gekommen war, wo sie sich wieder als Tem verkleidet hatte.

Fecyre schnupperte in den kalten Wind.

»Es kommt jemand. Pferde.«

Das schwarze Tier in seinen Gedanken zu hören war längst normal geworden. Alle drei kauerten sich hinter den Brunnen und beobachteten im schummrigen Licht des anbrechenden Tages die Straße. Das Gespann konnten sie hören, bevor es in Sicht kam. Die Hufschläge hallten durch die Morgenluft.

Große Zugpferde trotteten träge vor einem voll beladenen Gespann. Die Weinfässer waren querliegend gestapelt.

»Brrrr«, machte Messer auf dem Kutschbock und die Tiere hielten gleichmütig an. Er überprüfte die Geschirre und zischte dann: »Kommt schon raus. Das erste Fass in der unteren Reihe hat einen losen Deckel. Beeilt euch!« Trina huschte geduckt zu dem Wagen und nickte Liam zu, den Fassdeckel in der Hand.

»Warte. Das Geld, mein Freund.« Messer streckte die Hand aus.

»Natürlich«, sagte Liam. »Hier, es ist abgezählt. Hundertvierzig.« Mit einem Augenzwinkern legte er den Beutel mit den Münzen in die große Hand.

Fecyre stand da, die Vorderpfoten auf den Wagen gelegt, aber Trina schüttelte den Kopf.

»Probleme?«, fragte Liam leise, während er auf die Ladefläche kletterte.

»Kein Platz für den Hund«, antwortete Messer. »Ist für euch zwei schon eng.«

Fecyre bellte und sprang mit einem Satz auf den Kutschbock. Liam beeilte sich, in das Weinfass zu krabbeln. Messer verschloss das Fass von außen mit einem kräftigen Schlag. Dann stieg er auf und maulte währenddessen: »Nein. Das geht so nicht. Kein Hund.

Ach, nicht übers Gesicht lecken ...« Fecyre wusste ganz genau, dass sie neben dem Wagen herlaufen müsste, würde Messer sie nicht dort dulden. »Na schön. Dann bleib eben hier«, maulte der Anhänger des Sterns.

Liam versuchte noch, sich in dem liegenden Fass zu sortieren, als Messer die Pferde anspornte. Das Anrucken warf ihn gegen Trina, die für ihn Platz machen wollte.

»Entschuldige«, flüsterte er und stützte sich im Inneren des Fasses ab. Es stank fürchterlich nach Wein, aber das war bei einem Weinfass nun mal so.

»Wir können uns ausstrecken und hinlegen oder mit den Knien am Kinn hinsetzen.« Trina wisperte an seinem Ohr.

Liam kämpfte mit seinem Bündel, er konnte es nicht an sich vorbeischieben. Seufzend gab er auf. Es war stockfinster in dem Fass. Als er Trina gähnen hörte, war die Entscheidung gefallen.

»Streck dich aus, vielleicht können wir noch ein wenig schlafen«, antwortete er ähnlich leise.

Ächzend krochen sie in dem Fass umher, aber endlich gelang es ihnen, sich zu sortieren. Liam hatte seinen Kopf auf den zusammengeknüllten Mantel gelegt und Trina lag an ihn gelehnt. Oder fast schon auf ihm drauf, weil sie in der Rundung des Fasses gegeneinandergedrückt wurden.

»*Er zählt das Geld nach*«, berichtete Fecyre ihnen. »*Sonst passiert nicht viel. Die Straße. Dämmerung.*« Er konnte den Hund gähnen hören. »*Schlaft, ihr beiden.*«

Trina nickte, den Kopf hatte sie auf seiner Brust liegen. Das Geklapper der Hufe und das Knarren der Weinfässer waren eintönig, die Schwärze um ihn herum machte ihn ebenso schläfrig wie Trina. Liam war erleichtert, dass er durch seine Reisen in Kutschen gegen das ewige Schaukeln im Fass immun zu sein schein. Nicht auszudenken, wenn ihm hier auch speiübel würde.

Der Karren polterte durch ein Schlagloch und Liam knallte mit dem Rücken hart gegen das Holz. Gequält stöhnte er auf und unterdrückte nur mühsam einen Fluch.

Trina strich ihm mitfühlend durchs Haar und sein Körper begann zu kribbeln. Ihre Finger in seinem Nacken.

Ja, er musste sich konzentrieren. Sie waren hier, um seine Eltern zu befreien. Er musste einen kühlen Kopf bewahren. Aber hier in dem dunklen Weinfass, das auf einem Wagen zum Ambertrudh gekarrt wurde, konnte er nichts machen. Rein gar nichts. Er befreite seinen Arm und umarmte Trina, sie seufzte zufrieden. Er streichelte ihren Rücken und konnte sein Glück kaum fassen, als sie nach seinem Gesicht tastete. Das war kein züchtiger Kuss wie beim Aufstehen. Sie nahm sein Gesicht in beide Hände und *küsste* ihn.

Er schmolz dahin, ließ sich treiben und genoss ihre Nähe. Und dann dämmerte ihm, wie eng sie an ihn gepresst in diesem Weinfass lag. Er räusperte sich mehr als verlegen.

»Trina, das ... Ähm ...«

Sie schob sich eine Handbreit weiter hoch an ihm, um in sein Ohr flüstern zu können. »Ich war zu stürmisch. Verzeih.« Sie lächelte, das konnte er hören. »Vielleicht sollten wir die Gelegenheit wirklich nutzen und versuchen, Schlaf nachholen.« Sie legte den Kopf auf seiner Brust ab und rührte sich kaum noch, als er bejahend brummte.

Liam lag noch eine Weile in der weindunstigen Dunkelheit wach, aber irgendwann schlief auch er ein.

Ein ganz besonders schlimmes Holpern warf ihn in dem Fass herum, Trina klammerte sich erschrocken an ihn. Sein Rücken schmerzte, Liam war sich sicher, dass er hunderte blaue Flecke bekommen würde.

»*Fecyre, was ist da los?*«, fragte er.

»*Das war eine Brücke, das Regenwetter hat die Straße ziemlich ausgewaschen. Es sind immer wieder ein paar Leute auf der Straße, ihr müsst auf jeden Fall leise sein!*«, mahnte Fecyre.

»*Das sind wir, keine Sorge.*« Erleichtert bemerkte er, dass durch die Lücken in dem Deckel Licht hereinfiel. Wenigstens ein bisschen, denn die Lücken waren extra hineingemacht und sehr klein.

»*Die Sonne steht fast im Zenit*«, sagte Fecyre, offensichtlich hatte Trina sich erkundigt.

Die Königin tippte auf seine Schulter, Liam wandte sich ihr zu. »Ich muss kurz in den Wald.«

Sein Hirn schlief noch, denn er verstand nicht, was sie meinte. Trina wühlte in ihrem Bündel, das zu seinen Füßen auf der anderen Seite des Fasses lag. *Wieso in den Wald?*, fragte er sich träge.

Fecyre gab ihm die Antwort: »*Weil sie dir sonst das Bein vollbluten wird!*«

»Oh!«, machte Liam. Das hatte er wirklich völlig vergessen.

»*Sind Leute in der Nähe?*«, fragte er, Fecyre verneinte.

»Messer?« Liam drückte den Deckel des Weinfasses nach außen, er musste sich ganz schön dagegen lehnen. Fast wäre der Deckel vom Wagen gefallen, als er sich endlich löste.

Der Mann mit dem Schnurrbart saß gelangweilt auf dem Kutschbock. Der schwarze Hund hatte seinen Kopf auf Messers Oberschenkel gelegt und wedelte mit dem Schwanz, als er Liam den Kopf hinausstrecken sah.

»Messer? Können wir eine kurze Rast machen?«

Überrascht blickte er sich zu Liam um.

»Warum?«, wollte Messer wissen.

»Mein Bruder. Er muss mal im Wald verschwinden.«

Fragend zog Messer seine buschigen Augenbrauen hoch, doch er nickte und deutete mit dem Kinn auf eine Gruppe von Bäumen, die sich inmitten der grobkarstigen Landschaft aneinanderdrängten.

»Danke«, murmelte Liam und kroch in das Fass zurück.

»Wir kommen gleich an einem Wäldchen mit viel Gebüsch vorbei«, berichtete er Trina. Sie hatte sich so aufrecht hingesetzt, wie es ging, und lächelte ihn an. Doch sie sah ein bisschen gequält dabei aus.

»Bauchschmerzen?«, fragte Liam ganz leise. »Es ist sicher noch etwas von der Arznei übrig.« Er hielt ihr den Wasserschlauch hin. Die Königin schien unschlüssig. »Es hat doch gut geholfen gestern Abend, oder?« Trina holte Luft, um etwas einzuwenden, aber er sagte nur ganz bestimmt »Na also!« und gab ihr den Wasserschlauch.

Aus einer Tasche holte sie das Schmerzmittel hervor und spülte eine der Kugeln mit einem großen Schluck Wasser hinunter. Still beobachteten sie die vorüberziehende Landschaft. Endlich war die Wolkendecke aufgerissen und ab und zu schien sogar etwas Sonne auf die ungezähmte Wildnis neben der Straße.

»Es ist nicht mehr weit bis zum Fluss«, sagte Liam, nachdem er nachgedacht hatte. »Diese Felsformation drängt den Ambertrudh in sein Bett, sie ist nicht besonders hoch. Also keine Berge, aber steinige Hügel, die der Fluss einfach nicht zermahlen kann.«

Trina nickte. »Du hast es mir gestern Abend auf deiner Karte gezeigt«, wisperte sie und streckte sich gähnend. »Es tut gut, sich auszuruhen.«

O ja, das war wirklich dringend notwendig. Wenn Liam zurückdachte, was sie in den letzten drei Wochen alles überstanden hatten, wunderte er sich, dass er noch nicht schlappgemacht hatte. Wie oft sie sich hinter Mauern in den nassen Boden gedrückt hatten, während die Befreiungsarmee an ihnen vorbeimarschierte, oder die Kontrollen, als sie dann doch von kleinen Gruppen Soldaten aufgespürt worden waren.

Liam fielen auch all die kleinen Blessuren ein, Kratzer, Risse, Schnitte, Blutergüsse. Wenn Fecyre sie nicht begleiten würde, müsste er viel mehr leiden.

Der Wagen hielt an, Messer klopfte auf die Fracht.

Liam kletterte aus dem Weinfass und streckte sich, bevor er Trina die Hand hinhielt. Sie bog den Rücken durch und schnalzte dann. Fecyre sprang wie ein schwarzer Blitz vom Kutschbock und hüpfte hechelnd und freudig japsend um Trina herum, während sie sich den Weg durch das dichte Brombeergesträuch kämpfte.

Liam nutzte die Gelegenheit und stellte sich selbst auch an den Wegesrand, auf der anderen Seite des Wagens hörte er Messer pinkeln.

Wachsamkeit war schon so zur Gewohnheit geworden, Liam merkte kaum, dass er die Straße beobachtete.

Messer hängte den Pferden einen Futterbeutel um und lehnte sich dann neben Liam an die Ladefläche.

»Hier«, sagte er und wollte Liam ein Klappmesser geben.

»Was ist das?«, fragte Liam. Natürlich sah er, dass das ein Rasiermesser war, aber wozu?

Messer strich über seinen Schnurrbart. »Wenn du deinen Bart wie Kraut und Rüben stehen lässt, ist es auffälliger, als wenn du ihn sauber rasierst.« Liam kratzte über den Bart, der sich über seine Kieferknochen ausbreitete. »So sieht er nach Tarnung aus.« Liam erstarrte. »Ein Bart sagt viel über einen Menschen aus.« Messer musterte Liam eingehend. »Und wenn du mich fragst, sagt dieser Bart mehr über den Menschen aus, der du warst, als über den, der du jetzt bist, Junge.« Liam spürte, wie seine Augenbrauen in die Höhe schnellten. »Ich weiß nicht, in welchem Loch du dich verkrochen hattest. Aber daraus hervorzukommen, zeigt, dass du Eier hast, mein Prinz.« Liam wurde kalt. Er hatte gehofft, seine Landstreicher-Verkleidung könne standhalten. »Keine Sorge. Ich werde dich nicht verpfeifen.« Messer klappte das Rasiermesser auf. »Und dir auch nicht die Kehle durchschneiden. Nicht, wenn du stillhältst.«

Der Mann mit dem ungewöhnlichen Namen gab sich als Stallbursche zu Hofe zu erkennen, während er Liams Bart in Form brachte. Mit dem Rasiermesser am Hals gestaltete es sich schwierig, zu sprechen. Trotzdem erkundigte Liam sich und bekam endlich ein paar Antworten.

»Gern sag ich es nicht, aber einige hochrangige Offiziere waren unzufrieden, das wusste jeder. Die Befreiungsarmee muss diese Dreckskerle geschmiert haben, denn schon bevor der Sturm auf die Palastmauern begann, trugen sie Armbinden mit dem Kreis der Befreiungsarmee. Die meisten Männer, die treu zum König standen, waren innerhalb von Minuten tot.«

Ein grauenvolles Bild entstand vor Liams innerem Auge.

»Wie bist du entkommen?«, fragte er, schließlich gehörte Messer jetzt zum Widerstand.

Der Mann packte ihn am Kinn, drehte seinen Kopf hin und her und rasierte weiter.

»Ich brachte ein dämpfiges Pferd zum Abdecker. Die halbe Stadt stand plötzlich in Flammen und jeder versuchte, sich an Bord eines Schiffes in Sicherheit zu bringen. Ich dachte, ich wäre im Palast sicher, weil das Feuer nicht über die steinernen Mauern springen würde. Weit gefehlt.« Missmutig spuckte Messer in den Staub. »Kam gerade noch so lebend da raus.« Er zog das schmuddelige Hemd hoch. Quer über die stark behaarte Brust zog sich eine frische Narbe. »Ich hängte mich an Oberst Rantal, er hat weit im Norden ein Weingut. Die königsloyalen Gardisten haben sich zusammengeschlossen, sie haben Erfahrung im Aufbau einer Bewegung. Seitdem bringe ich Wein, Waffen und Nachrichten im Auftrag des Sterns durch ganz Fascor.«

Liam hielt den Kopf ganz still, während er fragte: »Wie hat der Stern in der kurzen Zeit ein so gut funktionierendes Geflecht über Fascor gespannt?«

Messer lachte hart und wischte das Rasiermesser an seiner Hose ab. »Diebesbanden, Geldfälscher und Schmuggler halten sich vielleicht nicht an die Gesetze, sind aber ehrlich auf eine gewisse Weise. Wenn du weißt, wen du fragen musst, sind die Kontakte schon geknüpft«, erklärte er. »Tatsächlich gab es im Untergrund einige Organisationen, die wie das Heer des Königs geführt wurden.«

Als Trina sich in fünfzehn, vielleicht zwanzig Schritten Entfernung aus dem Gestrüpp herauswand, konnte er sehen, wie sehr sie sich anstrengte, nicht zu fluchen wie ... *Wie eine Ashturia*, dachte Liam amüsiert. Fecyre schleppte einen dicken, langen Stock auf die Straße und ließ ihn polternd zu Boden fallen. Sie bellte, nur einmal und kurz, aber Trina hob sofort den Kopf. Als sie Liam sah, konnte sie die Überraschung nicht verbergen. Ein breites Grinsen zog sich über ihr Gesicht, während sie auf den Wagen zukam.

Liam strich über sein Kinn und den Bart, den Messer ihm rasiert hatte. Einen schmalen Streifen rund um seinen Mund hatte er stehen lassen und sauber ausrasiert.

Trina warf ihren Mantel in das leere Weinfass und zog die Mütze etwas tiefer. Der Ruß von dem kleinen Ofen in ihrem Gesicht täuschte aus der Entfernung einen Bartschatten vor, doch bei Tageslicht und aus der Nähe versagte die Tarnung.

»Und wer bist du?«, fragte Messer Trina. Sie zuckte stumm mit den Schultern und beugte sich zu Fecyre hinunter. »Sein Bruder bist du jedenfalls nicht, sonst wärst du ja schon tot.«

Da war er wieder, der Stich in den Eingeweiden. Liam hatte Eric vergöttert und sein Tod lastete auch nach den Jahren schwer auf ihm.

»Tem ist ein sehr guter Freund«, sagte er knapp.

Die Fröhlichkeit fiel aus Messers Gesicht, angeekelt verzog er den Mund.

»*So einer* bist du?« Er machte angewidert einen Schritt von Liam weg. »Vielleicht solltet ihr eure Sachen packen.«

»Was? Wieso?« Liam war verwirrt. Was war sein Problem?

Messer sah ihn eisig an.

»Weil ich keine Männerliebhaber in meiner Nähe dulde.«

Noch bevor Liam irgendetwas erwidern konnte, hatte Trina schon einen schnellen Schritt auf den bulligen Mann zugemacht und sich dicht vor ihm aufgebaut.

»Es geht dich einen feuchten Dreck an, was andere Menschen in ihren Betten treiben«, zischte sie ihn an. »Du solltest dich hüten, dir die Kompetenz eines Urteils zuzutrauen!«

Messers Augen wurden groß, denn die Stimme der Königin war klar und fest und konnte keinesfalls mit der eines Mannes verwechselt werden. »Und jetzt sieh zu, dass du auf den Kutschbock kommst!«

Liam hatte es nicht kommen sehen. Messer hatte wirklich nicht übertrieben, als er gesagt hatte, dass er schnell mit seiner Waffe wäre. Der Mann mit dem Schnurrbart hielt eine kurze Klinge an Trinas Kinn. Angst lähmte Liam einen Wimpernschlag lang.

Doch Trina zog nur kurz belustigt die Nase kraus und sagte dann lässig: »Bitte ... Denkst du, ich hätte nicht sehen können, wie die Muskeln an deinem Unterarm die Bewegung verraten?« Sie drückte sich an den großen Mann. »Wenn du der Meinung bist, du könntest mir die Kehle aufschlitzen, bevor ich dir dein mickriges Ding abschneide, dann lasse ich mich sehr zuversichtlich auf diesen Wettstreit ein.« Sie reckte den Hals ein wenig, bis der Mann den Druck von der Klinge an ihrer Haut nahm. »Ich sehe schon, du verlierst nicht gern gegen eine Frau.«

Trina machte einen Schritt zurück. In der rechten Hand hielt sie einen Dolch, der noch immer in die Leiste des überraschten Mannes gedrückt war. Messer ließ seine Waffe sinken. Die Königin trat einen weiteren Schritt zurück und steckte ihren Dolch in die Scheide – nachdem sie das kleine Wurfmesser in ihrer Linken in dem Futteral ihres Gürtels verstaut hatte. Sie hätte Messer mit Leichtigkeit ausschalten können.

Der rieb sich über den Nacken und lachte verlegen. »Du hättest ruhig sagen können, dass du eine *Tarenqua* als Leibwächterin hast.«

»Hat er mich beleidigt?«, fragte Trina auf Ashtur.

»Keineswegs«, antwortete Liam und beobachtete grinsend, wie Messer Trina musterte. Als sie sich zu ihm umdrehte, wandte er sich ertappt ab.

»Wenn ihr dann so weit seid, fahren wir weiter?«, fragte Messer gefasst und kletterte auf den Kutschbock.

Fecyre leckte Liams Hand, sprang an Trina hoch und ließ sich streicheln. Dann war sie mit einem Satz neben dem bärtigen Mann und hechelte.

Diesmal kroch Liam als Erster in das Weinfass, Trina zog den Fassdeckel gerade so fest zu, dass er nicht wieder rausfiel. Sie drehte sich zu Liam um, er konnte ihr Gesicht nicht erkennen, dazu war es zu dunkel.

»Also, was ist eine *Tarenqua*?«, fragte sie und drückte ihre Arme gegen die Fassdauben, als die Pferde sich in das Geschirr stemmten. Liam musste grinsen, zog Trina zu sich und sie schmiegte sich an seine Seite.

»Die Tarenqua sind ein Volk aus alten Mythen von durchweg hübschen und klugen Frauen, die beispiellos gut mit Waffen umzugehen vermochten. Sie wurden als Leibwächterinnen oder Attentäterinnen angeheuert, verfolgten aber der Legende nach immer ehrenhafte Ziele.« Liam strich über ihre Schulter. »Wenn man außer Acht lässt, dass das nur eine Geschichte ist, wärst du wirklich die Königin der Tarenqua«, flüsterte er an ihrem Hals.

Trina kicherte beinahe lautlos.

»Es reicht mir schon, Königin der Ashturier zu sein«, murmelte sie. »Außerdem dürfte ich dir dann wohl kaum erlauben, mich zu küssen, hm?« Ihre Fingerspitzen glitten über seinen Bart. »Du siehst älter aus.« Sie küsste die glatt rasierte Wange. »Fühlt sich besser an.«

Liam schmunzelte, ihre Fingerspitzen kitzelten an seinen Lippen. Trina legte den Kopf an seine Schulter und schwieg eine lange Zeit.

15

Immer wieder holperte der Karren über Steine und durch Schlaglöcher, sie wurden heftig durchgeschüttelt.

»Was denkst du?«, fragte Liam irgendwann.

»Hm«, machte sie und zuckte mit den Schultern. »Hab mich mit Fecyre unterhalten. Hänge meinen Gedanken nach.«

»Lasst mich daran teilhaben, Eure Hoheit«, bat Liam und küsste ihre Stirn.

Zuerst sagte sie nichts, dann seufzte Trina. »Ich dachte, wie sehr ich es genieße, mit dir unterwegs zu sein.«

»Du *genießt* das alles?«, fragte er spöttisch.

»Nein«, erwiderte Trina verhalten lachend. »Nicht den Regen, das Verstecken, die knappe Verpflegung und das unendliche Laufen. Aber ich fühle mich freier. Ich bin nur ein Mädchen, das sich als Junge verkleidet. Ja, wir fällen sehr wichtige Entscheidungen, aber sie betreffen nur uns. Zumindest kurzfristig gesehen.«

»Ich weiß, was du meinst.«

»Ach ja?«, fragte sie überrascht.

»Ja. Denn in Ashturia ging es mir ähnlich. Obwohl ich den Druck auf mir spürte, dass meine Eltern verschleppt wurden und ich sie befreien will.« Er seufzte. »Aber ich war einfach nur ein Junge, der noch so unglaublich viel lernen muss.« Er strubbelte sich durch die Haare. »In Fascor bin ich der Thronfolger. Der Mann, in den die Hälfte des Landes ihre ganze Hoffnung setzt, und die andere Hälfte sieht ihn als Feindbild, das getötet werden muss. Ich werde steckbrieflich gesucht und Menschen werden meinetwegen verletzt. Ich habe keine Ahnung, was in dem unwahrscheinlichen Fall geschieht, dass meine Eltern die Freiheit wiedererlangen. Ich habe noch keinen Plan dafür, wie wir aus dem Felsenkerker fliehen können, geschweige denn, wie ich Frieden nach Fascor bringen kann.« Jetzt, nachdem er es ausgesprochen hatte, spürte Liam die Last seiner Worte regelrecht. »Davon abgesehen, setze ich dich mit jedem Meter weiter in das Land hinein größeren Gefahren aus. Und verliebe mich dabei mehr und mehr in dich.«

Liam schluckte. Eigentlich hatte er das auf keinen Fall sagen wollen, doch die Worte hatten sich aneinandergereiht und waren aus seinem Mund gequollen. Er verspürte leichte Panik, als sie nicht darauf reagierte. Trina sagte nichts und in den winzigen Lichtstrahlen konnte er ihr Gesicht nicht erkennen. Sie rutschte von ihm weg und kauerte sich auf die andere Seite des Fasses.

»Ich weiß nicht ...« Trina flüsterte so leise, dass er sie kaum verstand, obwohl sie ihm direkt gegenübersaß. Die Lichtstrahlen tanzten über ihre Stupsnase, die Wölbung ihrer Lippen.

Mit einem Ruck stieß Trina sich ab und stützte sich auf seine Brust. Sie kniete über ihm und wisperte: »Ich weiß nicht, was man auf so etwas antwortet. Nicht mit Worten.«

Dann küsste sie ihn. Sein Herz schlug augenblicklich schneller. Sie wühlte durch sein Haar und küsste seinen Hals. Liam schlang seine Arme um sie und zog Trina so nahe an sich heran, wie es nur ging. Er küsste sie gierig, tastete nach dem Saum ihres Hemdes und schob seine Hand behutsam darunter. Ihre Haut war seidig und warm, er strich über die Muskeln nahe ihrer Wirbelsäule hinauf. Die Bandagen saßen stramm. Als Liam das grob gewebte Tuch berührte, drängte sich die Realität in seinen Kopf. *Sie ist Ashturias Königin und du bist der Prinz eines zerfallenden Landes. Könnt ihr eine Zukunft haben?* Liam verwünschte diese Gedanken, sie hatten sich schon öfter in seinem Kopf herumgetrieben. Er küsste Trina noch einmal und holte dann Luft. Seine Lippen brannten und sein Herz pochte wild in seiner Brust. Auch Trina war außer Atem, er sah ihr Lächeln in den dünnen Lichtstrahlen blitzen.

»Ich danke dir für deine Antwort«, murmelte er und küsste ihre Handrücken.

»Du machst dir Gedanken wegen deiner Eltern, hm?«, fragte sie einfühlsam und kuschelte sich wieder an ihn.

Liam nickte, auch wenn es nicht ganz der Wahrheit entsprach.

»Erzähl mir von ihnen«, bat Trina.

Und so erzählte er leise vom Königspaar aus Fascor.

»Meine Mutter stammt aus dem Hochadel und wurde dem Prinzen bei einem Ball vorgestellt, als sie dreizehn Jahre alt war. So ungewöhnlich das auch war, ihre Ehe war nicht arrangiert. Bei der Krönung sieben Jahre später war mein Bruder Eric gerade zehn Tage alt. Mein Großvater hat angeblich mit seinen letzten Worten auf dem Totenbett seinen Stolz über den Stammhalter ausgesprochen.« Liam spürte das Lächeln, das sich von allein auf seine Lippen schlich, als er an den furchtlosen Jungen dachte, der durch seine Erinnerungen rannte. Eric war lebhaft gewesen, hatte stets gelacht und war auf die Menschen zugegangen. Gemeinsamkeiten zwischen sich und ihm zu finden wollte Liam nicht gelingen. »Nach dem Unfall waren sie nicht mehr dieselben.«

Trina hob den Kopf, nickte wissend und fragte voller Mitgefühl: »Was ist passiert, Liam?«

Mühsam atmete er ein, um zu antworten.

»Eric hatte sein eigenes Pferd und ich wollte nicht mehr auf dem Pony reiten. Das Tier, das ich ausgesucht hatte, war viel zu groß und zu nervös für ein Kind. Es scheute und ich dachte, ich muss sterben, als das Pferd durchging. Eric jagte mir hinterher und es gelang ihm, den wildgewordenen Gaul abzudrängen. Mein Pferd blieb rechtzeitig stehen, doch seines stürzte. Da war eine Mauer. Nur lose aufgestapelte Steine, die zwei Felder trennten. Ich war zu schwach, um die riesigen Steine anzuheben, die ihn und das Pferd halb unter sich begraben hatten. Irgendwann wurde seine Hand kraftlos.« Seine Stimme brach.

Sanft strich Trina über seine Schulter. »Das ist schrecklich«, wisperte sie. »Wie alt warst du?«

»Fast zehn«, krächzte er. »Eric war sechzehn, als er meinetwegen starb.«

Mit Bestimmtheit zog sie ihn an sich. »Nein, das glaube ich nicht, Liam. Du darfst dir daran keine Schuld geben.«

Gern hätte er das geglaubt und Trinas Worte in sein Herz gelassen.

»Es war ein Unfall und du warst ein Kind.« Kalt lagen ihre Hände auf seinen heißen Wangen. »Vielleicht wäre es anders gekommen, wenn du auf dem Pony geritten wärst. Aber vielleicht hatten die Götter Sehnsucht nach deinem Bruder und hätten ihn zu sich geholt, ganz egal, was ihr getan hättet.« Sanft küsste sie ihn. Trinas Stimme zitterte und erinnerte ihn daran, dass auch sie mit einem tragischen Verlust leben musste. »Es war nicht deine Schuld.«

»Vielleicht hast du recht«, murmelte er und umarmte sie.

‘’

»*Wir erreichen bald die Anlegestelle*«, sagte Fecyre in ihren Gedanken. »*Danke! Wie geht es dir? An der frischen Luft sitzen und sich kraulen lassen ist was Feines, hm?*«, antwortete Trina.

»*Ich hatte schon schlimmere Vormittage.*« Ihre Freundin kicherte ausgelassen.

Auch Trina hatte schon schlimmere Vormittage gehabt. Die Unterleibsschmerzen hatten dank der Arznei aufgehört und ihre Blutung war nur sehr schwach, kaum der Rede wert. Außerdem lag sie in Liams Armen und fühlte sich dort sicher und beschützt. Auch wenn ihr Verstand wusste, dass sie diejenige war, die für die Sicherheit der Gruppe zuständig war. Sie hatte es genossen, an ihn gelehnt nichts zu tun, als seiner Stimme zu lauschen.

Liam war ein guter Beobachter. Er schätzte Menschen nicht voreilig nach ihren Taten ein, er hinterfragte ihre Beweggründe und versuchte, sie zu verstehen.

Ein Klopfen an den Weinfässern ließ sie zusammenzucken, auch wenn sie damit gerechnet hatte.

»Die Anlegestelle ist schon nahe, hört auf zu flüstern. Der Fährmann hat gute Ohren.«

Liam klopfte als Antwort.

Der Karren fuhr eine steile Straße hinunter, sie wurden anders in die Rundung des Fasses gedrückt. Die Bremse am Wagen quietschte, Messer redete beschwichtigend auf die Pferde ein.

Wenigstens holpert es nicht mehr so schlimm, dachte Trina.

Dann hörte sie das hektische Kratzen der Hundepfoten, ein Jaulen und Messers Lachen.

»Nichts passiert!«, beteuerte Fecyre in Trinas Gedanken. *»Ich konnte mich nur nicht mehr auf dem Kutschbock halten, jetzt, wo der Mann beide Hände braucht, um die Bremse zu ziehen.«*

Der Wagen rumpelte, der Wein in den anderen Fässern platschte.

»Heda!«, rief Messer plötzlich, Fecyre bellte in einiger Entfernung. »Geht aus dem Weg! Die Ladung ist schwer, ich kann nicht so einfach bremsen!«

»Fecyre?«

»Ein Dutzend Männer, sie blockieren die Straße.«

»Hooo«, machte Messer, die Pferde wieherten. »Verpisst euch, ich kann nicht anhalten!« Trina lauschte gespannt, genauso wie Liam. Sie hörte eine Männerstimme, konnte aber die Worte nicht verstehen.

»Befreiungsarmee?«, brüllte Messer. »Und wenn Königin Elsý höchstpersönlich mir den nackten Arsch zeigen würde, könnte ich den Wagen nicht anhalten! Die Bremse ist schon heiß und die Ladung schiebt. Aus dem Weg!«

Mehrere Männer murrten, aber Trina wusste nicht, was genau sie sagten. Dazu waren sie zu weit weg, die Fässer um sie herum ächzten und der Wein darin schwappte hörbar hin und her.

Kurz darauf wurde der Weg flacher und der Wagen hielt an.

»So, meine Freunde!« Messer klang erleichtert. »Was kann ich für euch tun?« Sie palaverten einige Schritte entfernt, also setzte sie Fecyre darauf an, ihr zu berichten.

»Diese Männer sehen eher wie Banditen aus, aber sie tragen den Kreis der Befreiungsarmee auf Tüchern, die sie um den Arm gebunden haben«, erklärte das Drachenmädchen. *»Sie wollen Geld für die Überfahrt.«*

Empört rief Messer aus: »Jetzt hört aber auf! Ich muss doch meine Familie ernähren!«

»Jetzt faselt einer etwas vom Wohle aller und beharrt auf dem Schmiergeld. Messer geht zum Wagen. Er zählt ein paar Münzen ab und gibt sie den Männern. Glücklich sieht er dabei nicht aus.«

»Komm, Hund!«, rief Messer.

Trina hörte, wie Fecyre auf den Kutschbock sprang. Dann fuhr das Gespann weiter.

»Die Männer bleiben zurück, sie diskutieren heftig miteinander. Da vorn ist das Floß. Es sieht stabil aus.«

»Rudi, alter Freund!«

Messer hat viele Freunde, dachte Trina.

»Sag bloß, du hast den Streunern Geld gegeben?«, fragte eine andere Stimme.

»Blieb mir etwas übrig? Ich erkenne Mordlust, wenn ich sie sehe.«

»Schlimm, was zurzeit passiert!«, sagte der andere ganz nahe am Wagen. »Heutzutage will jeder Taugenichts anschaffen, aber keiner von denen hat jemals eine ehrliche Arbeit verrichtet. Hüa!«, spornte er die Pferde an, der Wagen ruckte an. Als er kurz darauf stehen blieb, schwankte alles.

»Wir sind jetzt auf dem Floß«, meldete Fecyre.

Aber das hätte Trina auch so gewusst, denn Liam hielt ihre Hand umklammert. Sogar ihr wurde ganz flau im Magen, wenn sie daran dachte, wie es ihm das letzte Mal ergangen war, als sie auf einem Gewässer waren.

Doch das Floß lag ruhig auf dem Fluss und Messer redete mit Rudi, dem Flößer, über Belanglosigkeiten.

»Wir sind jetzt hinter einer Biegung des Stromes verschwunden, Messer holt eine Schnapsflasche raus.«

»Danke, Fecyre.«

Liam atmete ganz bewusst flach, er lugte durch die kleinen Spalten ins Freie.

Trina überlegte, ob es Sinn ergeben würde, wenn sie ihn mit Küssen von der Seekrankheit ablenken würde. Aber was, wenn nicht?

»*Achtung!*« Fecyre knurrte. Sie war ganz nahe.

»Alles gut, meine Kleine. Rudi ist ein Freund«, sagte Messer und plötzlich wurde es gleißend hell.

Messer hatte den Deckel des Fasses herausgenommen. Trina zog die Mütze auf ihren Kopf und hoffte, Liam hatte ihr die Haare nicht zu sehr zerzaust. Als ihre Augen sich an die Helligkeit gewöhnt hatten, konnte sie den breiten Strom erkennen, der sich vor ihnen ausbreitete.

»Kommt raus und vertretet euch die Beine. Rudi ist sauber, er ist ein alter Freund und jetzt sind wir beide beim Stern.« Messer streckte ihnen die Hand entgegen.

Liam krabbelte aus dem Fass und richtete sich mit einem tiefen Atemzug auf. Auch ihr half Messer, wenn er auch respektvoll Abstand hielt.

Rudi war wirklich ein *alter* Freund, er stand gebückt an der Ruderstange. Er nickte freundlich, wandte sich aber an Messer.

»Und warum versteckst du diese Jungs?«, fragte er. »Hast du schon wieder zwielichtiges Gesindel aufgelesen?«

»Nein, ausnahmsweise nicht.« Der Mann mit dem Schnurrbart striegelte die Pferde.

Trina bewegte sich vorsichtig auf dem Floß, obwohl es groß genug gewesen wäre, um noch einem weiteren Fuhrwerk Platz zu bieten. Sie strich den großen Kaltblütern über die Stirn, die Pferde kauten geräuschvoll ihren Hafer aus den Futterbeuteln. Sie bückte sich und kontrollierte die Hufe.

»Sagte ich es nicht? Ordentliche Leute«, sagte Messer, als er das bemerkte.

Trina musste grinsen.

Der Ambertrudh war breit und hatte hier nur wenige Stromschnellen, das Plätschern des Wassers war trotzdem allgegenwärtig. Liam hielt sich tapfer. Er stand an ein Wagenrad gelehnt, kraulte Fecyre und beobachtete das Ufer.

Die Fahrt war friedlich und ruhig, Messer kümmerte sich um die Ladung und die Vertäuung.

»Ach, der verdammte Nebel«, maulte Rudi und lehnte sich mit dem ganzen Gewicht seines knochigen Körpers gegen die Ruderstange. Tatsächlich stieg unter den tiefhängenden Bäumen Nebel vom Wasser auf. Trina ging zu ihm, um ihre Hilfe anzubieten. Der Alte kniff die Augen zusammen und musterte sie.

Liam bemerkte es und erklärte: »Mein Bruder Tem kann nicht sprechen. Aber er macht sich gern nützlich.«

Rudi nickte und deutete Trina, sie solle die Ruderstange von der anderen Seite ziehen.

»Jetzt müssen wir dort rüber, Junge.« Mit zitternder Hand deutete Rudi und Trina schob das Ruder in Position. Der Nebel wurde dichter und dämpfte das Gluckern und Blubbern des Flusses.

Mit einem Seitenblick vergewisserte Trina sich, dass Liam noch am Wagenrad lehnte.

»*Wie geht es ihm?*«, fragte sie Fecyre.

»*Ihm ist speiübel, aber er lenkt sich ab*«, antwortete das Drachenmädchen mit einem Kichern und sah zu ihr herüber. Die lange Zunge hing aus ihrem Maul.

»*Er lenkt sich ab?*«, erkundigte sie sich, doch dann bereute sie die Frage. »*Du sollst doch nicht ungefragt in den Gedanken stöbern!*«

Fecyre kicherte erneut, doch dann sagte sie ernst: »*Der Junge mag dich wirklich sehr, Trina.*«

Trina musste lächeln. Auch sie empfand sehr viel für Liam.

Abrupt stand Fecyre auf und schnupperte. Ihr Nackenfell sträubte sich.

»*Was ist?*«, fragte Trina alarmiert.

»*Da sind Geräusche auf dem Fluss, hinter uns. Sie kommen näher.*«

Trina sah im Augenwinkel, wie Liam sich aufrappelte. Mit zwei Schritten war sie bei Messer und presste ihm die Hand auf den Mund, damit er nicht erschrocken aufschrie.

»Wir werden verfolgt«, wisperte sie, ehe sie die Hand langsam wieder sinken ließ.

Er verzog fragend das Gesicht, folgte aber ihrem Blick zu dem großen, schwarzen Hund, der am Heck des Floßes stand und in den Nebel starrte.

»Verdammt!«, murrte er und klappte den Kutschbock hoch. »Hilf mir!«

Er nickte Trina zu und gemeinsam zogen sie eine starre Decke über die Pferde. Die großen Tiere ließen es mit sich geschehen, als wäre das nicht das erste Mal.

Die Decke fühlte sich an wie eine in Öl getauchte und mit Wachs beschichtete Fischerjacke. »Hält Pfeile ab«, erklärte Messer knapp, während er die Riemen zuzog.

»Im Nebel trauen sich diese Tagediebe, was bei helllichtem Sonnenschein unmöglich wäre«, sagte Rudi gelassen, als würde er nicht auf demselben Floss stehen wie sie.

Der erste Pfeil sirrte aus dem Nebel, gefolgt von einer größeren Salve. Die meisten schlugen mit einem hellen *Tock* in das Holz ein.

»Sie riechen wie die Kerle von der Anlegestelle«, sagte der Hund grollend.

»Geht in Deckung!«, befahl Trina und schätzte ab, wie viele Männer auf sie schossen. »Sechs, vielleicht sieben Schützen«, sagte sie und zog Rudi unter den Wagen. Doch in dem Moment durchschlug ein Pfeil seine Brust und Rudi brach röchelnd zusammen. Fassungslos starrte sie auf die Metallspitze, die aus seinem Körper ragte. Er war tot.

Immer wieder hörte sie das Zischen von Pfeilen, einige trafen das Wasser. Fecyre kauerte sich unter den Wagen, sie fluchte, was das Zeug hielt, und verwünschte den Körper des Hundes.

Während die Angreifer neu anlegten, packte Trina Liam bei der Schulter und schubste ihn in das leere Weinfass. Er war leichenblass, aber bislang unverletzt. Folgsam krabbelte er in das Fass, Trina ging neben Fecyre in die Hocke. Auch Messer kniete unter dem Karren.

»Hast du einen Bogen?«, fragte Trina knapp und spannte ihren eigenen. Der bullige Mann tastete bereits nach der versteckten

Waffe, während sie einen Pfeil nach dem anderen verschoss. Rasch sammelte sie Pfeile ihrer Angreifer ein.

Fecyre fletschte die Zähne. »*Sie kommen näher.*«

Trina wiederholte ihre Worte für Messer, der leise vor sich hin fluchte.

Plötzlich kroch der Mann unter dem Wagen hervor und packte Trina. Er riss sie von den Füßen und stopfte sie regelrecht in das Fass. Schon hatte er den Deckel in der Hand, doch er sah sie noch ernst an: »Beschütz den Prinzen!«, flehte er und drückte den Deckel fest in die Öffnung.

Trina wollte rufen, doch sie wusste, dass Messer sie nicht mehr rauslassen würde. Also drehte sie sich zu Liam um und stieß sich den Kopf an seinem.

»Sie kommen«, flüsterte sie. Ihre Hände zitterten, sie hatte Angst.

»*Fecyre?*«, rief sie in ihren Gedanken. »*Schwimm zum Ufer, bring dich in Sicherheit. Die wollen bestimmt nur das Geld, rette dich!*«

Aber das Knurren unter dem Wagen blieb an Ort und Stelle. Der Pfeilhagel hatte aufgehört, doch nun hörten sie sogar im Inneren des Weinfasses die Paddelschläge näher kommen.

»Diese Soldaten sind allesamt nur Wegelagerer!«, schimpfte Messer unter dem Karren und fluchte ausgiebig. Die Bogensehne sirrte, er schoss einen Pfeil nach dem anderen ab. Dann hörten sie, wie mehrere Leute an Bord des Floßes kamen, die Schritte waren laut.

»Wenn ihr auf das Geld aus seid, dann nehmt es euch. Im Kutschbock ist der Beutel.« Messer versuchte tapfer, sich seine Angst nicht anmerken zu lassen.

Die Soldaten tuschelten miteinander, doch was, das konnte Trina nicht deutlich verstehen, weil Fecyre so laut knurrte. Laute Schritte, Stimmengewirr und Bellen.

Das Knurren des Hundes vermischte sich mit schmerzgepeinigten Schreien.

»*Lauf weg! Rette dich!*«, schrie Trina in ihren Gedanken.

Liam hielt entsetzt ihre Hand umklammert, mit Sicherheit wollte er das Gleiche von Fecyre.

Messer ächzte unter den Schlägen der Männer und atmete schwer, gleich neben dem Fass, in dem sie kauerten.

»Nehmt euch das Geld. Aber lasst mich ...« Das Geräusch von Stahl, der in einen Körper eindrang, überlagerte für einen Moment das hysterische Knurren. *O ihr Götter ...* Dann war nur noch Stammeln von Messer zu hören, sein Körper sackte laut zu Boden.

Die Männer lachten. Fecyre knurrte am Rand des Floßes.

»Schwimm ans Ufer! Bring dich in Sicherheit!« Sogar ihre Gedanken klangen nichts als verzweifelt. Eine Bogensehne sirrte, der Einschlag des Pfeiles in Holz erklang unmittelbar danach.

»Geh schon! Wir finden uns wieder!«

Ein weiterer Pfeil, wieder schlug er in Holz ein. Sie drängten den Hund wohl zurück. Fecyre knurrte und kläffte, ein Schlag traf ohrenbetäubend laut etwas Hartes neben ihnen. Flüssigkeit klatschte von außen auf ihr Fass, begeistert jubelten die Soldaten über den Wein. Gleich darauf schlugen sie ein weiteres Fass an. Und noch eines. Trina wurde heißkalt. Es waren nur sechs Fässer auf dem Wagen.

Fecyre sprang einen der Männer an, jedenfalls kreischte er und sie bellte näher als zuvor. Stoff zerriss, ebenso Fleisch, der Mann schrie, Fecyre knurrte.

Und plötzlich jaulte sie auf.

»Fecyre!«, rief Trina entsetzt. *»Fecyre!«*

Es war kein Knurren mehr zu hören. Liam umklammerte Trina von hinten und zog sie vom Deckel weg, sie trat um sich.

»Sag doch was! Fecyre!«

Hätte Liam ihr nicht die Hand so fest auf den Mund gepresst, dass sie keinen Ton herausbekam, hätte Trina nicht nur in ihren Gedanken geschrien.

Ein lautes Platschen im Fluss war zu hören, dann eine Männerstimme: »Dreckige Töle!«

Sie hatten Fecyre abgestochen und vom Floß geworfen!

Liam gab sein Bestes. Er versuchte, sie zurückzuhalten. Er hielt sie mit all der Angst umklammert, die er hatte, aber es reichte nicht. Nicht für den Schmerz, die Wut, die in Trina kochten. Sie rang mit ihm und stieß ihn von sich.

»Lass mich!«, knurrte sie wie ein wildes Tier.

Liam wusste, dass er sie nicht aufhalten konnte. Er riss seinen Dolch aus der Scheide.

Da trat Trina schon mit aller Gewalt gegen den Deckel, einer der Männer wurde davon ins Wasser geschleudert. Kaum war sie dem Deckel nachgehechtet, hörte er Kampfgeräusche. Aus dem Fass zu kommen, dauerte nur einen Moment, aber Liam kam es vor wie eine Ewigkeit. Die Königin schrie auf Ashtur, er konnte sie nicht verstehen. Die Männer brüllten, rannten auf dem schwankenden Floß umher, die Pferde wieherten schrill und stampften. Endlich kam Liam hoch, einer der Männer ging auf ihn los. Er bückte sich instinktiv und riss seinen Dolch nach oben, so wie es ihm in Ashturia eingebläut worden war. Wo auch immer er den Mann verletzt hatte, Blut spritzte ihm ins Gesicht. Gurgelnd sackte der Soldat zusammen. *Ich ... Habe ich gerade einen Menschen getötet?* Liam sah zu, dass er von ihm wegkam.

Entsetzt blickte er sich um. Neben dem Toten, den er zu verantworten hatte, lagen drei Männer mit blutigen Einstichen auf dem Floß. Fecyre konnte er nirgends entdecken. Liam warf einen hektischen Blick auf den Fluss, aber auch dort konnte er den schwarzen Körper nicht ausfindig machen. Auf der anderen Seite des Gespanns tobte Trina. Wie eine Furie stand die zierliche Frau zwischen den beiden übrigen Männern, die jeder schon Verletzungen erlitten hatten. Die Dolche in Trinas Händen troffen vor Blut, sie selbst war damit besudelt.

»Wer hat sie getötet?«, kreischte Trina, doch die Männer sahen sich nur verwirrt an. Sie sprach Ashtur.

Mit Tränen in den Augen wiederholte Liam ihre Frage für die Soldaten. Die Königin warf ihm einen Blick zu, der nichts Gutes ahnen ließ.

»Wer ... hat ... sie ... getötet?«, zischte sie auf Fascor und drehte sich zwischen den Männern.

Der Glatzkopf schüttelte verständnislos den Kopf. »Wegen dem Hundevieh das alles?« Trina wandte sich ihm zu, doch der Glatzkopf deutete auf den anderen. »Er war's.«

Sie wirbelte herum und war einen Wimpernschlag später über die Leiche des Mannes gebeugt. Sie zog ihre Dolche aus seinem Brustkorb und drehte sich zu dem Letzten der Soldaten.

Der Mann wich zurück, Schritt für Schritt. Trinas Gesicht war eine unerbittliche Maske. Mit einem Kopfsprung rettete sich der Mann in die reißenden Fluten des Ambertrudh. Zumindest dachte er das.

Trina legte den Kopf schief und warf den Dolch in die Höhe. Ohne hinzusehen, fing sie ihn an der Spitze der Klinge, wog die Waffe, holte aus und warf. Zuerst dachte Liam, sie hätte ihn verfehlt, doch der raubtierhafte Ausdruck auf Trinas Gesicht ließ ihn erneut hinsehen. Der Dolch steckte im Oberschenkel des Mannes, er schwamm um sein Leben.

Mit einer beiläufigen Geste warf sie den zweiten Dolch in die Luft, fing ihn wieder, ohne hinzusehen, und schleuderte ihn mit einem Schrei nach dem Flüchtenden. Die Klinge grub sich tief zwischen die Schulterblätter des Mannes. Jede Bewegung erstarb und der Körper trieb auf dem Bauch im Wasser.

Trina drehte sich zu Liam. Ihr Blick war so wütend und kalt ... und so leer. Sie umrundete den Karren und kontrollierte, ob der Mann, der Liam angegriffen hatte, noch am Leben war.

Immer wieder rief Liam nach Fecyre. Nie bekam er Antwort.

Trina fummelte mit blutverschmierten Händen an den Schließen der Pferdedecke. Auf den Knien kauerte sie unter den großen Tieren und verzweifelte, weil der Verschluss sich nicht öffnen ließ.

»Trina«, sagte er sanft und berührte sie an der Schulter.

»Geh weg!«

»Nein«, antwortete er auf Ashtur, ging in die Hocke und nahm sie in den Arm. »Ich werde dich nicht alleinlassen.«

Erst jetzt quollen die Tränen hervor, Trina schluchzte und klammerte sich an Liam.

»Sie antwortet nicht. Sie gibt einfach keine Antwort.«

16

Das Floß trieb eine Weile unkontrolliert auf dem Ambertrudh. Irgendwann hatte Trina keine Tränen mehr. Sie hatte vor Schmerz geschrien, bis sie heiser war, und sich an Liam gekrallt, bis sie erschöpft zusammengesackt war. Als er sie in das Weinfass gehoben hatte, hatte sie es kraftlos mit sich geschehen lassen, ohne Einwände zu erheben.

Liam wusch das Blut des Fremden aus seinem Hemd. Er zog die Körper der Soldaten über die Planken und hievte sie übereinander. Danach nahm er den Eimer vom Wagen und spülte den Wein und das Blut der Toten vom Floß. Als der widerliche Geruch weg war, wurden die Pferde ruhiger und er nahm ihnen die Decke ab.

Trina lag zusammengekauert in dem Weinfass und starrte ins Leere. Ab und zu hörte er sie wimmern.

Er hätte sie gern um Rat gefragt, schlussendlich konnte er aber auch ohne ihre Hilfe herausfinden, wie man das Floß steuerte. Langsam zog das Ufer an ihnen vorbei, hin und wieder konnte er Häuser entdecken. Nicht alle waren niedergebrannt, aber erschreckend viele.

Eine Kuhherde stand in einer sandigen Bucht und gaffte wiederkäuend dem Floß hinterher, als er Trina in dem Fass rumoren hörte.

Aufmerksam lehnte Liam sich gegen das Ruder. Trinas Füße erschienen hinter dem Wagen, die Weinfässer verdeckten den Rest ihres Körpers. Er konnte hören, dass sie irgendetwas sagte, verstand sie aber nicht. Dann kam sie um den Wagen herum und ihm stockte der Atem.

Trina hatte neue Dolche an ihrem Gürtel befestigt und sich umgezogen, die blutbesudelte Kleidung hielt sie im Arm. Ihr

Gesicht war sauber und sie hatte ihre hochgesteckten Haare gelöst. Sie sah wild und angsteinflößend aus und trotzdem so verletzlich und wunderschön.

Gleichmütig betrachtete sie den Leichenhaufen. Für einen winzigen Moment verzog sie freundlich die Mundwinkel, als sich ihre Blicke trafen, und kniete sich an den Rand des Floßes, um ihre Kleidung einzuweichen.

Liam befestigte das Steuerruder mit der Schlinge und ging zu ihr hinüber. Er wusste nicht, was er sagen sollte, denn wie es ihr ging, konnte er sich vorstellen. Sie hatte die einzige Vertraute verloren, die sie gehabt hatte. Ihre beste Freundin. Die einzige Familie, die ihr geblieben war.

Also ging er neben Trina in die Hocke und legte die Hand auf ihre Schulter.

»Danke fürs Saubermachen«, sagte sie heiser.

»Es hat mich abgelenkt«, antwortete er und sah zu, wie sie versuchte, die Blutflecken mit dem kalten Wasser auszuwaschen. »Ich bin nicht mehr seekrank.«

Trina blickte nicht auf.

»Das ist schön.« Sie schniefte. »Du kommst mit dem Ruder klar?«

»Ja, bis jetzt. Aber ich glaube, es liegen einige Stromschnellen vor uns. Das habe ich noch nie ...«

Trina unterbrach ihn: »Dann sollten wir die Pferde blenden.«

»Bitte was?«

»Ihnen Tücher vor die Augen binden. Das sind erfahrene Zugtiere, die kommen damit klar. Und wir müssen den Wagen neu verkeilen.« Liam schaute zu den Rädern, ihm kam es vor, als wären die Keile noch stramm.

»Woher weißt du das alles?«, fragte er.

Mit einem Seufzen ließ Trina ihre Hände sinken.

»Wenn man an einem Fluss aufwächst, weiß man so etwas einfach.« Sie betrachtete die nasse Kleidung. »Ach, das hat doch keinen Sinn.«

Sie war so niedergeschlagen. Das schmerzte Liam mehr, als es eine Verwundung je hätte tun können. Trina stand auf und hängte die tropfenden Kleidungsstücke an den Wagen. Als sie ihre Hände an der Hose abtrocknete, drehte er sie zu sich und hob ihr Kinn an. Die Nasenspitze war rot vom Schnäuzen, ihre Augen waren verquollen. Der Wind zerzauste ihre Haarsträhnen.

Liam strich sie ihr aus dem Gesicht und umarmte sie.

»Es tut mir so leid«, flüsterte er an ihrem Nacken. »Ich wünschte, ich hätte das Angebot von Messer nie angenommen.«

Sie ließ die Arme kraftlos hängen und antwortete schleppend: »Du konntest das nicht wissen. Und Messers Angebot war hervorragend. Er hat sein Leben für uns geopfert«, sagte sie bedauernd und holte zitternd Luft. »Ich hätte Fecyre vom Floß schubsen sollen, als ich es noch konnte. Sie in Sicherheit bringen. Sie wollte mich beschützen ...« Ihre Stimme versagte.

»Sie *hat* dich beschützt. Wer weiß, wie viele Fässer die noch angeschlagen hätten.« Liam seufzte. Das Drachenmädchen war für ihn eine ebenso gute Freundin geworden wie das Menschenmädchen. »Es tut mir leid.«

Eine Welle schwappte auf das Floß, Trina löste sich von ihm. »Wir müssen den Pferden die Augen verbinden. Sieh, der Fluss wird unruhiger!«

Hastig stopften sie Tücher unter das Zaumzeug der Tiere und krochen unter dem Wagen herum, um die Keile fester unter die Räder zu treiben. Dann übernahm Trina das Ruder und steuerte sie verhältnismäßig sicher die *Weißen Stellen* des Ambertrudh hinunter, die aufgrund der Gischt so genannt wurden. Liam war froh, die Turbulenzen ohne weitere Unannehmlichkeiten zu überstehen. Er besänftigte die großen Zugpferde, da sie trotz ihrer Erfahrung unruhig wurden.

Als die *Weißen Stellen* hinter ihnen lagen, räumten sie das Fass aus. Die Anlegestelle war sicher nicht mehr weit, der Tag neigte sich schon dem Abend entgegen.

Trina tat das alles sehr wortkarg. Ihre wundervoll weichen Lippen waren zu einem schmalen Strich zusammengepresst, sie war so beherrscht.

»Soll ich dir mit deinen Haaren helfen?«, bot Liam an, als er sah, dass Trina einen anderen Zopf flocht als gewöhnlich.

»Danke. Aber nein.« Fragend sah er sie an. Erst dann erklärte sie so leise, dass ihre Stimme das Rauschen des Flusses kaum übertönte: »Tem ist Vergangenheit. Ich werde mich nicht mehr verstecken.« Mit einer Drehung ihrer Hand wickelte die Königin ihr Haar im Nacken zusammen und steckte ein paar Haarnadeln hinein. »Kannst du auf der Karte erkennen, ob wir in der Nähe eines Dorfes sind? Eine Wäscherin muss das erledigen. Und ich brauche andere Kleidung.«

Liam nickte. »Ich brauche nicht nachzusehen. Hinter dem felsigen Skelett des Flusses liegt neben der Straße eine halbwegs große Siedlung. Aber wenn ich daran denke, dass wir seit vor dem Morgengrauen unterwegs waren, um dann mittags erst am Fluss anzukommen, schaffen wir es bis zum morgigen Abend. Wo willst du das Lager aufschlagen?«

Trina zuckte mit den Schultern.

»Bleiben wir beim Wagen. So haben wir zumindest einen Unterschlupf.«

Damit war Liam einverstanden.

Die Fließgeschwindigkeit nahm jetzt wieder zu und Liam sorgte sich schon, dass sie die Anlegestelle verpasst hatten. Aber dann, an einer ruhigeren Stelle, wurde das Bett weiter und der grüne Strom wurde ruhig und friedlich.

»Da, ist das der Anleger?« Trina zeigte auf eine Stelle am Ufer, die nicht von grünen Bäumen und Büschen überwuchert war. Eine hauchdünne Linie zog sich von dort aus den Hügelkamm hinauf – die Straße.

Trina steuerte geschickt an der trägen Außenströmung entlang auf das Sandbett. Der Steg knarrte besorgniserregend, als sich das

Floß dagegen schob. Aber er hielt und sie beide atmeten erleichtert aus.

Trina begann gleich damit, das Gespann reisefertig zu machen. Die Tür der Hütte unweit des Anlegers schlug zu und Liam sank der Mut. Er spürte die Angst im Nacken, aber er drehte sich um.

Der Mann, der ihm entgegenkam, war nicht ganz so alt wie Rudi. Aber die Ähnlichkeit war verblüffend.

»Du bist Rudis Bruder?«, fragte Liam höflich. Der Mann nickte und gaffte beim Näherkommen schockiert auf das Floß. »Es tut mir aufrichtig leid!«

Fassungslos betrachtete Rudis Bruder den Leichnam.

»Wir wurden überfallen, es waren Soldaten von der Befreiungsarmee.«

Der Mann spuckte zu Boden, er war offensichtlich auch kein Freund der Armee. Neben Rudi lag auch Messer, die Männer der Befreiungsarmee hatte Liam ein kleines Stück weiter weg platziert. Der ältere Mann betrachtete die Leichen, sein Blick huschte unruhig über das Floß.

»Wir wussten immer, dass es ein gefährliches Geschäft ist. Das war es schon vor der *Befreiung*.« Müde seufzte er und vergrub die Hände in den Hosentaschen. »Hast du die etwa alle allein erledigt?«

Liam wollte den Blick, mit dem er bedacht wurde, gar nicht sehen. Stattdessen wandte er sich Trina zu, die sich an den Pferden vorbeischob.

»Nein«, sagte Liam leise. »Das war sie.«

Wie Liam aus dem Augenwinkel bemerkte, zuckte Rudis Bruder überrascht zusammen. Trina strich dem Kaltblut über die Nüstern und lehnte den Kopf gegen das Fell.

»Du machst Witze!«, stieß der Mann hervor.

Liam drehte sich zu ihm. »Glaubst du, jetzt wäre der richtige Zeitpunkt, um Witze zu machen?«, fragte er kühl.

Rudis Bruder schüttelte den Kopf. Verdattert betrachtete er Trinas schmale Gestalt.

»Wir sollten aufbrechen«, sagte sie.

Trina ruckte am Zaumzeug der großen Zugtiere und bereitwillig stemmten sie sich in das Geschirr. Als sie die Pferde direkt vor Rudis Bruder vorbeiführte, starrte er auf ihre Waffen. Die Brise am Fluss zerzauste ihr Haar und blähte ihren Mantel. Trinas Gesicht war weiß wie Marmor und ebenso versteinert.

»Tarenqua!«, wisperte der Mann.

Liam sah sich nicht genötigt, ihn aufzuklären. Stattdessen nahm er aus der Lade im Kutschbock das Säckchen mit Geld, das Messer gehört hatte. Er zählte einige Münzen ab und hielt sie dem Mann hin.

»Wir hatten mit dem Überfall nichts zu tun, wirklich nicht. Aber Messer war so etwas wie ein Freund. Wenn du bitte für eine Bestattung sorgen könntest?« Der Mann starrte auf die Münzen in seiner Hand. Liam legte noch welche dazu. »Ich weiß nicht, ob Rudi für unsere Überfahrt bereits bezahlt wurde, wir wollten nicht in seinen Sachen nachsehen. Hier, für alle Fälle. Das sollte genügen.«

Eine Münze nahm Liam jedoch ganz langsam wieder von der Hand des Mannes: die mit dem Stern darauf.

Rudis Bruder nickte wissend und warf einen scheuen Blick auf Trina. Auch Liam nickte ihm zu und setzte sich neben Trina auf den Kutschbock. Sie schnalzte und schon zogen die Pferde an.

Sie schwieg. Stumm schaute sie nach vorn und umklammerte die Zügel.

Was sagt das über sie aus?, fragte sich Liam. *Sie hat Menschen getötet, ohne mit der Wimper zu zucken.* Er seufzte. *Sie hat sich verteidigt – und ich mich auch!* Vor seinem inneren Auge tauchte das Bild auf, wie sie dem einen Mann ihre Dolche von unten in den Brustkorb gerammt hatte. *Das war kaltblütige Rache.*

Er drehte den Kopf und sah die Königin an. Er hatte nicht bemerkt, dass sie wieder weinte. Lautlos tropften Tränen von ihrer Nasenspitze und dem Kinn.

Könnte ich mit Sicherheit sagen, dass ich über Rache erhaben wäre?, fragte er sich. *Wenn jemand ihr etwas antun würde? Oder meinen Eltern?*

Tief in seinem Inneren regte sich ein Zorn, den es nicht zu entfesseln galt. Seine Eltern waren im *Fels* eingesperrt und bis jetzt hatte er immer nur gehört, dass sie dort festgehalten wurden. Niemand hatte etwas Anderslautendes vernommen.

Liam legte seinen Arm um Trina. Sie blieb aufrecht sitzen und schniefte nur. Mit einem lauten Seufzen nahm er ihr die Zügel ab und wickelte sie um seine Hand. Mit der anderen zog er sie an sich. Trina sank in sich zusammen.

»Du musst nicht immer stark sein, weißt du?«, flüsterte er in ihre Haare. »Ich bin für dich da.« Ihre Schultern bebten. »Ich bin für dich da und ich werde nicht zulassen, dass dir etwas passiert.« Er beugte den Kopf und küsste ihre Stirn.

Sie umarmte ihn fest und fast hätte er sie bitten müssen, damit aufzuhören, bevor sie ihm die Rippen brach.

ৎOৎB

Die Nacht kroch über das Land. Neben der Straße waren kleine, sorgsam gepflegte Äcker angelegt, die durch Hecken oder niedrige Steinmauern getrennt wurden.

Dort, wo sich die festgefahrene Straße durch einen kleinen Hügel zog, waren die Hänge mit Weinreben oder Obstbäumen bepflanzt. Der vor ihnen liegende Wald war akkurat in Reih und Glied gepflanzt, die langen Schatten waren kalt und leer. Trina war zerrissen.

Ein Teil von ihr konnte einfach nicht glauben, dass Fecyre tot sein sollte, und klammerte sich an Hoffnung. Denn wie hätte etwas so Schnödes wie ein Messer den Drachen töten können? Dieser Teil versuchte, den Schatten ihrer Freundin nahe der Bäume und Sträucher auszumachen.

Ein anderer Teil war leise und gefasst. Hatte akzeptiert, dass Lebewesen sterben müssen. Beklagte tieftraurig, aber wusste, wie man mit Verlust fertigwurde. War bereit, weiterzumachen und mit dem Kummer zu leben.

Vieles in Trina war schwarz und zäh und klebrig wie die Pechseen im Norden Ashturias. Die Leere saugte sich an jedem Gedanken fest und höhlte ihn und jedes Gefühl aus. In dem Moment, in dem Trina sie abstreifen wollte, hatte die dunkle Leere ihr auch schon den Antrieb dazu weggefressen.

Dicht an diese Dunkelheit schmiegte sich Schuld. Nicht nur die Schuld am Tod ihrer engsten Vertrauten, sondern auch die Schuld am Tod dieser Männer. Auch wenn diese Menschen sie angegriffen hatten, so hatte Trina ihr Leben beendet. Und die Schuld breitete sich aus und schob sich in jeden kleinen Raum, der zwischen den einzelnen Gedanken war.

Aber da war noch das Feuer in ihr. Es brannte so heiß, dass ihr Magen schmerzte und sie das Gefühl hatte, ihr Blut würde kochen. Wut und Verzweiflung fütterten dieses Feuer. Und die Rache tanzte irre lachend darum herum.

Trina war müde. In ihr waren Chaos und Lärm und sie hatte das Gefühl, einen Sack voller wildgewordener Katzen zuzuhalten.

☙❦☙

Die Pferde waren brave Tiere. Sie trotteten durch den spärlichen Mondschein und folgten der schmalen Straße.

Beinahe hätte er den Rastplatz übersehen. Liam lenkte das Gespann auf den geschützt unter dem ausladenden Blätterdach liegenden kreisrunden Platz und versorgte die Pferde. Trina saß teilnahmslos auf dem Kutschbock, deswegen holte er zuerst die Decke aus dem Bündel und breitete sie an einem Baumstamm aus. Dann hob er die Königin vom Wagen, trug sie zur Decke und wickelte sie darin ein. Anschließend befüllte er die Futterbeutel und hängte sie den Pferden um.

»Möchtest du etwas essen?«, fragte Liam in die Dunkelheit hinein, während er unschlüssig in dem Bündel wühlte. Sie gab keine Antwort und er selbst hatte keinen Appetit. Also verstaute er den Proviant wieder, reichte Trina aber den Wasserschlauch. »Du musst trinken, nur einen kleinen Schluck.« Folgsam trank sie das Wasser, wandte sich aber sogleich wieder ab. Liam stellte sich an den Baumstamm. »Ich werde Wache halten«, sagte er. »Versuch, etwas zu schlafen.« Er beugte sich hinunter zu Trina und küsste ihr Haar.

Die Nacht war grauenvoll. Trina schlug im Schaf um sich, schrie immer wieder auf. Liam war so müde, dass er die Augen kaum noch offen halten konnte.

Als der Tag graute, hielt er sich nicht mit einem Feuer auf, sondern nötigte die Königin, zumindest ein paar Bissen Brot zu essen. Sie kletterte kauend auf den Kutschbock und Liam trieb die beiden Zugtiere an. In ihrem eigenen Tempo zogen sie den Karren den ganzen Tag bis in den Abend hinein.

Als hinter einer Hügelkuppe ein paar Lichter auftauchten, atmete Liam erleichtert auf. Beim Näherkommen bemerkte er eine Palisade aus angespitzten Baumstämmen, die die Häuser einschloss. Die Straße führte geradewegs darauf zu, allerdings versperrte ein schweres Tor den Durchgang.

Liam stieg vom Wagen und hämmerte entschieden mit der Faust gegen die kleinere Tür. Dahinter konnte er nichts hören, deswegen wummerte er erneut gegen das Holz.

»Komm ja schon!«, maulte eine Stimme und ein kleines Guckloch wurde aufgeschoben. »Was?«

Liam sah den Mann an und deutete auf den Wagen.

»Wir brauchen ein Zimmer und einen Platz für die Pferde. Wir sind auf der Durchreise.«

Die Wache machte sich nicht die Mühe, hinzusehen.

»Ihr seid zu spät. Kommt morgen wieder.« Schon wollte er die Klappe zuschieben, doch Liam streckte beherzt die Hand aus.

»Wir brauchen ein Zimmer. Bitte.«

»Ihr seid zu sp...«

Liam unterbrach ihn: »Wir wurden überfallen. Sonst wären wir auf der heutigen Etappe schon längst hier gewesen.«

Die Wache kniff die Augen zusammen und machte einen Schritt nach rechts, um den Wagen zu sehen.

»Das ist nicht euer Gespann.« Misstrauisch blickte er Liam in die Augen.

»Nein. Ein Freund ...«

Die Wache knallte die Klappe zu und gleich darauf knarrte das breite Tor. Liam führte die Pferde hinein, gerade so weit, dass der Mann das Tor wieder schließen konnte.

»Also Freundchen, was macht ihr mit diesem Fuhrwerk?«, hakte der Wächter nach.

Liam wollte ehrlich sein, soweit es ging. Aber wem konnte er trauen?

»Ein Freund erlaubte, dass wir ihn begleiten. Aber wir gerieten in einen Hinterhalt.«

Die Wache hob die Laterne und betrachtete die in sich zusammengesunkene Trina auf dem Kutschbock.

»Also hat Messer es nicht geschafft?« Der Mann taxierte Liam, als der betrübt den Kopf schüttelte.

»Du kennst Messer?« Liam verbesserte sich. »Kanntest?«

Die Wache nickte. »War ein guter Mann.«

»Wir hatten bereits für unsere Reise bezahlt und nahmen deswegen den Wagen. Weißt du, wo Messer für gewöhnlich Rast machte?«

Die Wache wurde offensichtlich nicht schlau aus Liams Aufzug, er musterte ihn immer noch aufmerksam. Er entschied wohl aufgrund Trinas jämmerlicher Verfassung zu ihren Gunsten und deutete die Straße entlang.

»Im *Goldenen Strumpfband* stieg er immer ab, wenn er auf der Durchreise war. Haltet euch an der Metzgerei streng links, sonst lauft ihr durch das Blut auf der Straße. Heute war Schlachttag. Und dann seht ihr schon die rote Laterne.«

»Ich verstehe«, sagte Liam.

Eine einschlägige Absteige also. Er fischte in seiner Tasche nach einer Münze, drückte sie der Wache in die Hand und bedankte sich bei dem Mann für seine Mühen.

Die Pferde kannten den Weg, zumindest kam es Liam so vor, dass sie zielstrebig zu dem genannten Wirtshaus und geradewegs in den rückwärtig gelegenen Innenhof liefen.

Der Stallknecht stutzte, als er die Pferde erkannte. Wortlos drehte er sich auf dem Stiefelabsatz um und kam einen Augenblick später mit einem Schlägertypen zurück.

»Wo ist Messer?«, fragte der muskelbepackte Hüne.

»Wir gerieten in einen Hinterhalt. Messer hatte uns erlaubt, mit ihm zu reisen, wir haben schon bezahlt.«

»Woher sollen wir wissen, dass nicht ihr ihn umgebracht habt?«, fragte der Schläger, sah ihn jedoch abschätzig an.

Liam kam sich sehr dünn und unscheinbar vor.

»Ich seh' schon«, sagte der Muskelprotz mehr zu sich selbst.

»Wir brauchen ein Zimmer. Und für die Pferde Wasser und Heu.«

Der Stallknecht hatte bereits begonnen, die Kaltblüter auszuschirren.

»Ihr seid *Freunde* von Messer?« Die Art, wie der bullige Kerl es betonte, brachte Liam dazu, in der Tasche zu wühlen. Er zog die Münze mit dem Stern heraus und hielt sie ins Licht.

»Wir wollten in die gleiche Richtung.«

»Geht rein. Die linke Tür. Nicht rechts, sonst kommt ihr in den Schankraum.«

Liam bedankte sich mit einem Nicken und schulterte sein Bündel und auch das von Trina. Dann trat er an den Kutschbock heran und streckte seine Arme nach der Königin aus. Trina hob den Kopf, aber sie sah ihn nicht. Ihr Blick ging durch ihn hindurch.

Liam atmete tief durch, ehe er sie vom Wagen hob und durch die linke Tür ins Haus trug.

17

Der Raum war sehr klein, aber sauber. Obwohl das Bett eigentlich nicht für zwei gedacht war, hatte Liam das Zimmer dankbar genommen.

Das Bordell im vorderen Bereich des verwinkelten Hauses war nur eine Tarnung, hier hatte der Stern sein Quartier aufgeschlagen. Trina war nicht von seiner Seite gewichen und hatte den Kopf stets gesenkt gehalten.

Man hatte Liam befragt. Über den Überfall und wie sie entkommen waren. Aber das war kein Verhör, das waren Leute, die sich Sorgen um einen Freund gemacht hatten. Messer war schon am späten Nachmittag erwartet worden.

Eine kleine, dicke Großmutter hatte in einen irdenen Krug einen musartigen Eintopf geschöpft und Trina und Liam dann schlafen geschickt. Sie hatte keinen Widerspruch geduldet, von niemandem.

Liam legte sein Bündel auf den durchgewetzten Sessel.

Mit hängenden Schultern stand Trina da.

Er hakte sich bei ihr unter und zog sie wortlos zum Badezimmer der Etage. Er drückte Trina ihre Sachen in die Hand und sagte leise: »Ich warte hier auf dich.«

Sanft schob er sie in das Badezimmer, nachdem er sich vergewissert hatte, dass es nur diesen Eingang gab. An den Türstock gelehnt wartete er und wäre fast im Stehen eingeschlafen. Als die Königin die Tür endlich öffnete, sah sie unverändert aus.

»Hast du alles erledigt?«, erkundigte er sich vorsichtshalber.

Sie nickte nur und sah ihn dabei nicht an.

»Gut«, sagte er und erklärte: »Ich bringe dich in das Zimmer rüber. Ich muss mich selbst auch waschen.«

Trina machte kleine Schritte und sprach immer noch nicht. Sie blieb vor dem Bett stehen. Bevor Liam sich dem Sessel zuwandte, umschlang er ihre Taille von hinten und öffnete den Schwertgurt. Ihre Haare kitzelten und er musste lächeln, obwohl er sich große Sorgen machte. Den Schwertgurt warf er aufs Bett und drehte Trina dann um. Sie schob ihre Arme unter seinen hindurch und umarmte ihn. Sanft strich er über ihr Haar und lehnte seine Wange an ihr Haupt. Sie schien ihn nicht loslassen zu wollen, Liam musste aber dringend dem Ruf der Natur folgen.

»Ich bin gleich wieder da. Versprochen.«

Trina ließ sich auf das Bett setzen, sie starrte zu Boden. Liam beschloss, den Zimmerschlüssel selbst mitzunehmen, und fragte, ob sie etwas dagegen hätte. Die Königin schüttelte weder den Kopf noch nickte sie. Sie hob nicht einmal den Blick.

Liam sperrte die Tür zu und hastete ins Badezimmer.

Ein Handtuch war klamm, sie hatte sich also gewaschen. Er beeilte sich sehr mit der Körperpflege und verließ das Bad mit großen Schritten, noch bevor er sein Hemd richtig angezogen hatte. Mit einer einzigen Bewegung schob er die Hand mit dem Schlüssel durch den Ärmel und den Schlüssel ins Schloss. Während er ihn umdrehte, zog er das Hemd über den Kopf.

Die Tür gab den Blick auf Trina frei. Und er erstarrte. Sie saß auf dem Bett, einen Dolch in einem seltsamen Winkel auf sich gerichtet. Einige der anderen Klingen lagen neben ihr ausgebreitet.

Er sprang auf sie zu, packte ihr Handgelenk und drehte die Waffe von ihrem Körper weg. Sie ließ es widerstandslos geschehen.

»Wenn du dir das Leben nehmen willst, dann tut es mir leid. Das kann ich nicht zulassen«, flüsterte er. Sein Mund war schlagartig trocken und sein Herzschlag rauschte in seinen Ohren. *Sie würde doch nicht ...*

Trina sah zu ihm auf, seit Stunden der erste Blickkontakt.

»Was? Nein.« Verwirrt verzog sie das Gesicht. »Ich ... ich hab doch nur die Klingen geschliffen.«

Jetzt erst bemerkte Liam das Wetzleder auf ihrem Schoß. Erleichterung spülte durch seinen Körper und er atmete gelöst aus. Dass er den Atem angehalten hatte, war ihm gar nicht aufgefallen. Er ließ ihr Handgelenk los und Trina sammelte ohne weitere Worte ihre Waffen ein und verstaute sie in den dazugehörigen Scheiden.

Dass sie nichts sagte, zermürbte ihn. Liam stand auf und holte den Krug mit dem Eintopf, ließ sich erschöpft nieder und streckte Trina einen Löffel hin. Sie nahm ihn entgegen.

Er rührte in dem hohen Gefäß und probierte vorsichtig.

»Es ist nicht mehr heiß, aber noch warm genug«, sagte er und gab Trina den Krug.

Es war umständlich, aus dem Ding heraus zu löffeln. Liam war hungrig und so wie Trina die Brauen zusammenzog, ärgerte auch sie sich über die magere Ausbeute, die sie mit dem Löffel aus dem Krug zutage fördern konnte.

Als Trina ihm das Gefäß wiedergab, legte er den Löffel weg und hob den Krug an. Aufmerksam beobachtete er die Pampe, die sich langsam auf ihn zubewegte und trank dann einen Schluck Eintopf. Er hatte den ganzen Mund voll und seufzte zufrieden. Auch die Königin entschied, den Eintopf auf diese Weise zu essen, und bald war der Krug leer.

Trinas Magen rumorte laut, sie hatte seit dem Morgen nichts zu sich genommen. Auch in Liams Bauch grummelte es, aber er hatte etwas Brot gegessen, als sie auf der Straße unterwegs gewesen waren.

An seinen Mundwinkeln klebte Eintopf, auch Trina hatte ein bizarres Grinsen im Gesicht, das die grün-gräuliche Farbe des Abendessens gezeichnet hatte. Liam stand auf und streckte Trina die Hand entgegen. Müde, aber ohne Widerworte folgte sie ihm und sie wuschen sich.

Die Lampe in dem kleinen Zimmer war ausgegangen, als sie zurückkamen, der Geruch der erloschenen Flamme lag beißend in der Luft. Das Fenster war so schmal, dass nicht einmal Liam sich hätte hinauszwängen können, aber es ließ Frischluft herein. Die

Nacht war kalt und der Wind hatte ihr Zimmer im Nu durchgepustet, also schloss er das Fenster.

Trina lag auf dem Bett. Ihre halbgeschlossenen Augen waren geschwollen, sie war viel blasser als sonst. Da, wo sich sonst Fecyre vor ihr zusammenrollte, hielt Trina ein zusammengeknülltes Kissen an sich gedrückt.

Liam zog ihr die Stiefel aus und deckte sie zu. Gerade als er sich auf dem durchgesessenen Hochlehner einen Platz zum Schlafen richten wollte, setzte sie sich mit einem Ruck auf.

Mit großen Augen sah sie ihn an, dann glaubte er, Enttäuschung auf ihrem Gesicht zu erkennen.

»Was machst du?« Ihre Stimme war ein leises Krächzen.

»Ich dachte, du willst vielleicht allein ...«

Sie schüttelte so vehement den Kopf, dass Liam rasch die zwei Schritte neben das Bett machte. Trina streckte ihre Hand nach ihm aus und krallte ihre Finger in sein Hemd, als sie es erwischte. Er versuchte, sich die Stiefel abzustreifen, aber es gelang ihm nicht. Trina zog an ihm, er stolperte.

»Warte. Ich will doch nur die Stiefel ausziehen.«

Trina ließ ihn nicht los, gab ihm aber Raum, um sich seiner Schuhe zu entledigen. Das fahle Licht von außen ließ ihr Gesicht angsterfüllt erscheinen. Die Hand, mit der sie sein Hemd festhielt, zitterte.

»Ich habe dir versprochen, dass ich dich nicht alleinlasse«, murmelte er und rutschte auf das schmale Bett. »Könntest du bitte mein Hemd loslassen?«

Mit großen Augen sah sie auf ihre zitternde Hand, als gehöre sie nicht zu ihr.

»Warum?«

»Ich möchte es ausziehen.«

Trinas Miene war immer noch eine Mischung aus Angst, verlassen zu werden, und Unverständnis. Also zog Liam das Hemd umständlich über den Kopf, Trina ließ es erst los, als er es schon abgestreift hatte. Sie verknotete ihre Finger ineinander, um das Beben ihrer Hände zu verbergen.

Das fahle Mondlicht zeichnete einen Schattenriss, der Liam den Atem raubte. Die Haare der Königin fielen über ihre Schulter nach vorn. Unter den langen Strähnen schmiegte sich das Männerhemd an ihre Brust.

Beherrschung!, schalt er sich und legte sich neben sie.

»Du zitterst. Frierst du?«, fragte er und versuchte, alle unsittlichen Gedanken aus seinem Kopf zu verbannen. *Es ist völlig unangebracht, sich zu wünschen, sie innig zu küssen! Ihre beste Freundin wurde ermordet und ich denke nur daran, wie seidig ihre Haut unter diesem Hemd ist.*

Trina zuckte die Schulter, als wisse sie es nicht. Aber sie legte sich auf die Seite und hob ihren Ellbogen, damit er seinen Arm um sie legen konnte.

Liam musste dicht an sie heranrücken. Obwohl ihre Knie schon über die Bettkante ragten, war an Liams Rücken nicht einmal mehr eine halbe Handbreit Platz.

»Ich mache mir Sorgen um dich«, gestand er flüsternd.

Trina gähnte und antwortete: »Brauchst du nicht.«

»Tue ich aber trotzdem. Du machst mir Angst.« Sie sagte nichts. »Rede mit mir. Lass mich teilhaben an dem, was in deinem Kopf vorgeht.« Sie seufzte flach. »Bitte!« Liam drückte sie. »Einen Moment lang dachte ich, du wolltest dich umbringen. Mein Herz ist stehen geblieben!«

»Liam«, begann sie ganz leise, »ich weiß doch selbst nicht, was in meinem Kopf passiert.« Er strich über ihr Ohr, die offenen Haare kitzelten seine Nase. »Ich ... Fecyre war ein Teil von mir, so nahe standen wir uns. Jetzt ...« Ihre Stimme brach, Trina holte tief Luft. »Ich vermisse sie so unglaublich! Es tut so weh!« Sie hielt seine Hand fest umklammert. »Und gleichzeitig habe ich eine solche Wut in mir. Auf die Männer vom Floß. Und auf die, wegen denen sie so geworden sind. Wer ist verantwortlich für die Befreiungsarmee? Demjenigen würde ich gern meinen Dolch ...« Sie schluckte hörbar. »Das macht mir Angst. Ich bin nicht so! Was wird nur aus mir?«

Sie drückte Liams Arm fest an sich und er fühlte sich erneut schuldig. Sie schüttete ihr Herz aus. Und alles, woran er denken konnte, war, dass die warme, weiche Haut an seinem Handgelenk ihr Busen war.

»Ich habe Angst, Liam. Angst, allein zu sein.« Sie drehte sich zu ihm, um ihn anzusehen.

Er holte Luft, um zu antworten, doch da spürte er, wie er das Gleichgewicht verlor. Liam versuchte, Halt zu finden, doch erwischte nur die Decke und riss sie mit sich, als er aus dem Bett fiel. Hart knallte er mit dem Kopf auf den Boden und blieb ächzend liegen. Bestürzt sah Trina auf ihn herab.

»O Mann«, stöhnte Liam und rappelte sich auf. »Wenigstens kann ich Alwa mit gutem Gewissen berichten, du hättest mich aus deinem Bett geschmissen.«

Der Blick, mit dem sie zu ihm aufsah, war eine einzige Frage. Verlegen rieb er sich den Nacken.

»Verzeih. Aber das ... Das ist die Wahrheit. Du bist nicht allein.« Er war froh, die Kurve zu kriegen. »Du bist in Ashturia nicht allein, dein ganzer Clan ist deine Familie.« Er kniete sich zu Trina aufs Bett und griff schüchtern nach ihrer Hand. »Und du bist hier nicht allein. Du hast mich.« Er verzog die Lippen zu einem schiefen Grinsen. »Mich, einen Tollpatsch, wie er im Buche steht.«

Trina lächelte mild.

»Danke. Das bedeutet mir sehr viel.« Sie öffnete den Mund, um weiterzusprechen, presste im nächsten Moment jedoch die Lippen eilig aufeinander.

»Was wolltest du sagen?«, fragte er, während sie sich eng aneinanderdrückten, um in dem schmalen Bett Platz zu finden.

»Nichts«, sagte Trina, aber da entkam ihr vollkommen unerwartet ein Kichern.

»Hey, wenn du dich über mich lustig machst ...«

»Nein, bestimmt nicht!«, beteuerte sie rasch. »Es ist nichts.«

Liam stemmte sich auf den Ellbogen und sah sie ernst an. »Wenn es etwas gibt, das dich nach einem Tag wie heute kichern lässt, dann kann es nicht *nichts* sein.«

Abwartend zog er die Augenbrauen hoch, sie hatte sich bestimmt eine sarkastische Bemerkung verkniffen. Zu seiner Überraschung wurde Trina rot. Sie schloss äußerst verlegen die Augen.

»Nein ... Ja. Du hast recht.« Sie drehte den Kopf von ihm weg. »Aber ich kann es nicht aussprechen.«

»Du weißt, dass ich das nicht gelten lassen kann. Es macht mich nur neugieriger.«

Sie wedelte mit der Hand und verkniff sich ein Grinsen. »Lass mich. Ich werde es nicht sagen.«

»O nein! Ich will es wissen.« Liam setzte sich auf, darauf bedacht, nicht schon wieder vom Bett zu fallen. »Sag schon. Du hattest etwas ganz Bissiges auf den Lippen!«

Trina lachte und sein Herz machte einen Freudensprung.

»Gib Ruhe. Nichts werde ich erzählen!« Sie zog die Decke über die Schulter und versuchte, ihn zu ignorieren. Und genau deshalb fiel Liam die Lösung ein.

»Gut, wie du willst«, sagte er und legte sich neben die Königin. Er schob seinen Arm über sie und verschränkte die Finger mit ihren. Dem erleichterten Seufzer nach zu urteilen, war für Trina die Sache erledigt.

»Dann muss ich dich eben zwingen«, sagte er und hob ihren Arm.

Das Überraschungsmoment war auf seiner Seite, er hatte seine Hand schon unter ihre Achsel gesteckt, als sie reagierte. Er kitzelte sie und Trina quietschte. Liam hörte nicht auf und brachte sie zum Lachen. Sie wand sich, um seinen Händen zu entkommen.

»Sag schon, sag es! Was ist so schlimm, dass du es mir nicht verraten kannst?«

Die Königin lachte lauter und bäumte sich in seinem Griff auf. »Hör auf, ich rede«, keuchte sie und holte Luft.

Der Mond schien auf ihr Gesicht, sie sah zu ihm auf. In dem Gerangel hatte Liam nicht bemerkt, dass er über ihr kniete. Seine Hände steckten noch eingeklemmt an ihren Seiten.

»Du weißt, dass ich dich mit dem kleinen Finger dazu bringen könnte, aufzuhören?«, sagte sie heiser und sah ihn herausfordernd an.

»Ach ja?« Er kitzelte sie kurz und Trina lachte auf. »Du meinst den kleinen Finger, um den du mich gewickelt hast?«

Wie froh er war, sie für einen kurzen Moment fröhlich zu sehen, er wollte nicht, dass sie wieder so traurig wurde. Er ließ ihr nur wenig Möglichkeit zu verschnaufen und kitzelte weiter.

Sanft stemmte sie ihre Hand gegen seine nackte Brust. Die Berührung ließ Liam innehalten, aber Trina senkte ihre Hand nicht. Sie atmete heftig, musste immer noch lachen. Doch ihr Blick fing seinen ein.

»Was ist so gemein, dass du darüber lachen kannst, dich aber nicht traust, es mir zu sagen?« Trotz allem war Liam wirklich gespannt auf ihre Antwort.

»Ich fürchte, du änderst deine Meinung über mich, wenn ich es dir tatsächlich sage.« Ihre Worte kamen stoßweise, noch immer war sie außer Atem.

Liam ließ sich auf seine Fersen zurücksinken, er saß beinahe auf Trinas Beinen. »So schlimm? Aber ich bin einiges gewöhnt. Ich wurde schon als Gemüse bezeichnet. Als so gut wie jede Sorte. Zwar hinter meinem Rücken, aber ...«

»Nein.« Sie lächelte matt. »Nein, das ist es nicht.« Sie blickte auf ihre Hand, Liam spürte die Wärme auf seiner Haut. »Als du gesagt hast, ich hätte dich aus meinem Bett geschmissen ...« Trina wisperte nur noch. Verlegen biss sie sich auf die Unterlippe. Plötzlich hob sie den Blick zu ihm. »Ich würde dich nicht hinauswerfen.«

Hätte die Königin ihm eine schallende Ohrfeige verpasst, hätte Liam nicht überraschter sein können. Er blinzelte und spürte, wie er rot wurde.

»Jetzt weißt du, warum ich es nicht sagen wollte«, murmelte sie eingeschnappt und löste verschämt ihre Hand von seiner Brust.

Seine Hand an ihrer Seite gab sie frei. In seinem Kopf herrschte Chaos. Für einen Moment schien der Liam die Oberhand zu gewinnen, der diese wunderschöne Frau mit Küssen zum Schweigen bringen und ihr das Hemd vom Körper schälen wollte. Doch der andere Liam setzte sich durch.

Der, der lieber redete.

»Bei den Göttern!«, seufzte er. »Du hast keine Vorstellung, wie gern ich ...« Er strich über ihr Schlüsselbein und seufzte schwer. »Ich ... Puh. Ich finde nicht die richtigen Worte.«

Trina sah beschämt zur Seite, sie missverstand seine Reaktion offensichtlich. Liam hob ihr Kinn sanft, beugte sich zu ihr hinunter und lehnte seine Stirn an ihre.

»Mein Herz gehört dir«, wisperte er atemlos. »Und vermutlich hast du schon bemerkt, wie sehr ich dich begehre.« Seine Ohren brannten heiß vor Verlegenheit. »Jede Nacht so eng an dich geschmiegt zu schlafen ist eine süße Folter.« Er vergrub seine Hand in ihren Haaren. »Du bist so wunderschön!« Zärtlich küsste er sie. »Vielleicht bereue ich meine Worte in wenigen Augenblicken.« Er zuckte mit den Schultern. »Dies ist nicht der richtige Zeitpunkt, um mit dir zu schlafen.«

Das kleine Lächeln, das an Trinas Mundwinkeln hing, wurde breiter.

»Und schon bereue ich es!«, murmelte er lachend und atmete tief durch. »Du machst es mir nicht leicht, die richtige Entscheidung zu treffen. Aber ich möchte nicht, dass du mich irgendwann hasst, weil ich deine Verletzlichkeit schamlos ausgenutzt habe.«

»Du redest zu viel, Liam.« Trina zog ihn neben sich.

»Das kann sein«, sagte er.

»Weißt du, ich meinte auch nicht ... jetzt und hier.« Nun war Trina verlegen. »Wir müssen zuerst deine Eltern befreien.«

Sie drehte sich zu ihm und griff erschrocken nach seinem Arm. Fast wäre sie vom Bett gerutscht. Liam schlang seinen Arm um sie und drehte sich auf den Rücken. Trina lag jetzt halb auf ihm, so wie sie im Weinfass geschlafen hatten. Aber nun ließ sie ihre Fingerspitzen über seine nackte Haut tanzen. Mit einem Seufzen versuchte Liam, die Hose in seinem Schritt zu richten.

Trina legte ihre Wange auf seine Brust und fragte: »Wir sind sehr vernünftig, findest du nicht auch?«

Liam grinste. »Sehr vernünftig und verantwortungsbewusst, Eure Hoheit«, sagte er und zog ihr Hemd ein bisschen hoch. Behutsam schob er seine Hand unter den Stoff und streichelte über ihren Rücken. Trina bekam eine Gänsehaut, aber es schien sie nicht zu kümmern. Liam lauschte ihrem Atem, bis auch er eingeschlafen war.

———

Nachdem sie ins Badezimmer geschlichen war, konnte Trina nicht mehr einschlafen. Diese zwei Tage kamen ihr so vor, als wären es zwei Wochen gewesen. So wahnsinnig viel war passiert.

Die Trauer um Fecyre erfüllte sie und Trina wusste, dass sie mit ihr leben musste. So wie mit dem Verlust ihrer Eltern. Irgendwann würde es nicht mehr jeden Augenblick schmerzen.

Liam hatte es geschafft, sie abzulenken. Sie lächelte und zog die Decke über seine Schulter.

Dass er erklärt hat, was er meint, zeichnet ihn aus, fand sie. *Mein Herz gehört dir, hat er gesagt.* Ein paar Jungs und Männer hatten ihr gegenüber von Liebe geredet, aber Trina wusste, dass das für sie nur Mittel zum Zweck gewesen war. *Wie vielen Mädchen hat Tem schon Liebe versprochen? Alles, was sie bekommen haben, waren Liebeskummer und befleckte Ehre.*

Aber in einer Sache hatte Tem, der Weiberheld, recht: Trina war auch nur eine Frau. Und wenn sie ehrlich zu sich selbst war, wäre es ein Leichtes gewesen, Liam dazu zu bringen, seine Überzeugung über Bord zu werfen.

Sie mochte den Geruch seiner Haut und die Art, wie er sie küsste. Sie mochte sein Lachen und dass er so verlässlich war. Und hinter seiner schüchternen Fassade versteckte sich ein humorvoller und vernünftiger junger Mann.

Fecyre würde mir jetzt sagen, dass ich mich in ihn verliebt habe. Und heute würde ich es zum ersten Mal nicht abstreiten.

Liam murmelte im Schlaf, Trina strich ihm die Haare aus der Stirn. Das beruhigte ihn, wie immer.

Dieser knochige Junge hatte es geschafft, sie abzulenken von dem Chaos in ihrer Gefühlswelt. Das hatte geholfen, dass sich die Unordnung ein bisschen gelegt hatte. Trina hatte eine Entscheidung getroffen und sie würde den Weg nicht verlassen, bis sie am Ziel war.

Als Trina hörte, dass das Haus erwachte, schlich sie die enge Treppe hinunter. Die dicke Großmutter schreckte zusammen, aber sie fasste sich rasch.

»Ich möchte mich ausdrücklich bedanken für eure freundliche Aufnahme«, sagte Trina. Dankbar nahm sie den angebotenen Reaka entgegen.

»Freunde von Messer sind unsere Freunde«, sagte die Alte und rührte Brei auf dem Herd um. Trina schlürfte den heißen Reaka.

»Es gibt ein paar Dinge zu besprechen. An wen darf ich mich wenden?«

»Das kommt darauf an, was du brauchst, Mädchen.« Die Frau sah sie über die Schulter an.

»Wir haben Messers Gespann. Das will ich eintauschen.«

»Gegen was?«

»Schnelle Pferde.«

Die Alte lachte laut auf und sagte trocken: »Natürlich. Schnelle Pferde! Darf es dazu auch eine Krone sein, Eure Hoheit?«

Einen Augenblick lang war Trina perplex, dann begriff sie, dass das ein Witz sein sollte. Als die Frau sich noch immer lachend umdrehte, sah Trina ihr gelassen in die Augen.

»Danke, aber ich habe bereits eine Krone. Was ich brauche, sind schnelle Pferde«, sagte sie in der Sprache ihrer Heimat.

Hinter der Stirn der Alten arbeitete es, dann antwortete sie auf Ashtur: »Also verrät mein Akzent mich noch immer an die, die ihn zu deuten wissen. Wie hätte ich wissen können, dass du bei einer einfachen Frau wie mir Zuflucht suchen würdest, Königin?« Sie verbeugte sich, Trina tat es ebenso, wie es der Brauch war. »Jetzt muss ich mich erst mal setzen. Wer rechnet denn mit so was?« Die Alte wischte mit dem Lappen über ihre Stirn.

»Wer ist für die Mädchen des Bordells zuständig? Ich brauche Unterwäsche, die zum Reiten taugt.«

»Was hast du bis jetzt gemacht?«, fragte die Alte.

»Bis jetzt war ich ein Junge.«

»Ah. Verstehe«, sagte die Frau mit einem Seitenblick auf Trinas Oberweite. »Ich werde sehen, was ich tun kann. Ruht euch aus. Ich bringe euch das Frühstück aufs Zimmer. Ich brauche etwas Zeit, um Pferde aufzutreiben. Es ist nicht einfach momentan. Diese Bastarde von der Befreiungsarmee ...«

»Ich habe einige kennengelernt.« Trina knirschte mit den Zähnen und stand auf. »Kann ich noch einen Reaka mitnehmen?«

Die Alte deutete ihr, sich zu bedienen.

ॐ

Als Trina die Tür öffnete, war Liam mehr als erleichtert.

»Wo warst du? Ich habe gedacht, du wärst im Bad, aber die Tür stand offen«, sagte er besorgt.

Sie drehte sich zu ihm, in den Händen zwei dampfende Reaka-Becher. Und als Trina sich auf die Zehenspitzen stellte, um ihm einen Kuss zu geben, strahlte er über das ganze Gesicht.

»Die Alte in der Küche ist eine Ashturia«, sagte sie. »Sie wird uns zwei schnelle Pferde besorgen.«

Liam sah überrascht auf. »Ach ja?«

»Ich habe es satt, mich zu verstecken. Wir sind schneller, wenn wir reiten.«

Auch wenn Liam sich überrumpelt fühlte, so war ihm lieber, Trina riss die Kontrolle an sich, als dass sie wie ein Häuflein Elend auf dem Kutschbock hockte. Er gab ihr den Becher zurück und schob den Sessel in die Ecke des Zimmers, um die Karte auf dem Boden auszurollen.

Sie hockten über der Karte, als es an der Tür klopfte.

»Mädchen?«, fragte eine Frauenstimme.

Trina sah überrascht auf und öffnete die Tür einen Spalt.

»Die Hausmutter schickt mich.«

Trina ließ die Frau herein. Sie hatte den Arm voller Kleidungsstücke und sah sehr verschlafen aus. Die Frau warf Liam einen abschätzenden Blick und ein Nicken zu. Die Kleidung legte sie auf das Bett.

»Die Hausmutter sagt, du brauchst Wäsche zum Reiten. Ich fürchte, du musst anprobieren, was dir passt.«

Liam kam auf die Füße und entschuldigte sich. Er wusch sich im Badezimmer und überlegte einen Augenblick, auf dem Flur zu warten. Aber ein verlockender Geruch zog die Treppe herauf. In der Küche kühlte Brot aus und verströmte einen betörenden Duft.

»Wage es nicht!«, warnte ihn die Alte auf Ashtur und wedelte mit dem Zeigefinger.

»Ich würde mich niemals trauen, mich mit einer Ashturia anzulegen«, erwiderte Liam grinsend. »Aber ist es unverschämt, wenn ich höflich um ein Stück bitte?«

»Wenn du so freundlich fragst«, sagte die Frau und warf ein Messer, die Klinge flog in hohem Bogen auf ihn zu. Er machte einen Satz beiseite, das Messer prallte am Herd ab und fiel klirrend zu Boden.

»Also ein Fascor«, stellte die Alte in Liams Sprache fest und stemmte die Hand in die Hüfte.

»Nichts anderes habe ich behauptet, gute Frau«, antwortete er und hob das Messer auf.

»Du begleitest sie also?« Geschäftig rührte sie in einem großen Topf.

»Nein, sie begleitet mich.« Liam schnitt ein paar Scheiben von dem frischen Brot, die knusprige Kruste krachte dabei.

Als Liam das Messer weglegte und aufsah, musterte ihn die Alte mit zusammengekniffenen Augen. Ihr Blick wanderte zu einem Steckbrief, der neben der Tür angeschlagen war.

Sie wischte die Hand an der Schürze sauber und streckte sich nach seinem Kinn.

»Der Bart macht dich älter, Junge. Siehst besser aus.«

Liam betrachtete das Kind mit den schiefen Gesichtszügen auf der Zeichnung. Man hatte wohl ein älteres Porträt leidlich kopiert. Er hätte sich selbst nicht identifizieren können. Sie watschelte zurück zu dem Topf. »Hätt' dich nicht erkannt, fast nicht.« Sie rührte weiter um und schüttelte den Kopf. »Selbst, wenn ich *das* jemandem erzählen täte, wer würde mir schon glauben? Der Prinz und die Königin«, murmelte sie in den Topf hinein.

Er hörte Schritte auf der Treppe.

»Hausmutter, ich habe dem Mädchen gegeben, was es braucht. Darf ich bitte weiterschlafen?«

Die Frau gähnte hinter vorgehaltener Hand und knickste artig, als die Alte mit der Hand wedelte.

»Danke für das Brot«, sagte Liam und wandte sich in Richtung Treppe.

»Ich bring euch beiden gleich noch mehr. Und wegen den Pferden sag ich euch Bescheid, sobald ich was weiß.«

Liam biss von dem warmen Brot ab, während er die Stufen hochstieg. Er klopfte, Trina sperrte auf. Beinahe wäre ihm der Bissen im Hals stecken geblieben.

»Du erstaunst mich immer wieder«, krächzte er und streckte Trina das restliche Brot entgegen.

Sie hatte das Männerhemd gegen eine hellblaue Bluse getauscht, die sich schmeichelnd an ihren Oberkörper schmiegte, aber bauschige Ärmel hatte. Was auch immer sie darunter trug, es betonte Trinas schlanke Figur. Den Saum hatte sie in den Hosenbund gesteckt, der unter dem Schwertgurt locker auf ihrer Hüfte lag. Die Königin zog mit einer fließenden Bewegung ihr Schwert.

»Behindert nicht beim Kämpfen«, sagte sie zufrieden und steckte das Schwert wieder in die Scheide, bevor sie es auf den Sessel warf.

»Du bist so wunderschön«, murmelte er und legte seine Hand in ihren Nacken, um sie zu küssen.

Das Klopfen an der Tür ließ sie zusammenzucken.

»Esst euch satt!«, sagte die Frau vor der Tür und Trina grinste.

Als er öffnete und sein Blick auf den Boden fiel, entdeckte er das Tablett, auf dem sich ein Frühstück stapelte, bei dem Liam das Wasser im Mund zusammenlief.

Sie setzten sich auf den Boden in ihrem Zimmer, aßen und besprachen den weiteren Weg. Mit dem sauberen Buttermesser deutete Trina auf der Karte, welche Richtung sie einschlagen würde.

Sie lehnte sich an Liam, ließ ihn von ihrem Honigbrot abbeißen und schenkte ihm Reaka nach.

»Warum willst du die Heimlichkeit jetzt aufgeben?«, fragte Liam.

Trina holte zitternd Atem, jeder Anflug von guter Laune wich aus ihrem Gesicht. »Ich will denjenigen bestrafen, der für das alles verantwortlich ist.« Sie machte eine ausholende Geste.

»Du meinst für Fecyres Tod.« Liam hatte das Gefühl, sie müsse diese klaren Worte hören.

»Ja«, erwiderte sie zähneknirschend. »Ich will ihren Tod rächen. Auch wenn das einer der niedersten Beweggründe ist, den ich mir vorstellen kann, ich weiß. Aber deine Eltern und Fascor werden dabei nur gewinnen können.«

»Ich habe Angst, was du dabei verlieren könntest«, wisperte er an ihrem Hals. »Nicht nur dein Leben, Trina. Rache frisst die Seele auf.«

Es klopfte an der Tür, Trina und Liam waren sofort auf den Beinen. Die Hausmutter kam, um das Tablett abzuholen. Sie sagte, dass sie zwei *ordentliche* Pferde aufgetrieben hatte, und bestand darauf, sie neu beschlagen zu lassen.

Als Trina und Liam mit ihren Bündeln die Treppe hinuntergingen, lagen schon gefüllte Satteltaschen bereit und die Alte gab ihnen ein paar Namen von Leuten, die mit ganzem Herzen hinter dem Stern standen. Für den Aufenthalt und die Verpflegung wollte sie sich nicht bezahlen lassen.

»Ach, nur, dass ihr es wisst. Ihr müsst vorsichtig sein auf den Straßen. Es soll ein wichtiger Mann vom Stern unterwegs sein und eine Tarenqua begleitet ihn«, sagte die Hausmutter. »Der Flößer hat sie selbst gesehen, er hat sich verplappert, als er seine Trauer mit zu viel Met runterspülen wollte.«

Sie tätschelte Liam liebevoll die Wange – was er völlig unangebracht fand – und umarmte Trina. Sie flüsterte etwas auf Ashtur und verbeugte sich abschließend. Ohne weitere Worte ging sie wieder durch die linke Tür ins Haus.

Das Hufgeklapper hallte laut auf dem gepflasterten Innenhof. Liam konnte nicht glauben, dass das normale Pferde waren. Sie waren größer als die ohnehin schon großen Kaltblüter, aber drahtig mit grazilen, schlanken Beinen.

Der Stallknecht wollte Trina beim Aufsteigen helfen, aber sie deutete zu Liam.

»Hilf ihm, ich komme zurecht.« Sie griff nach oben in die Mähne der Stute, nahm Schwung und zog sich beim ersten Versuch in den Sattel hoch. Liam hingegen musste vom Stallknecht in den Sattel hinaufgehievt werden.

»Ich darf nie wieder absteigen«, murmelte Liam und dankte dem Stallburschen. Trina saß aufrecht und locker im Sattel, als wäre sie dorthin geboren worden. Mit nur einer Hand hielt sie die Zügel, die andere hatte sie lässig auf dem Oberschenkel abgelegt.

Sie sieht fabelhaft aus, dachte Liam. Das bestätigten die beiden Wachen am Tor, die Trina mit offenem Mund bestaunten.

18

Die alte Hausmutter musste Vögel ausgeschickt haben. Denn egal, wo die beiden langbeinigen Pferde auftauchten, wurden sie vom Widerstand erwartet. Manchmal wurden sie mitten auf einem Feld abgefangen, ein scheinbar bettelnder Greis sprach sie an oder ein Kind sprang von einem Baum, um sie zu warnen. Jedes Mal wurden sie durch geheime Einlässe in die Dörfer gelotst und wurden in Häusern des Sterns untergebracht. Sie schliefen auch in Höhlen oder windschiefen Hütten. Immer waren diese Plätze vom Stern geschützt.

Das hinderte Trina nicht daran, ihre Waffen auch beim Schlafen am Körper zu tragen.

Letzteres wiederum machte es für Liam schwieriger, sie nachts aus den Albträumen zu wecken, in denen sie auf Ashtur redete und nach Fecyre schrie.

Dieses Mal wachte er auf, weil sie murmelte. Es war stockdunkel in der Kuhle im Wald. Nur das helle Glimmen einer Pfeife an einem Baum verriet, dass der Mann vom Stern noch in der Nähe war.

Wieder murrte Trina, sie zuckte. In der vergangenen Nacht hatte er ihr den Mund zugehalten, diesen Fehler würde er niemals wieder machen. An seinem Hals war die Haut angeritzt. Er hatte schon alles probiert, um sie zu wecken, ohne sie zu Tode zu erschrecken. Aber nichts hatte sie davon abgehalten, ihm eine Klinge an den Leib zu drücken. Sie war stärker und besonders, wenn sie sich erschreckte, hatte er keine Möglichkeit, ihre Hand festzuhalten. Im Gegenteil, das verstärkte ihre Angst nur. Einzig das Kettenhemd hatte ihm eine hässliche Bauchwunde erspart.

Fieberhaft überlegte Liam, wie er Trina vom Schreien abhalten konnte. Denn so wie sie mittlerweile um sich schlug, war es bald so weit. Und dieses kleine Wäldchen war in der Nähe einer Siedlung, in der die Befreiungsarmee das Sagen hatte.

Er warf einen schnellen Blick zu dem Pfeifenraucher. Dann beugte er sich zu Trina, berührte ihr Gesicht vorsichtig und legte seine Lippen sanft auf ihre. Er verharrte in der Bewegung – für gewöhnlich war das besser, wenn er sein Fleisch nicht in irgendeine Klinge drücken wollte.

Trina erstarrte. Liam küsste sie mit Nachdruck. Sie machte einen überraschten Laut.

Verdammt!, dachte Liam und rechnete schon mit ihrem Knie in den Kronjuwelen. Oder einem Dolch. Oder einem Stein am Kopf.

Doch Trina hob ihren Arm und zog ihn am Nacken näher an sich. Sie erwiderte seinen Kuss schlaftrunken, aber bestimmt.

Das Verlangen, das Liam stets zu ignorieren versuchte, nutzte die Chance und überwältigte ihn. Das Blut in seinen Adern pulsierte, er hörte seinen eigenen Herzschlag. Ihre Lippen schmeckten so verheißungsvoll und das kleine Seufzen, das Trina machte, als er ihren Hals küsste, ließ ihn alles um sich herum vergessen. Mit zittrigen Fingern knöpfte er den obersten Knopf ihrer Bluse auf, schob den Stoff zur Seite und küsste ihr Schlüsselbein.

Ein lautes Räuspern.

Liam hörte, wie Trina ihren Dolch zog, noch bevor er überhaupt den Kopf gehoben hatte.

»Damit hättet ihr früher anfangen sollen, dann wärt ihr weiter gekommen«, sagte der Mann vom Stern und klopfte seine Pfeife an einem Baum aus. »Soldaten haben die Stadt verlassen. Und so wie es aussieht, halten sie schnurstracks auf diesen Wald zu. Ihr solltet besser verschwinden.«

Sie waren sofort auf den Beinen und rafften ihre Sachen zusammen. Nur einen Moment später zog sich Liam mit Trinas Hilfe in den Sattel und wartete, in welche Richtung der Mann deutete. Trina ließ ihr Pferd zwar selbst den Weg um die Bäume herum bestimmen, drängte es aber dennoch zur Eile.

In der Dunkelheit flohen sie über einen Acker. Wohl wissend, dass die Spuren unübersehbar waren, legten sie eine Finte und kehrten auf ihren ursprünglichen Weg erst nach einer großen Schleife zurück.

Stunden später saßen sie an einem kleinen Feuer, in dem Trina gedankenverloren herumstocherte. »Ich verstehe das nicht«, murmelte sie. »Wie hat die Befreiungsarmee es geschafft, eine solche Untergrundbewegung aufzubauen und die komplette Verwaltung zu stürzen? Und jetzt sind sie in alle Windrichtungen versprengt und scheinen nur wenig organisiert.«

Mit der Ecke ihres Mantels zog sie die Reaka-Kanne von dem Stückchen Glut und schüttete die kochend heiße Brühe in die kleinen Becher. Liam kratzte der Stute die Hufe aus und richtete sich ächzend auf. Das Reiten war zwar nicht mehr so schmerzhaft wie in Ashturia, trotzdem tat ihm der Hintern weh.

»Vielleicht haben sie es so gemacht wie wir – nur bis zum Putsch geplant, und weil Erfolg so unwahrscheinlich war, sparten sie sich den weiteren Aufwand.« Er klopfte dem Pferd den Hals und ließ es weiterfressen.

Trina sah ihn ernst an. »Es wird Zeit, weiterzudenken, Liam. Wir sind nicht mehr weit vom *Fels* entfernt.«

»Ich weiß«, sagte er und schaute zu der Bergkette am Horizont.

Dort oben werden sie gefangen gehalten. Liam seufzte. Er hatte nicht die geringste Vorstellung, was ihn erwartete. Ob seine Eltern überhaupt noch am Leben waren. Wenn ja, in welcher Verfassung sie waren. Wie sie da hineinkommen sollten. Und noch viel verzwickter: wieder heraus.

Trina schob ihren Arm um seine Mitte, ließ ihn von dem Maisküchlein abbeißen und hielt ihm den Reaka hin.

»Wenn Ihr Eure Gedanken mit mir teilen würdet, Prinz Liam?«, bat sie leise.

Er seufzte. Keinesfalls wollte er Trina in Gefahr bringen, aber er wusste, dass er ohne sie völlig aufgeschmissen war. Er beugte sich zu ihr, um sie zu küssen. Trina dachte, er wolle noch einen Bissen des Maisfladens und steckte ihm das Ding in den Mund. Überrascht kaute er.

»Das meinte ich nicht.« Er sah der Königin in die Augen. »Ich wollte von dir kosten«, nuschelte er und küsste sie sanft auf die Lippen.

Trina hielt den Reaka in der einen Hand, die andere ruhte auf Liams Hintern.

»Ich würde das von vorhin gern fortsetzen«, sagte er und entlockte ihr ein verlegenes Lächeln. Ihre Wangen trugen eine Spur Rosa. »Ungestört.«

Trina fluchte, sie hatte den Reaka verschüttet. Dann grinste sie und wedelte mit der Hand. »Wir befreien zuerst deine Eltern«, sagte sie mit einem Seitenblick auf das Gebirge.

Es war ja auch in Liams Interesse, trotzdem sagte er theatralisch: »Und was, wenn wir es nicht schaffen? Wenn wir bei dem heldenhaften Versuch sterben?«

Mit hochgezogener Augenbraue sah sie kurz zu ihm auf und schob das Feuerchen auseinander.

»Dann werde ich als jungfräuliche Königin sterben und man wird Lieder über meine ruhmreichen Taten singen«, murmelte sie wohl mehr zu sich. »Du solltest lieber deine Klingen schärfen. Sie sagten, hier hinten gibt es niemanden vom Widerstand mehr.«

Daran brauchte sie Liam nicht zu erinnern. Der Mann im Wald war stolz, einer der Wenigen zu sein, die sich so nahe an das Machtzentrum der Befreiungsarmee heranwagten.

Liam holte die versteckte Klinge aus seinem Stiefelschaft und zog sie gehorsam über das Wetzleder.

»Wir sollten die Pferde irgendwo verstecken«, überlegte er laut.

»In einem Stall sicher unterstellen wäre das Beste. Aber den letzten Stall des Sterns haben wir vor Tagen hinter uns gelassen.« Trina steckte ihr Bündel in die Satteltasche.

»Lass uns näher heranreiten. Vielleicht finden wir eine Lichtung im Wald, wo wir sie anbinden können. Die beiden Mädchen haben uns tapfer bis hierher gebracht. Sie sollen zumindest fressen können.« Sie half ihm in den Sattel und schwang sich selbst auf den Rücken des großen Pferdes.

Der lichte Wald bot nur mäßig Deckung, trotzdem mieden sie offene Stellen und machten mehrmals einen Umweg durch Sträucher und Unterholz, um Felder zu umgehen.

Die Berge rückten immer näher. Mehr und mehr Ausläufer der Felsen kamen ihnen unter.

Ein kleiner Bach gurgelte zwischen Steinen dahin. Die Pferde tranken durstig und auch Liam füllte seinen Wasserschlauch auf. Dabei sah er sich aufmerksam um.

»Hier wäre ein guter Platz.«

Trina nickte. »Wir könnten zwar noch ein gutes Stück weiterreiten, bis es zu steil wird, aber vielleicht finden wir keinen geeigneten Fleck mehr für die beiden.«

»Wir sind vorher gelaufen und schaffen es jetzt auch. Oder?«, fragte Liam aufmunternd.

»Andererseits wäre es für eine Flucht schlauer, wenn wir die Pferde näher hätten. Wer weiß, in welcher Verfassung Sverre und Elsý sind«, gab Trina zu bedenken.

Mit Blick zu den Bergen nickte Liam gedankenverloren. Das war ihm auch schon durch den Kopf gegangen. Aber je näher sie sich mit den Pferden heranwagten, desto größer war die Wahrscheinlichkeit, entdeckt zu werden. Nicht nur, während sie ritten. Wenn jemand die angebundenen Tiere fand, war es nicht schwer, eins und eins zusammenzuzählen.

»Lassen wir sie hier«, beschloss er.

Trina sattelte die Stuten ab und er klemmte die Sättel in eine Astgabel.

»Die Führstricke sind nicht sehr lang«, sagte sie bedauernd und sah zu, wie die Pferde grasten. »Aber wenn sie hungrig werden, können sie sich losreißen.«

»Danke«, murmelte Liam und klopfte seiner Stute den Hals. Dann drehte er sich um und folgte Trina in die Sträucher.

Anfangs kamen sie gut voran. Doch das Gelände wurde steiler und steiniger und die immer spärlicher werdende Vegetation bot ihnen nur wenig Schutz. Unter einem der paar Bäume rasteten sie und studierten erneut die Skizzen, die Liam vom Kerker gemacht hatte.

»Wie sollen wir an das Ende des Tales kommen, ohne gesehen zu werden?«, fragte ihn Trina.

»Nachts.« Liam wusste, wie bescheiden die Aussichten waren. Aber das war die einzige Möglichkeit, der Straße des Hochtales zu folgen. »Es gibt in diesem Tal keinen Baum. Nichts, was größer ist als du.« Lächelnd übersah er Trinas gespielte Empörung. »Alles, was Deckung bieten könnte, wird gefällt.«

Missmutig verschränkte sie die Arme.

»Na schön«, sagte sie schließlich. »Dann lass uns zusehen, dass wir heute noch Höhe machen können.« Sehnsüchtig schaute sie auf die Straße, die in den Felsen gehauen worden war. »Wir müssen uns ausruhen, bevor wir uns an den *Fels* heranmachen.«

Sie atmete tief durch und kletterte auf dem steinigen Untergrund weiter.

Auf der serpentinenreichen Straße war es viel zu gefährlich. Sie hatten nicht einmal darüber gesprochen, so ausgeschlossen war es, sie zu benutzen. Sie wussten nicht, ob und wo Wachposten aufgestellt waren.

Liam wischte sich den Schweiß von der Stirn. Seine Kondition war viel besser geworden, aber das Vorankommen an der Felswand war wahnsinnig anstrengend. Trina atmete schwer, sie stemmte sich auf die Knie und hielt einen Moment inne.

»Da oben ist die Kante. Da fängt das Hochtal an.« Liam deutete schräg hinter sie, dort oben war eine Kerbe in der Bergflanke.

»Kaum zu glauben, dass es dort oben flach sein soll.«

»Es ist wirklich schwer vorstellbar. Aber komm, wir sind bald da.« Er folgte dem schmalen Tierpfad.

Den Blick hielt Liam gesenkt, in Gedanken versunken. Er versuchte, sich auf alles Mögliche vorzubereiten. Die Wahrscheinlichkeit, dass seine Eltern wohlauf waren, bestand, war aber verschwindend gering. Eher waren sie in schlechter körperlicher Verfassung, womöglich gefoltert worden. Vielleicht fand er nur ihre verrottenden Leichen. Ihm wurde flau im Magen, deswegen fasste Liam einen Entschluss. Er würde nicht entsetzt sein, egal was er sehen würde. Denn in diesem Moment hatte er schlicht und ergreifend keine Zeit für Bestürzung. Wenn er seine Eltern endlich gefunden hatte, schwebte er in sehr großer Gefahr, und mit ihm Trina. Alle drei waren für ihn viel wichtiger als Entsetzen und Angst.

Trina packte ihn von hinten am Hemd.

»Was ...«, setzte er an.

Sie drückte ihre Hand auf seinen Mund und deutete mit dem Kopf auf die Straße, die sich keine zwanzig Meter unterhalb von ihnen den Berg hinaufschlängelte.

Ein Karren kam die Straße herauf. Mit wild klopfendem Herzen drückte sich Liam neben Trina hinter einem stacheligen Strauch in Deckung. Es war ein Ochsenkarren. Ein Soldat ging neben den beiden Tieren her und trieb sie immer wieder mit einem dünnen Stock an. Ab und zu trat er einen Stein beiseite. Alles im allem schien er gelangweilt zu sein.

Die Fracht auf der Ladefläche des Karrens war viel interessanter. Fest verschnürt und aneinandergefesselt saßen sechs Soldaten auf dem einachsigen Wagen, der bei jedem Schritt der Zugtiere schwankte.

Hieß es nicht, es seien alle Gefangenen freigelassen worden?, wunderte Liam sich. Aber diese Soldaten waren wohl kaum Gefangene, die unter der Herrschaft seines Vaters verurteilt worden waren. Auch Trina war es aufgefallen, sie zischte: »Sie wurden gebrandmarkt.«

Die drei Männer, deren Vorderseite er sehen konnte, hatten verbrannte Stellen auf der Kleidung. Auf der linken Seite ihrer

Brust war ihnen ein fünfzackiger Stern durch die Kleidung gebrannt
worden.

Also bringen sie Kriegsgefangene zum Fels hinauf. Ein Funke der
Hoffnung glühte in Liam auf. *Vielleicht haben wir ja doch zumindest ein
bisschen Unterstützung durch den Widerstand.*

Der Karren verschwand um die Kurve. Trina entließ die Luft aus
ihren Lungen.

»Was denkst du?« Sie verzog ihre Lippen zu einem schiefen
Lächeln.

»Vielleicht sogar das Gleiche wie du. Aber du freust dich
wesentlich mehr darauf, als dir guttun würde!«, gab er zurück.

Sie kicherte lautlos und antwortete: »Ich denke, wir sollten den
Soldaten überlisten und entkleiden. Du ziehst seine Uniform an
und ich klettere zu den anderen Gefangenen. So können wir uns
heute noch direkt in den Kerker einschleusen. Und dort können die
Leute vom Stern die anderen Gefangenen befreien. Wir finden
deine Eltern und können im allgemeinen Tumult verschwinden.«

Liam seufzte. »Ja, wir hatten den gleichen Gedanken. Und das
wölfische Grinsen in deinem Gesicht macht mir Angst.«

Sie beugte sich hastig vor und drückte ihm einen Kuss auf die
Lippen. »Beeil dich, wir schneiden ihnen den Weg ab.«

⁎

Trina kauerte hilflos am Wegesrand. Der Treiber hatte sie
offensichtlich gar nicht bemerkt, aber einer der Gefangenen pfiff
anzüglich.

»Was machst du hier?«, fragte der Soldat harsch. Er stoppte den
Wagen und bellte die Gefangenen an, sie sollten ihr Maul halten.
Mit gezogenem Säbel ging er um den Karren herum.

»Bitte!«, wimmerte sie. »Bitte hilf mir. Er ist hinter mir her.«

Sie streckte den Arm nach dem Soldaten aus, der Mantel glitt von
ihren Schultern. Da war eine Menge nackter Haut zu sehen, die
Gefangenen grölten und pfiffen.

Sie bedeckte das Dekolleté ihres hochgeschlossenen Mieders dürftig mit einer Hand und sah hilfesuchend zu dem Mann mit dem Säbel auf. »Bitte ...«

Sie kroch auf den Knien zu ihm. Gebannt starrte er auf die blasse Haut und die Rundung ihrer Brüste. Gehetzt blickte Trina über die Schulter und warf ihre langen Haare mit einer aufreizenden Geste zurück.

»Hilf mir, ich bitte dich. Er ist gleich hier!«

Endlich riss der Soldat seinen Blick von ihr los und sah alarmiert umher.

»Wer ist hinter dir her, Schätzchen?«, fragte er fürsorglich und stellte sich beschützend vor sie.

»Du solltest mich nicht *Schätzchen* nennen«, zischte Trina und drückte dem Soldaten ein kleines Wurfmesser in den Rücken. Mit der anderen Klinge hielt sie sein Kinn oben. »Aber es ist sehr nobel von dir, ein halbnacktes Mädchen zu beschützen.«

Die Gefangenen auf dem Wagen lachten und redeten durcheinander. Liam kam auf die Straße und warf den Männern einen giftigen Blick zu.

»Seid still«, befahl er. »Und hört auf, sie so anzugaffen!« Er legte Trina ihren Mantel um die Schultern und wisperte in ihr Ohr: »Das ist so unnötig. Bitte, zieh dich an.«

Trina lachte kehlig und antwortete nicht allzu leise: »Ich sagte dir doch, dass kein Mann einem bisschen Busen widerstehen kann.«

»Komm rüber, ich will ihn sehen!«, rief einer der Gefangenen.

Liam wurde wütend. »Schweig!«

»Nun zu dir«, sagte Trina zu dem Soldaten, den sie mit ihren Klingen in Schach hielt. »Jetzt ist es Zeit für dich, die Hüllen fallen zu lassen.«

»Was?«, fragte der Mann völlig überfordert.

Liam trat vor ihn hin und wedelte ungeduldig mit dem Schwert.

»Zieh dich aus«, sagte sie.

»Und glaub mir, das sagt sie sonst zu keinem«, murrte Liam. Der Seitenblick zu Trina war nicht gespielt. Er war wirklich aufgebracht.

Mit dem Rücken zu dem Karren gürtete sie ihren Schwertgurt. Liam beobachtete sie. Anschließend schlüpfte sie in die Ärmel ihrer Bluse, den Mantel noch auf den Schultern. Als sie ihn abwarf und mit der gleichen Bewegung die Bluse überzog, seufzte er erleichtert.

Er ist eifersüchtig! Und schon wieder vermisste sie die Spötteleien, die Fecyre zweifellos ... Sie vermisste Fecyre schmerzlich! Ihre Laune schlug innerhalb eines Augenblicks um. Wegen der Befreiungsarmee war sie tot.

»Zieh dich endlich aus! Sonst schneide ich dir die Kehle durch und schäle die Uniform von deinem kalten Körper«, zischte sie den Soldaten an.

Während der Mann unter Liams Aufsicht hastig seine Kleidung auszog, trat Trina an die gefesselten Gefangenen heran. Sie stellte sich hinter den Wagen, damit sie alle sechs ansehen konnte.

»Kennt ihr euch?«, fragte sie.

»Schätzchen, ich will dich kennenlernen!«, rief einer lachend.

Sofort motzte ein anderer ihn an: »Halt bloß dein dreckiges Maul! Weißt du nicht, wer das ist?«

»Mir doch egal, eine scharfe Blondine ...«

Mit einem Satz war Trina auf dem Wagen.

»Die scharfe Blondine kann dich hiermit töten«, mit einer kleinen Handbewegung schob sie das Wurfmesser aus dem Ärmel, »oder hiermit.« Sie zeigte dem Mann die Dolche an ihrer Seite, Schwert und Wurfaxt auf der anderen. »Oder ich breche dir einfach das Schlüsselbein und ramme es dir so tief in die Lunge, dass du zum Atmen nicht mehr den Umweg über deine Luftröhre nehmen musst.«

Der Gefangene nebendran lachte.

»Nein, nein. Das wird nicht nötig sein«, stammelte der Mann, er war blass um die Nase geworden.

»Gut«, sagte Trina und sprang rückwärts vom Wagen, ohne die Männer aus den Augen zu lassen. »Also. Kennt ihr einander?«

»Wieso fragst du?« Dieser Mann sprach respektvoll, also antwortete sie ihm.

»Ihr seid als Leute vom Stern gebrandmarkt. Wenn einer von euch zu Unrecht dieses Mal erhielt, ist er eine Gefahr für uns.« Sie warf einen Blick zu Liam. Der Soldat saß schon in seiner Unterhose auf dem Boden, der Prinz fesselte ihm gerade die Hände auf den Rücken.

»Wir sind alle vom gleichen Zacken des Sterns«, gab der dunkelhaarige Mann zurück.

»Wie heißt du?«, fragte sie ihn.

»Bern.«

»Wieso seid ihr aufgeflogen?«

»Weil Cal hier«, er deutete mit dem Kinn zu dem Mann, der Blondinen so mochte, »sich im Suff verplappert hat.« Zornig sah er den Kerl an.

»Ist er eine Gefahr?«, wollte sie von Bern wissen.

»Ist er blöd? O ja! Hat er das mit Absicht gemacht? Nein. Er ist keine Gefahr, solang er nix zum Saufen kriegt.«

»Dafür stehen die Chancen nicht gut«, erwiderte Trina und warf Liam einen Blick zu.

Er zog gerade das leichte Kettenhemd unter dem Soldatenhemd zurecht. Dann öffnete er den Schwertgurt und legte seine Waffen zu Boden. Als er seinen Gürtel aufmachte, sah er zufällig in ihre Richtung und errötete. Er machte eine Geste, sie solle sich umdrehen.

Trina lächelte ihn an und wandte sich wieder den Gefangenen zu. »Wisst ihr, wer wir sind?«

Fünf der Männer nickte. Der Säufer schüttelte den Kopf.

Er ist tatsächlich blöd, dachte sie.

Bern beugte sich vor – der Mann hinter ihm musste sich zurücklehnen, da sie miteinander verzurrt waren – und sagte: »Du bist so eine Hohlbirne, Cal! Das ist die Tarenqua, von der man so viel hört!«

Verstehen erhellte Cals Gesicht und er nickte.

»Wir sind aus einem speziellen Grund hier, obwohl die Aussicht auch recht schön ist«, sagte Trina.

»Der König und die Königin sollen im *Fels* eingekerkert sein«, antwortete Bern und verzog den Mund. »Und wir haben die zweifelhafte Ehre, euch bei der Befreiung zu helfen, wie es aussieht.«

»Genau so ist es«, sagte Liam und kam um den Wagen herum. In der Uniform sah er so viel ernster aus. »Wir werden König Sverre und Königin Elsý befreien. Und mit ihnen die anderen Kriegsgefangenen, die im *Fels* festgehalten werden. Wenn ihr uns nicht helfen wollt, dann geht eurer Wege. Aber so eine Chance wie heute wird der Stern selten haben und ihr wärt Helden.«

»Wie kommen wir wieder raus?«, fragte Bern.

»Wenn wir genügend Gefangene befreien können, überrennen wir sie«, sagte Trina leise. »Wir wollen kein unnötiges Blutvergießen. Es sind in einem Kerker genügend Unterbringungsmöglichkeiten. Wenn die Ordnung im Land hergestellt ist, wird es Gerechtigkeit geben.«

Bern betrachtete Trina und Liam ernst.

»Wie wollt Ihr die Ordnung im Land wiederherstellen, mein Prinz?«, fragte er dann respektvoll.

Er hat eins und eins zusammengezählt, dachte Trina.

Liam war keineswegs überrascht, sondern antwortete gelassen: »Es gibt Menschen in Fascor, die mit der Krone unzufrieden waren. Einige von ihnen haben vielleicht gemerkt, dass die Befreiungsarmee keine ernstzunehmende Alternative ist, und wünschen sich deswegen die Monarchie zurück. Aber die Gründe für ihre Unzufriedenheit bestehen weiterhin. Mein Vater wird ein offenes Ohr für sein Volk haben. Dafür garantiere ich!«

»Es wird also alles so wie vorher?«, fragte einer der Männer.

»Nein, das denke ich nicht.« Liam klang müde. »Es wird viel Arbeit. Aber ich glaube fest daran, dass Fascor gestärkt aus diesem Bürgerkrieg hervorgehen kann und wird!«

»Verzeiht die Frage.« Bern räusperte sich. »Worauf warten wir?«

Die Uniform war ihm zu weit und der Stoff scheuerte an der Innenseite seiner Beine. Aber Liam hatte das Gefühl, besser dran zu sein als Trina. Sie saß an die Männer vom Stern gelehnt auf dem schwankenden und ruckelnden Karren.

Das hätte sie wahrscheinlich noch verkraftet, aber sie hatten jedem von ihnen eine Waffe abgegeben. Das war der eigentliche Grund, warum sie so mürrisch war.

Der Weg machte eine Kurve, genau an der Kante des Berges.

Auch wenn es bis hier noch keine Posten gegeben hatte, so waren sie zumindest ab der Biegung vor ihnen unter ständiger Beobachtung.

Die beiden Ochsen waren mindestens genauso froh wie Liam, dass es endlich nicht mehr bergauf ging. Sie zogen ein wenig schneller und er musste sie nicht mehr mit dem Stöckchen gängeln.

Das Hochtal hatte sich nicht verändert, seit er den *Fels* mit Gershaw besichtigt hatte. Knorrige, niedrige Bäume wuchsen nur vereinzelt auf der Talsohle. An den Seiten waren Geröllfelder, die auch große Felsblöcke zu Tal schoben. Die spärliche Vegetation verlockte nicht einmal die Ochsen, stehen zu bleiben.

Am Ende des Talkessels war der *Fels*, durchsiebt von kleinen, dunklen Löchern in regelmäßigen Abständen. Das waren die Fenster des Kerkers.

Mit zusammengekniffenen Augen betrachtete die Königin den *Fels*.

»Wo ist der Eingang?«, fragte sie leise.

Liam musste sich zurückhalten, nicht den Arm zu heben und hinzuzeigen. »Da steht dieser einzelne Baum. Ein kleines Stückchen oberhalb des rechten Astes kann man den Weg erkennen. Siehst du, da, wo die dunkleren Felsen ...«

»Ja, ich kann es erkennen. Danke.«

Die Männer hatten seinen Erklärungen eifrig gelauscht.

»Und diese Halle im Inneren? Wie gelangen wir zu den Wachen?«, fragte einer von ihnen.

Falls man den Karren beobachtete, durfte niemand bemerken, dass er mit den Gefangenen sprach. Also hielt Liam den Kopf gesenkt, während er erklärte: »Es gibt nur diesen einen Eingang. Alles muss durch das Tor, egal ob Gefangene, Lebensmittel oder Wärter. Dort sind gleich rechts die Abgänge zu den Kerkern, links sind Ställe für Zugtiere und Schlachtvieh. Darüber winden sich die Treppen zu den Kammern, in denen die Wärter leben. Es ist schwer, sich das vorzustellen, aber wenn wir dort sind, wisst ihr, was ich gemeint habe.«

»Wie viele Verliese gibt es?«, wollte einer der Männer wissen.

»Wenn sie keine neuen in den *Fels* geschlagen haben, sind es gut fünfhundert Kammern. Einige davon sind so groß, dass dort zehn Gefangene untergebracht werden können. Andere sind so schmal, dass sogar ich den Bauch einziehen müsste, um dort hineinzupassen.« Er warf Trina einen schuldbewussten Blick zu. »Sieh mich bitte nicht so an. Ich habe Vater von den Zuständen berichtet. Er wollte den *Fels* schließen lassen, wirklich. Aber die Berater und Minister ... Immer wieder kamen sie mit fadenscheinigen Ausreden. Er hat auf sie gehört und wahrscheinlich wurde keine seiner Reformen den *Fels* betreffend umgesetzt.«

Er seufzte. »Meinen Vater hätte Gershaw hier hochschleppen müssen, nicht mich.«

»Gershaw war für *deine* Ausbildung zuständig, Liam. Er hat seine Aufgabe sehr ernst genommen und gut erfüllt.« Trina lächelte ihn scheu an. Sie wollte wohl noch mehr sagen, ihn aber nicht in Verlegenheit vor den Männern bringen.

Langsam kamen sie näher an den Kerker heran und der *Fels* gewann immer mehr Ähnlichkeit mit einem Wespennest.

»Wer zieht die Fäden hinter der Befreiungsarmee?«, wollte Trina wissen.

»Weiß keiner so genau«, sagte Cal, doch Bern brummte.

»Es gibt keinen einzelnen Anführer. Aber wenn man bei den Reden und Veranstaltungen zuhört, gewinnt man den Eindruck, dass es nur so sein kann. Diese Generäle, wie sie sich nennen, wiederholen immer den gleichen Mist, den sie brav auswendig gelernt haben.«

»Eine Wache!«, zischte Liam.

Ein Reiter kam ihnen gemächlich den schmalen Weg entgegen.

»Hey, Kamerad!«, rief er Liam fröhlich entgegen, hob die Hand zum Gruß und zügelte das Pferd. »Was hast du da? Das sieht nicht aus wie der bestellte Met.«

»Nein, bedaure. Das sind nur dreckige Verräter.« Liam zuckte mit den Schultern und war froh, dass die Ochsen weitertrotteten.

»Die da sieht mir ja nicht nach Verräter aus«, sagte der Reiter.

»Ach, die hat versucht, ihr Verhältnis zu befreien. Also hab ich sie eingepackt.«

Bern richtete sich auf und blaffte Liam an: »Das ist meine Frau, nicht mein Verhältnis, du dreckiger ...«

Liam machte einen Schritt auf Bern zu und schlug ihm ins Gesicht. »Halt einfach dein Maul, du Verräter!«

»Schade, das gibt sicher ein paar schöne Schlägereien um das Weibsbild«, seufzte der Reiter. »Und ich hab schichtfrei. Ein Jammer!« Er hob die Hand zum Gruß. »Wir sehen uns!«

Kaum war er außer Hörweite, fragte Liam besorgt: »Bern, alles in Ordnung?«

Der Mann ließ den Kopf noch hängen, als wäre er bewusstlos, aber er lachte leise. »Du schlägst zu wie ein Mädchen.«

Liam warf Trina einen kurzen liebevollen Blick zu.

»Wenn du wüsstest, was du mir für ein Kompliment gemacht hast«, gab er schmunzelnd zurück.

Die Straße wurde wieder steiler, die Ochsen wurden wieder langsamer. So nahe am Gefängnis kamen Liam doch Zweifel.

Was, wenn ich hier nichts finde außer dem Tod?, fragte er sich. *Wenn das alles ein nicht endender Albtraum wird?*

Trina flüsterte ihm zu: »Wir haben einen guten Plan und Unterstützung. Wir können sowieso nicht mehr zurück.« Er sah sie fragend an. »Ich sehe dir an, was du denkst. Also reiß dich zusammen! Es wird klappen!«

Der Karren bog in die letzte Gerade ein, das schwere Tor kam immer näher.

Trina hat recht, dachte er. *Jetzt ist es sowieso zu spät. Die Männer auf dem Wagen waren ein Wink des Schicksals. Alles wird gut!*

Die Torflügel wurden von zwei Wachen aufgeschoben, die riesigen Angeln knarrten laut. Das Echo wurde in der großen, schwarzen Halle zurückgeworfen.

Vielleicht hat man damals nur wegen meines Besuches so viele Fackeln angesteckt? Sind denn hier nirgends Männer beschäftigt? Es war beunruhigend still.

Die Torflügel schlossen sich und Dunkelheit umgab sie.

Als Liam die Klinge an seinem Hals spürte, wusste er, dass alles schiefgelaufen war.

»Es ist ...«

»... eine Falle«, beendete eine blasierte Stimme seinen Satz. »Willkommen, Prinz Liam, wir haben schon lange auf Euch gewartet.«

19

Sein Verstand kämpfte darum, die Oberhand zu gewinnen. Aber das war schwer, denn er konnte nichts sehen. Und Liam wusste nicht, ob er lag oder stand. Sein Körper war taub. Er spürte nichts. Also konzentrierte er sich auf das, was Gershaw ihn gelehrt hatte: Man muss wissen, wo oben ist, um sich zu befreien.

Wo ist oben?

Er versuchte, den Mund zu öffnen. Merkte nicht, ob es ihm gelang. Und schon gar nicht konnte er spüren, wohin seine Spucke rann. Oder ob er überhaupt Spucke in seinem Mund hatte.

Vielleicht bin ich tot.

Der Gedanke hing in seinem Kopf. Und es beunruhigte Liam, dass er ihn nicht sofort verneinen konnte.

Wenn ich tot bin, was wird aus den anderen? Seine Gedanken begannen, sich zu drehen. Er hatte Trina geradewegs in ein Gefängnis geführt. *In ein Gefängnis voller Männer ohne Skrupel und Gewissen!*

Entsetzt stockte ihm der Atem und sein Herz raste. Das drängte ihn in seinen Körper zurück. Und schlagartig wünschte Liam sich wieder die dumpfe Orientierungslosigkeit herbei.

Er riss die Augen auf und schrie vor Schmerz. Es brauchte einen Moment, bis Liam erkannte, dass er über dem Boden baumelte, an Armen und Beinen aufgehängt. Undankbarerweise waren sie hinter seinem Rücken zusammengebunden. Er bekam kaum Luft und jeder Muskel in seinem Körper kreischte vor Schmerz. Beinahe hätte er die Besinnung wieder verloren.

Eiskaltes Wasser klatschte gegen seinen Körper und Liam wurde klar, dass es ihm vorher besser gegangen war. Denn jetzt bissen sich tausende Kältekristalle in seine Haut und rissen sie in Fetzen. Er keuchte und prustete.

»Zieht ihn hoch, ich will ihn ansehen.«

Zwei Stiefel traten in sein Sichtfeld, glänzend schwarz. Jemand riss seinen Kopf an den Haaren zurück.

Innenminister Anatarsi!

»Ich sehe, du erkennst mich.« Der Mann lächelte säuerlich. »Der Empfang, den man Euch bereitet hat, ist bedauerlich, mein Prinz.« Er spuckte die Bezeichnung aus, als hätte er ein faules Ei im Mund gehabt.

Liam wollte ihn beschimpfen, irgendetwas sagen, aber er bekam kaum genügend Luft, um bei Bewusstsein zu bleiben.

»Du hättest da bleiben sollen, wo Mami und Papi dich hingeschickt haben, du kleiner Hosenscheißer.« Anatarsi zog die buschigen Augenbrauen zusammen. »Wo ist die Tarenqua?«

Sie haben Trina nicht geschnappt ...

Einen Moment lang war der Schmerz vergessen und er machte einen tiefen Atemzug.

»Verreck!«, krächzte er mit dem bisschen Luft, das er hatte.

»Ha!«, lachte Anatarsi so laut, dass die steinerne Kammer um ihn herum das Echo zurückwarf. »Du wirst es mir erzählen.« Anatarsi holte aus und schlug Liam ins Gesicht.

Als er das nächste Mal zu Bewusstsein kam, brannte sein Rücken wie Feuer. Jemand fluchte. Und dieser Jemand schleifte Liam über den steinigen Boden hinter sich her.

»Aber nein, man hört ja nicht auf den guten alten Row. Da machen sie den armen Jungen lieber kaputt.« Der Mann zog an Liams Beinen, der unebene Boden riss ihm die Haut am Rücken auf.

Er stöhnte.

Der Alte hielt inne und warf einen Blick über die Schulter zu Liam. »Ah, du bist wach«, sagte er überrascht, ehe er sich wieder umwandte und weiter an ihm zerrte. »Wenigstens etwas.« Der Mann hatte spinnengleiche Glieder, war aber erstaunlich kräftig. »Dass du es weißt. Dem alten Row ist egal, wer du warst. Es ist ihm egal, was du ihm erzählst. Aber Row will, dass du weißt, dass er dein Freund ist. Er bricht dir die Knochen, o ja, o ja. Aber er passt darauf auf, dass du am Leben bleibst.«

Liam wurde herumgerollt, sein Arm rutschte von ihm runter und knallte auf den Stein seiner Gefängniszelle.

»Du wirst viel Zeit mit dem alten Row verbringen. Wenn dieser Irre dich in Ruhe lässt. Der bringt dich doch glatt um!«

Empört den Kopf schüttelnd hinkte der dürre Mann, der sich als *alter Row* bezeichnete, aus dem dunklen, leeren Verlies, in das er Liam gezogen hatte, und verschwand den Gang hinunter.

Das Gewicht seines eigenen Körpers drohte, ihn zu erdrücken. Jeder Atemzug fiel ihm schwer. Sein Kopf fühlte sich an, als hätte er eine Schaufel ins Gesicht bekommen. Seine Arme spürte er, konnte sie aber nicht bewegen. In den Beinen hatte er kein Gefühl, hörte aber, dass seine Stiefel über den Stein schabten.

Langsam, ganz langsam konnte er seine Gedanken ordnen und festhalten, statt sie beim Vorbeiziehen zu betrachten.

Das ist also Folter. Die Stimme in seinem Kopf sagte das ganz sachlich. So, als würde sie nicht mit ihm in diesem Brei aus Schmerz stecken.

»Aaaa.« Das war seine eigene Stimme und er hatte sie kaum erkannt. *Warum gibt es keine Tür in meinem Verlies?*, fragte er sich verwundert, doch die Antwort war klar: Er konnte sich nicht bewegen, es brauchte keine Tür, um ihn einzusperren. Und jetzt fiel ihm auch wieder ein, dass nur sehr wenige Verliese bei seiner Besichtigung damals versperrt gewesen waren.

Weil ihm alles wehtat, wollte Liam nicht einmal versuchen, sich zu bewegen. Er wollte es nicht noch schlimmer machen.

Also blinzelte er ab und zu und beobachtete die Wassertropfen, die die Steine herunterliefen.

Außerdem versuchte er, sich zu erinnern. An die wichtigen Sachen. Wo er festgehalten wurde, ob er diese Kammern gesehen hatte bei seinem Besuch mit Gershaw. Was er über Anatarsi wusste. Wie es sich damals angefühlt hatte, als ihm nichts wehtat. Oder nur ein kleines bisschen.

Wie Trinas Lippen schmeckten.

Sie ist am Leben und sie haben sie nicht erwischt!

Das sagte er sich immer und immer wieder.

»Setz dich auf, mein Freund!«

Liam öffnete die Augen und atmete erschrocken ein. Dieser alte Row, der Spinnenmann, hockte vor ihm und lächelte ihn zahnlos an.

»Komm, ich helfe dir.«

Er musste eingeschlafen sein, oder vielleicht hatte er auch die Besinnung verloren. Der Spinnenmann hakte seine dürren Ärmchen geschickt unter Liams und setzte ihn auf. An die Schmerzen im Liegen hatte er sich gewöhnt, sie waren dumpf geworden. Doch jetzt schlug eine Welle neuer Pein über ihm zusammen und er konnte nur gequält wimmern.

»Alles gut, alles gut. Der alte Row wird dich füttern. Du darfst nicht vom Fleisch fallen, weißt du? O nein, o nein.«

Behutsam drückte er gegen Liams Stirn, um seinen Kopf zu heben, und Liam gelang es, ihn aus eigener Kraft oben zu halten.

»Mach auf den Mund, mach auf den Mund.« Der alte Row veranstalte einen seltsamen Singsang und schob Liam einen Löffel voller breiiger Pampe in den Mund. Der Würgereiz war zu schwach, er konnte es nicht ausspucken. »Na, na!«, sagte der alte Row und kippte Liams Kopf in den Nacken, der Brei rutschte in seinen Rachen. Entweder schluckte er oder er erstickte.

Obwohl ersticken vielleicht sogar eine echte Option ist, überlegte er, als die Pampe in seinem Magen ankam. Als hätte er Glasscherben geschluckt, brannte sein Bauch und Liam hätte schwören können, dass sich Säure durch seinen Körper ätzte. Zufrieden tätschelte der alte Row Liam die Wange.

»Erhol' dich, der alte Row kommt bald wieder für den nächsten Löffel.« Er wackelte aus der Tür.

Der alte Row kam ein paarmal wieder und fütterte Liam oder flößte ihm angewärmtes Wasser ein. Er kümmerte sich tatsächlich um ihn, so wie er es ihm versprochen hatte. Wenigstens konnte Liam jetzt alles wieder spüren und leidlich bewegen. An Flucht verschwendete er keinen Gedanken. Er konnte ja nicht einmal allein pinkeln.

»Guten Morgen, mein Freund!« Der alte Row hatte eine kleine Schüssel mitgebracht. Allmählich konnte Liam das Gefühl des Hungers von dem Schmerz in seinem Körper unterscheiden, sein Magen knurrte jetzt.

»Ah, du kannst dich allein hinsetzen. Das ist gut, das ist gut.« Aufmunternd schob der Spinnenmann Liam den Brei in den Mund, er schluckte artig. Als der alte Row die Schüssel ausgekratzt hatte, lächelte er glücklich.

»Jetzt, wo es dir besser geht, können wir beide zusammenarbeiten. Der alte Row freut sich schon, o ja, o ja. Am Nachmittag, o ja, o ja.«

Liam blieb an die Wand gelehnt sitzen und wartete, dass das Prickeln in seinen Waden aufhörte. In der Zwischenzeit konzentrierte er sich auf den Bewegungsablauf, den er beim Stockkampf gelernt hatte. Er hatte zu wenig Zeit gehabt, es zu erlernen. Aber er erinnerte sich gern an die Unterrichtsstunde in dem kleinen Teich. Wie er versucht hatte, Trina nicht auf den Busen zu starren, und wie sie ihm auf die Finger gehauen hatte, weil er unaufmerksam war. In Gedanken ging er die Bewegungen durch, aber außerhalb seines Kopfes konnte er seine Hand nur mit großen Schwierigkeiten vom Steinboden bis auf seinen Oberschenkel heben.

»O ja, o ja!« Der Spinnenmann klatschte voller Vorfreude in die Hände wie ein Kleinkind.

Irgendein Scherge hatte Liam geschultert und auf diesen Stuhl hier gesetzt. Jetzt schürte er das Feuer, das hinter Liams Rücken prasselte. Es stank fürchterlich in der Kammer und Liam hoffte, seine Sinne würden die einzelnen Gerüche nicht auseinanderpflücken.

»Mein Freund, der alte Row freut sich ja so!« Row sprang von einem Fuß auf den anderen, als ein Grunzen des Schergen hinter Liam ertönte. Der Spinnenmann verschwand aus Liams Blickfeld und kam mit einem »o ja, o ja« zurück.

»Und jetzt wird der alte Row deine wunderschöne Stimme hören, o ja, o ja.« In seiner Hand hielt er einen langen Stab.

Erst als der alte Row sich drehte, erkannte Liam das rotglühende Ende. Panik stieg in ihm auf und schnürte seine Kehle zu.

Missmutig machte der Foltermeister ein paar Schritte auf den Flur. »Wo bleibt er denn? Wer glaubt er, dass er ist? Der alte Row wartet nicht gern«, maulte er vor sich hin. Dann sah er Liam an und lächelte sanft. »Weißt du, das Eisen muss schön sonnenhell strahlen. Wenn es nur kirschrot ist, dann klebt deine Haut daran und ich reiße sie ab. Aber wir wollen doch einen schönen Abdruck, nicht wahr?« Enttäuscht musste der alte Row das Brandeisen wieder aufheizen.

Liam würgte, weil er den Gestank jetzt zuordnen konnte: verbrannte Haut und Haare, vermischt mit Blut und menschlichen Fäkalien.

»Nein, nein, mein Freund. Das Essen bleibt schön drinnen!« Der alte Row tätschelte Liam die Wange und löffelte ihm Wasser in den Mund.

Schritte waren auf dem Flur zu hören, Anatarsi trat in die Kammer. Das Grinsen auf seinem Gesicht entblößte die Zähne und ließ ihn völlig wahnsinnig aussehen.

»Ich dachte, du bist fertig!«, schrie er den Spinnenmann im nächsten Moment an. »Hat er geredet?«

Der alte Row schüttelte den Kopf. »Nein, aber wir werden seine wunderschöne Stimme wiederfinden, nicht wahr, mein Freund?« Row wackelte wieder hinter Liams Rücken und die nackte Angst beutelte ihn. »Nimm deine dreckigen Pfoten von ihm!«, meckerte der alte Row seinen Helfer an. »Mein Freund wird gut mit mir zusammenarbeiten. Du brauchst ihn nicht festzuhalten.«

Die Eisenstange in seiner Hand war an dem Ende tatsächlich so hell wie die Sonne.

Nein, nein! Die Hitze des Metalls kam immer näher. Anatarsi lachte laut und Liams Schreie hallten durch den ganzen Kerker, als der alte Row den glühend heißen Stern auf die linke Seite seiner Brust drückte.

Liam war wach. Er lag mit geschlossenen Augen auf dem Rücken. Jeder Atemzug spannte die Haut auf seiner Brust und er wünschte sich *wirklich*, er könne einfach aufhören zu atmen. Aber sein Körper ließ sich nicht beirren und holte Luft.

Warum tut der alte Row so etwas? Er sagte, er sei mein Freund, aber er ist nichts weiter als Anatarsis dreckiger Folterknecht. Und dennoch musste Liam versuchen, sich mit ihm gut zu stellen. *Vielleicht muss der Alte auch nur überleben? Ganz tief in seiner eigenen, verdrehten, verrückten Welt gefangen.*

Da war ein Geräusch. Vielleicht ein Steinchen, das über den Boden hüpfte. Das war nicht der alte Row, seine Schritte kannte Liam. Und auch nicht der Starke, der ihn getragen hatte wie eine Puppe.

Der Geruch, den er im nächsten Moment mit der Luft einatmete, ließ sein Herz höherschlagen. Er riss die Augen auf.

Verschwommen sah er eine Silhouette neben sich stehen.

Kann das sein? Nein, das ist nicht möglich! Das bilde ich mir nur ein!

Dann beugte sich die Silhouette über ihn und küsste ihn. Nie in seinem ganzen Leben war eine Berührung so süß gewesen, noch nie hatte er solche Freude gespürt!

»Du lebst!«, wisperte er, zu mehr hatte er nicht genügend Kraft. Aus seinen Augenwinkeln flossen Tränen, dabei hatte Liam gedacht, er hätte gar keine mehr.

»O Liam!« Trina weinte, gern hätte er sie getröstet. Mit unglaublicher Anstrengung gelang es ihm, seine Hand zu heben. Sie bedeckte sie mit Küssen. Gehetzt sah sie zum Flur, ehe sie sich zu seinem Ohr herabbeugte und flüsterte: »Ich verstecke mich. Ich musste dich zurücklassen, bitte verzeih mir! Es tut mir so leid, aber ich hatte nur diese eine Chance. Ich bin vom Karren gerutscht, bevor sie die Verdunkelung von den Laternen gezogen haben. Sie haben den ganzen Felsen schon zweimal durchsucht, doch nie hat mich einer von ihnen gesehen.« Zitternd holte sie Luft. »Oh, was haben sie dir angetan?«

Eine ihrer Tränen tropfte auf die Verbrennung, das Salz darin ließ ihn aufstöhnen.

»Ich weiß, wo man deine Eltern festhält. Und viele Gefangene warten nur auf den Moment, wenn ich sie befreie. Sie werden alles tun, um uns die Flucht zu ermöglichen. Alles! Ich brauche nur noch den Schlüssel für das Verlies deiner Eltern.«

Liam atmete erleichtert aus. Seine Eltern waren noch am Leben.

Rastlos kam sie auf die Füße und sah den Flur hinunter. »Hier sind so viele Wachen, ich weiß nicht, wann ich wiederkommen kann!« Gequält sah sie ihm in die Augen und auch ihm brach das Herz. Aber sie musste von hier verschwinden, um nicht wie er in einer Zelle zu landen. »Ich habe deine Schreie gehört. Sieh nur, was sie dir angetan haben. Oh, wenn doch nur Fecyre hier wäre!« Ihre Augen füllten sich wieder mit Tränen. »Ich beeile mich, Liebster!«

Zärtlich küsste sie ihn.

»Rette dich!«, hauchte er und schon war sie wieder weg.

Die Zeit verging. Nur am steten Tropfen des Wassers konnte er es festmachen.

War das nur ein Traum? Ein Abwehrmechanismus meines Verstandes, der mich dazu bringen will, zu überleben?

Aber als Liam über seine aufgeplatzten Lippen leckte, machte sein Herz einen Sprung. Das war kein Traum. Sie war hier gewesen und hatte ihn geküsst.

Liebster hat sie gesagt.

Als der alte Row das nächste Mal mit der Schüssel Brei kam, bat Liam um mehr. Überrascht nickte der Foltermeister und holte eine weitere Portion.

»Warum kann ich meine Arme nicht heben?«, fragte Liam mit schmerzender Kehle und schluckte. »Ich möchte dir nicht so viel Arbeit machen, mein Freund.«

Der alte Row wippte mit dem Kopf, derweil er den Brei gewissenhaft in der Schüssel zusammenkratzte.

»Weil der Irre dich hängen lassen hat. Zwei Tage, verkehrt herum. Das darf man nicht machen, o nein, o nein. Da gehen die Schultern kaputt, wenn man sie so lange ausgekugelt lässt. Der Irre glaubt, er wüsste, wie man so etwas macht. Aber der alte Row hat ihm gesagt, dass das nicht gut ist. Das ist nicht gut für meinen Freund, o nein, o nein.«

Die Schüssel war leer, der Spinnenmann schabte mit dem Löffel weiter. Liams Stimme war rau und jedes Wort kratzte. Aber er hatte endlich genügend Kraft, um zu sprechen.

»Werden sie jemals wieder? Kann ich irgendwann ein Schwert halten?«

Überrascht zog der Foltermeister die Falten in seinem Gesicht glatt.

»Was willst du denn mit einem Schwert, mein Freund? Du hast doch den alten Row, da musst du dich nicht mit Schwertern herumschlagen.«

»Du hast recht, entschuldige.«

Der alte Row hatte ihm solche Qualen bereitet, auch wenn es auf Anatarsis Befehl hin geschehen war. Aber Row war der einzige Mensch, den er hier sah. Er war aufmerksam und kümmerte sich um Liam, er versorgte seine Wunden und er hatte immer ein paar

Worte für ihn übrig. Zwischen die Verachtung und den Hass mischte sich eine irritierende Dankbarkeit.

»Aber wenigstens einen Löffel? Damit ich wieder selbst essen kann?« Er konnte die Faust schließen und die Finger langsam gerade strecken, das zeigte er dem alten Row.

Der Mann betrachtete Liams Hand.

»Ein paar Übungen. Vielleicht. Vielleicht auch nicht. Wer weiß das schon? Der alte Row ganz sicher nicht.« Umständlich kam er auf seine spinnendürren Beinchen und wackelte hinaus.

Liam atmete enttäuscht aus. Ihm fehlte die Kraft in der Schulter. Den Unterarm konnte er anwinkeln, aber das Heben der ganzen Arme benötigte die Führung der Schultermuskulatur.

»Na schön, na schön.« Der alte Row kam mit einem Tiegel in Liams Kammer. »Aber nur, weil du dem alten Row dann weniger zur Last fällst.«

Er steckte seine Stummelfinger in den Tiegel und klatschte eine dunkle Substanz auf Liams Schulterkugeln. Liam musste kämpfen, das Essen im Magen zu behalten. Mit den Stümpfen, die einmal seine Finger gewesen waren, verstrich der Foltermeister die nach Fäkalien riechende, klumpige Paste. Auf seiner Haut wurde sie weicher und entwickelte eine ölige Konsistenz, die nur noch mehr zu stinken schien. Und sie brannte.

»Ich danke dir«, sagte Liam trotzdem.

»Bedanken musst du dich nicht beim alten Row.« Großmütig wackelte der mit dem Kopf und erklärte: »Das ist, damit das Blut besser dorthin kommt. Und das Ausgeleierte vielleicht wieder ein bisschen ...« Ohne Vorankündigung hob er den Arm an, Liam musste sich den Schmerzenslaut verkneifen. »Und keiner will ihm glauben. So macht man alles kaputt, der alte Row hat's doch gesagt!« Verstimmt knetete der Spinnenmann die Muskulatur, dann bemerkte er, wie Liam ihn beobachtete, und lächelte zahnlos. »Keine Sorge, mein Freund, du hast alles richtig gemacht.«

Liam wusste nicht, was wohl die beste Antwort für seinen Foltermeister wäre, aber er murmelte: »Ich gebe mir Mühe.«

Der alte Row widmete sich dem anderen Arm und Liam fiel erst jetzt auf, dass etwas anders war. Das Kribbeln in seinen Fingerspitzen war ständig dagewesen, jetzt war es plötzlich weg. Erstaunt sah er den alten Mann an und sagte: »Du bist der Beste! Meine Finger kribbeln nicht mehr!« Liam spürte, wie sich Tränen in seinen Augen sammelten. »Ich danke dir.«

»Das macht der alte Row doch gern, o ja, o ja. Wenn es dir besser geht, können wir bald weiterarbeiten.« Er tätschelte Liam die Wange, nahm den Tiegel und hinkte aus der Kammer.

Er will mit mir weiterarbeiten. Liams Brustkorb wurde beinahe zu eng für sein panisch klopfendes Herz.

20

Geduldig wartete Trina, bis sich die Pfütze wieder gefüllt hatte. Dann schöpfte sie mit der Hand das Wasser heraus und wusch sich. Zuerst das Gesicht, dann den Rest. Auch wenn es nur eine kleine Geste war, so fühlte sie sich durch das Waschen wie ein Mensch und nicht wie eine Ratte, die sich in den Schatten drückt und von Unrat ernährt.

In diesem Tunnel war nur selten jemand. Ganz am Rand des Kerkers war er zuletzt in den Felsen gehauen worden und unvollendet geblieben. Deswegen hatten die Wachen sie hier nicht gefunden. In der vorletzten Zelle war der Durchbruch zur nächsten vorgesehen gewesen. Man hatte im oberen Bereich schon angefangen, die Wand abzutragen, dann aber aufgehört. So war weit über den Köpfen der Wachen und außerhalb des Lichteinfalls ein kleiner Hohlraum entstanden. Das war Trinas Lager.

Jeden Morgen hörte sie, wie die Wachen einander zur Ablöse weckten. So konnte sie in der ständigen Dunkelheit ihr Zeitgefühl bewahren.

Sie hatte sich in den sechs Tagen hier den Wachablauf eingeprägt und wusste ungefähr, wie lange es dauerte, das Essen auszugeben, und welche Wärter besonders unausstehlich und widerwärtig waren.

In der Zwischenzeit hatte sie in jedem Trakt Freunde gefunden. Beinahe alle Insassen dieses Gefängnisses waren politische Gefangene. Geräuschlos hatte Trina in den Schatten gelauscht und dann gezielt diejenigen angesprochen, die in einem Trakt das Sagen hatten.

Die Gefangenen wussten, dass die Tarenqua gesucht wurde. Bisher hatte nur ein einziger Insasse versucht, sie zu verpfeifen, doch er war von den Mithäftlingen gemeuchelt worden, noch bevor die Wachen seine Zelle erreicht hatten.

Für die Männer und vereinzelt auch Frauen, die eingesperrt waren, war die Tarenqua die einzige Hoffnung auf Freiheit, das wussten sie. Deswegen zweigten sehr viele einen kleinen Bissen ihrer Ration ab und sammelten das Wenige für Trina, wenn die Wachen wieder aus den Gängen verschwunden waren.

Immer öfter gab es unangekündigte Inspektionen und einmal hatte Trina sich hinter einem Gefangenen in dessen Zelle verstecken müssen, um nicht entdeckt zu werden.

Der *Fels* war ein sehr seltsamer Kerker. Nur wenige Zellen hatten Türen oder Gitter. Die Insassen durften sich frei in ihren Trakten bewegen, sofern sie es *konnten*. Nur liefen sie auf den Gängen eher Gefahr, aufgegriffen zu werden. Das, was die Männer meist in ihren Kammern hielt, war pure Angst. Systematisch wurde im Namen der Befreiungsarmee gefoltert. Oft wurden irgendwelche Leute willkürlich ausgesucht und kamen dann eben mit einem Finger oder Bein weniger zurück. Die Angst vor Verstümmelung und ihr katastrophaler Gesundheitszustand hielt die Gefangenen gefügig.

Trina huschte den Tunnel entlang und spähte in den beleuchteten Hauptgang. Das war die Gelegenheit, nach Liams Eltern zu sehen. Bis jetzt hatte sie sich nicht getraut, sie anzusprechen. Sie hatte bislang nur zugehört. Der König und die Königin waren in nebeneinanderliegenden Kammern untergebracht, ihre Zellen waren versperrt. Aber sie flüsterten durch die Türen miteinander. Wenn die beiden sich durch deren kleine Fenster streckten, konnten sie einander berühren. Ihre Fingerspitzen fanden sich und Trina konnte die Intimität dieser kleinen Berührung erahnen.

»Tarenqua!«, hörte sie ein Flüstern. Sie verharrte in der Bewegung. »Ich bin's, Bern.«

Trina atmete erleichtert aus und wandte sich dem dunklen Gang zu. Bern war der Anführer dieses Tunnels geworden.

»Hier, dein Frühstück, Mädchen.« Der Mann war hager geworden, aber wer war das hier drinnen nicht? Er übergab ihr eine Schüssel, die randvoll mit Brei war.

»Wer ist gestorben?«, fragte Trina sofort alarmiert, weil sie annahm, sie hätte die Tagesration des Verstorbenen bekommen.

»Niemand«, gab Bern flüsternd zurück. »Der Wärter hat sie mir gegeben. *Für den Geist,* sagte er. Keine Sorge. Der kleine Larry hat seine Ration gegen deine getauscht. Er ist immer noch putzmunter.«

»Ein Wärter?«, fragte Trina ungläubig.

»Scheinbar haben doch einige von ihnen noch ein Gewissen. Und jetzt, wo du da bist, trauen sie sich, es zu entdecken.«

Das erstaunte Trina. Sie hatte wirklich gedacht, jeder, der hier arbeitete, täte es gern und aus Überzeugung.

»Du musst los, Mädchen. Sie kommen die Schüsseln gleich einsammeln.«

»Welcher Wärter?«, wollte Trina wissen, als sie schon fast aus dem Tunnel raus war.

»Der Rothaarige, mit der Brandnarbe am Auge.«

»Danke, Bern!«, flüsterte sie und hastete den Hauptgang entlang.

Im Dunkeln saß Trina an eine Felswand gedrückt da und roch an dem Brei. Eine ganze Schüssel! So viel hatte sie seit langem nicht mehr gegessen. Sie hob die Schale an die Lippen und kippte sich ein wenig von dem Inhalt in den Mund.

Bei den Göttern, der ist ja sogar noch warm! Es war eine so einfache Freude, doch sie trieb Trina die Tränen in die Augen. Sie ließ das Essen so lange wie möglich im Mund und schluckte es in ganz kleinen Portionen.

Es brauchte eine Weile, bis ihr Magen nicht mehr knurrte, dann machte sie sich auf den Weg in den dunklen Bauch des *Fels.* Denn die Extraportion wollte sie gern mit Liam teilen.

Der dürre Mann, der sich selbst Row nannte, war in Liams Kammer und redete mit ihm. Der Alte sah nicht besonders gut, also wagte sie es, über den Gang zu huschen. Sie setzte sich in die Zelle gegenüber und beobachtete aus dem Dunkeln heraus.

Es tat ihr weh, Liam so zu sehen – von unglaublichen Schmerzen geschüttelt, kaum fähig, einen klaren Gedanken zu fassen. Jedes Mal, wenn sie hier war, riss es ihr das Herz heraus und ließ es in tausende Stückchen zersplittern. Doch es spornte sie an, weiterzumachen und sich zu beeilen. Wäre Liam nicht gewesen, wäre sie von diesem Ort geflohen, um diesem schrecklichen Wahnsinn zu entkommen. Schmerz und Hass und Tod und Verderben waren von einem Irren in diesem Gefängnis eingesperrt worden.

Und sie war kurz davor, den Verantwortlichen zu stellen.

Nur war es ihr bislang nicht gelungen, den, den seine Vertrauten *Minister* nannten, allein zu erwischen. Nicht einmal im Schlaf war der Mann unbewacht.

Der Folterknecht verließ schlurfend Liams Kammer und kam nicht wieder. Angestrengt lauschte sie, doch der Alte schwatzte höchstwahrscheinlich mit sich selbst in der Feuerkammer.

Als Trina auf die Füße kam, schaute Liam überrascht auf. Er verzog die Lippen zu einem strahlenden Lächeln, als er sie entdeckte.

»Liebster«, wisperte sie und stellte die Schüssel beiseite, damit sie sein Gesicht berühren konnte.

Zu ihrer Überraschung spürte sie seine Hand in ihrem Nacken, aber um sie an sich zu ziehen, hatte er zu wenig Kraft. Mit Freudentränen in den Augen bedeckte sie Liams Gesicht mit Küssen und musste sich beherrschen, nicht zu schluchzen.

»Deine Arme!«, flüsterte sie an seinem Ohr. »O Liam, ich freu mich so sehr!«

»Die Kraft kommt nur langsam wieder«, antwortet er und küsste ihren Hals. »Du bist so wunderschön.«

»Ich habe dir etwas mitgebracht.« Sie zeigte ihm die Schale mit dem Brei und hob sie ihm unverzüglich an den Mund. Nur einen kleinen Schluck nahm er und bestand darauf, dass sie den Rest aß.

»Nein, du brauchst Kraft«, protestierte sie.

Doch Liam schüttelte den Kopf und sie sah, wie die Furcht ihn überwältigte.

»Ich werde es nur erbrechen. Der alte Row hat gesagt, Anatarsi will mich sehen. Heute noch. Trina, ich hab solche Angst!« Tränen strömten sein Gesicht hinunter.

»O ja, o ja«, kicherte der Folterknecht auf dem Flur.

»Geh!«, zischte Liam. »Flieh von diesem Ort!«

Trina griff die Schüssel und hechtete über den Gang.

Der Alte hatte sie gar nicht bemerkt, er erklärte Liam irgendetwas. In die hinterste Ecke der gegenüberliegenden Kammer zwängte sie sich und rutschte dort zu Boden. Sie musste ihre Hände auf ihren Mund pressen, damit niemand hörte, wie sie schluchzte.

Wenn doch nur Fecyre hier wäre, dachte sie wie so oft zuvor. *Wie konnte ich mich bloß in so eine schreckliche Lage bringen! Ich weiß, dass sie ihm wehtun werden, und kann nichts tun!*

An diese Wand gekauert sah sie zu Liam hinüber, der seinen Folterknecht anlächelte. Er war kräftig genug, um selbst zu laufen, aber die Angst vor dem Schmerz schüttelte ihn so, dass der Alte ihn stützen musste.

Und Trina fasste einen Entschluss: Wenn sie die ganze Befreiungsarmee allein umbringen musste, selbst wenn sie den Tod finden würde – sie würden ihrem Liebsten nicht mehr wehtun!

Trina floh aus dem Bauch des *Fels*. Sie rannte, obwohl sie wusste, dass sie nicht vor den Schreien würde fliehen können. Erst als sie stehen blieb, bemerkte sie, dass sie falsch war. Das war der Tunnel der Wärter! Sie fuhr herum und erstarrte.

»Wen haben wir denn da?«, fragte der Wärter, den sie nur *den Öligen* nannten.

Seine Haare klebten so fettig an seinem Kopf, dass der Name mehr als passend war. Der Ölige war einer der sadistischsten Wärter, er wartete nur auf die Beförderung zum Folterknecht. Trina ging in die Knie und griff mit der freien Hand hinter ihren Rücken.

»Tarenqua«, sagte er leise, grinste und holte tief Luft, um die anderen Wärter zu alarmieren.

Mit einem Fauchen sprang sie ihn an und riss das Messer quer über seine Kehle. Der Mann sackte in sich zusammen und röchelte nur noch, als sie von ihm wegtrat. Er hatte noch nicht einmal seine Waffe gezogen.

Auf dem Hauptflur waren Schritte zu hören. Trina fluchte leise, sie stand direkt vor einer Laterne. Man würde sie sehen. Aber auch der Wärter war gut sichtbar. Der Rothaarige mit dem Brandmal. Wie vom Blitz getroffen stand er da und starrte. Trina atmete schwer.

Der Rothaarige kam auf sie zu, die Hände von sich gestreckt, um zu zeigen, dass sie leer waren.

Trina holte die Schale hervor. Der Mann sah sie ernst an, sie hielt seinem Blick stand und streckte ihm die Schüssel entgegen.

»Geh. Ich muss das melden«, sagte er leise.

Einen Moment zauderte sie, dann setzte sie alles auf eine Karte und umfasste sein Handgelenk. Der Wärter zuckte zusammen.

»Wenn du leben willst, zieh deine Jacke aus. Man wird erkennen, dass du keiner mehr von *denen* bist.« Sie deutete auf den aufgestickten Kreis auf seiner Kleidung. »Jeder, der sich zur Armee bekennt, wird zur Rechenschaft gezogen.«

Der Mann sah auf das Emblem, und als Trina ihn losließ, nickte er und zog seine Jacke aus.

»Und die, die sich nicht dazu bekennen?«, fragte er.

»Die sollen mithelfen«, antwortete sie.

Der Wärter nickte erneut. Trina machte einen Schritt über die Leiche.

»Tarenqua?«

Sie drehte sich zu dem Rothaarigen um.

»Man wird ihn verhören.«

»Ich weiß.« Ihre Stimme versagte beinahe. Trina nickte und spürte, wie ein Stück ihrer Seele zerbrach.

ℨↃ

Angstschweiß bildete einen Film auf seiner Haut, Liam fror und zitterte erbärmlich.

»Der Irre will, dass der alte Row deine Finger abhackt, nur damit du redest. Aber keine Angst, dazu ist es viel zu früh.«

Auch wenn der Spinnenmann das sicher freundlich gemeint hatte, so konnte Liam das nicht würdigen. Der Helfer drückte ihn auf den Lehnstuhl nieder. Liams Knie gaben nach.

Anatarsi kam in die Kammer, lehnte sich wortlos und desinteressiert gegen die Wand und beobachtete, wie Liam an den Stuhl geschnallt wurde.

Die Lehne war klebrig von altem Blut. Panik packte Liam, er versuchte, sich zu wehren. Doch die Riemen waren fest.

Anatarsi hob mit zwei Fingern einen dreckigen Lappen auf und stopfte ihn in Liams Rachen.

»Keine Angst, mein Freund«, sagte der alte Row. »Es ist ein schöner Schmerz. Wie Blumen blüht er auf.«

Er renkte ihm den kleinen Finger aus. Liam schrie in den Knebel.

»Wirst du ihm sagen, was er wissen will? O ja, o ja.«

Alles werde ich ihm sagen, alles!

Zufrieden kam Anatarsi näher und zog den Knebel aus seinem Mund.

»Wo ist die Tarenqua?«

Alles. Nur das sage ich ihm nicht. Liam versuchte, sich zu beruhigen. *Wenn er erfährt, dass ich gar nicht weiß, wo sie sich versteckt, wird er keine Zeit mehr mit mir vergeuden.*

»Macht sie dir so viel Angst?«, krächzte er.

»Wo ist sie?« Ein grausames Lächeln umspielte Anatarsis Mundwinkel. »Gut, wie du willst. Dann locken wir sie eben aus ihrem Loch heraus!« Er nickte dem Foltermeister zu. »Schrei. Schrei, damit sie dich hört.«

Liam schloss die Augen und holte tief Luft. Und von da an verließ kein Laut mehr seine Lippen.

ෆරෆ

Trina war in den Verliesen, nachdem sie Bern gebeten hatte, die Nachricht zu verbreiten. Jeder sollte bereit sein. Sie wollte so wenige Menschen wie möglich töten und musste die Schlüssel der Zellen erst stehlen.

Sie tapste auf die Zellen des Königspaares zu, als Liams Schrei durch den ausgehöhlten Felsen gellte. Sie zuckte zusammen, als hätte sie ein Schlag getroffen.

Vor ihr schnellte eine Hand aus dem kleinen vergitterten Loch in der Zellentür.

»Sverre! O nein ... Hörst du?« Die Stimme der Königin überschlug sich. »Sie ... sie foltern ihn schon wieder! O ihr Götter! Sie sollen aufhören! Gnade!« Schluchzend brach die Königin hinter der Tür zusammen und auch Trina konnte sich kaum noch auf den Beinen halten.

»Eure Hoheit?«, fragte sie an die Holztür gelehnt.

Die Frau dahinter war augenblicklich still.

»Wer ist da?«, fragte sie. Der König in der Nebenzelle fragte das Gleiche.

»Ich bin hier, um Euch zu sagen, dass wir bald fliehen werden. Bitte, haltet Euch bereit.«

»Jetzt!« Das Wort hallte durch den dunklen Gang.

Entsetzt sah Trina auf. Sie konnte nur eine dunkle Gestalt erkennen.

Im nächsten Moment nahm der Mann eine Laterne von der Wand und Trina erkannte ihn an der Brandnarbe. Er blutete aus mehreren Wunden im Gesicht und an den Armen, in der Hand hielt er einen Schlüsselbund.

»Der Junge hat genug gelitten!«

Ungläubig starrte Trina ihn an, während er auf sie zukam.

»Geh beiseite, Tarenqua«, bat er sanft, »wir müssen uns beeilen.«

Während er den Schlüssel in dem widerspenstigen Schloss mit beiden Händen umdrehte, sagte er leise: »Manchmal muss man zuerst schlimme Dinge tun, um das Richtige tun zu können.«

Er hat den Schlüssel mit Gewalt genommen.

In dem Moment, als die Tür aufging, stolperte eine abgezehrte Frau auf den dunklen Gang. Sie schien unverletzt und hob die Hand, um ihre Augen vor dem Licht der Laterne zu schützen.

»Wer seid Ihr?«, fragte sie blinzelnd, während der Wärter die Zellentür des Königs öffnete.

»Eure Hoheit«, flüsterte Trina und verneigte sich, wie es unter Königinnen respektierlich war. »Bitte folgt mir, rasch!«

21

Da Liam keinen Ton mehr von sich gab, war das Verhör für den Minister äußerst unbefriedigend. Er deutete angewidert auf den Prinzen und befahl, ihn zu waschen und in seine Gemächer zu bringen.

Waschen ist ein dehnbarer Begriff, dachte Liam und kniff die Lippen zusammen.

Der alte Row hatte ihn ausgezogen und an eine Wand gestellt. Den Helfer hatte Row angeblafft, dass er seinen Freund selbst waschen würde, und dem nackten Liam dann einen Eimer Wasser über den Kopf geschüttet.

Jetzt rubbelte der Alte ihn mit Sand ab. Die Wunden und Kratzer auf seinem Rücken verheilten gerade erst und die dünne Haut riss wieder auf. Eisern schwieg Liam. Die Hand pochte mit jedem Schlag seines Herzens und das seit dem Ausrenken empfindliche, geschwollene Gefühl in den Fingern wurde schlimmer und schlimmer. Wenigstens sparte der alte Row die Brandwunde auf Liams Brust großzügig aus.

Mit Schwung spülte der Spinnenmann den Sand von Liam.

»Dabei ist heute gar nicht Waschtag, o nein, o nein.« Er kicherte und verbrauchte drei weitere Eimer Wasser.

Prustend und pitschnass wartete Liam, dass irgendetwas mit ihm passierte. Aber der Foltermeister ließ ihn einfach so stehen und schlurfte aus der Kammer.

Liam zog seinen Unterarm an und betrachtete die Finger. Sie wurden schon blau und immer dicker.

»Der alte Row kommt ja schon«, murmelte der Spinnenmann. Er hatte eine Bandage geholt und umwickelte die Hand gewissenhaft. Dann half er ihm beim Anziehen.

Als Liam in seine Stiefel schlüpfte, stutzte er. Er dachte ganz scharf nach.

Haben sie mir noch nie die Stiefel ausgezogen?

Das dünne Ding, das sich an die Innenseite seines Knöchels schmiegte, war die versteckte Klinge.

Sie haben mir noch nie die Stiefel ausgezogen! Unwillkürlich musste Liam grinsen. *Und jetzt werde ich zu Anatarsi gebracht.*

»Frisch gewaschen ist etwas Feines, o ja, o ja«, murmelte der alte Row, als er Liams Gesicht sah.

»O ja«, seufzte Liam und stützte sich auf dem Weg nach draußen auf den alten Row.

Der Tunnel mündete in einen breiten Gang, der hell erleuchtet war. Liam wusste, dass sich diese Gänge durch den Felsen gruben wie in einem Ameisenhaufen. Schon sehr schnell war er außer Atem.

»Beeil dich, mein Freund, der Irre wartet nicht gern!«

»Wo müssen wir hin?«, fragte Liam und lehnte sich an die Wand.

»Nach oben«, gab der Foltermeister zurück und hakte wieder Liam unter. »Nach *ganz* oben.«

An einer Gabelung hörten sie aus der einen Richtung Geschrei und Geschepper. Es war weit entfernt und klang wie eine Prügelei.

»Diese Saufköpfe«, murrte der alte Row und zog Liam in einen wesentlich schmäleren Tunnel. »Komm, wir nehmen die Wachtreppe. Da gehen wir den Trunkenbolden aus dem Weg.«

Nach nur einem Treppenabsatz wünschte sich Liam, der große, starke Helfer würde ihn zu Anatarsi bringen. Seine Oberschenkel zitterten und seine Lunge brannte.

Doch er machte keuchend einen Schritt nach dem anderen. Langsam, aber stetig.

»Wir haben die Jacken ausgezogen, wie du es wolltest, Tarenqua«, flüsterte der Wärter mit der Brandnarbe neben ihr. Trina presste sich an die Wand und zählte, wie viele Stimmen sie hören konnte. »Und ich habe den Gefangenen in meinem Trakt gesagt, sie sollen ihren Freunden sagen, dass es sofort losgeht.«

Der Mann trat in den Hauptgang hinaus. Er rief etwas über das allgemeine Geschrei hinweg, sie konnte nicht verstehen, was er sagte.

»Wer seid Ihr?«, fragte die Königin und tastete nach Trinas Schulter. Sie führte ihren Gemahl, dessen Augen mit einem ausgefransten Verband geschützt waren. So zerrissen, wie die Kleidung der Königin aussah, war es der Stoff ihres Unterrocks.

»Das ist eine Geschichte, die es wert ist, in Ruhe am Feuer erzählt zu werden.« Trina lächelte.

»Die Luft ist rein«, rief die Wache mit der Brandnarbe.

Auf dem Hauptgang lagen Verletzte an die Wand gelehnt, aber auch ein paar regungslose Männer mit dem Gesicht nach unten.

Königin Elsý stieß einen spitzen Laut aus.

Aber sie hält sich tapfer. Für eine Festlandkönigin zumindest, dachte Trina und deutete ihr, sich zu beeilen. In dem Moment der Ruhe horchte sie angestrengt.

»Ich habe seine Stimme erkannt. Aber Liam schreit nicht mehr«, sagte Fascors Königin und griff zitternd nach Trinas Handgelenk. »Ist das gut oder schlecht?«

Tränen stiegen in ihre Augen und auch Trina musste sich zusammenreißen. Die Angst um Liam machte sie unvorsichtig und brachte sie beinahe um den Verstand. Sie löste den Klammergriff an ihrer Schwerthand und flüsterte mit belegter Stimme: »Ich weiß es nicht.«

Die Stufen zogen sich endlos hinauf. Das wusste Liam zwar bereits von seinem Besuch, aber damals war er in wesentlich besserer Verfassung gewesen. Schon wieder musste er rasten.

Der alte Row schien zu genießen, aus der stinkigen Folterkammer rauszukommen, er war sehr gesprächig. Liam versuchte, seinem Gebrabbel zumindest so weit zu folgen, dass er den Alten bei Laune hielt.

Im Geiste suchte er nach einem Weg, die verborgene Klinge aus dem Stiefelschaft zu ziehen und sie mit der wenigen Kraft, die er hatte, in Anatarsis Eingeweide zu stoßen.

»Oder?«, fragte der alte Row unverhofft.

»Entschuldige, das Blut rauscht so in meinen Ohren. Ich habe dich nicht verstanden«, keuchte Liam.

»Jetzt haben wir es geschafft, o ja, o ja!«, sagte Row von oben.

Vor Liams Augen tanzten kleine, helle Lichtpunkte. Er atmete tief durch und bewegte seine unversehrten Finger. Als er zu dem alten Row trat, wandten sich ihnen sofort mehrere Wachen zu.

»Da entlang!«, befahl einer.

Aber Liam blieb stehen und staunte. Er konnte nicht abschätzen, wie lange er schon im *Fels* eingesperrt war. Doch jetzt sah er durch die großen Fensteröffnungen zum ersten Mal seit seiner Ankunft Tageslicht. Die Sonne bestrahlte die Seite des Tales und alles schien ihm so frisch und lebendig.

»Schon wieder einer von diesem stinkenden Gesindel«, beschwerte sich eine Wache naserümpfend.

Liam hätte dem Mann gern den abfälligen Blick aus dem Gesicht gewischt. Aber der alte Row zog ihn weiter, noch bevor er für eine Erwiderung genügend zu Atem gekommen war.

»Sei still, das ist der Prinz!«, zischte die zweite Wache.

»Pass auf dich auf, mein Freund, o ja, o ja«, sagte der Spinnenmann und öffnete Liam die Tür.

Den Raum hinter der dicken Holztür kannte Liam. Hier hatte der Gefängnisdirektor damals Gershaw und ihn empfangen. Diese Fenster waren verglast, der ganze Raum war hell.

Bei den Göttern, ist es hier wunderbar warm! Aber nach der Kälte in seiner Kammer wäre es ihm wohl überall warm erschienen.

Anatarsi stand über den langen Konferenztisch gebeugt und sah erst auf, als eine Wache sich räusperte.

»Nimm Platz«, sagte er und deutete auf die gepolsterten Stühle. Liam rührte sich nicht. »Setz dich!«, befahl der Mann eisig.

Liam ließ sich auf einen Stuhl fallen und blickte vor sich. Auf der langen, polierten Tafel war Liams Karte ausgebreitet.

Der Minister genoss sichtlich die Kontrolle der Situation. Er setzte sich auf einen Stuhl neben Liam, ließ aber gute zwei Meter Abstand zu ihm.

»Woher seid ihr gekommen?«

Liam gab keine Antwort. Er hatte nicht die geringste Lust, die Ashturier noch mehr in diese Sache mit hineinzuziehen.

»Von wem hast du diese Karte?«, fragte Anatarsi.

»Das ist meine.« Liam gelang es nicht ganz, den Stolz aus seiner Stimme zu halten.

»Lüg mich nicht an, Junge!« Die Ader auf Anatarsis Stirn pochte.

Liam lehnte sich auf dem Stuhl zurück und fixierte den Minister. »Das ist keine Lüge. Ich habe sie gezeichnet. Du hast dich wahrhaft wenig mit deinen Pflichten bei Hofe beschäftigt, wenn dir entgangen ist, dass ich meine Nase nur in Bücher und Karten gesteckt habe.«

Der Mann sah aus, als müsse er sich sehr beherrschen, um Liam nicht an die Kehle zu springen. Aber er blieb auf dem Stuhl sitzen und atmete gepresst aus.

»Es spielt eigentlich überhaupt keine Rolle«, sagte er zu sich und betrachtete Fascor. »Wo habt ihr den Schatz?«, fragte er mit bohrendem Blick.

»Den *was*?«, gab Liam irritiert zurück.

Mit einem Satz war Anatarsi auf den Beinen und schlug ihm so fest ins Gesicht, dass sein Kopf beinahe auf die Tischplatte geknallt wäre. Liam stöhnte auf.

»Wage es nicht, mich zu verhöhnen! Die Schatzkammer ist leer. Wo hast du die Reichtümer hingebracht?«

»Ich?«

»Man hat dich und alles Gold und alle Juwelen aus dem Palast gebracht.«

Liam schüttelte langsam den Kopf. Jetzt fügte sich in seinem Kopf zusammen, warum man seine Eltern noch am Leben gelassen hatte. *Anatarsi will einfach nur Geld?* Ob er sich selbst zusammengereimt hatte, dass Liam mit dem Schatz verschwunden war, oder seine Eltern ihm das unter Folter erzählt hatten, war völlig gleichgültig.

»Es gibt keinen Schatz mehr. Die Hungersnot. Mein Vater hat im Ausland Lebensmittel gekauft, das wussten die Minister.« Er sprach weiter, obwohl Anatarsi einen unheilvoll roten Kopf bekam. »Die Schatzkammer ist leer, weil es weder Gold noch Juwelen mehr gibt.«

»Das ist eine Lüge!«, schrie der Minister und knallte Liam mit dem Kopf auf die Karte. Liam ächzte. Das Dröhnen und der Schmerz überlagerten beinahe die gebrüllten Worte. »Wo hast du ihn hingebracht?«

Die Tür wurde aufgestoßen, Kampflärm brandete herein.

»Ein Aufstand!«, rief die Wache panisch und sah entsetzt hinter sich.

Das ist die Gelegenheit! Liam griff in seinen Stiefel und fischte nach der Klinge. Er zog sie heraus und hätte das dünne Messer dabei beinahe fallenlassen, umklammerte es jetzt aber umso fester.

Anatarsi stand noch über ihn gebeugt, Liam drehte sich, die Klinge schon erhoben – und erstarrte.

Trina stand in der offenen Tür, die Hand mit dem Dolch noch ausgestreckt. Die Wache an der Tür sackte in sich zusammen. Aber die Frau hielt inne, Angst, Überraschung und Zorn spiegelten sich in ihren Augen. Regungslos wurde sie in den Raum geschoben.

Mehrere Wachen drängten sich mit ihr herein, ein riesengroßer Mann bog Trinas rechten Arm auf den Rücken und presste sein Messer an ihre Kehle.

Liam schluckte sein Entsetzen hinunter, es nützte Trina nicht, wenn er nun die Fassung verlor. Er hob sein Bein und legte die dünne Klinge unter seinen Oberschenkel, in der Hoffnung, dass niemand es gesehen hatte.

Der Tumult, der mit der Königin hereinkam, erstarb mit einer Handbewegung von Anatarsi. Nur Trina war zu hören. Sie trat fluchend um sich und bog ihren Körper, um dem Messer an ihrem Hals zu entkommen, aber der große Kerl schüttelte sie wie eine Stoffpuppe. Widerstand war zwecklos, das sah sie wohl ein.

Als sie Liam entdeckte, wurde ihr Blick mit einem Mal warm.

»Die Tarenqua.« Mit sich sehr zufrieden grinste Anatarsi.

»Du hast keine Chance«, zischte Trina schwer atmend. »Sie werden dich holen kommen. Es ist nur eine Frage der Zeit, bis sie die Wachen auf der Treppe hier herauf überrennen.«

»Wo hast du sie gefunden?«, fragte Anatarsi Liam amüsiert, doch eisige Kälte spannte sich über das Gesicht. »Wo ist der Schatz?«

Liam antwortete nicht. Mit der Faust schlug Anatarsi auf die bandagierte Hand, Schmerz explodierte in Liams Verstand.

Trina kreischte und gebärdete sich wie wild, aber der bullige Mann hielt sie fest wie in einem Schraubstock. Das Messer an ihrer Kehle hatte schon längst nicht nur eine blutige Spur hinterlassen.

Anatarsi krallte seine Hand in Liams Haare und hämmerte seinen Kopf auf den Tisch. Eine Lawine unbeschreiblicher Qualen brach über ihn herein und begrub seine Sinne. Das knirschende Brechen seiner Knochen ging in dem dumpfen Aufprall unter. Trina fluchte laut und schon wieder donnerte sein Schädel auf das Holz.

»Wo ist der Schatz?«

Liam schmeckte Blut, alles um ihn herum verschwamm und verschmolz ineinander, es drehte, dehnte sich und wurde dumpf. Er hörte Stimmen, Schreie, Gebrüll, ein helles Pfeifen übertönte alles. Er nahm nur verschwommene Bewegungen wahr.

Und dann war da ein Wispern. Vielleicht, weil es so leise und unaufdringlich war, gelang es ihm, sich darauf zu konzentrieren.

»Wo bist du?«, fragte eine bekannte Stimme in seinen Gedanken.

»Ich will hier nicht sein. Sie tun ihr weh!«, antwortete er. Unter seinem Kopf auf der Tischplatte bildete sich eine klebrige Lache warmen Blutes.

»Wo ... ist ... der ... Schatz?«, brüllte Anatarsi ihn an.

»Es gibt«, Liam würgte das Blut aus seinem Mund, »keinen Schatz.«

Trina trat in Anatarsis Richtung, aber die Wache hielt sie immer noch fest. Ganz nahe traute sich der Minister nun an sie heran. Mit einem langen Dolch in der Hand blicke er Liam triumphierend an.

»Vielleicht redest du, wenn ich sie töte? Wo sind die Juwelen?«, schrie er.

»Nein, nicht!« Liam versuchte, sich aufzurappeln, doch er rutschte vom Stuhl und knallte der Länge nach hin.

Anatarsi zog den Dolch aus Trinas Körper, eine blutrote Blume erblühte an ihrer Seite.

Liam hörte nichts mehr. Nur, dass Trina überrascht einatmete. Nur das Geräusch, das ihre Kleidung machte, als der Wachmann sie losließ und Trina an ihm hinunterrutschte. Sie sank auf ihre Knie, die Hand auf die Wunde gepresst.

Erstaunen lag in ihren Augen, und als sie ihn ansah, lächelte sie. Nur für ihn.

»Liebster«, flüsterte sie, aber er hörte ihre Worte, als wären ihre Lippen dicht an seinem Ohr.

All der Schmerz in ihm war taub, nur sie zählte noch. Liam streckte sich nach ihr, doch Trina hatte Tränen in den Augen.

Die Schreie um ihn herum blendete er aus. Mit aller Kraft zog er sich zu ihr, Handbreit um Handbreit. Sie lächelte.

Sie streckte ihre freie Hand nach ihm und lächelte.

22

Als der Minister die Klinge aus ihrem Bauch zog, stand die Zeit still. Trina hatte Schmerz erwartet. Doch sie spürte nichts. Nur Überraschung, dass er wirklich zugestochen hatte.

Liam lag am Boden, er blutete stark. Die Wache ließ sie endlich los und ihre Knie gaben nach. Verwirrt spürte sie das Blut an ihrer Seite, dabei tat es doch gar nicht weh. Liams Auge war blutunterlaufen, er versuchte, sich zu ihr zu schleppen.

»Liebster.«

Sie starb für ihn.

Aber so viel lieber hätte sie mit ihm gelebt.

Und dann war der magische Moment vorbei und unaussprechlicher Schmerz schoss durch sie hindurch. Trina ächzte, die Pein lähmte sie fast.

Der Minister stand hysterisch lachend neben ihr, er hielt sich den Bauch vor Lachen. Eine solche Wut überkam sie.

Niemand lacht meinen Liam aus!

In diesem Moment war Trina froh darüber, dass die Jägerinnen sie damit gequält hatten, denn mit Übung zog sie ein Wurfmesser mit ihrer Linken aus dem Gürtel. Sie wusste, dass sie treffen würde.

Und gerade, als das kleine Messer sich zwischen Anatarsis Rippen grub, brach das Chaos los. Die Männer um sie herum kreischten und versuchten zu fliehen, der Minister hielt sich stöhnend die verletzte Seite und starrte ungläubig aus dem Fenster.

Da bemerkte auch sie den Schatten.

Groß und behäbig war das Tier und es drehte ab, damit die Feuersäule die ganze Längsseite des Sitzungssaales traf. Die Fenster schmolzen, es stank fürchterlich.

Ist das ... Fecyre?! Trina starrte ungläubig auf den riesigen Drachen mit den monströsen Klauen und imposanten Schwingen. Sie kannte jeden Fingerbreit von Fecyres Kopf und weder die Hörner noch diese Stacheln waren unter der warmen, weichen Drachenhaut verborgen gewesen.

Die Männer um sie herum warfen sich zu Boden, sie jammerten und greinten wie Kinder.

Der Drache schlug kraftvoll mit den Flügeln und streckte die muskulösen Hinterbeine nach dem Gestein. Sein Brüllen echote in ihrem Herzen, der Boden bebte. Die Vorderseite und die halbe Decke des Raumes wurden weggerissen, die Trümmer stürzten in die Tiefe.

»Was ... was ...«, stammelte der Minister kurzatmig, auch er war auf die Knie gesackt und hielt sich die blutende Seite.

Der Drache klammerte sich an die Außenmauer, zwängte den massiven Körper durch die Schneise der Zerstörung und brach dabei noch ein Stück der Wand heraus.

»Verzeih, meine Königin, ich bin spät.« Fecyres Stimme war tiefer, weil sie größer war, aber sie war immer noch *ihre* Fecyre. »Du bist verletzt.«

Der große Drache streckte seinen Kopf aus, schnupperte an Trina und lehnte den riesigen Schädel an sie. Fecyres Zunge war größer und der Speichel war ekelerregend zähflüssig auf Trinas Verletzung. Doch augenblicklich stoppte die Blutung.

Es wird heilen. Trina entkam ein erleichtertes Seufzen.

Der Minister neben ihr brabbelte irgendetwas, aber Trina kroch zu Liam. Fecyre hatte in dem Raum kaum Platz, sie zertrat den Tisch und hätte den Prinzen so beinahe zerquetscht.

»Liam, Liebster«, wisperte Trina.

Er röchelte nur noch und nahm sie kaum wahr.

»Bitte, tu doch etwas! Er stirbt!«

Fecyre sah auf ihn hinunter, den Kopf schief gelegt.

»Mein Speichel heilt, aber Wunder kann er nicht vollbringen«, hörte Trina die Stimme ihrer Freundin in ihren Gedanken.

Trina war hilflos, sie wusste nicht, wie sie ihn retten konnte oder seinen Schmerz lindern. Liam blutete stark aus Ohr und Mund, sie traute sich nicht, ihn überhaupt zu berühren. Ihre eigene Verletzung brannte, Trina konnte kaum atmen, doch sie heilte spürbar.

»Nimm das Messer«, bat Fecyre ganz sanft.

»Was?«

»Nimm das Messer. Da, neben ihm.« Der Drache brummte. »Du musst ihm helfen.«

»Was? Nein! Ich kann das nicht! Verlang nicht von mir, ihn zu erlösen«, schluchzte sie.

Fecyre wackelte mit dem Kopf und sagte verständnisvoll in Trinas Gedanken: »*Nein, nicht doch. Mein Speichel kann keine Wunder bewirken. Lass es uns mit meinem Blut versuchen.*« Trina griff zittrig nach der dünnen Klinge. »*Meine Haut ist dick, versuch es hier am Hals.*« Der Drache streckte seinen Kopf in die Höhe und Trina berührte die warme, ledrige Haut. »*Beeil dich*«, drängte Fecyre. Die Drachenhaut war so dick, dass die Spitze des Messers abbrach. »*Mach schon!*«

Liam röchelte unregelmäßig. Verzweifelt rammte Trina die Klinge in Fecyres Hals, das Blut quoll dickflüssig hervor. Mit der hohlen Hand fing sie es auf und ließ es über Liams Kopf fließen. Sie schöpfte Fecyres Blut aus dem kleinen Schnitt und bedeckte damit hektisch den Körper ihres Liebsten. Gewissenhaft rieb sie ihn damit ein.

Langsam atmete er freier. Und wieder regelmäßig.

Trina wusste nicht, wann sie angefangen hatte zu weinen. Aber sie hörte auf, als der Minister um Luft ringend fluchte und sie beschimpfte.

Bis ihre Stichwunde vollständig verheilt war, würde es noch dauern. Doch den Schmerz der Bewegung konnte Trina bereits ertragen. Sie rappelte sich auf und schleppte sich zum Minister.

»Ich werde mich der Rechtsprechung von Fascor unterwerfen, das schwöre ich bei meinem Leben«, sagte Trina vor den zusammengekauerten Wachen, holte tief Atem und presste zwischen zusammengebissenen Zähnen hervor: »Wegen deiner

Männer wurde meine Freundin fast getötet. Allein deswegen hast du den Tod verdient. Aber du hast es gewagt, Liam zu verletzen. Ihm so wehzutun, dass es keine Gnade für dich geben darf.«

Anatarsi hob bettelnd die Hand.

»Wähle die Waffe deines Todes, ich werde deine Scharfrichterin sein«, sagte sie tonlos und deutete auf die Schwerter, Säbel und Messer, die die kauernden Wachen von sich geworfen hatten.

»Wer bist du?«, fragte der Minister und sah sie verwirrt an. »Tarenqua?«

Trina bückte sich nach der erstbesten Klinge am Boden und straffte die Schultern. »Ich bin Trina, Königin von Ashturia durch das Recht und die Entscheidung der Prüfung.« Mit beiden Armen hob sie den Säbel.

»Und ich bin ihr Drache«, grollte Fecyre, öffnete das riesige Maul und riss den Minister entzwei.

23

Er nahm das Licht um sich herum wahr. Kein Schmerz. Nichts tat ihm weh.

Bin ich jetzt tot?, fragte er sich.

Liam bemühte sich, doch es gelang ihm nicht, die Gedanken zusammenzuhalten. Er fühlte sich schwerelos, leicht wie eine Feder. Er schwebte durch das sanfte, helle Licht und war zufrieden damit. Ein Rauschen umfing ihn, wellengleich, ebenso zart wie angenehm. Er genoss es.

Da war eine Berührung wie die eines Schmetterlingsflügels.

»Liam.« Die Stimme war ein Hauchen, doch sie ging ihm durch und durch.

Dort, wo diese Stimme war, wollte er hin. Er wollte zu Trina! Das sanfte Licht wurde greller und es blendete einen Moment lang, als er die Augen öffnete.

Trina lächelte so zauberhaft, sein Herz zog sich zusammen vor Freude.

»Guten Morgen«, sagte sie leise und strich ihm über die Stirn. »Wie schön, dass du wach bist.« Sie strahlte.

Langsam konnte er mehr um sich herum erkennen. Sein Kopf lag auf der Seite, Trina zugewandt. Hinter ihr wehten dünne Vorhänge in einer lauen Brise, er hörte Grillen zirpen. Trina trug eine fließende Tunika in einer hellen Farbe, ihre Haare waren seitlich zurückgesteckt. Aber obwohl sie ihn anlächelte wie der junge Morgen, waren ihre Wangen eingefallen und unter ihren fröhlichen, grünen Augen lagen dunkle Ringe.

Liam hörte ein Schnurren, aber er achtete nicht darauf. Er wollte den Blick nicht von Trina abwenden.

»Du kannst ruhig aufhören, sie so anzuhimmeln«, hörte er eine Stimme in seinen Gedanken.

»Fecyre?«, fragte er völlig überwältigt.

Eine schwarze Katze schnupperte an seiner Nase und miaute ihn an. *»Die gute, alte Fecyre. Nur eben ganz neu.«* Kichernd rollte sie sich vor seinem Gesicht zusammen.

»Fecyre, du bist unmöglich! Du weißt, dass er den Kopf noch nicht bewegen kann. Du haarst, so bekommt er doch keine Luft.«

Trina hob die Katze hoch, strich ihr über das Fell und drückte ihr einen Kuss zwischen die Ohren. Die Katze sprang von ihrem Arm und Trina begann, die feinen Härchen von Liams Bett zu wischen.

Angestrengt versuchte Liam zu sprechen, doch sein Körper wollte ihm nicht gehorchen. Er konnte atmen. Und blinzeln. Und er konnte Trinas Lächeln erwidern. Aber das war es schon.

»Denken kannst du auch«, sagte Fecyre, *»und das ist mehr als noch vor ein paar Augenblicken.«*

»Fecyre, könntest du Trina bitte etwas sagen?«

Die Katze sprang am Fußende auf das Bett. *»Natürlich.«* Neugierig legte sie den Kopf schief und maunzte.

»Würdest du ihr bitte sagen, wie bezaubernd ihr Lächeln ist?«

Die Katze sah die Königin an und Trinas Wangen röteten sich.

»Was hast du ihr gesagt?«, wollte er wissen.

Auf lautlosen Pfoten kam die schwarze Katze näher und rollte sich dann an seiner Schulter zusammen. Die grünen Augen kniff sie beim Schnurren zusammen. Antworten wollte sie offensichtlich nicht.

»Geht es ihr gut?«, fragte er besorgt. *»Sie sieht sehr erschöpft aus.«*
Fecyre sah zu Trina.

»Ja, sie ist sehr ausgelaugt. Sie war krank vor Sorge um dich. Seit wir hier sind, stehen die Verhandlungen an und sie ist die Vermittlerin ...«

»Warte, mir fehlt da ein ganzes Stück«, sagte Liam. *»Wo sind meine Eltern? Geht es ihnen gut?«*

»Es geht ihnen gut, keine Sorge«, erzählte Fecyre ihm und maunzte.

Trina lächelte die Katze an. »Ja, du kannst ihm berichten. Aber überanstreng ihn bitte nicht, hörst du?«

Sie strich Fecyre über den Kopf. Dann lehnte sie sich auf das Bett und beugte sich über Liam. Ihre Haare fielen ihr über die Schulter und er atmete den Geruch tief ein. In seinem Bauch stoben Schmetterlinge auseinander, als sie ihre Lippen behutsam auf seine legte.

»Fecyre wird dir erklären, was geschehen ist. Bitte schick sie weg, wenn du Ruhe brauchst.« Liebevoll strich sie mit dem Finger über sein Kinn. »Du musst dich erholen, Liam. Du warst eine lange Zeit an der Schwelle des Todes.« Trina küsste ihn erneut, verließ dann das Zimmer und schloss leise die Tür hinter sich.

Liams Lider wurden schwer und fielen ihm zu. Das Schnurren beruhigte ihn.

»*Wie habe ich überlebt, ohne zu essen, zu trinken? Oder auszutreten?*« Er wunderte sich, dass seine Blase nicht drückte.

»*Das kommt wahrscheinlich von meinem Blut. Wir sind sehr froh darüber. Sonst wärst du in keiner so guten Verfassung*«, gab das Drachenmädchen zurück.

»*Wie bist du eine Katze geworden?*«, fragte er und sogar das Formulieren des Gedankens war anstrengend.

Fecyre schnurrte und erzählte dabei. »*Als ich zu Bewusstsein kam, war der Körper des Hundes schon beinahe tot. Es war ein Wunder, dass ich überhaupt noch lebte. Ich wurde an irgendeine Sandbank gespült und konnte tagelang nicht einmal einen klaren Gedanken fassen. Die Stichwunde hatte sich entzündet und kleine Krabbelviecher haben angefangen, mich aufzufressen. Das war furchtbar!*« Die Katze hielt gedankenverloren inne.

»*Wir haben dich gesucht und nach dir gerufen, aber ...*«

»*Ich weiß. Ich weiß, Liam. Ich mache euch keinen Vorwurf, ehrlich nicht. Trina hat erzählt, in welcher Verfassung sie war. Außerdem habe ich so herausgefunden, dass ich eigentlich kein Drache bin.*« Sie schleckte an etwas, er konnte es hören.

»*Du warst drei, vier Wochen lang ein Hund und hast das erst so spät herausgefunden?*« Liam musste lächeln.

Die Katze hielt inne und er fühlte ihren Blick regelrecht auf sich brennen.

»Schäm dich, mich auszulachen!« Aber sie selbst kicherte ebenfalls. *»Jetzt lass mich in Ruhe erzählen! Also ... Nachdem ich tagelang halbtot im Fluss gelegen hatte, konnte ich endlich meinen Verstand zusammensammeln. Ich wusste, dass ihr beide in sehr großer Gefahr wart ohne mich. Und dieser sterbende Hundekörper um mich herum war so überhaupt nicht geeignet, um euch zu helfen.«*

Liam spürte, wie die Müdigkeit ihn umschmeichelte wie das Schnurren der Katze.

»Ich wusste, ich muss etwas anderes sein. Etwas Gefährlicheres. Dann wurde ich bewusstlos und erwachte als riesiger Drache.«

»Fecyre«, murmelte Liam müde in seinen Gedanken, *»du bindest mir doch einen Bären auf.«*

Die Katze hörte auf zu schnurren. Als Liam die Augen öffnete, stand Fecyre so dicht vor seinem Gesicht, dass er ihre Tasthaare spürte. Die Pupillen in den grünen Augen waren groß und kreisrund.

»Ich mache keine Scherze. Es kostet viel Kraft, aber ich kann meine Gestalt verändern. Ich wusste in Ashturia nur noch nicht, wie es funktioniert. Aber wie sonst hätte ich der Hund sein können? Und dann dieses wirklich beeindruckende Drachenmonster?« Sie stupste seine Nase mit ihrer an. *»Frag ruhig Trina. Aber erst, wenn du geschlafen hast. Ich wünsche dir einen traumlosen Schlaf!«*

Sie setzte sich und legte sorgsam ihren Schwanz um die Vorderpfoten. Ihr Schnurren war samtig und kroch in seinen Kopf, es dauerte nicht lange und er schlief ein.

Liam öffnete die Augen, er fühlte sich schon viel besser. Es war dunkel, nur eine kleine Laterne spendete warmes Licht.

Er atmete tief durch und genoss, dass ihm nichts wehtat. Direkt unter der Oberfläche seiner Gedanken lauerten die grauenvollen Eindrücke des Schreckens, dem er im Kerker ausgesetzt gewesen war. Liam drängte sie weg, er wollte das am liebsten für immer vergessen.

Gern hätte er sich aufgesetzt, doch er konnte nicht. Auch die Arme und Beine verweigerten den Gehorsam.

Aber er hatte gelernt, genügsam zu sein, und konzentrierte sich auf das, was er bewerkstelligen konnte.

Atmen. Blinzeln. Lächeln. Er konnte sogar den Mund leicht öffnen. Und auch wieder schließen, wie er erleichtert feststellte. Er konnte mit den Fingerspitzen ertasten, ob die Bettwäsche rau war oder glatt. Er fühlte die Decke auf sich, aber nicht als Last, sondern als Sinnesreiz. Seine Finger zuckten und nach einiger Anstrengung gelang es ihm, sie zu bewegen.

Da liege ich mutterseelenallein in einem dunklen Zimmer und grinse wie ein Honigkuchenpferd! Dann fiel ihm ein, dass Fecyre ihre Geschichte noch nicht beendet hatte. Er war eingeschlafen, bevor er von seiner Befreiung erfahren hatte.

»Fecyre?«, fragte er in seinem Geist. Doch der Drache antwortete nicht. Oder die Katze. *Was ist sie denn jetzt eigentlich?*

Liam leckte über seine Lippen und freute sich, dass es ihm gelang. Er atmete kontrolliert ein und versuchte, beim Ausatmen zu summen. Seine Stimmbänder fühlten sich seltsam an, er hatte ja auch lange nicht mehr gesprochen. Aber er konnte einen Ton erzeugen. Mit dem nächsten Atemzug summte er wieder.

Die Tür wurde geräuschlos aufgeschoben, Trina steckte den Kopf herein. Liam sah sie überrascht an.

»Du bist ja wach«, murmelte sie und machte die Tür hinter sich zu. »Ich dachte, ich hätte etwas gehört.«

Sie gab ihm einen Kuss auf die Stirn und gähnte gleich darauf. Ihre Haare hatte sie zu einem Zopf geflochten, aber sie waren zerwühlt. Außerdem trug sie ein Nachthemd, sie hatte selbst geschlafen.

»Hast du etwas dagegen, wenn ich unter deine Decke krieche?«, fragte sie und kuschelte sich an ihn.

Ihre Augenlider waren auf Halbmast, aber sie legte ihre Hand auf seinen Brustkorb und stützte ihr Kinn darauf. Trina beobachtete seine Mimik und wärmte ihn dabei. Sie so dicht an sich zu spüren war ein wundervolles Gefühl.

»Geht es dir gut?«, fragte sie. »Blinzle einmal, wenn ja, und zweimal, wenn nicht.«

Liam brummte stattdessen. Überraschung hellte ihr müdes Gesicht auf.

»Heißt das Ja?«

Wieder brummte Liam.

Trina küsste ihn vor Freude. »Kannst du sprechen?«

Liam zog die Mundwinkel nach unten und brummte zweimal.

»Das macht nichts.« Wieder gähnte sie. »Du wirst sehen, alles wird gut.«

Ganz vorsichtig hob sie seinen Arm an und legte ihn um sich. Sie schmiegte sich an Liam und zog sorgsam die Decke über seinen Arm und die Schultern. Ihren Kopf bettete sie auf seine Brust.

»Dein Herzschlag ist das allerschönste Geräusch überhaupt, weißt du das?«, murmelte sie und schlief ein.

Liam lag eine Weile wach und lebte in diesem Moment. Mit den Fingerspitzen strich er über ihre Seite und dachte nicht darüber nach, was passiert war. Auch nicht über die Zukunft. Obwohl diese Gedanken sich in sein Bewusstsein drängen wollten, sperrte er sie aus und genoss einfach das Gewicht ihres Körpers an seinem. Trina zu spüren, sie atmen zu hören und zu wissen, dass sie hier und jetzt in Sicherheit waren.

Fecyre sprang leise und elegant durch das offene Fenster herein und kam unter dem Vorhang hervor.

»*Du bist ja wach.*« Sie setzte sich auf den Boden und putzte sich gewissenhaft.

»*Magst du mir erzählen, was mit meinen Eltern ist?*« Es beunruhigte ihn, dass Fecyre so einsilbig gewesen war. »*Oder was passiert ist, nachdem du ein Drachenmonster geworden bist?*«, fragte er.

Die Katze miaute und machte einen Satz auf das Bett. Interessiert betrachtete sie Trina und schlich um sie herum auf die andere Seite des großen Bettes.

»Sie hat die ersten Nächte auch hier geschlafen, weißt du? Ganz dicht an dir, ohne dich zu berühren.« Fecyre legte sich hin.

»Komm noch ein bisschen näher, ich kann die Finger schon bewegen. Ich kraul dich, so wie früher.«

Die Katze schob ihren Kopf unter Liams Hand und blieb dann ausgestreckt liegen. Ihr Fell war seidig zart, Liam kraulte sie vorsichtig. Fecyre schnurrte und berichtete weiter.

»Ich habe die ganze Zeit gespürt, dass mich etwas zu euch zieht. Oh, auch ich habe nach euch gerufen! Gehört habe ich euch nie. Ich kam einfach nicht weg von dieser verlassenen Sandbank. Und als ich die Augen aufschlug, hatte ich diese riiiesigen Flügel. Und mächtige Klauen. Ich brüllte und die Vögel stoben aus den Bäumen.« Fecyre kicherte mit ihrer Drachenstimme. *»Ich rief hinaus in die weite Leere meiner Gedanken.«*

Liam erinnerte sich dunkel. *»Wo bist du?«*, flüsterte er ihre Worte in seinem Kopf. *»Du warst das?«*

»Ja, genau. Und du hast mir geantwortet.« Fecyre machte eine Pause und atmete tief ein. *»Und wegen der Art, wie du es gesagt hast, hat mich Panik gepackt.«*

Liam wollte sich nicht erinnern. An die Angst um Trina. Dass man ihr ebensolche Schmerzen zufügen würde wie ihm.

Mit Tränen in den Augen drückte er seine Hand an Trinas Seite. *Jetzt seid ihr in Sicherheit. Alles wird gut,* beruhigte er sich.

»Nachdem du mir geantwortet hattest, wusste ich, wo ich dich finde. Nur diesem unsichtbaren Band musste ich folgen. Ich habe mich so beeilt und kam doch beinahe zu spät. Dieser Mann hat Trina sein Messer in den Leib gerammt, ich musste dieses verdammte Gefängnis in Stücke reißen, um zu ihr zu gelangen. Mein Speichel konnte sie heilen, aber du warst schon mehr tot als lebendig. Dein Kopf war zertrümmert.« Das Schnurren stockte. *»Es hat schlecht ausgesehen. Trina hat dich mit meinem Blut bedeckt. Ich dachte, vielleicht hilft das besser.«*

Fecyre streckte sich unter seiner Hand, denn er hatte aufgehört, sie zu kraulen. Gedankenverloren grub er seine Fingerspitzen wieder durch das flauschige Fell.

»Du hättest sie sehen sollen, Liam! Als sie sich vor diesem Mann aufgebaut hat, mit Blut besudelt und mit wilden Rachegelüsten in den Augen. Sie wollte ihn töten. Hatte den Säbel schon in der Hand, um ihn zu köpfen.« Fecyre atmete tief ein. *»Aber jedes Leben, das man nimmt, hat einen Preis. Ich wollte nicht, dass sie in schmutziger Rache versinkt. Also habe ich ihn gefressen.«*

»Du hast was?«, fragte Liam und riss die Augen auf.

»Ihn gefressen. Also nicht ganz, nur von ihm abgebissen. Menschen schmecken fürchterlich, ganz ehrlich.«

Liam sah die Katze an, wie sie die Augen zufrieden zukniff. Er war froh, dass Anatarsi tot war. Ein Stein fiel ihm vom Herzen. Liam fühlte sich etwas weniger gehetzt, jetzt, wo er wusste, dass dieser Mann ihn nicht noch einmal finden würde. Er konnte freier atmen.

»Was geschah dann?«, fragte er.

»Ein paar Wachen waren wohl zu Stein erstarrt und haben es nicht geschafft, zu flüchten. Sie haben gehört, wer Trina ist und angesichts meines Erscheinungsbildes haben sie ihr Knie gebeugt. Unser Mädchen war ganz Königin, Liam!« Fecyre klang sehr stolz. *»In dem ausgehöhlten Felsen wurde noch gekämpft, dorthinein konnte ich ihr als Riesendrache nicht folgen. Aber ich wollte sie um nichts in der Welt allein dort hinuntersteigen lassen! Und plötzlich zog es meinen aufgeblasenen Körper in sich zusammen. Ich kann dir sagen, das kitzelt! Ich schrumpfte und dann war ich die alte Fecyre. In meinem richtigen Körper.«*

»Wie ist das möglich?«, wollte Liam wissen.

Die Katze rekelte sich unter seiner Hand.

»Ich glaube, dass ich das von Anfang an gekonnt hätte. Dieses Gestaltwandeln. Als ich schlüpfte, brauchte das Mädchen eine Beschützerin. Was ist angsteinflößender als ein Drache?« Fecyre streckte ihre Krallen in die Bettwäsche und zog sie wieder daraus hervor. *»Und als wir nach Fascor aufbrachen, musste es etwas Unauffälligeres sein.«*

»Und du kannst es beeinflussen?«, fragte Liam interessiert.

»Ja, ich bekomme Übung darin. Vor einer Stunde noch habe ich ein paar Plünderern einen schönen Schrecken eingejagt als Drache. Und jetzt ist eine kleine Katze doch viel angenehmer, nicht wahr?«

»Mir ist egal, in welchem Körper du steckst«, sagte Liam. *»Danke, dass du uns das Leben gerettet hast!«*

»Das habe ich doch gern gemacht«, sagte Fecyre und rieb ihren Kopf an seinem Kinn.

»Meine Eltern?«, fragte er bang.

Fecyre kuschelte sich in seine Hand.

»Du kannst gern weiterkraulen, weißt du?«, sagte sie und schnurrte wieder. *»Im Kerker kämpften immer noch die Insassen gegen ihre Wärter. Als sie uns die Treppen hinunterkommen sahen, legten die meisten ihre Waffen nieder, egal, auf welcher Seite sie gekämpft hatten. In der großen Eingangshalle machte Trina halt.*

Einige Männer kannten sie und liefen auf sie zu, natürlich nicht ganz nahe heran. Diese Männer nannten sie Tarenqua, aber sie hob das Kinn.« Die Katze schüttelte sich. *»Ich bekomme jetzt noch Gänsehaut! Trina hatte das Schwert in der Hand und legte die andere an mich. Ich bin Trina von Ashturia, rief sie in die Stille hinein, die dem Kampfeslärm gefolgt war. Ohne zu zögern, fielen die Männer auf ihre Knie. Nur in der Ecke blieben zwei Menschen stehen. Deine Mutter sah sie so entgeistert an, das kannst du dir nicht vorstellen, Liam!«*

O doch, das konnte er. Für seine Mutter war Etikette immer *sehr* wichtig gewesen.

»Trina hat mit fester Stimme erklärt, dass man vor ihr nicht zu knien braucht, nicht einmal die Ashturier tun das. Ein Mann sah zu ihr auf und sagte: Wir knien nicht vor dir als Königin. Wir knien vor dir als unsere Befreierin, in ewiger Dankbarkeit.« Fecyre hatte die Stimme verstellt, um den Mann nachzumachen. *»Und dann sank Elsy auf die Knie und zog Sverre mit sich.«*

Liam spürte, wie ihm die Tränen über die Wangen rollten. Seine Eltern lebten!

»Die Männer der Armee wurden in den Kerker gesperrt und die Überläufer versprachen feierlich, sie gut zu behandeln, bis eine Rechtsprechung erfolgen kann. Ich habe deine Eltern hierher in Sicherheit gebracht und der Stern hat in Windeseile im Land verbreitet, dass die Befreiungsarmee gestürzt worden ist. Trina hat drei Tage in den Trümmern bei dir gewacht, bis wir uns trauten, dich hierherzubringen. Es hat gedauert, bis sich die Teile deines Schädels zusammengefügt hatten.«

»Wo sind wir hier?«, fragte Liam.

»Das war wohl einmal euer Sommerpalast«, gab Fecyre zurück. *»Jetzt ist es der Sitz der vorübergehenden Regierung. Deine Eltern haben Berater um sich geschart und gemeinsam verwalten sie Fascor auf Augenhöhe.«* Die Katze gähnte. *»Es tut mir leid, du bist jetzt kein Prinz mehr, Liam.«*

Aber Liam konnte nur müde lächeln. Wenn das der Preis war, den es für Frieden im Land zu zahlen galt, dann hatte er damit überhaupt kein Problem. Fecyre hatte scheinbar fertig erzählt und er dachte über das nach, was sie ihm berichtet hatte.

»Mein Schädel war gebrochen?«, fragte er.

»Mhm«, brummte Fecyre. *»Dieser Irre hat deinen Kopf auf der Tischplatte zertrümmert.«*

»Wie konnte ich das überleben?« Er sah die Katze mit großen Augen an. *»Dein ... dein Blut hat das wieder in Ordnung gebracht?«*

»Ja, aber solch schwere Verletzungen brauchen Zeit, um zu heilen. Wir wussten ein paar Tage nicht einmal, ob du dich überhaupt erholen würdest. Deswegen ließen wir dich so, wie du warst, auf dem Boden des Sitzungssaales liegen. Trina wollte niemandem deine Pflege überlassen. Für deine Mutter war das nicht akzeptabel. Sie haben sich zuerst angeschrien und dann stumm angestarrt, bis dein Vater eingewandt hat, dass er Elsý braucht.«

»Wieso? Was ist mit ihm?« Sein Vater war verletzt?

»Sein Augenlicht hat gelitten. In der Zwischenzeit wurde es besser, ist aber noch nicht so wie früher. Er wird gesund.«

Liam atmete auf. *»Und werde ich wieder ganz gesund?«*, fragte er dann und hatte Angst vor der Antwort.

»Na ja, dein Kopf ist ganz schief und krumm ...« Fecyre wartete nur einen Wimpernschlag lang, um in seinen Gedanken zu kichern.

»*Nein, verzeih ... Du hättest dein Gesicht sehen sollen!*« Er funkelte sie bitterböse an. »*Spaß beiseite, Liam. Ich weiß es nicht, aber ich glaube, du wirst wieder ganz der Alte. Die Knochen sind in die richtige Position zurückgekehrt, und dass du Gefühl in deinen Armen und Beinen hast, ist schon ein gutes Zeichen. Die Beweglichkeit wird zurückkommen. Wenn wir ehrlich sind, warst du noch nie ein Muskelprotz. Das hat sich inzwischen nicht geändert.*« Die Katze sah ihn an, als würde sie grinsen.

»Nein«, nuschelte Trina plötzlich im Schlaf.

Liam zuckte zusammen. Sein Arm zuckte! Vor Freude hätte er jubeln können, aber um Trina zu beruhigen, brummte er wieder. Sie rührte sich, schlief jedoch weiter.

»*Schlaf du jetzt auch. Morgen versuchen wir dann ein bisschen Frühstück, hm?*«

Obwohl Liam noch viele Fragen hatte, wurde er plötzlich so müde, dass er auf der Stelle einschlief.

Er war nicht allein. Das Atemgeräusch eines anderen Menschen jagte Angst durch jede seiner Zellen. Der alte Row, der ihn holen kam!

Liam riss die Augen auf. Die Anspannung seiner Muskeln machte einer Welle der Erleichterung Platz.

Trina drehte sich zu ihm um, sie saß auf der Bettkante.

»Ich wollte dich nicht wecken, entschuldige bitte.« Auf ihrer Wange waren noch die Abdrücke von den Falten seines Hemdes.

Er lächelte.

Wann habe ich mein Herz eigentlich so hoffnungslos an sie verloren?

Fecyre trippelte über ihn, schmiegte sich an Trina und miaute dabei.

»Ja, ich denke auch. Willst du etwas essen?«, fragte die Königin an ihn gewandt. Er brummte zustimmend. »Ich brauche einen Reaka!«

Sie drückte ihm einen flüchtigen Kuss auf die Wange und huschte durch die Tür hinaus. Wo war die Katze?

»*Fecyre?*«, fragte er.

»*Was ist denn? Ich bin in der Küche*«, antwortete sie.

»*Schon gut, ich wollte nur wissen, ob du hier bist.*«

Jetzt, wo er wusste, dass er allein war, holte Liam tief Luft und summte. Als das gut klappte, versuchte er zu sprechen.

Trina kam mit einem Tablett herein. Sie stellte es auf die Kommode. Dann zog sie Liam in eine sitzende Position und stopfte ein weiteres Kissen hinter ihn. Mit einem Becher Reaka setzte sie sich neben ihn auf das Bett. Als sich der leichte Schwindel gelegt hatte, gelang es ihm, sich ihr zuzuwenden.

»Deine Eltern kommen heute von einer Beratung zurück«, sagte sie nebenbei, und als sie seinen Blick auf den Becher in ihren Händen sah, grinste sie.

»Der ist noch heiß, also muss ich ihn inzwischen trinken.«

Demonstrativ nahm sie einen Schluck, nachdem sie genüsslich daran geschnuppert hatte. Aber sie lachte und hielt ihm den Becher an die Lippen.

»Keine Angst, er ist in Wirklichkeit nicht mehr heiß. Lauwarm nur noch. Aber es ist Reaka. Sei vorsichtig«, sagte sie.

Liam gelang es, das bisschen Reaka zu schlucken. Sein Bauch rumorte daraufhin, aber das Gefühl in seiner Kehle wurde schlagartig besser. Mit den Augenbrauen deutete er und Trina hob den Becher erneut an seine Lippen. Die warme Flüssigkeit belebte ihn regelrecht.

Reaka eben, dachte er und sah Trina zu, wie sie ein Stückchen Kuchen auf einen Teller schob.

»Ich werde dir keinen Brei geben.« Sie zog die Augenbrauen finster zusammen und blickte zornig auf den Kuchen. »Nie wieder wirst du Brei essen müssen.« Dann hellte sich ihr Gesicht auf. »Versuchen wir etwas Weiches, hm?« Sie brach ein winziges Stück ab und hielt es zwischen zwei Fingern. »Kuchen gefällig?«

»Ich liebe dich.« Rau und fremd klang seine Stimme und Liam war selbst erstaunt, dass die Worte ihren Weg aus seinem Mund gefunden hatten.

Trina starrte ihn an, fiel ihm um den Hals und küsste ihn.

Erst am späten Vormittag besuchten ihn seine Eltern. Liam wurde von einer hitzigen Diskussion im Nebenraum geweckt, Trina stritt mit seiner Mutter.

Die Tür öffnete sich, und sofort drangen die Worte herein: »Und wenn ich dir die Schüssel aus der Hand reißen muss – er wird keinen Brei essen!«

»Wagt nicht, mir vorzuschreiben ...«, antwortete seine Mutter angriffslustig, doch die Tür schloss sich hinter Sverre und die beiden Frauenstimmen wurden dumpfer. Fecyre sprang mit einem federleichten Satz aufs Bett und rollte sich neben seinen Beinen zusammen.

Liam setzte sich mühsam auf und freute sich, seinen Körper zumindest ein bisschen kontrollieren zu können. Sein Vater lehnte sich gegen die Tür und schloss einen Moment die Augen.

Er ist alt geworden.

Sverre atmete tief durch und lächelte ihn an. »Mein Sohn, wie ich mich freue, Euch zu sehen, Liam!«

Warst du wirklich so lange bei den Ashturiern, dass dich die förmliche Anrede stört?

»Vater!«, sagte er und streckte dem Mann mit den Narben im Gesicht seine Arme entgegen, so gut es ging.

Sverre umarmte ihn unbeholfen und klopfte ihm auf die Schulter.

»Geht es dir gut? Was macht dein Augenlicht?«, fragte Liam angestrengt und duzte seinen Vater dabei ganz bewusst.

Sie sind meine Eltern und so mit die wichtigsten Menschen in meinem Leben.

Sverre trat von Liams Bett zurück, er fühlte sich sichtlich unwohl.

»Mir? Ja«, antwortete er und erschrak, als im Nebenzimmer etwas zu Bruch ging. »Die beiden sind sich wohl zu ähnlich«, seufzte er resignierend. Es gab offenbar öfter Reibereien.

»Bitte, was?«, platzte Liam heraus.

Er wäre nie im Leben auf die Idee gekommen, dass Trina Ähnlichkeit mit seiner Mutter haben könnte. Sverre grinste unter seinem Bart.

»O ja. Sie wollen beide recht behalten, komme, was wolle. Aber wenn sie nicht der gleichen Meinung sind, wird das schwierig.« Er rollte mit den Augen.

Liam strich sich schwerfällig die Haare aus der Stirn, mehr und mehr konnte er sich bewegen.

»Würdest du die beiden hereinbitten?«

Sein Vater sah ihn überrascht an.

»Bist du sicher? Bevor sie sich wieder beruhigt haben?«, fragte er und Liam nickte, lächelnd über das Du seines Vaters.

Seine Mutter hatte ein hochrotes Gesicht, als sie durch die Tür hereinrauschte. Sie blieb mit erhobenem Kinn neben der Kommode stehen.

Trina ärgerte sich ebenfalls, sie hatte die Lippen fest zusammengekniffen. Doch sie lächelte, als Liam die Hand nach ihr ausstreckte.

»Mutter, wie schön, dich zu sehen!«, sagte er mit kratzender Stimme, während er Trinas Hand drückte.

Elsý lächelte säuerlich und strich die nicht vorhandenen Falten ihres Gewandes glatt.

Liam sagte leise: »Ich konnte euch hören. Ich weiß, du meinst es gut, Mutter, aber Brei ist momentan so ziemlich das Einzige, das ich wirklich nicht essen werde.« Als er sah, dass Elsý pikiert Luft holte, sagte er sanft: »Bitte, hört auf zu streiten.« Er blickte zu seinen Eltern. »Setzt euch und erzählt, was in Fascor passiert.« Das unangenehme Gefühl in der Kehle verschwand nicht, obwohl er sich räusperte. »Mein Hals kratzt. Könntest du bitte nachsehen, ob du irgendwo einen Reaka auftreiben kannst?«, bat er Trina mit einem Lächeln.

Sie nickte und errötete, als er ihre Hand küsste. Fecyre begann zu schnurren, als Trina den Raum verließ.

»Du solltest der Königin mehr Respekt erweisen.« Seine Mutter sah ihn geradezu eisig an.

»Oh, das tue ich, Mutter, bitte sei unbesorgt.«

Elsýs Unnahbarkeit verwirrte ihn, ganz besonders, nachdem Trina ihm erzählt hatte, wie liebevoll sie mit Sverre über ihn im Felsen gesprochen hatte.

»Darf ich dich umarmen?«, fragte er verunsichert.

Seine Mutter war früher die Herzlichere von beiden gewesen, sogar nach Erics Tod.

Elsý umarmte ihn hölzern, doch Liam zog sie fest an sich. Endlich erwiderte seine Mutter die Umarmung und schien zu schmelzen. Lautlos weinte sie und strich ihm über das Haar, so wie sie es getan hatte, als Eric gestorben war. Als Liam die warme Hand seines Vaters auf dem Rücken spürte, fiel die Sorge von ihm ab. Obwohl er versuchte, Haltung zu bewahren, rollten Tränen der Erleichterung und Freude über seine Wangen.

Sie umarmten einander eine Weile wortlos. Als Trina mit einem kleinen Tablett mit Reaka hereinkam, lösten sich seine Eltern rasch von ihm. Elsý betupfte ihre Augen und auch seinem Vater war es unangenehm, vor einer Fremden so viel Gefühl zu zeigen. Verlegen schnäuzte Sverre sich.

»Ich dachte, ihr mögt vielleicht auch einen Becher Reaka?«, sagte Trina heiter und setzte sich ganz selbstverständlich auf die Bettkante. »Die habe ich in der Küche gefunden«, murmelte sie verschwörerisch und förderte aus der Tasche ihrer Tunika eine in eine Serviette eingeschlagene Waffel zutage. Liam musste grinsen, während er den Reaka genoss.

»Ich danke dir«, sagte er und machte gehorsam den Mund auf, als Ashturias Königin ihn mit einem kleinen Stückchen davon fütterte.

»Setzt euch doch.« Trina hatte es nur über die Schulter und ganz nebenbei gesagt. Aber sie hatte es zu seinen Eltern gesagt und die beiden erstarrten.

So wie Sverre die Lippen zusammenkniff, hatte er das nicht als Vorschlag oder Hinweis aufgefasst, sondern als Befehl einer Königin, dem er Folge zu leisten hatte. Dementsprechend mürrisch verhielt er sich.

Er tut so, als hätte Trina ihm unter die Nase reiben wollen, dass er nicht mehr Fascors König ist.

Sein Vater strich sich über die zarte Haut der Narben um seine Augen und zog zwei Stühle heran. Trina drehte sich um und brachte seinen Eltern den Reaka.

»Wie Ihr wünscht, Eure Hoheit«, sagte seine Mutter gepresst und nahm den Becher mit einer unterwürfigen Kopfbewegung entgegen.

»Ach, verdammt!«, entfuhr es Trina leise. Sie setzte sich wieder auf Liams Bett und ballte ihre Hände im Schoß. »Ich bitte euch! Hört endlich auf mit diesem Festländerblödsinn!«

Die Köpfe seiner Eltern ruckten überrascht in die Höhe und Liam musste sich das Grinsen verkneifen. Wenn Trina mit *Festländerblödsinn* anfing, könnte sie durchaus auf taube Ohren stoßen bei Elsý und Sverre.

»Ich bin Ashturias Königin. Und nicht einmal die Ashturier buckeln so vor mir, wie ihr es tut. Ich weiß, ihr tut dies aus Respekt, aber das ist anstrengend. Wir haben das so oft schon besprochen und *bitte* sagt *du* zu mir! Bitte!«

Es folgte ein Moment der Stille, nur Fecyres Schnurren war zu hören.

»Wir werden es versuchen«, sagte Sverre und lächelte mit einem Seitenblick auf Liam.

Liam drückte aufmunternd Trinas Hand und trank noch einen Schluck Reaka.

»Wie konnte es zu diesem Chaos kommen, Vater?«, fragte er.

Sverre beugte sich vor und raufte sich das Haar. Graue Fäden durchzogen es neuerdings.

»Anatarsi hat sich kaufen lassen«, sagte er und seufzte.

»Fang am Anfang an«, warf Elsý ein.

»Mache ich doch!«, gab sein Vater zurück. »Lass mich erzählen.« Nachdenklich starrte er in seinen Reaka. »Anatarsi ist tot«, ein Seitenblick zu Fecyre, »deswegen kann er nicht mehr befragt werden. Das, was wir erfahren konnten, ließe sich vielleicht auch anders interpretieren, aber ich kam zu meinem ganz persönlichen Schluss. Wie du weißt, war Anatarsi immer schon zielstrebig.«

Sverre sah im richtigen Moment hoch, um Liam zweifelnd das Gesicht verziehen zu sehen.

»Anatarsi kam aus einfachen Verhältnissen, verarmter Adel. Doch er bewies wahrscheinlich deswegen ein außergewöhnliches Gespür für die Bedürfnisse des Volkes. Er arbeitete hart und tat sich durch großartige Ideen hervor. Als der Ministerrat ihn zu einem der ihren machte, blühte er richtig in seiner Aufgabe auf. Auch die Innenpolitik schien ihm zu liegen, er setzte einige Reformen durch, unter anderem die Volkszählung im fünfjährigen Rhythmus. Er war ein guter Mann.« Resignierend kippte er den Kopf in den Nacken und leerte den Reaka. »Zumindest dachte ich das.« Sverre griff nach der Hand seiner Frau. »Wäre ich nicht so blind gewesen, hätte ich euch viel Leid erspart«, murmelte er leise.

Elsý lächelte ihn warm an und fuhr mit den Erklärungen fort: »Wir haben mit dem Verwalter von Anatarsis Angelegenheiten gesprochen. Sein Privatsekretär, der Geheimhaltung bis zum Tod geschworen hatte, kam auf uns zu, nachdem ... na ja, der Tod eingetroffen war. Es gab Korrespondenz mittels Boten und geheime Übergabeplätze der Nachrichten. Der Privatsekretär versicherte glaubhaft, dass er nicht wisse, was in dieser Korrespondenz stand oder mit wem sie stattfand. Aber er kann sich erinnern, dass ungefähr ein halbes Jahr nach der ersten anonymen Botschaft an den Minister eine beachtliche Summe in den Büchern auftauchte. Auf Rücksprache bei der Bank hin wurde die Auskunft erteilt, dass ein Fremder Gold für den Minister hinterlegt hatte.«

»Gold?«, frage Liam.

»Ja«, antwortete sein Vater. »Es wurden dünne Goldstreifen abgegeben. Nichts Verarbeitetes wie Münzen oder Ähnliches, was auf eine Herkunft hätte schließen lassen. Der Sekretär sprach Anatarsi direkt darauf an, woraufhin der Minister ihn an seine Verschwiegenheit erinnerte. Als der Mann abends nach Hause kam, fand er sein Heim leer vor. Seine Frau und Kinder wurden von Anatarsi *zu ihrer Sicherheit* woanders untergebracht.«

Elsý nippte an ihrem Reaka und sprach weiter. »Zu dieser Zeit brachte Anatarsi einen Antrag im Ministerrat ein. Er begann mit dem Aufbau der Geheimorganisation, gleich nach deren Bewilligung durch die Minister und die Krone. Doch statt das Land zu schützen, hat er das Gegenteil getan. Genannt hat er es selbstverständlich anders, aber das war der Anfang der Befreiungsarmee.«

Sein Vater ließ betrübt den Kopf hängen. Er sprach leise.

»Ich dachte, es wäre besser, dem Volk zu verheimlichen, wie sehr Fascor von der Missernte getroffen wurde. Niemals hätte ich gedacht, es gäbe deswegen Aufstände.«

In Liams Kopf arbeitete es auf Hochtouren. »Das war nach dem verregneten Sommer?«, fragte er.

»Ziemlich zu dem Zeitpunkt, als sich abgezeichnet hat, dass wir unsere Bevölkerung nicht allein versorgen können«, antwortete sein Vater.

»Die Vorräte. Wo hast du sie einkaufen lassen?«, wollte Liam wissen, doch seine Mutter schüttelte bereits den Kopf.

»Wir haben auch schon darüber nachgedacht. Wir haben sie nicht nur von direkten Nachbarn bezogen, auch von vielen verschiedenen und weiter entfernten Staaten. Ostrinja war ebenso betroffen wie wir. Ashturia hat uns damals mit Fleischwaren und Fisch versorgt. Ich danke Euch von ganzem Herzen!«, sagte sie und Trina zog die Augenbrauen finster zusammen. »Ich danke *dir*«, korrigierte seine Mutter sich und lächelte verlegen.

»Wenn Ostrinja also ebenso von schlechten Ernten betroffen war, ist es wohl eher unwahrscheinlich, dass sie Geldmittel übrig hatten, um einen Putsch im großen Stil zu finanzieren?«, vermutete Trina nachdenklich.

Sverre schüttelte den Kopf.

»Das kann ich mir nicht vorstellen, nein. Denn Anatarsi hat *viel* Geld in die Hand genommen, um die Söldner der Befreiungsarmee zu bezahlen.«

»Und das war dann auch das, was ihm das Genick gebrochen hat«, murmelte Liams Mutter. »Anatarsi hatte keine Zeit, um die Macht zu genießen. Kaum hatte die Befreiungsarmee das Ende der Monarchie ausgerufen, hörten die Goldlieferungen auf. Und der Minister hatte nicht nur die berauschende Herrschaft am Hals, auf die er so scharf war, sondern auch die Verantwortung und Verpflichtungen, die die Führung eines Landes mit sich bringt. Allem voran horrende Zahlungsverpflichtungen.«

Liam blickte zwischen seinen Eltern hin und her.

»Anatarsi hat viele zwielichtige Gestalten um sich geschart. Sie befolgten seine Anordnungen, aber nur um des Geldes willen«, sagte Sverre. »Der Sekretär war bestürzt, wie schnell sie ihrem Auftraggeber drohten, als er nicht mehr zahlen konnte. Mehr als einmal wurde in die Räume des Ministers eingebrochen, einmal fand er einen Tierkadaver neben einer Drohung auf dem Schreibtisch.«

Trina nickte wissend und sagte: »Ich habe einige Wachen aus dem *Fels* befragt. Anatarsi hatte einige wenige Leibwächter rund um die Uhr an seiner Seite. Er war scheinbar völlig paranoid vor Angst. Und besessen von der Beschaffung von Geldmitteln.«

Elsý blickte nicht von ihrem Reaka auf, als sie weitersprach. »Der Privatsekretär hat berichtet, Anatarsis Liebschaft wäre ermordet worden. Er hatte nicht unbegründet Angst um sein Leben.«

In Liams Kopf drängten sich diese ganzen neuen Informationen zusammen und erschwerten das Denken.

»Dieser Sekretär. Ist er vertrauenswürdig? Glaubhaft? Ist er darin verwickelt?« Er rieb sich die Schläfen. »Glaubt ihr ihm?«, fragte er und verkniff sich ein Gähnen.

Sein Vater strich sich nachdenklich über das Kinn, bevor er antwortete. »Ja. Ich glaube ihm. Wir haben sehr lange Gespräche geführt. Er wurde gewissenhaft überprüft und seine Arbeitsweise durchleuchtet, ebenso wie alle privaten Angelegenheiten. Ich glaube, er ist ein ehrlicher Mann, der seine Loyalität dem Falschen versprochen hat und nicht mehr umdrehen konnte, als er erkannte, welchen Weg Anatarsi eingeschlagen hatte.«

»Außerdem gab es in seinen Berichten keine Ungereimtheiten oder Lücken, so oft er sie auch vortragen musste. Der neue Rat der Minister verlangte vollständige Aufklärung und hat den armen Mann unzählige Male befragt«, ergänzte seine Mutter und sah ihn aufmerksam an, als Liam dann doch gähnen musste. »Du wirst müde. Wir lassen dich besser ruhen.«

Sverre stand unaufgefordert auf und hielt seiner Gattin den Arm hin. Sie strich Liam zum Abschied über die Stirn.

»Königin Trina, wir sollten die Einzelheiten deiner Abreise noch klären«, sagte Elsý beim Hinausgehen leise.

Trina nickte Elsý zu, wandte sich von Liam ab und schloss die Tür hinter seinen Eltern. Seine Kehle wurde plötzlich ganz eng, krächzend kam das Wort heraus: »Abreise?«

Betrübt setzte sie sich wieder auf die Bettkante. »Ja, ich muss zurück nach Ashturia.« Sie strich der Katze über das seidige Fell. »Auch wenn unsere liebe Fecyre Nachrichten überbringt, so machen die Triis langsam Probleme. Wulff berichtet, sie wären sehr ungeduldig und hätten letztens die Teilnahme am monatlichen Clan-Treffen verweigert.« Trina seufzte schwer. »Ich lasse dich nicht gern allein, glaub mir.« Ihr Blick war schuldbewusst. »Aber ich muss auch an Ashturia denken.«

»Ja. Ja, natürlich!« Liam wunderte sich, dass er überhaupt etwas sagen konnte, er war regelrecht vor den Kopf gestoßen.

Du hast doch nicht etwa geglaubt, die Königin kann für immer hierbleiben?, fragte seine innere Stimme bissig.

Er holte tief Luft und schlang seine Arme um Trina. Unbeholfen zog er sie an sich und drückte sie fest an seine Brust, Trina klammerte sich an ihn.

Ich wusste, dass es diesen Moment geben wird, ich habe mich nur ganz bewusst davor gedrückt.

»Es geht mir ja schon besser«, murmelte er an Trinas Hals. »Und ich möchte keinesfalls, dass es meinetwegen Schwierigkeiten in Ashturia gibt.«

Trina schluckte hörbar ein bitteres Lachen hinunter, als sie antwortete. »Um ehrlich zu sein, bist du indirekt der Grund, warum die Triis sich so querstellen.«

Er lehnte sich ein Stückchen zurück und sah sie fragend an. Behutsam löste sie sich vollständig aus seiner Umarmung. »Das Clan-Oberhaupt der Triis hat offen Zweifel an deiner Ehrenhaftigkeit geäußert.« Trina strich eine Haarsträhne hinters

Ohr. »Auch wenn du kein Schürzenjäger bist, reicht es, um ein Licht auf mich zu werfen, in dem ich mich nicht an die Traditionen meines Clans und der Ashturier halte. Unsere Traditionen sind die Berechtigung für meinen Thron.« Trina starrte auf ihre Finger. »Und wenn ich die Traditionen nicht respektiere, warum sollten sie es dann tun?«

Liam überlegte, bevor er antwortete. »In Fascor sagen wir Gesetze zu dem, was in Ashturia Traditionen sind. Du musst nach Hause. Auch wenn ich noch so gern mehr Zeit mit dir verbringen würden.« Er hob Trinas Hand an seine Lippen. »Es tut mir leid, dass du meinetwegen so viel ertragen musstest. Und dass es meinetwegen auch noch Zweifel an deiner Integrität gibt.« Er lächelte scheu. »Und ein bisschen tut es mir leid, dass es nicht einmal einen Grund für diese Zweifel gibt.«

Trina errötete und sah verlegen zu Seite. »Ich weiß, was du meinst«, hauchte sie.

Fecyre hatte sich still verhalten, doch jetzt kletterte sie miauend auf Trina herum. Das Mädchen warf der Katze einen bösen Blick zu.

»Lass mich raten, sie schimpft mit dir«, sagte Liam.

»Das kann man so nennen«, erwiderte Trina und atmete hörbar ein. »Liam, deine Genesung schreitet wirklich schnell voran und ...«

Mit einem Kuss verschloss er ihre Lippen.

»Geh jetzt gleich«, sagte Liam dann. »Aber bitte versprich mir, dass wir uns wiedersehen!«

»Königinnenehrenwort«, murmelte Trina und küsste ihn noch einmal.

25

Als er den Schatten auf sich zukommen sah, griff er in die Takelage und sprang auf die Reling. Die Gischt spülte herauf und durchnässte Liam. Er streckte die Hand aus und der Drache zischte an ihm vorbei, fast hätte er ihn berührt. Fecyre flog eine große Schleife und kam zurück.

»Ich freue mich so, dich zu sehen! Hast du der Königin Bescheid gesagt, dass wir auf dem Weg sind?«, rief er.

Das Drachenmädchen ließ sich neben ihm auf der Reling nieder.

»Natürlich«, sagte sie. Liam konnte immer noch nicht verstehen, warum Fecyre nur in ihrer Drachengestalt eine Stimme hatte. Er strich über ihren Kopf. »Aber ich sagte es ihr schon, als ihr in unsere Gewässer gekommen seid.«

»Werde ich lange auf sie warten müssen?« Er konnte es nicht erwarten, sie wiederzusehen.

»Nein, vermutlich nicht. Sie ist bei den Triis, mal wieder. Aber das ist ja nur ein halber Tagesritt.«

Eine große Welle drückte Liam in die Taue, Fecyre riss die Flügel auf, um nicht von der Reling geworfen zu werden. »Seekrank bist du wirklich nicht mehr.«

»Nein, glücklicherweise nicht«, bestätigte Liam lachend und genoss die steife Brise.

Er betrachtete die Flussmündung, die sich gemächlich an dem Schiff vorbeischob. Das Hinaufrudern des breiten Flusses würde noch einige Stunden in Anspruch nehmen.

»*Fecyre? Wie geht es Trina?*«, fragte er mit Blick auf die Baumreihe.

»*Gut*«, antwortete das Drachenmädchen in seinen Gedanken.

»*Hat sie …*« Er seufzte. »*Hat sie jemanden kennengelernt?*« Er wagte nicht, den Drachen anzusehen. Er wollte nicht, dass Fecyre sah, wie sehr er sich vor der Antwort fürchtete.

»*Kennengelernt hat Trina viele Leute. Da sind ja schon mal die neuen Diplomaten aus Fascor.*«

Liam unterbrach sie: »Du weißt, was ich meine.« Das klang vorwurfsvoller als geplant.

Fecyre kicherte.

»Ja, ich weiß, was du meinst.« Sie sah den Fluss hinauf und antwortete in seinen Gedanken: »*Vom Clan der Triis gab es eine Bitte um Heirat.*«

War Trina nicht gerade bei den Triis? *Schon wieder*, hatte Fecyre gesagt. Der Drache fuhr fort: »*Aber sie hat freundlich und bestimmt abgelehnt. Und erst vor zwei oder drei Monaten war eine Gesandtschaft aus Ostrinja mit einem Gesuch der Vermählung hier.*«

»Ich kenne Prinz Jole. Er ist nett«, sagte er gepresst.

Ostrinja war Fascors direkter Nachbar im Norden. Sie hatten allerdings ihre Grenzen während des Bürgerkrieges nicht für die Flüchtenden geöffnet.

Fecyres machte auf der Reling ein paar wackelige Schritte auf ihn zu und wühlte ihre Schnauze unter seinen Arm.

»*Lass das Grübeln, Liam. Sie hat keinen anderen angesehen. Obwohl es genügend Angebote und Gelegenheiten gegeben hätte. Obwohl ihr euch fast ein Dreivierteljahr lang nicht mehr gesehen habt. Hast du denn eine Frau kennengelernt?*«

Überrascht sah Liam den Drachen an. »Ich?« Er schüttelte den Kopf. »Natürlich nicht!«

Auch für ihn hatte es einige mehr als eindeutige Angebote gegeben. Selbst wenn er nicht mehr der Prinz des Landes war, wollte doch so mache Familie königliches Blut in ihrem Stammbaum haben. Sogar, wenn es kein Königreich mehr dazu gab.

»Nein«, wiederholte er und fügte leise hinzu: »Für mich könnte es keine andere Frau geben.«

Liam starrte auf die Wellen am Kiel hinunter. Es hatte sich so viel geändert – auch er hatte sich verändert. Aber an seiner Liebe zu diesem unkonventionellen Mädchen war jeder Wandel abgeprallt.

Aus Fascor war eine Republik geworden. Seine Eltern waren beide im *Großen Rat der Minister*, der im zweijährigen Rhythmus vom Volk direkt gewählt werden sollte, und Fascor war zur Ruhe gekommen. Liam selbst war einer der gefragtesten Kartografen des Landes, er konnte sich vor Aufträgen kaum retten. Das lag nicht an seiner Vergangenheit, sondern an der Qualität seiner Arbeit. Darauf war er sehr stolz und er konnte seine Schüchternheit zumindest im geschäftlichen Bereich hinter sich lassen.

Gesellschaftliche Veranstaltungen mied er hingegen weiterhin, wo er konnte. Er wollte sich nicht den Fragen aussetzen, die diese schrecklichen Erinnerungen wieder an die Oberfläche holten.

Albträume hatte er nach wie vor. Sie hatten angefangen, als Trina nach Ashturia zurückgekehrt war.

Er vermisste sie in seinem Bett. Jede einzelne Nacht. Schmerzlich fehlte ihm die Nähe zu ihr.

Liam wurde aus seinen Gedanken gerissen, als Doàn sich hinter ihm räusperte: »Wenn man euch zwei so nebeneinander auf der Reling sieht, könnte man meinen, ihr unterhaltet euch.«

Grinsend wandte sich Liam um. Wenn Doàn bloß wüsste!

»Ist es das erste Mal, dass du nach Ashturia zurückkehrst?«, fragte der Mann väterlich.

Liam nickte und antwortete: »Es gab in Fascor viel zu tun.« Er sprang von der Reling aufs Deck. »Und du, Botschafter?«

Doàn lehnte sich zufrieden an den Mast. »Ich war seitdem immer mal wieder dort, aber ich freue mich jedes Mal aufs Neue. Die Menschen sind so ...«

»Besonders«, beendete Liam den Satz seines ehemaligen Leibwächters.

Doàn lachte. »Ja, ganz genau! Und zu wissen, dass ich drei Monate hierbleiben kann, um dann für ein paar Wochen in Fascor sein zu müssen, ist nicht das Schlechteste.« Der Mann fummelte an einem Faden, der an seinem Ärmel überstand. »Und du? Was bringt dich nach Ashturia?«, fragte er.

»Ich wurde gebeten, ein paar Karten anzufertigen«, antwortete Liam wahrheitsgemäß.

Doàn grinste, sah ihn aber nicht an.

»Die unverheiratete Königin hat damit nichts zu tun?«

Als er antwortete, musste auch Liam lachen. »Im Gegenteil. Ich bin auf Trinas persönliche Bitte hin hier.« Er verwünschte die Hitze auf seinen Wangen. »Du weißt, wie schwer man ihr einen Wunsch abschlagen kann.«

»O ja!« Doàn lachte laut und klopfte Liam auf die Schulter. »Ich freue mich, zu sehen, dass du die Überfahrt besser wegsteckst als beim letzten Mal. Das macht es leichter, für uns alle.«

Fecyre wandte sich zu Liam um. »Ich werde Wulff verständigen. Er wird Pferde bereitstellen, um dich und deine Sachen in dein Quartier zu bringen. Und dich zurück zu den Connens, Botschafter.« Sie nickte Doàn zu und sprang vom Schiff.

Ein wenig enttäuscht schob er die Tür zu dem Häuschen auf. Irgendwie hatte Liam geglaubt, er würde wieder in der kleinen Kammer schlafen können. Stattdessen hatte Jemmy ihn zu einem abseits gelegenen Haus gebracht.

Der Clan der Connens hatte ihm erlaubt, Milla während seines Aufenthaltes zu reiten, die brave Stute wurde im Stall neben dem Haus untergebracht.

Auf dem Weg hierher hatte er mit Jemmy gelacht und gescherzt, aber jetzt, wo er allein war, machte sich Leere in ihm breit.

Es dämmerte, also entzündete er eine Laterne und sah sich um. In der kleinen Küche fand er Töpfe, Krüge und Teller und sogar Vorräte. In dem größten Raum war ein Kamin und auf der gegenüberliegenden Seite des Raumes stand ein riesiger Kartentisch vor den Fenstern. Liams Herz machte einen Freudensprung, als er die Finger über das Holz gleiten ließ. Wer auch immer den Tisch angefertigt hatte, wusste, was ein Kartograf brauchte. Es waren Ablagen am Rand der Tischplatte angebracht worden. Und auch kleine Einkerbungen, so wie er sie selbst bei seinem eigenen Tisch in die Platte geschnitzt hatte, damit er den Stift ablegen konnte, ohne sich zu sorgen, dass er von der Arbeitsfläche rollte.

Nachdem er das Schlafzimmer angeschaut hatte, zündete Liam das Feuer im Kamin an. Der Wasserspeicher war bereits voll, also konnte er schon bald baden. Das Knistern des Feuers erfüllte das kleine Häuschen mit ein wenig Leben und er fühlte sich nicht mehr ganz so allein.

Während das Wasser warm wurde, packte er seine Sachen aus und verstaute sie. Er hörte das Rauschen des Regens auf dem Dach und vergewisserte sich mit wachsamem Blick, ob es wirklich dicht war. Aber nirgends tropfte es herein.

»Fecyre?«, fragte er erneut in seinen Gedanken, in der Hoffnung, dass sie ihn hören könne. Er wollte wissen, ob sie etwas von der Königin wusste.

Aber das Drachenmädchen gab ihm keine Antwort.

Liam brauchte einige Zeit, um sich in der Küche zurechtzufinden. Er kochte sich einen Reaka, löschte die Lichter und nahm den Becher mit ins Bad. Der Zuber war rasch befüllt und mit einem Seufzen tauchte er in das heiße Wasser. Er schlürfte am Reaka und schloss die Augen.

Wie lange er geschlafen hatte, konnte er nicht sagen, aber als er Fecyres Stimme vernahm, schoss er hoch.

»Liam? Trina ist auf dem Weg zu dir!«

Die Vorfreude sprang ihn an und gerade als er vor Aufregung zitternd aus dem Wasser steigen wollte, hörte er die Stalltür zuschlagen. Schon klopfte es an der Haustür.

Ich bin ja noch nicht einmal trocken.

Es klopfte erneut.

»Moment!«, rief er und sah zu, dass er zumindest in seine Hose schlüpfte. Er schob den Riegel zurück und öffnete die Tür.

Tropfnass stand sie unter dem winzigen Vordach und zitterte. Aber das Lächeln auf Trinas Lippen war wie der Sonnenschein.

»Ich bin gleich hergekommen«, sagte sie leise und wrang ihren Zopf aus.

»Komm bitte herein«, sagte Liam, nahm den nassen Mantel entgegen und hängte ihn zum Trocknen ans Feuer.

Trina schlüpfte aus ihren Stiefeln und kippte das Wasser durch die offene Tür, bevor sie sie schloss. Derweil legte Liam noch ein paar Scheite auf die Glut im Kamin. Sein Puls hämmerte in seinen Ohren, er war wahnsinnig aufgeregt. Als die Flammen das Holz gierig fraßen, wurde es sofort heller im Wohnraum und er drehte sich zu ihr.

In einer kleinen Pfütze stand sie am Eingang.

»Willst du an der Tür stehen bleiben?«, fragte Liam lächelnd und hoffte, die Nervosität war nicht in seinen Worten zu hören.

Rasch warf er noch ein Stück Holz ins Feuer, um in der Zeit sein klopfendes Herz zu beruhigen. Als Trina ihn von hinten umarmte, quietschte er.

»Du bist total nass und kalt«, maulte er gespielt und drehte sich zu ihr, um die Umarmung zu erwidern.

»Ich freue mich so, dass du da bist«, nuschelte Trina an seinem Hals. »Außerdem bist du selbst noch nass.« Sie löste sich ein Stück und wuschelte durch seine Haare. Diese Geste ließ sein Herz wieder flattern.

Doch Liam war verunsichert. Konnte er da anknüpfen, wo sie sich getrennt hatten? Einfach so? Die Vertrautheit, nach der er sich so sehnte, war in den Briefen zwar nicht verloren gegangen, aber ...

Er beugte sich noch einmal zu ihr. Durch den Gestank nassen Pferdefelles konnte er Trinas zarten Eigengeruch wahrnehmen. Er drückte einen kleinen Kuss auf ihren Nacken. Das war unverfänglicher, als sie auf den Mund zu küssen.

»Ich war gerade baden«, murmelte er, während Trina den Schwertgurt ablegte. »Willst du auch einen Reaka?« Schon machte Liam sich auf den Weg, eine Kanne aufzubrühen.

»Ja, ein Reaka wäre wundervoll.« Trina sah zum Badezimmer, die Tür stand offen. »Hast du noch Wasser?«, fragte sie und ging schon den kurzen Flur hinunter, ohne seine Antwort abzuwarten. »Ich bin zu spät bei den Triis losgekommen. Und dann hat es auch noch angefangen zu regnen, ich bin total durchgefroren.« Sie stieß einen entzückten Laut aus. »Oh, das Wasser ist ja noch warm! Darf ich?«

»Natürlich«, rief Liam laut genug, dass sie ihn auch noch im Nebenzimmer hören konnte. »Fühl dich wie zu Hause.«

Das Feuer im Kamin spendete wohlige Wärme, und als der Duft des Reakas durch das kleine Haus zog, fühlte Liam sich angekommen. Aus dem Badezimmer hörte er Trina summen. Er verkniff sich, durch den Spalt zu spähen.

»Liam? Ich kann den Reaka schon riechen. Mhmm!«, hörte er aus dem Bad. Nach einer kurzen Pause setzte Trina nach: »Du kannst ihn jederzeit reinbringen.«

Liam stutzte, griff dann aber nach den Bechern und näherte sich der Tür des Bads. Zwei Schritte, ehe er sie erreichte, erstarrte Liam. Die Geräusche waren unverkennbar: Sie hatte sich schon in die Wanne gesetzt. Chaos brach in seinem Kopf los.

Sie sitzt im Wasser und hat mich hereingebeten. Er schluckte. *Sie ist nackt.* Hitze brandete seinen Hals hinauf und breitete sich auf seinem Gesicht aus. Er nahm einen zittrigen Atemzug und versuchte, die aufkeimende Hoffnung in Zaum zu halten. *Sie hat mich hereingebeten.* Der Reaka in den Bechern schwappte, so aufgeregt war er plötzlich.

ഇരുഭ

Mit pochendem Herzen lag sie in dem Zuber, als Liam klopfte. Wohlriechender Schaum bedeckte die ganze Wasseroberfläche und gab ihr ein Stück weit das Gefühl von Sicherheit.

»Komm ruhig rein«, sagte sie leise.

Liam hatte zwei Becher in der Hand und lächelte schüchtern.

»Ich ... ich will nicht stören«, brummte er und vermied, zu ihr zu sehen, als er ihr den Becher entgegenstreckte.

Trina musste lachen.

»Ich störe doch *dich*! Verzeih bitte, eigentlich wollte ich dich nicht so überfallen. Aber mir war so kalt! Der Wind trieb den Regen vor sich her, sodass es eine sehr unangenehme letzte Stunde des Rittes war.«

»Es gibt nichts, wofür du dich entschuldigen müsstest«, sagte er und hob ihre nasse Kleidung vom Boden auf. Immer noch sah er nicht zu ihr und für einen Moment fragte sie sich, ob er sie nicht mehr so anziehend fand, wie er es in den Briefen beteuert hatte. »Ich hänge deine Sachen zum Trocknen auf, einverstanden?«

Trina trank einen Schluck Reaka. Liam kam zurück, er wirkte verlegen. Aber zu ihrer Beruhigung zog er sich den Schemel heran und setzte sich scheu lächelnd.

Sie hatten sich viele Briefe geschrieben. Trina wusste um seinen Erfolg als Kartograf. Und er wusste in groben Zügen, was in ihrem Leben passierte. Doch nun, wo sie endlich wieder beieinandersaßen, schwiegen sie.

Uns wird doch wohl der Gesprächsstoff nicht ausgehen?

»Wo ist Fecyre?«, fragte Liam in diesem Moment, den Blick stur auf den Reaka geheftet.

»Sie ist in der großen Halle, jemand wurde bei Waldarbeiten verletzt.«

Dass der Drache schon längst mit der Heilung des Mannes fertig war, verschwieg sie. Und auch, dass sie Fecyre gebeten hatte, heute einen großen Bogen um dieses Haus zu machen.

»Die Narbe ist also nicht verschwunden? Trotz Fecyres Blut?« Sie streckte ihren Arm, konnte Liam aber nicht berühren.

Er hob den Kopf und sah sie endlich an. Seine Augen waren so blau wie der Sommerhimmel und sein Blick ging ihr durch und durch.

»Nein.« Er tastete nach dem sternförmigen Brandmal auf der linken Seite seiner Brust. Trina begrüßte, dass er sich kein Hemd angezogen hatte. »Ich glaube, sie wird bleiben.«

Seine Fingerspitzen waren kalt, als er ihre ausgestreckte Hand ergriff und die Innenseite ihres Handgelenks küsste. Aber seine Wangen glühten.

Liams Stimme war rau und er fragte ganz leise. »Gibt es jemanden in deinem Leben?« Seine Worte brachten ihr Herz wieder in Aufruhr, während er ihre Hand betrachtete, als wäre sie das Interessanteste der Welt. »Ich meine ... Bist du jemandem verpflichtet?«

Trina spürte, wie die Verlegenheit auch ihre Wangen färbte. Aber sie atmete tief durch, obwohl sie wusste, dass jedes Zögern ihn nur noch mehr verunsicherte. Sie setzte sich in dem Zuber so hin, dass sie sich nahe an den Rand drückte. Liam würde nur ihre Schultern sehen können.

»Liam, würdest du mich bitte ansehen?«

Er hob den Blick.

»Wir sind beide achtzehn. Alt genug, um längst verheiratet zu sein. Und ich sitze hier nackt vor dir in der Badewanne. Glaubst du denn, ich wäre jemandem verpflichtet?«

Ihr Herz klopfte ihr nun bis zum Hals. Er antwortete nicht, sah sie nur an.

»Ich bin *dir* verpflichtet, du großer, dürrer ...«

Stürmisch grub Liam seine Hand in ihr Haar und küsste sie. Seine Lippen waren warm und weich und schmeckten nach Reaka. Trina erwiderte seinen Kuss und zog ihn dichter zu sich heran. Die Wand des Holzzubers störte unglaublich.

»Steh auf«, wisperte er und kam auf die Füße.

Dass ich noch roter werden kann, hätte ich nicht gedacht! Innerlich lachte sie, denn ihr Gesicht brannte wie Feuer.

»Wie gesagt, ich bin nackt«, gab sie kleinlaut zurück.

»Bitte. Steh auf.« Verlegen biss er sich auf die Lippe.

Trinas Hand zitterte, als sie sich am Rand des Zubers aufstützte und erhob. Das Wasser tropfte an ihr hinunter.

»Du bist wunderschön«, flüsterte Liam.

Er sah ihr in die Augen und hielt ihren Blick fest. Trinas Herz schlug so schnell, dass ihr beinahe schwindlig wurde. Seine Hände zitterten vor Nervosität, als er einen Arm um sie schlang und den anderen unter ihren Kniekehlen platzierte, um sie aus dem Zuber zu heben.

»Jetzt wirst du nass«, flüsterte sie und sah zu Liam auf.

Er war ganz nahe und lächelte mit einem Schulterzucken.

»Dann muss ich meine Hose eben auch zum Trocknen aufhängen.«

Unter ihrer Hand auf seiner Brust konnte sie seinen rasenden Herzschlag spüren. Ihre Kehle war ganz trocken, sie räusperte sich.

»Ja, das ist sicherlich das Beste«, krächzte sie.

Im Wohnraum setzte er sie vorsichtig ab und strich mit der Fingerspitze ihren Rücken entlang. Trina hielt den Atem an.

»Sag, seit wann sind wir so ernst?« Liam fragte leichthin und lachend, hielt aber seine Hände nun krampfhaft auf dem gleichen Fleck ihres Rückens.

»Seit es ernst wird, so wie es aussieht«, gab sie zurück.

Obwohl ihr Gesicht heiß brannte und ihr Herz vor Aufregung beinahe stolperte, wurde ihr kalt. Die Gänsehaut erwachte auf ihrem ganzen Körper. Liam strich über ihre Schulter und setzte einen Kuss auf das Gelenk.

»Komm«, murmelte er und nahm ihre Hand.

Er zog sie vor den Kamin und ließ sie vor der tiefroten Glut stehen. Einen Augenblick später kam er aus dem Schlafzimmer und legte ihr von hinten die Bettdecke um die Schultern. Nur am Geräusch erkannte sie, dass er die zweite Decke ebenfalls mitgebracht und sie zu Boden fallen gelassen hatte.

Er schob sie näher an die Glut, zog die Ecken der Decke vor ihrem nackten Körper zusammen und umarmte sie so von hinten.

Mit der Decke zischen uns, fiel ihr überrascht auf. *Aber seine Zurückhaltung macht ihn so besonders*, dachte sie lächelnd.

Liam atmete tief ein, sein Gesicht direkt an ihrem Hals.

»Du machst die Decke nass«, sagte sie.

»Das geht natürlich nicht.« Er klang ebenso aufgeregt wie sie.

Er löste seinen Griff um Trina und sie konnte hören, wie er die Hose von den Beinen streifte und irgendwo anders hinwarf.

So lange habe ich darauf gewartet, warum bin ich so aufgeregt?

Liam schien ähnliche Gedanken zu haben, denn er flüsterte hinter ihr: »Sieh mich nur an. Seit ich dich kenne, begehre ich dich. Jetzt erfüllen sich meine Träume endlich und du stehst unbekleidet vor mir. Und ich schlottere, als hättest du einen Dolch in der Hand.« Er schob die Haare aus ihrem Nacken und küsste sie dort. »Du hast keinen Dolch in der Hand, oder?«

Trina musste lachen. »Nein.«

Sie ließ die Bettdecke los, die zu Boden rutschte. Liam kam den halben Schritt näher, seine Haut war warm, als er seine Arme um sie schlang. Mit klopfendem Herzen drehte Trina sich zu ihm um.

Seine Berührungen waren sanft und bedrängten sie nicht. Aber seine Küsse wurden fordernder. Sie zog ihn eng an sich und ließ ihre Fingerspitzen über seinen Rücken streichen. Trina hatte nichts dagegen, dass er sie langsam, aber bestimmt zu Boden gleiten ließ. Im Schein der Glut beugte er sich zu ihr herunter und küsste sie leidenschaftlich. Er brummte, doch löste sich mitten im Kuss von ihr.

»Trina, ich ...« Er schluckte und biss sich auf die Unterlippe.

»Du redest zu viel«, flüsterte sie und zog ihn an sich.

Und tatsächlich brauchten sie keine Worte mehr, als sie sich vor dem Kamin liebten.

26

Ein leises Rascheln warnte ihn vor. Liam erschrak also nicht, als Trina sich über ihn beugte und ihn küsste.

»Guten Morgen«, sagte sie mit verschlafener Stimme und sanftem Lächeln. Zärtlich strich sie ihm die Haare aus der Stirn. »Du hast schlecht geträumt.«

»Ich wollte dich nicht wecken«, murmelte er, zog sie dicht an sich heran und atmete den betörenden Duft ihrer Haut ein.

»Das ist nicht schlimm«, antwortete die Königin und befreite sich aus seinem Griff. »Ich mache uns Reaka.«

»Dazu ist es doch viel zu früh«, protestierte Liam, aber sie war schon auf den Beinen und so wunderschön, dass er seinen Blick nicht abwenden konnte.

»Geh bloß nicht weg«, sagte sie über die Schulter zu ihm.

»Nein, bestimmt nicht«, antwortete er lachend.

Er wollte nicht weg von hier. Nicht weg von *ihr*. Aber das war etwas, das nicht er allein entscheiden konnte.

Wie schon so oft verstrickte Liam sich in den vielen Möglichkeiten, die die Zukunft vor ihm ausbreitete.

Als Trina mit den Reaka-Bechern zurückkam, war ihre nackte Haut eiskalt. Sie kroch unter die Decken und kuschelte sich an ihn, um sich zu wärmen.

»Was machen wir denn?«, fragte Liam nach einer Weile.

»Hm? Was meinst du?«

»Na ja. Ich soll Karten erstellen. Da ihr Ashturier ja kaum welche habt, und erst recht keine vernünftigen, werde ich viel herumreisen müssen.«

Trina grinste und streckte sich nach ihrem Reaka.

»So etwas dachte ich mir schon. Deswegen steht Milla in deinem Stall.«

»*Meinem* Stall?«

»Ja, dies hier ist jetzt dein Haus.« Die Königin hob ihren Kopf und sah ihn an.

Er küsste sie auf die Stirn.

»Du bist die Auftraggeberin. Ich werde mich nach deinen Wünschen richten. Was möchtet Ihr, Eure Hoheit?«

Trina stellte den Becher ab und schmiegte sich an Liam.

»Ich möchte gern, dass du glücklich bist«, sagte sie ernst, »und dass wir Zeit miteinander verbringen. Denn dann bin ich glücklich.« Sie atmete tief ein. »Ich habe dich so schrecklich vermisst!«

»Ich konnte es kaum erwarten, herzukommen!«, wisperte Liam und küsste sie.

Ein dumpfes Klopfen an der Haustür ließ sie beide hochfahren.

»Wer ist das?«, fragte Liam und schlüpfte rasch in seine Hose.

Trina zuckte mit den Schultern und begann ebenfalls, sich anzuziehen.

»Suchen sie vielleicht dich?«, fragte Liam und rief dann »Ja doch!«, als erneut an die Tür gehämmert wurde.

Trina reichte ihm seinen Schwertgurt.

Warum sollte ich den brauchen?, fragte er sich. Aber in Ashturia waren die Sitten anders, also schlang er den Gürtel um seine Mitte und murmelte: »Es dämmert gerade erst. Täusche ich mich oder ist es sogar für euch ziemlich früh?«

Trina nickte und küsste ihn, dann beeilte sie sich mit den Knöpfen ihrer Tunika. Als das nächste Mal an die Haustür geschlagen wurde, riss Liam sie auf.

»Was?«, fragte er und klang dabei gereizter, als er es in Wirklichkeit war.

»Sie ist hier?« Wulff stand breitbeinig direkt vor der Tür.

»Guten Morgen«, sagte Liam demonstrativ und schaute dann an dem bulligen Mann vorbei.

Mit ein paar Schritten Abstand hatten sich eine ganze Menge Leute hinter ihm aufgebaut. Liam nickte Alwa zu, sie grüßte kühl zurück.

»Was willst du, Wulff?«, fragte Liam, um Trina die Möglichkeit zu geben, ihre Haare zu ordnen. »Es ist noch nicht einmal ordentlich hell ...«

»Ist die Königin bei dir? Ihr habt die Nacht zusammen verbracht?«, unterbrach die rechte Hand der Königin ihn und er klang nicht besorgt.

Sie haben alle ihre Waffen mitgebracht. Ihm wurde mulmig zumute.

»Es ist eine einfache Frage, Liam!« Wulff wurde ungeduldig.

Unwillkürlich musste Liam lächeln.

»Die Frage mag einfach erscheinen. Aber wenn ich mir die Leute hinter dir anschaue, könnte die Antwort darauf mir Probleme einbringen«, antwortete er leise.

Ein winziges Grinsen zuckte um die Lippen des so finster dreinblickenden Mannes.

In diesem Moment zog Trina das Türblatt weiter auf. Mit verschränkten Armen stand sie neben Liam und schaute säuerlich.

»Königin«, grüßte Wulff und neigte den Kopf.

Trina hob das Kinn. »Du schleppst meinen Clan hier an?«

Doch nicht Wulff antwortete, sondern Alwa. »Du weißt, warum.«

Erstaunt sah Liam zu Trina, doch die starrte Alwa an.

»Was willst du, Jägerin?« Ihr eisiger Ton überraschte Liam, denn er hatte immer den Eindruck gehabt, dass die beiden sehr viel verband und sie sich gut verstanden.

»Ihr habt die Nacht miteinander verbracht?«, fragte Alwa. Trina senkte den Blick »Habt ihr *die Nacht miteinander verbracht?*« Die Königin nickte und die Jägerin sagte schlicht: »Der Clan will sein Recht.«

»*Feyre?*«, fragte Liam in seinen Gedanken, aber das Drachenmädchen war weder zu sehen noch meldete es sich.

»Das ist lächerlich!« Trina schnaubte.

»Wenn der Clan sagt, dass es das nicht ist, hast auch du dich zu fügen, Mädchen!«

Die beiden Frauen starrten einander an und Liam schaute zwischen ihnen hin und her.

»Das Recht des Clans wurde schon seit Ewigkeiten nicht mehr eingefordert! Und ausgerechnet jetzt ...«

Alwa unterbrach Trina harsch: »Du hast dich zu fügen!«

Trina presste die Lippen aufeinander, sie kochte sichtlich vor Wut.

»*Fecyre!*«, brüllte Liam innerlich, doch er bekam wieder keine Antwort.

»Was meint die Jägerin?«, fragte er Trina, doch sie wich seinem Blick aus.

»Wo? Hier und jetzt?«, fragte sie Alwa und vermied, ihn anzusehen. »Ich darf nicht mit dir sprechen«, wisperte sie ihm zu.

Die Jägerin nickte und die Menschenmenge teilte sich, um Trina gehen zu lassen. Liam wollte ihr folgen, doch Wulff hielt ihn zurück.

»Du musst es ihm erklären!«, rief Trina über die Schulter zurück und stapfte über das freie Feld.

»Was ist hier los?«, fragte Liam den Vertrauten der Königin. Er war nicht nur verwirrt und vor den Kopf gestoßen, er war auch äußerst beunruhigt.

Wulff wartete einen Moment, bis sich die Clan-Leute entfernt hatten. Sie standen ein Stück weit weg mit ihren Rücken zum Haus.

»Der Clan fordert sein Recht«, sagte Wulff dann leise und sah zu seinen Leuten hinüber.

Das weiß ich mittlerweile!, dachte Liam aufgebracht.

Schon fuhr der große Mann fort: »Es wurde eine Jungfrau des Clans entehrt und der, der es getan hat, muss ihre Ehre wiederherstellen.«

Wulff sah ihn direkt an und Liam spürte die Hitze in seinem Gesicht. Er hatte nicht geglaubt, dass diese Nacht *so* große Kreise ziehen würde. Auch noch vor so vielen Leuten! Verlegen zog er den Ärmel seines Hemdes gerade und räusperte sich.

»Selbstverständlich! Das ist das Mindeste, was ich Trina schuldig bin.« Er sah Wulff an. »Was muss ich tun?«

»Die Frau hat dich aus freien Stücken gewählt, sonst hätten wir dich schon hingerichtet.« Der muskelbepackte Mann sah nicht nach Scherzen aus. »Es werden dir beide Möglichkeiten genannt. Du kämpfst gegen den besten Krieger des Clans.«

Liam atmete ein und blinzelte. »Und was ist die andere Möglichkeit?«

Jetzt grinste Wulff und die starre Miene des Mannes wurde einen Moment verständnisvoll. »Du kannst wählen zwischen gewinnen oder verlieren.«

Ein bitteres, freudloses Lachen entkam Liam.

»Du weißt, dass *ich* da nicht wählen kann.« Er schüttelte den Kopf. »Also, was ist, wenn ich verliere?«

»Wenn du aufgibst, wird die Frau verstoßen. Wenn du stirbst, wird sich die Frau das Leben nehmen«, murmelte Wulff.

»Was?« Er musste sich verhört haben! »Sag mal, was habt ihr gegen Trina? Wer hat euch dazu angestiftet?« Liam hatte nicht einmal bemerkt, dass er den Mann angeschrien hatte. Erst als er das Echo seiner Worte über die Köpfe des Clans hallen hörte und sie alle zu ihm herübersahen, fiel es ihm auf. Die Männer und Frauen wandten sich wieder von ihm ab.

»Liam, das spielt keine Rolle«, versuchte Wulff zu erklären, aber Liam war außer sich: »Und ob das eine Rolle spielt! Ihr seid doch wahnsinnig! Das ist ein abgekartetes Spiel! Wer ist auf ihren Tod aus? Ich schwöre, ich ...«

»Liam!« Wulff sah ihn eindringlich an und sagte leise: »Reiß dich zusammen, Junge! Du beschämst Trina mit diesem Verhalten. Sie weiß, dass die Entscheidung des Clans auf der Mehrheit beruht. Und gerade weil sie die Königin ist, kann sie sich darüber nicht hinwegsetzen.«

Liam schluckte schwer. Sein Herz hämmerte gegen seinen Brustkorb, sein Puls rauschte in seinen Ohren. Einen Moment lang konnte er nicht atmen.

»Das kann nicht euer Ernst sein«, flüsterte er.

»Das ist das Recht des Clans«, sagte Wulff, als würde das irgendetwas erklären.

»Bitte *was?*«, hörte er Trina aufgebracht inmitten ihres Clans, aber dann war sie wieder still.

Liam musste kämpfen, um genügend Luft in seine Lungen zu ziehen. »In Wirklichkeit wähle ich also zwischen Trinas Verbannung und ihrem Tod?«

Der kräftige Mann legte seine Hand mitfühlend auf Liams Schulter und seufzte. »Auch wenn du deine Fähigkeiten durchaus realistisch einzuschätzen weißt – hast du schon einmal ans Gewinnen gedacht?«

»Bitte ...« Liam schnaubte sarkastisch. Wollte Wulff ihn etwa auch noch verhöhnen? »Ich habe an meinen Fähigkeiten gearbeitet, aber ich brauche keinen Gedanken daran verschwenden, gegen dich eine Chance zu haben!«

Wulff schüttelte den Kopf. »Du wirst nicht gegen *mich* antreten, ich bin dein Adjutant. Ich bin für deine Bewaffnung zuständig und werde dich im Kampf beraten.« Verständnislos starrte Liam ihn an. »Um zu gewinnen, muss dein Gegner aufgeben. Du kannst ihn ermüden oder verletzen. Oder töten.«

Das ist doch völliger Irrsinn!

Doch Wulff sprach unbeirrt weiter: »Du darfst die Waffe wählen. Nimm die, mit der du dich am sichersten fühlst. Und geh davon aus, dass der Kämpfer des Clans mit ihr ebenfalls umgehen kann!«

»Ich will mit Trina sprechen.« Egal, was Wulff sagte, Liam wusste, wie dieser Kampf ausgehen würde. Und das wusste die rechte Hand der Königin ebenfalls, denn er sah ihn mitleidig an.

»Das ist nicht erlaubt.«

Liam wollte protestieren, doch Wulff griff nach seinem Ellbogen.

»Liam, das ist die einzige Möglichkeit für euch«, sagte er sehr, sehr leise. »Du bist nicht nur clanfremd, du bist nicht einmal ein Ashturier. Trina ist die Königin und sie weiß genau, dass sie dich deshalb niemals erwählen könnte. Wenn sie ihr Gesicht verliert, verliert sie ihre Autorität. Sie würde die jahrelange knochenharte Arbeit wegwerfen, die sie in die Prüfung gesteckt hat. Glaub mir, es gibt einige Männer im Land, die auf so eine Möglichkeit warten, um sie vom Thron zu drängen.«

Daran hatte Liam nicht gedacht.

»Glaubst du, uns gefällt es, euch beide hier vor dem Clan so bloßzustellen? Aber wir haben Traditionen, an denen wir festhalten können, um dich deinen Platz rechtmäßig verdienen zu lassen. Das ist euer einziges Schlupfloch. Aber du wirst kämpfen müssen wie noch niemals zuvor.«

»Und falls ich gewinnen würde?«, fragte Liam zaghaft.

»Dann wirst du in den Clan aufgenommen und bist somit gleichwertig mit uns. Es wäre nicht mehr unter Trinas Würde als Königin. Wäre sie ein einfaches Clan-Mitglied, würde kein Hahn danach krähen, in wessen Betten sie sich herumtreibt. Das hier«, er deutete auf die Menschenmenge, »ist die einzige Möglichkeit, sie zu schützen. Und auch, wenn wir dich mögen, so müssen wir sie vor dich stellen, Liam.« Sein Adjutant sah ihm ernst in die Augen. »Also gewinne und werde einer von uns.«

Liam atmete tief durch und schluckte den bitteren Geschmack hinunter. Es gab sowieso keinen Ausweg.

»Ich wähle das Schwert.«

Ich habe keine Wahl, wenn Trinas Leben von einem Sieg abhängt. Versagen ist keine Option, ging es ihm durch den Kopf, während er in seine Handschuhe schlüpfte und dem großen Mann zum Clan der Connens über das Feld folgte.

Wulff bahnte sich ihnen einen Weg durch die Menschen, einige murmelten Liam aufmunternde Worte zu. Plötzlich stand Doàn vor ihm.

»Was machst du hier?«, fragte Liam verwirrt. Er hatte gedacht, nur Clan-Mitglieder wären anwesend.

»Es gibt einen Ausweg für dich«, flüsterte der Mann.

»Nein, gibt es nicht«, gab Liam zurück und ging weiter.

»Der Gegner muss aufgeben, damit du Clan-Mitglied werden kannst«, erinnerte Doàn ihn und verwirrte ihn damit noch mehr, als diese ganze absurde Situation es sowieso schon tat. Liam schob sich weiter durch die Menschen, er hatte den Anschluss zu Wulff verloren. Aber knapp vor ihm rief dieser: »Er hat das Schwert gewählt.«

Ein Raunen ging durch die Menge. Endlich gelangte er auf die freie Fläche, die der Clan umrundete. Gut hundert, vielleicht auch hundertfünfzig Ashturier mochten sich hier zusammengefunden haben.

Liam hielt nach Trina Ausschau, doch er konnte sie nirgends entdecken. Er hätte sie so gern wenigstens noch einmal gesehen, bevor er starb. Die Jägerin hatte ihm den Rücken zugewandt und redete hektisch auf jemanden ein, er hörte den strengen Tonfall.

Wer ist ein noch besserer Kämpfer als Wulff?

Und dann trat die Jägerin beiseite und sein Gegner schritt auf die freie Fläche. Trina war gefasst und wich seinem Blick aus. Liam klammerte sich an das Schwert in seiner Hand, als könne es ihm Halt geben.

Nein, nein, nein, nein!

Er machte kehrt, doch Wulff stand direkt hinter ihm. Seine Miene war wie in Stein gemeißelt.

»Wenn du gehst, gibst du auf«, sagte er leise. »Wenn du dein Schwert fallen lässt, gibst du auf.« Nur in seinen Augen lag Verständnis. »Du musst kämpfen. Gewinne.«

Er packte Liam an beiden Schultern, drehte ihn zu Trina und schob ihn einen Schritt vor.

»Das ist lächerlich!«, sagte Liam so laut, dass es jeder hören konnte. »Ich soll gegen sie kämpfen, weil ich ihre Ehre befleckt habe?«

Trina sah ihn mit zusammengekniffenen Lippen an, sie hielt das Schwert fest in der Hand.

»Sie ist der beste Kämpfer des Clans!«, rief Alwa. »Und sie weiß nur zu gut, dass es ein richtiger Kampf werden muss.« Die Stimme der Jägerin war hart und duldete keinen Widerspruch. »Nur wenn wir die Traditionen der Ashturier respektieren, werden wir respektiert.« Der Blick der hageren Frau bohrte sich in Liam.

Er holte tief Luft und nickte Trina zu.

ꝏ☙

Sie hatten oft genug zusammen den Kampf mit dem Schwert geübt. Trina wusste, wo seine Schwächen lagen. Sie machte eine Finte, Liam parierte sie. Das Klirren der Waffen lag laut über dem kleinen Platz.

Das hier war der einzige Weg, das Gesicht zu wahren, da hatten Alwa und Wulff völlig recht.

Die Triis lauern nur auf einen kleinen Fehler, um mir die Königswürde streitig zu machen. Und letzte Nacht ...

Trina grinste und sah zu Boden. *Nein, das war kein kleiner Fehler!*

Liam nutzte ihre Unachtsamkeit und griff sie an. Trina sprang überrascht beiseite und blockte. *Sein Unterricht hat sich bezahlt gemacht,* dachte sie zufrieden.

»Wo ist Fecyre?«, fragte er ganz leise, während sie umeinander herumschlichen.

»Alwa hat sie wohl betäubt. Ich glaube nicht, dass sie das hier zugelassen hätte«, antwortete sie und griff ihn an.

Liam wich aus, aber sie spürte Widerstand an ihrer Klinge.

»Verdammt!« Er griff sich an den Unterarm, der Ärmel war aufgeschlitzt.

»Bist du verletzt?« Besorgt machte sie einen Schritt auf ihn zu, aber Liam hob die Schwertspitze.

»Ja, bin ich!«, gab er gereizt zurück. »Und warum lässt *du* das hier zu?« Er betrachtete seine Fingerspitzen, sie waren rot gefärbt.

»Besiegst du mich, verlangen sie von dir, dich selbst zu richten. Lass mich aufgeben, dann können wir wenigstens weiterleben.« Er klang verbittert. »Egal wie du es wendest. Meinetwegen ist dein Leben ruiniert.«

Liam sah sie an, in seinem Blick lag so viel Liebe.

»Wage es ja nicht«, zischte sie. »Wir werden beide heil aus dieser Sache rauskommen. Wenn du es wagst, aufzugeben – ich schwöre, ich schlafe nie wieder mit dir!«

Das Grölen der Umstehenden erinnerte Trina daran, dass sie Zuschauer hatten. Sie zwang Liam, mit schnellen Schritten zurückzuweichen. Endlich riss er das Schwert hoch und parierte. Es dauerte, aber er drängte sie zurück in die Mitte des Platzes.

Trina hatte heute Nacht sehr wohl bemerkt, dass er trainiert hatte. Seine Arme waren nach wie vor dürr. Aber die Muskeln daran und auch auf seinem Rücken waren hart und sehnig. Er war viel kräftiger, als man es einer so knochigen Gestalt zutrauen würde. Als sie an seinen entschiedenen Griff dachte und daran, wie er sie zu sich gezogen hatte, schlug ihr Herz schneller.

Liam führte die lange Klinge nicht ungeschickt und überraschte sie mit einer Bewegungsfolge.

Sie musste grinsen. »Ach, das ist also die Parade, die du dir vom Waffenmeister hast beibringen lassen?«

Liam hatte stolz davon in einem der Briefe berichtet. Der Waffenmeister hatte geprahlt, dass kein Ashturier diesen Bewegungsablauf kennen würde.

»Zeig sie mir noch einmal«, bat Trina mit einem Lächeln.

Tem schien noch nicht ganz nüchtern zu sein, denn er brüllte laut in die Stille hinein: »Ja, zeig es ihr noch mal!« Alwa schlug ihrem Sohn für die zweifellos unflätig gemeinte Bemerkung kräftig auf den Hinterkopf.

Wie an einem der vielen Morgen in Fascor tigerten sie umeinander herum. Liam führte die Hiebe und Stiche überdeutlich und langsamer aus, sodass Trina sie sich einprägen konnte. Er hatte inzwischen wesentlich mehr Ausdauer als vor einem Jahr. Trotzdem atmete er stoßweise und begann zu schwitzen.

Ihr Clan war Zeuge, dass Trina es Liam nicht leicht machte. Die Wunde an seinem Unterarm blutete und färbte das Hemd, aber sie hatte ihm auch einen kleinen Stich in der Wade beigebracht. Liam hatte geflucht, aber der kleine Stupser sollte ihn nicht weiter behindern. Sie mussten hart kämpfen, sonst würde kein Ashturier ihn akzeptieren. Und sollte sie als Königin die Traditionen nicht ernst nehmen, würde man sie nicht ernst nehmen.

Ich kann nicht die ganze Zeit des harten Trainings und der Entbehrung wegschmeißen! Obwohl sie schon kurz davor gewesen war, als Fecyre berichtete, dass das Schiff der Fascor sich näherte – auch wenn Trina sich das nicht gern eingestand. Aber dann hatte Alwa sie am Tag zuvor an der Weggabelung abgefangen und an die Zeit nach dem Tod ihrer Eltern erinnert. Und daran, warum Trina so verbissen darum gekämpft hatte, die Prüfung zu bestehen. Vom *Recht des Clans* hatte sie gesprochen und Trina war die Idee zu dieser Scharade gekommen. Nur Alwa, Wulff und Fecyre wussten davon.

Einen Augenblick zu lange schaute Trina in die Zuschauermenge. Mit einer ausholenden Bewegung band Liam ihre Klinge und nur mit Müh und Not konnte sie verhindern, dass er ihr das Schwert aus der Hand schleuderte.

Ein triumphierendes Lächeln umspielte seine Mundwinkel.

»So, du willst also endlich loslegen?«, fragte sie grinsend und scheuchte ihn mit kurzen, schnellen Stößen der Klinge rückwärts über den Platz.

Die Clan-Leute wurden lauter und begannen, die Angriffe zu kommentieren. »Lass dich nicht unterkriegen, Liam!«, »Sei nicht zimperlich mit ihm!« oder »Beeilt euch, ich muss die Kühe melken!«

Die Connens hatten ihren Spaß und auch Trina hätte das kleine Gefecht mit Liam durchaus genießen können. Doch sie konnte nicht vergessen, was auf dem Spiel stand. Liam schwitzte, und als er sein Hemd auszog, pfiffen ein paar Frauen.

»Zieh dich bloß wieder an«, rief Tem über den Tumult hinweg. »Lass besser *du* die Hüllen fallen, Schätzchen!«

Trina ließ die Klinge sinken und sah zu Tem hinüber.

»Schätzchen?«, fragte sie und bemerkte im Augenwinkel, dass Liam nach Luft ringend böse in die Zuschauermenge starrte. »Na warte, ich geb dir gleich *Schätzchen*!«

Sie machte ein paar schnelle Schritte auf Tem zu, der hastig zwischen den Menschen hindurchfloh. Das Gelächter heizte die Stimmung an, aber Trina betrachtete ihren Gegner sorgenvoll. Weil er gewinnen musste, spielte die Zeit jetzt gegen ihn. Er ermüdete immer mehr.

Sie warf Wulff einen verzweifelten Blick zu. Hatte er Liam nicht deutlich genug gesagt, wie der Kampf beendet werden konnte? Wulff nickte kaum merklich und trat von hinten an Liam heran. Er flüsterte etwas.

»Was hat er gesagt?«, rief jemand in der Menge.

»Dass er sich Sorgen macht, ihr alle könntet erblinden, wenn die Sonne von meinem bleichen Körper zurückgeworfen wird«, antwortete Liam, strich sich die schweißnassen Haare aus der Stirn und streckte Wulff die Hand entgegen, der das Hemd aufgehoben hatte. Geschickt fing er es mit einer Hand und lehnte seine Waffe an die Hüfte, während er versuchte, sich anzuziehen. Doch der nasse Stoff klebte an ihm und Liam fluchte leise vor sich hin, immer wieder einen abschätzenden Blick zu Trina werfend. Als er endlich den Kopf durch das Hemd steckte, sprang sie auf ihn zu.

»Unfair!«, brüllte jemand und Liam riss das Schwert hoch.

Sie schob ihre Klinge nahe an seiner vorbei und machte einen beherzten Schritt auf ihn zu. Das Metall schabte hell übereinander und Trina drückte Liams Schwertarm nach außen. Sie standen einander so dicht gegenüber, sie konnte die Wärme seines Körpers spüren.

Plötzlich umfing er sie mit der Linken, statt sie von sich zu stoßen. Überrascht schnappte sie nach Luft und da versiegelte er auch schon ihre Lippen mit einem Kuss. Im ersten Moment stemmte sie sich gegen ihn, doch dann schmolz sie in seinem Arm. Liam küsste sie so leidenschaftlich, als wäre dies der letzte Kuss, den er jemals schmecken würde. Seine Hand glitt über ihren Rücken und er hielt ihren Nacken, presste sie verzweifelt an sich. Ihre Knie wurden weich und Trina krallte sich mit der freien Hand in sein Hemd, um nicht zu stolpern. Alles um sie herum wurde unwichtig. Sie vergaß die Leute, die grölten und pfiffen. Sie ließ das Gewicht in ihrer Hand los und umarmte Liam stürmisch.

Ihr Clan jubelte, aber das nahm Trina erst wahr, als Liam sich atemlos von ihr löste.

Sie verstand kaum, was die Menschen voller Freude riefen, die sich um sie drängten. Als Alwa sich mit ernstem Gesicht einen Weg zu ihr bahnte, wurden sie leiser.

»Als Jägerin war ich Zeugin, ebenso wie jedes anwesende Mitglied. Das Recht des Clans hat entschieden, der stärkste Kämpfer hat aufgegeben!«

»W- was?«, stammelte Trina, ehe sie auf das Schwert zu ihren Füßen blickte.

Sie hatte aufgegeben.

Der Clan der Connens brach erneut in Jubel aus und Doàn kam auf die Idee, Liam auf die Schultern zu nehmen. Tem half ihm und auch Wulff stemmte Liam in die Höhe. Liams Hand entglitt ihr und Alwa nahm sie zufrieden lächelnd in den Arm.

»Das hast du gut gemacht, mein Mädchen«, murmelte sie und drückte Trina fest. »Ich bin stolz auf dich, Königin!«

Dann wandte sie sich um und rief zu Liam hinauf: »Willkommen im Clan!«

Epilog

»Was machst du?«, fragte sie und zog den zweiten Stiefel aus.

»Das war ein Auftrag aus Fascor. Ich bin gleich fertig.« Neugierig schaute Trina über seine Schulter. »Guck nicht so. Ich muss mich schließlich um unseren Lebensunterhalt kümmern.«

Laut lachend hängte sie den Mantel ordentlich auf den Haken.

»Sisuna hat uns ein Brot hiergelassen, dahinten.« Er deutete in die kleine Küche. »Setz dich und iss. Ich bin wirklich gleich fertig.«

Die letzten Striche waren Liams Signatur, der fünfzackige Stern als Kompass im oberen rechten Eck der Landkarte. Er hob den dünnen, weichen Stoff von der Zeichnung und betrachtete zufrieden das handliche Ding. Während er das Papier behutsam zusammenrollte und ein Band darum schlang, fragte er Trina: »Wohin willst du als Nächstes?«

Sie stand mit verschränkten Händen vor der großen Karte an der Wand. »Ich weiß nicht«, sagte sie und drehte sich um. »Was meinst du, Fecyre?«

Der Drache war heute wieder eine Katze und hatte sich um Liams Füße gerollt.

»Die Klippen im Osten vielleicht?«, antwortete das schwarze Tier in ihren Gedanken, reckte sich genüsslich und streckte die Krallen. Liam legte den fertigen Auftrag zu den anderen, die auf das nächste Schiff nach Fascor warteten.

Er trat an Trina heran und schlang seine Arme um ihre Mitte.

»Da sind noch einige Löcher auf meiner Karte. Du solltest das schleunigst ändern, Hof-Kartograf!« Trina bog den Kopf zurück und küsste ihn.

»Was ist da oben eigentlich?«, fragte Liam und deutete auf den oberen Rand der Karte.

Ein kahler Fleck war dort zu sehen und keiner der Ashturier wollte darüber reden, was dort im Norden der Insel war.

Trina brummte, auch sie wollte offensichtlich nicht darüber sprechen.

Die Katze schmiegte sich zwischen die Menschenbeine.

»Darf ich dieses Mal wieder mitkommen?«, wollte sie wissen.

Die Königin bückte sich und hob Fecyre auf.

»Ich denke, ja. Vielleicht ist es Zeit für ein neues Abenteuer«, murmelte sie mit Blick auf den leeren Platz auf der Karte und strich über das flauschige Fell der Katze.

Liam grinste breit. »Wann brechen wir auf?«

Danksagung

»Mut allein reicht nicht.« Trina hat so recht. Man kann nicht nur mit seinem Mut bewaffnet seine Eltern befreien. Ebenso wenig, wie man nur mit Mut und einer guten Geschichte ein Buch veröffentlicht.

Bei denen, die mich seit meinen Anfängen unterstützen, möchte ich mich bedanken: Gudrun und Luis, Reinhard, Nico und Marco – meine Familie. Euer beständiger und unerschütterlicher Rückhalt ermutigt mich zu Neuem.

Ursula, dein wohlwollend kritischer Blick hat mir so manches Mal die Augen geöffnet.

Marcus, du bist die Stimme, die keine Zweifel duldet.

Sandra, Petra, Laura und Hanna, ihr seid die besten Testleserinnen, die ich mir wünschen könnte.

Elja, dank deiner Hilfe, deines aufmerksamen und tatkräftigen Einsatzes weit über das Lektorat hinaus, wurde aus meinem Manuskript ein Roman.

Mit Ashturias atemberaubend schönem Cover hat Katharina mich überrascht, ich danke dir so sehr dafür.

Mein besonderer Dank gilt Leslie. Ich schätze den konstruktiven und kreativen Austausch mit dir so sehr, die Ehrlichkeit und sarkastische Fröhlichkeit. Dein Mut inspirierte mich, meine Geschichte der Öffentlichkeit zu zeigen.

Auch bei meinen Lerser:innen möchte ich mich bedanken. Danke, dass ihr Trina, Liam und Fecyre auf ihrer Reise begleitet habt!

So viele liebe Menschen haben mich unterstützt und bleiben ungenannt, da der Platz hier nicht ausreichen würde.
Ich danke euch allen trotzdem von Herzen!

Über die Autorin

Naomi Huber wurde im Sommer 1980 geboren und lebt schon seit früher Kindheit in den Bergen Tirols.
Die Liebe zum Lesen guter Geschichten, zum Reisen ins Reich des Phantastischen begleitet sie bereits ihr ganzes Leben.
Seit 2017 schreibt sie Romane.

Ashturia ~ Der Prinz und die Tarenqua ist ihre erste Veröffentlichung, es wird aber noch mehr Geschichten aus Ashturia geben.

Ich weiß, dass ich mich jetzt schrecklich verletzlich mache. Und doch … Fehle ich dir eigentlich nie? Würdest du nicht gern meine Stimme zu meinen Sätzen hören?

Ich höre sie, murmelt er. Ich höre sie viel zu oft.

Melinda und Simeon – zwei Autoren bei Instagram, die einander über eine Brücke aus tausenden von Worten immer näher rücken. Aus der Ferne tanzt sie mit ihm im Regen, und er lauscht dem Lächeln und den Tränen zwischen ihren Buchstaben.
Doch wie gut kann man jemanden kennen, der einem nie begegnet ist? Und was ist, wenn einer von beiden ein Geheimnis hat, das mit einem Mal auch über ihre hellsten Nächte einen Schatten legt?
Ein Buch über Illusionen, Angst und den Mut, sich dem wahren Leben zu stellen.

Elja Janus – Der hellste Teil der Nacht

Ein Omaturikrieger.
Ein tyrannischer Herrscher.
Ein Wald voll unentdeckter
Geheimnisse.

Vor Jahrhunderten wurde die Magie aus dem Königreich Faerda verbannt und ist nun nichts mehr als eine Legende. Lange Zeit lagen die Geschicke des Landes in den Händen der Omaturikrieger, doch seit diese entmachtet wurden, droht es, in Krieg und Elend zu versinken.

Die Herrschaft des Königs Pravdan scheint unanfechtbar, doch Erik bleibt nicht verborgen, in welcher Verfassung sein Land ist. Als er ins Kreuzfeuer eines Anschlags gerät, flieht er vor dem Geheimdienst in die Wildnis des Tösewaldes. Dort trifft er nicht nur auf die verbannten Omaturikrieger, sondern auch auf die mysteriösen Waldläufer. Beide Völker haben Geheimnisse, die Eriks Leben unwiderruflich verändern und in Gefahr bringen werden. Doch zum ersten Mal scheint eine Veränderung im Königreich greifbar.
Schon bald wird der offene Kampf um die Krone Faerdas entflammen. Auf der Suche nach der Wahrheit muss Erik sich sowohl seiner Vergangenheit stellen wie auch dem Erbe, das in ihm schlummert.

Der erste Teil der epischen Fantasy-Dilogie.
Fesselnd. Magisch. Gewaltig.

Corinna Carter – Der Omaturikrieger